David Arnold

Ganz schön kaputte Tage

*Ebenfalls von David Arnold im Arena Verlag:*
Herzdenker

*David Arnold*
lebt mit seiner Frau und seinem Sohn in Lexington, Kentucky. Er arbeitete als Musiker, Grundschullehrer und hauptberuflicher Vater, bevor er sich mit vollem Herzen dem Schreiben widmete. Mit seinem Roman »Herzdenker« landete er prompt auf der *New-York-Times*-Bestsellerliste.

David Arnold

# GANZ SCHÖN KAPUTTE TAGE

und wie NOAH OAKMAN sie sieht

Aus dem Amerikanischen von Ulrich Thiele

Arena

S. 40 und 200: Zitat nach Henry D. Thoreau: *Walden oder Leben in den Wäldern.* Übersetzt von Wilhelm Nobbe, Eugen Diederichs, Jena 1922.
S. 250 f.: Zitat nach Platon: *Sämtliche Werke.* Band 2, Berlin 1940.
S. 426: Zitat aus »Ich singe den Leib, den elektrischen« von Walt Whitman: *Grashalme.* Übersetzung von Johannes Schlaf, Verlag Deutsche Volksbücher, Rottenburg/Neckar 1948.
S. 432: Zitat aus »Gesang von mir selbst« von Walt Whitman: *Grashalme.* Übersetzung von Johannes Schlaf, Verlag Deutsche Volksbücher, Rottenburg/Neckar 1948.

*Mom und Dad gewidmet*
*für ihre Unterstützung auf meinem Weg*
*durch den Irrgarten*

FSC www.fsc.org
MIX
Papier aus verantwortungsvollen Quellen
FSC® C110508

Die Originalausgabe erschien 2018 unter dem Titel *The Strange Fascinations of Noah Hypnotik* bei Viking, einem Imprint von Penguin Random House LLC, New York.

1. Auflage 2019

Dieses Werk wurde vermittelt durch die Literarische Agentur Thomas Schlück GmbH, 30161 Hannover.
Aus dem amerikanischen Englisch von Ulrich Thiele
Umschlaggestaltung: Maria Seidel, unter Verwendung einer Illustration von © Esther Hamburger
Zwischenkapitelbild: © kurkalukas/stock.adobe.com
Gesamtherstellung: Westermann Druck Zwickau GmbH
ISBN 978-3-401-60392-6

Besuche uns unter:
*www.arena-verlag.de*
*www.twitter.com/arenaverlag*
*www.facebook.com/arenaverlagfans*

# *DAS IST* → TEIL 1

»Es ist nicht damit getan, mich in meine Kunst einzubringen – ich muss darin sterben. Dann weiß ich, da ist was dran.«

Mila Henry, im Interview mit dem *Portland Press Herald*, 1959

## 1 ⇨ *unter Wasser wiegt die Traurigkeit noch schwerer*

Ich halte jetzt den Atem an und sage es ganz offen: Vor zwei Monaten und zwei Tagen bin ich auf das Verblassende Mädchen gestoßen. Das selbstgefällig-sonnige Lächeln des Sommers kroch seit Kurzem in jeden Winkel, und ich war bei Alan. Alles wie immer also. Wir waren ins YouTube-Wurmloch gestürzt, das passierte uns hin und wieder. An sich habe ich einen ziemlichen Hass auf YouTube, vor allem weil es bei Alan immer gleich anfängt, nämlich mit *Yo, ich muss dir unbedingt dieses* eine *Video zeigen,* nur dass aus dem einen Video dann jedes Mal siebzehn werden, und ehe man sich's versieht, schaut man einem Seeotter dabei zu, wie er sich irgendwas aus einem Automaten zieht, und denkt sich: *Fuck, was ist nur aus mir geworden?* Nicht falsch verstehen, ich bin durchaus offen für den Charme des gemeinen Seeotters, aber irgendwann muss man sich nun mal fragen, welche zentralen Entscheidungen des Lebens einen ausgerechnet an diesen Punkt geführt haben, auf dieses Sofa, wo man ein besseres Wiesel dabei beobachtet, wie es sich durch Druck auf H9 eine Tüte SunChips organisiert.

Ruhig und ein wenig traurig, aber aufrichtig traurig, schwebe ich durch den Rosa-Haas-Pool, und Scheiße, es gibt einfach nichts Schöneres.

Hier könnte ich alt werden.

Der Genauigkeit halber sei erwähnt, was es mit dem Verblassenden Mädchen und ihrem Video auf sich hat – ich spreche von einem gut zwölfminütigen Zeitraffer-Zusammenschnitt einzelner Fotografien mit dem Titel *Ein Gesicht, vierzig Jahre – eine Betrachtung des Alterungsprozesses.* Im Beschreibungstext steht noch: »Ein Selbstporträt täglich von 1977 bis 2015. Mir hat es gereicht.« (Den letzten Satz finde ich großartig. Als müsste sie sich irgendwie dafür rechtfertigen, die vierzig Jahre nicht vollgemacht zu haben.) Zu Beginn dürfte sie Anfang zwanzig sein, blondes Haar, lang und schimmernd, und Augen, die strahlen wie die aufgehende Sonne hinter einem Wasserfall. Ungefähr in der Mitte ändert sich der Raum im Hintergrund, was ich auf einen Umzug zurückführe, doch es sind weiter dieselben Habseligkeiten zu erkennen: ein gerahmtes Wasserfarbenbild irgendwelcher Berge, ein Porzellan-Chewbacca und alles voller Elefanten, Elefantenfiguren, -poster, -shirts ... keine Frage, das Verblassende Mädchen hat einen schweren Elefantentick. Sie ist nie im Freien, sie ist immer allein, und abgesehen von dem einen Ortswechsel und einer Vielfalt an Frisuren ändert sich auf den Bildern rein gar nichts. Stets starrt das Verblassende Mädchen, ohne zu lächeln, direkt in die Kamera, *Tag für Tag, vierzig Jahre lang.*

Immer das Gleiche. Bis sich doch etwas ändert.

Okay, jetzt muss ich Luft holen.

Wie ich diesen Augenblick liebe: wenn man die Wasseroberfläche durchbricht und einatmet, die heiße Sonne auf den nassen Haaren ...

Und Alan so: »Krank.«

Ganz ehrlich, ohne Gesellschaft wäre dieser Moment noch schöner.

»Wenn das kein Rekord war«, sagt Val. »Alles okay mit dir?«

Noch ein paarmal tief Luft holen, ein kurzes Lächeln abfeuern und fertig.

Diesen Augenblick liebe ich noch mehr: wieder unter der Oberfläche zu versinken. Unter Wasser bin ich irgendwie in der Lage, in höherer Intensität zu fühlen – wahrscheinlich liegt es an der Stille und Schwerelosigkeit.

Ich finde, das ist das Beste am Schwimmen.

Die frühen Aufnahmen sind eingescannte Polaroidfotos und mit dem Anstieg der Auflösung und dem Fortschreiten der Zeit verliert das Verblassende Mädchen nach und nach an Glanz. Ganz allmählich zerfasert das Haar und die Augen trüben sich, ganz allmählich welkt das Gesicht, sackt die Haut nach unten, wird der jugendlich schimmernde Wasserfall zum dunklen Mühlteich, stürzt wieder ein Mensch in die Sickergrube des Alterns. Wirklich traurig stimmt mich das Video nicht, nein, es vermittelt eher ein Gefühl von Traurigkeit. Als würde man einem Stein beim langsamen Versinken zusehen, der jedoch nie auf dem Grund landet.

*Tag für Tag, vierzig Jahre lang.*

Mittlerweile habe ich mir das Video Hunderte Male angesehen, abends vor dem Einschlafen, morgens vor der Schule, während der Mittagspause in der Bibliothek, während des Unterrichts auf dem Handy, in der Zwischenzeit in Gedanken. Wie einen Song summe ich das Verblassende Mädchen vor mich hin, wieder und wieder, und schwöre mir am Ende jedes Mal, es nie wieder anzuschauen. Doch ich bin wie ein Bumerang von trauriger Menschengestalt. Ich kehre stets zurück.

Man starrt zwölf Minuten lang auf den Bildschirm und guckt einem Menschen beim Sterben zu. Es wird keine Gewalt angewandt. Es werden keine moralischen Regeln gebrochen, es gibt keinen Grund, sich zu schämen. Was ihr angetan wird, wird uns allen angetan, wenn es so weit ist. Der Titel des Videos lautet *Eine Betrachtung des Alterungsprozes-*

*ses,* aber das halte ich für Schwachsinn. Das Mädchen altert nicht. Es verblasst. Und ich kann nicht wegsehen.

Jemand tippt mir auf die Schulter. Wie zu erwarten.

Zeit für meine Rückkehr vom Grund des Pools ins Reich der Atmenden.

## 2 ⇨ *das delikate Dreieck*

»Was soll der Scheiß, Noah? Willst du dich ertränken?« Val fläzt in der Mitte des Pools auf einer Luftmatratze und nippt an einer selbst gemachten Daiquiri-Variante, eine riesige Sonnenbrille vor den Augen.

»Aber echt«, bekräftigt Alan und wirft sich eine Handvoll Karamellpopcorn aus der gigantischen Blechbüchse in den Mund, mit der er sich schon fast den ganzen Nachmittag beschäftigt – eine typische Geschenkdose mit verschneiten Wäldern und herumtollenden Rehen darauf. »Mann, unser ganzes Ding hier ist ein höchst delikates Dreieck. Wenn du absäufst, ist das System am Arsch.«

Val und Alan Rosa-Haas sind Zwillinge. Von meinem Zuhause zur Rosa-Haas-Villa sind es nur ein paar Schritte, außerdem haben sie einen herrlichen Pool und Mr und Mrs Rosa-Haas lassen sich kaum je blicken. Noch Fragen?

Als wir nach Iverton gezogen sind, war Alan der erste Junge in meinem Alter, den ich kennengelernt habe. Wir waren zwölf, er kam zum Spielen vorbei, und in meinem Zimmer eröffnete er mir, er habe den Verdacht, er sei schwul, und ich so: »Äh, okay«, und er so: »Ähhm, also«, es war eine rundum irre Situation. Danach meinte er, ich dürfe es niemandem weitersagen, und das versprach ich ihm. Und er fügte hinzu: »Wenn du's doch jemandem weitersagst, dann pinkle ich auf deinen Hamster.« Damals besaß ich nämlich einen altersschwachen Hamster namens Goliat und da ich ihn unbedingt davor bewahren wollte, von irgendeinem Typen vollgepinkelt zu werden, versicherte ich Alan, dass mir kein Sterbenswörtchen über die Lippen kommen würde. Wie ich später erfuhr, war ich der erste Mensch überhaupt, dem er von seiner Homosexualität erzählte, aber mit zwölf hatte ich natürlich keinen Schimmer, was für eine große Sache das war. Für mich war bloß mein Hamster einer akuten Pinkelgefahr ausgesetzt. Ich erkundigte mich bei Alan, wieso ich es niemandem weitersagen durfte, worauf er erwiderte, das würde ich nicht verstehen. Ein paar Jahre später, als er dann sein richtiges Coming-out hatte und die anderen sich die übelsten Schimpfwörter für ihn ausdachten und zusammenzuckten wie von der Tarantel gestochen, wenn sie ihm auf dem Schulflur über den Weg liefen, oder den Tisch wechselten, wenn er sich in der Mittagspause zu ihnen setzte – da musste ich ihm recht geben. »Eigentlich wollte ich es dir gar nicht sagen«, meinte er damals in meinem Zimmer, als wir beide zwölf waren. Und dass er sich einfach gefühlt habe wie eine durchgeschüttelte Colaflasche und ich bloß zufällig in der Nähe gewesen sei, als es den Deckel heruntergeschossen hatte. Ich erwiderte, das sei schon okay. Er solle nur bitte nicht den lieben Goliat vollpinkeln.

Also schlossen wir einen Pakt.

Und pinkelten gemeinsam aus dem Fenster.

Um ehrlich zu sein, habe ich Alan vom ersten Moment an geliebt. Ich habe es sofort gespürt. Und er liebt mich auch sehr. In jüngeren Jahren haben wir häufig spekuliert, wie es wohl wäre, wenn ich ebenfalls schwul wäre, was er immer mit »Als ob ich überhaupt auf dich stehen würde, Oakman« kommentierte, woraufhin ich wiederum meinen noch bescheidenen Bizeps anschwellen ließ, eine Augenbraue hob und in Zeitlupe nickte, nach dem Motto *Wie bitte? Darauf steht doch jeder?* und dann lachten wir und malten es uns ganz genau aus. Wir malten uns aus, wir würden heiraten und uns eine Hütte irgendwo in den Bergen kaufen und von früh bis spät Körbe flechten und aus gusseisernen Pfannen essen und tiefschürfende Gespräche führen.

Aber das ist lange her.

»Von wem haben wir das eigentlich?«, fragt Alan, der ganz außen am Rand des Sprungbretts sitzt und seine Schrumpelfüße über dem Wasser baumeln lässt.

»Von wem haben wir was?«, entgegnet Val.

»Das Scheißzeug hier.« Alan hält die inzwischen leer gefutterte Büchse über seinen Kopf.

»Soso. Erst machst du heiße Liebe mit deinem Lieblingskaramellpopcorn«, meint Val, »und jetzt, wo du damit fertig bist, fängst du an, es zu dissen?«

»Er wollte auf etwas anderes hinaus«, sage ich, während ich am Rand des Pools auf der Stelle schwimme.

»Ganz genau«, bestätigt Alan. »So was kauft sich kein Mensch selbst. Das ist ein typisches Last-minute-Geschenk. Eigentlich hätte noch ein Kärtchen dranhängen müssen, auf dem steht: *Sorry, aber ihr seid uns ziemlich egal.*«

Und Val so: »Also ich fand das ja ganz nett von den Lovelocks, aber wenn ich sie sehe, richte ich ihnen gerne aus, wie sehr sie dein Missfallen erregt haben.«

»Wie jetzt? *Die* Lovelocks? Die drüben im Piedmont Drive wohnen?«

»Sie waren neulich zum Abendessen hier. Als du beim Training warst.«

Und Alan: »Verflucht seien die Lovelocks!« Er schleudert

die leere Büchse in den Pool und wirft sich mit einem Schrei hinterher.

Val verdreht die Augen und lässt sich auf die Matratze sinken. Im Gegensatz zu Alan, der rund ums Jahr käsebleich bleibt und darin ganz nach seinem Vater kommt, der ihm den »immerwährenden Haas-Hautton« vererbt hat, wird Val jedes Mal als Erste von uns braun. Als wir jung waren, war sie bloß die nervige Schwester meines besten Kumpels, sie war immer in der Nähe, ob ich wollte oder nicht (ich wollte nicht), wie eine summende Mücke im Gesicht.

Schnitt: Der Sommer vor Beginn der Highschool, Val öffnet mir eines Tages die Tür und ich nur noch: *Oh, äh, hey Val, ich, äh, also, ähm.* Die erste Ahnung, dass Sex eventuell doch nicht nur widerlich ist, trifft einen wie ein Schlag ins Gesicht, der einem für alle Zeiten den Schädel dröhnen lässt.

Ja, es ist wirklich, als bekäme man einen Holzbalken in die Fresse.

Ich weiß nicht, ob es eine schleichende Veränderung direkt vor meiner Nase war oder ob es von heute auf morgen geschah, aber plötzlich ging mir Vals Daueranwesenheit kaum noch auf die Nerven. Im selben Jahr fragte ich sie, ob sie mich zum Homecoming-Ball begleiten wolle, und sie sagte Ja. Ein bisschen seltsam war das schon, schließlich kannten wir uns seit Ewigkeiten, aber irgendwie war es so eine Sache, die man unbedingt mal ausprobieren musste, deshalb probierten wir es aus. Und das kam dabei heraus: Val und ich stehen volle zwei Minuten Händchen haltend im Flur, bis Alan uns sieht. Da er das Ganze für einen Scherz hält, schmeißt er sich gründlich weg; und als er erkennt, dass es bitterer Ernst ist, verfällt er erst recht in hysterisches Gelächter.

Damals hielten Val und ich das letzte Mal Händchen und

Alan bezeichnete unsere Dreiecksbeziehung das erste Mal als »delikates Dreieck«.

Trotzdem, ich will nicht lügen: Von Zeit zu Zeit denke ich immer noch auf diese Weise an Val. Sie hat einen ganz eigenen Charme, sie ist klug, aber nicht arrogant, und witzig, ohne dass sie gleich alles dominieren muss. Sie murmelt ständig kleine Sprüche vor sich hin, eine Art Kommentar zur gegenwärtigen Lage, und wenn mich nicht alles täuscht, würde sie das auch ohne Publikum tun, weshalb man einfach nur froh ist, sich in ihrer Umlaufbahn zu befinden.

Davon abgesehen hat sie diese perfekten Brüste.

Alan schwimmt in Rückenlage vom einen Ende des Pools zum anderen, seine Zeiten verbessern sich stetig. Beinahe mache ich ihm deswegen ein Kompliment, aber das würde enden wie immer: *Das Team vermisst dich, Noah. Wir brauchen dich, No. Wie geht's dem Rücken, No? Alles okay, No?*

»Alles okay, No?«, fragt Val aus heiterem Himmel. Muss eine Begleiterscheinung unserer Dreiecksbeziehung sein, diese Beinahetelepathie.

»Ganz gut«, antworte ich. »Wird schon, würde ich sagen.«

Val schiebt ihre Riesensonnenbrille auf die Stirn. »Hä?«

*Shit.* »Sorry. Ich dachte, du meinst meinen Rücken.«

»Nein. Du warst völlig weggetreten. Aber wo wir schon beim Thema sind ... Wie geht's deinem Rücken, No?«

»Ganz gut.«

»Würdest du sagen, es wird schon?« Val lässt ihre Sonnenbrille wieder nach unten rutschen, nippt an ihrem Daiquiri und starrt mich an. Niemand kann einen lässiger aus der Ruhe bringen als Val.

Ich steige aus dem Pool und laufe zum Sprungbrett.

»Hat Dr. Kirby nicht gesagt, du sollst es langsam angehen lassen?«, fragt sie, doch da ihre Luftmatratze ans andere Ende des wirklich großen Pools getrieben ist, kann ich so tun, als hätte ich es überhört. Vals Glotzen kann ich auf diese Weise entkommen, ihre erste Frage aber klettert kurzerhand ebenfalls aus dem Pool und verfolgt mich wie ein triefender Schatten: *Alles okay, No?*

Jetzt stehe ich auf dem Sprungbrett, ganz außen am Rand. Die Sonne ist so gut wie untergegangen, alles ist erfüllt von einer dämmrigen Wärme, die so typisch Spätsommer ist, man schaut in die milchige Luft und sieht zu, wie der Tag einfach abstirbt, ein schöner, aber irgendwie trauriger Anblick, denn man kann nichts dagegen tun. Wenn man so will, haben die Sonne und das Verblassende Mädchen einiges gemeinsam.

*Alles okay, No?*

Ich will es mal so sagen: Mit acht (also in den Zeiten vor Iverton) bin ich einmal im Sommer ins Ferienlager gefahren und habe dort eine Menge neue Kumpels gefunden, die mir beibrachten, wie man eine Steinschleuder baut, und mit denen ich meine erste (und einzige) Zigarette rauchte und ein kleiner Kerl hatte sogar ein Foto von einer Frau in Unterwäsche dabei, was zu einem extrem aufschlussreichen Gedankenaustausch führte. Bis dahin hatte ich gedacht, Sex wäre wie küssen, nur nackig. Dann ging das Lager zu Ende, ich fuhr nach Hause und spielte wieder mit meinen alten Freunden, die jedoch, wie mir allmählich dämmerte, null Ahnung von Steinschleudern und Zigaretten hatten. Und die immer noch dachten, Sex wäre wie küssen, nur nackig.

Sosehr ich Val und Alan auch liebe – also sehr, sehr, sehr –, manchmal habe ich das Gefühl, dass sie keine Ahnung von Steinschleudern und Zigaretten haben. Und dass sie bis heute denken, Sex wäre wie küssen, nur nackig.

Am anderen Ende des Pools rutscht Val von der Matratze, schnappt sich eine Schwimmnudel und drischt damit auf Alans Kopf ein. Im Gegenzug spritzt er sie voll und beide lachen so sorglos, wie man nur im Sommer lacht.

Ich schließe die Augen, springe ab, überlasse mich dem Wasser und verborgen unter dessen schummrigem Schleier stelle ich mir ein Schaubild meines Herzens vor:

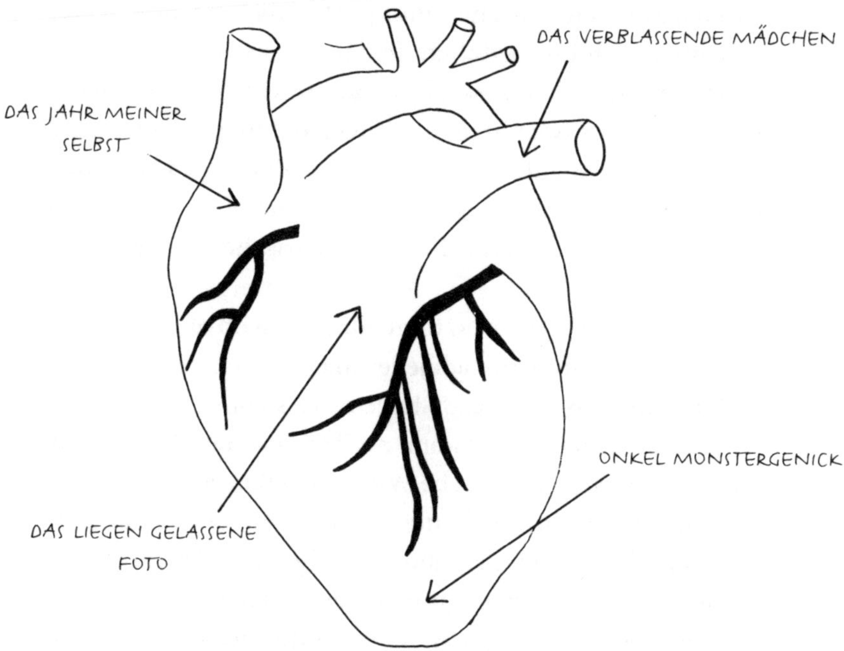


Überall dorthin, wo einst die Menschen zu Hause waren, die mir wirklich wichtig sind, wurden Onkel Monstergenick, das Liegen gelassene Foto, *Das Jahr meiner Selbst* von Mila Henry und das Verblassende Mädchen verpflanzt. Wie es dazu kommen konnte und wieso? Ich weiß es nicht.

Aber das sind meine Sonderbaren Faszinationen.

## 3 ⇨ *einige Gedanken über Iverton, über zu Hause und über das Spazierengehen während eines Spaziergangs durch Iverton nach Hause*

Wäre die Stadt Iverton, Illinois, ein Mensch, wäre sie genau wie die dort beheimatete Jugend: Irgendwer hat ihr Hausschlüssel und Kreditkarte ausgehändigt und lässt sie ansonsten einfach machen und jetzt glaubt sie, ihre Scheiße würde nach Rosen duften. In den Vororten reiht sich ein protziger, gleichförmiger Ziegelbau an den anderen, jeder ein Klon seines Nachbarn, die Zufahrten und Garagen sind gut bestückt mit diversen schimmernden SUVs, aus den Rasenflächen wird das grünste Grün herausgekitzelt, die Bäume sprießen in verdächtig symmetrischer Übereinstimmung.

»Wie weiß ist Iverton?«, fragt Alan manchmal.

»Sag's mir«, antworte ich jedes Mal.

»So weiß, dass man den Schnee nicht sieht.«

Vals und Alans Mom stammt aus San Juan auf Puerto Rico, ihr Vater hat niederländische Wurzeln. (»Eine Rosa steht niemals an zweiter Stelle«, lautet Mrs Rosa-Haas' Standardantwort auf alle Fragen nach ihrem Nachnamen. Offenbar war sie nur unter dieser Bedingung bereit, in die Ehe mit Mr Rosa-Haas einzuwilligen.) Als Halb-Puerto-Ricaner in Iverton wird man von jedem zweiten Bewohner für weiß gehalten, während sich die andere Hälfte regelmäßig erkundigt: »Nee, im Ernst, woher kommst du *wirklich?«*

Letztes Jahr stellte ein Typ aus dem Schwimmteam Alan ebendiese Frage, worauf Alan antwortete: »Iverton«, woraufhin der Typ nachhakte: »Nee, ich meine *wirklich* wirklich«, worauf Alan erwiderte: »Ach soooooo, ich dachte, du meinst wirklich wirklich wirklich *wirklich«,* woraufhin der

Typ in einer erstaunlichen Bandbreite an Rottönen anlief, so tat, als hätte sein Handy geklingelt, und ging.

So eine Scheiße müssen Val und Alan sich ständig anhören, aber angeblich stört es sie nicht – was weiß ich, vielleicht stimmt das sogar. Aber einmal hat Alan etwas gesagt, was ich nie vergessen werde: »Ich glaube, irgendwie wäre es dieser Stadt lieber, wenn ich ein Rosa oder ein Haas wäre. Irgendwie kommt sie nicht damit klar, dass ich beides auf einmal bin.«

Iverton hat also die Hausschlüssel und die Kreditkarte und kann tun und lassen, was es will, aber eins kann ich beschwören: Seine Scheiße duftet nicht nach Rosen.

Jetzt, auf halber Strecke nach Hause, muss ich der Stadt allerdings eines lassen: An einem klaren Sommerabend nach Sonnenuntergang eignet sie sich hervorragend zum Spazierengehen.

Man könnte der Ansicht sein, ein Spaziergang wäre bloß die denkbar langsamste Art, von Punkt A nach Punkt B zu gelangen. Dem kann man erst einmal kaum widersprechen. Doch von A nach B zu gelangen, ist für mich nur ein angenehmer Nebeneffekt. Für mich hat das Laufen, hat jeder Schritt einen eigenen Wert – was ganz besonders für den Weg zur Rosa-Haas-Villa und zurück gilt. Als wäre ich meinem wahren Ich nirgendwo näher als irgendwo zwischen meinen Freunden und meiner Familie.

In unserer Einfahrt passiere ich die Oakman-Wagenflotte: meinen Hyundai-Dreitürer (den Alan nur *Noahs Jungei-Verführer* nennt), Dads Pontiac-Kombi (nur echt mit Holzverkleidung und umgedrehter Sitzbank im Kofferraum) und Moms Uralt-Landrover. Wenn man die Ohren spitzt, hört man die versammelte Nachbarschaft missbilligend seufzen.

Das Haus haben wir kurz nach Grandpa Oaks Tod gekauft. Seine letzten Jahre als Witwer hatte er recht zurückgezogen verbracht und als er schließlich von uns ging, bestätigten sich alle Vermutungen hinsichtlich seines Vermögens. Sämtliche Verwandten bekamen eine ordentliche Portion ab und ich konnte dabei auch noch etwas lernen: Angenommen, ein plötzlicher Geldsegen bringt die tiefsten Herzenswünsche eines Menschen zum Vorschein – dann drehten sich die meines Vaters weniger um PS-Zahlen und deutsche Motorentechnik als um die Segnungen des Vorortlebens. Dad ist veganer Koch und dabei kommt sogar ein bisschen was herum, hauptsächlich dank Hochzeiten, Bar-Mitzwas und Bat-Mitzwas. Mom ist zwar Anwältin, arbeitet aber für die Regierung des Bundesstaats, für unser Eigenheim können wir uns also vor allem bei Opa Oak bedanken (möge er in Frieden ruhen).

Ich habe kaum den Flur betreten, da höre ich aus dem Wohnzimmer bereits Moms unvermeidliches »Hey, Schatz!«, ihre reflexhafte Reaktion auf das doppelte Piepen der Außentür.

*Piep-Piep-Hey-Schatz.*

Irre ich mich oder haben Mom und Dad eben noch miteinander getuschelt? Doch als ich um die Ecke ins Wohnzimmer biege, hocken meine Eltern nur selig lächelnd auf die Couch gekuschelt da und gucken *Friends.*

»Wie war's im Pool?«, fragt Dad und drückt auf Pause.

»Schön«, sage ich und stelle mir vor, er und Mom hätten auch eine Pausentaste.

Meine Eltern sind sozusagen immer noch schwer verliebt, wovor man natürlich den Hut ziehen muss usw., aber manchmal wird es mir ein bisschen viel. Zum Beispiel dieses *Friends*-Ritual: Jeden Abend schauen sie mindestens eine Folge aus ihrer heiligen DVD-Sammlung. Dad mit seinem Bourbon und Mom mit ihrem Wein in der Hand, singen sie »I'll Be There for You« im Chor und alle Dialogzeilen von Joey sprechen er, sie und Matt LeBlanc wie aus einem Mund.

»Wie geht's dem Rücken?«, fragt Mom. »Was gibt's Neues?«

Was es Neues gibt? Als wäre mein Rücken eine fesselnde TV-Miniserie.

»Ganz gut«, sage ich im Bemühen, mich möglichst wischiwaschi auszudrücken. Nicht dass Mom noch auf Kreuzverhörmodus umschaltet. »Ein bisschen verspannt, aber geht schon.«

Da läuft unser halb toter Shar-Pei gegen die Wand und setzt dadurch dem Gespräch ein Ende und Dad natürlich gleich so: »Armer Fluffy ...« Schon hebt er ihn sanft auf den Schoß. Fluffyschlaffi, der Volllappen, hinkt immer nur durchs Haus und macht seinem Namen damit alle Ehre (Ehre?), ist aber eindeutig kein Schoßhündchen. Was mein Dad jedoch nicht wahrhaben will. Seit dem Vorfall letztes Jahr, bei dem Fluffy sich ein für alle Mal heiser gekläfft hat, ist aus dem uralten Monsterköter in den Augen meiner Eltern offenbar ein menschliches Kleinkind geworden.

»Abendessen?«, frage ich.

Mom trinkt einen Schluck Wein und sagt: »Ich war mit Kochen dran«, soll heißen: Hähnchen-Cordon-bleu. An solchen Abenden meint Dad immer, er würde seinen »Fleischfresserjoker« ziehen, und tut so, als fände er es herrlich, aber ich kenne die Wahrheit: Tatsächlich findet er Mom herrlich und mehr hat sie in der Küche eben nicht drauf. »Penny hatte Hunger, deshalb haben wir schon gegessen, aber in der Mikrowelle steht ein Teller für dich. Sollte startklar sein.«

Als ich in die Küche laufe, höre ich es wieder, ganz am Rande meiner Wahrnehmung – dieses Getuschel. Aber wahrscheinlich ist es bloß zärtliches Liebesgeflüster. Wahrscheinlich will ich es gar nicht genauer wissen.

In der Küche koppele ich mein Handy mit dem Bluetooth-Lautsprecher, lasse *Hunky Dory* von David Bowie laufen, starte die Mikrowelle und betrachte den kreisenden Teller. Seit mit dem Leistungsschwimmen Sense ist, hat mein Hunger merklich nachgelassen, und noch dazu hat der Akt des Essens seit dieser Phase für mich etwas Merkwürdiges, beinahe Tierisches an sich. Das ewige Beißen und Reißen, Kauen und Knacken, Malmen und Mümmeln, allein diese ganzen Wörter lassen an alle möglichen ungezähmten Gelüste denken.

Im Grunde genommen sind wir nichts als ein riesiges Wolfsrudel.

Die Mikrowelle piept, der Teller hört auf zu kreisen, meine Beute erwartet mich. Ich trage sie zur Küchentheke hinüber, wo Mom bereits Serviette, Getränk und Besteck drapiert hat. Und direkt daneben klebt ein Zettel mit meinem Namen (in Moms Schrift), fünf Ausrufezeichen und einem Pfeil darauf, der auf das blinkende Lämpchen am Telefon hinweist. Dad besteht auf diesem Festnetztelefon, da er eine »Homebase« für geschäftliche Anrufe brauche, meistens läutet es aber nur, wenn uns irgendwer etwas andrehen will. Einen weiteren Zweck erfüllt das Gerät allerdings doch und nur dadurch komme ich selbst damit in Berührung: Auf dieser Nummer melden sich die Collegeanwerber.

Im Hintergrund singt Bowie von Gesetzeshütern und Höhlenmenschen und in Tanzlokalen raufenden Seemännern und ich wünschte, er wäre hier bei mir in der Küche – dann könnte ich seine Hand nehmen und mit ihm über das Leben reden, sei es auf dem Mars oder anderswo.

## 4 ⇨ *ein kurzer Abriss meiner selbst, Teil 19*

Am 8. Januar 1947 wurde David Robert Jones in London geboren. Es war ein Mittwoch. Es schneite. Irgendwo am anderen Ufer des Atlantiks feierte ein kleiner Junge namens Elvis gerade seinen zwölften Geburtstag. Weder der eine noch der andere Knabe galt als musikalisches Wunderkind; dennoch sollten beide die Welt der Musik in den Grundfesten erschüttern und ihre Kunst immer wieder neu erfinden, bis das Wort *Musik* selbst kaum noch wiederzuerkennen war.

Bei der Geburt des kleinen David, so will es die Legende, sagte die Hebamme: »Dieses Kind war schon einmal auf der Erde.« Jahre später verwandelte sich David Robert Jones in David Bowie und es wurde gemutmaßt, er habe auch schon andere Planeten besucht.

Bei Elvis' Geburt, ebenfalls am 8. Januar, aber zwölf Jahre früher, kam sein Zwillingsbruder tot zur Welt. Gladys Presley erklärte Freunden später, ihr Sohn Elvis habe »Energie für zwei«. Der Tod seines Zwillingsbruders und die Tatsache, dass er selbst offenbar nur durch Zufall überlebt hatte, sollten Elvis lange keine Ruhe lassen.

Manche Menschen waren schon einmal auf der Erde, anderen wird bereits das erste Mal verwehrt.

Am 8. Januar 1973 wurde die unbemannte Raumsonde *Luna 21* erfolgreich in den Orbit geschossen. Nach ihrer Landung auf dem Mond kam der an Bord befindliche sowjetische Mondrover *Lunochod 2* zum Einsatz und fertigte über 80.000 Videoaufnahmen und 86 Panoramabilder an.

Der kleine David wurde größer, schrieb Songs über Astronauten und das Weltall und veröffentlichte im Monat der Mondlandung von *Apollo 11* eine Single (es sei erwähnt, dass Apollo unter anderem als Gott der Musik gilt).

➥ 21

Jahre später sollte der Sohn von David Bowie den Spielfilm *Moon* drehen.

Der kleine Elvis wurde größer und schloss sich der Band *Blue Moon Boys* an. Seine Tochter sollte eines Tages einen kultartig verehrten Musiker heiraten, dessen Markenzeichen der *Moonwalk* war.

Später ging Elvis eigene Wege und heuerte schließlich einen gewissen Thomas Parker als Manager an. Über diesen Thomas Parker sagte er einmal: »Wäre er nicht gewesen, wäre ich wahrscheinlich nie so groß herausgekommen.«

Thomas Parkers Spitzname lautete Colonel Tom. Colonel Tom machte Elvis zum größten Star am Pophimmel.

David Bowie schrieb einen Song über Major Tom, dessen Schicksal es ist, ziellos zwischen den Sternen herumzuschweben.

*Luna 21* und *Lunochod 2* befinden sich nicht mehr auf dem Mond. Der kleine David, der kleine Elvis und der Moonwalker sind ebenfalls außer Gefecht. Doch ihre Musik hat überlebt. Ich muss es wissen. Ich habe sie gehört.

Auch die von *Lunochod 2* angefertigten Aufnahmen haben überlebt. Ich muss es wissen. Ich habe sie gesehen.

Ich denke häufig über die kaum wahrnehmbaren Bindeglieder des Universums nach, darüber, wie sie sich durch Raum und Zeit erstrecken, teils von Stern zu Stern springen wie ein flacher Stein über einen Teich, teils ziellos durch grenzenlose Weiten schweben. Ich denke über Begriffe wie *Reinkarnation, Relativität* und *Parallelität* nach. Und ich frage mich, ob nicht hin und wieder einer dieser Steine zweimal am selben Ort aufsetzt.

Mein Geburtstag ist der 8. Januar.

## 5 ⇨ *und schon wieder denke ich an Wölfe*

Im ersten Jahr an der Highschool fing es an. »Wir sollten beim Schwimmteam mitmachen«, meinte Alan, und das taten wir. Wieso auch nicht, dachte ich mir, immerhin verbrachten wir Stunden um Stunden im Rosa-Haas-Pool und immerhin gewann ich ein Wettschwimmen nach dem anderen. Und ich war tatsächlich nicht schlecht. Ich war schnell, wenn auch nicht der Schnellste. Doch im nächsten Jahr, in der Zehnten, holte meine Muskulatur wohl mein Wachstum ein oder irgendwas in der Art, denn plötzlich waren meine Zeiten aberwitzig gut. Nicht ganz so aberwitzig, dass es für Olympia gereicht hätte, aber ein paar Colleges aus der zweiten Reihe der Topsportunis klopften schon mal bei mir an, Saint Louis zum Beispiel, Manhattan State, Eastern Michigan und die University of Milwaukee. (Von der Aussicht, dass ich auf die UM gehen könnte, waren meine Eltern besonders begeistert. Von Iverton nach Milwaukee braucht man nämlich nur ein paar Stunden.) In der Elften verbesserten sich meine Zeiten weiter, das Klopfen wurde immer lauter und am 1. Juli diesen Jahres, dem ersten Tag, an dem Collegecoaches interessante Kandidaten kontaktieren dürfen, läutete zweimal das Telefon. Einmal war Coach Tao von der Manhattan State dran, einmal Coach Stevens aus Milwaukee und beide ließen durchblicken, dass ich bei ihnen mit einem echten All-inclusive-Deal rechnen könnte. Und das, obwohl es sich in beiden Fällen nicht um schwerreiche Eliteunis handelte, bei denen Vollstipendien an der Tagesordnung waren – im Gegenteil. Daran ließ man mir gegenüber regelmäßig nicht den geringsten Zweifel.

Was niemand wusste: Ich war gar nicht so begeistert davon. Am Anfang hatte mir das Schwimmen einfach nur Spaß gemacht und ich war auch noch ganz gut darin, doch als ich plötzlich *so richtig* gut wurde, kamen sie alle angerannt, *Mann, das ist deine Zukunft, junger Mann, mach was draus,* und alle hatten sie ein solches Funkeln in den Augen, dass sie völlig übersahen, was sich in meinen Augen tat: nichts.

Dann kam dieser Sommer. Langdistanztraining auf der olympischen 50-Meter-Bahn. Mitten im Becken bekomme ich einen Krampf, mein ganzer Körper macht zu, irgendwer zieht mich aus dem Wasser und Coach Kel nur noch: »Alles okay, Oak? Was ist los? Wo tut's weh?« Und ich, ohne auch nur eine Sekunde darüber nachzudenken: »Der Rücken.«

Und fertig. Damit war die Sache erledigt. Ich war nicht raus aus der Mannschaft, ich musste nicht offiziell aufhören. Aber schwimmen musste ich auch nicht mehr.

Wie ich inzwischen weiß, sind Rückenverletzungen eine einigermaßen komplexe Angelegenheit. Solange ich mich nicht allzu genau dazu äußere, lässt sich die Lüge deshalb recht leicht aufrechterhalten. Ich gehe regelmäßig zu Dr. Kirby, meinem Chiropraktiker, und muss in der Früh meistens zu einer Fitnesseinheit bei Coach Kel antreten, denn auf diese Weise, versichert er mir immer wieder, bleibe ich nicht nur in Form, sondern könne auch den Collegecoaches signalisieren, wie ernst ich die Reha nehme. Mom und Dad und der Coach klingelten währenddessen im Tag-Team-Style bei den Colleges durch und Saint Louis und Eastern Michigan machten gleich mal die Biege. Aber keine Ahnung, woran es liegt, vielleicht an Moms im Gerichtssaal gestählter Überzeugungskraft – jedenfalls erklärten sich sowohl Coach Stevens aus Milwaukee als auch Coach Tao von der Manhattan State bereit, mir noch eine Weile die Stange zu halten.

Seit ein paar Wochen werden daher pausenlos hypothetische Szenarien durchgespielt. Wenn Mom und Dad mir mal wieder einschärfen, wie wichtig es wäre, sofort voll auf die ersten Anzeichen eines konkreten Angebots einzusteigen, erinnere ich sie immer daran, dass sich die meisten Schwimmer erst im Frühjahr festlegen. »Stimmt«, erwidert Mom darauf, »allerdings haben die wenigsten Schwimmer wegen einer Rückenverletzung etliche Trainingswochen verpasst.« Dann bringt Dad irgendeinen Spruch, man müsse das Eisen schmieden, solange es heiß ist, oder etwas in der Art, woraufhin Mom sagt: »Solltest du das Glück haben, diesen Herbst ein Angebot zu bekommen – willst du dann wirklich abwarten, ob es im Frühjahr noch steht?«

Dazu habe ich meistens nicht mehr viel zu sagen. Solange kein konkretes Angebot auf dem Tisch liegt, gibt es im Grunde sowieso nichts zu besprechen.

Doch jetzt blinkt das Lämpchen am Telefon und daneben klebt ein Zettel mit mehreren Ausrufezeichen.

Als ich das Hähnchen auf dem Teller betrachte, beneide ich den Wolf um sein einfaches Leben. Vor meinem geistigen Auge sehe ich, wie er stundenlang der Fährte folgt, dann die atemlose Jagd, endlich reißt er seine Beute – nur um sie schließlich doch aus dem Maul fallen zu lassen, zu verschmähen und in aller Ruhe seiner Wege zu gehen.

Ich nehme das Telefon in die Hand und drücke die Anrufbeantwortertaste: *»Hi, hier spricht Coach Stevens. Es gibt gute Neuigkeiten …«*

## 6 ⇨ *je weiter die Entfernung, desto stärker der Drang*

»Du musst einfach mitkommen, No. Alle gehen hin.«

Glaubt Val wirklich, mit diesem Argument könnte sie mir die Sache schmackhaft machen? Sie sollte es besser wissen.

Sie müsste sich nur genau anschauen, was für ein Bild ich im Augenblick abgebe: Mit meinem Laptop auf dem Bauch und einer Coke in der Hand fläze ich im Bett, mitten in meiner dritten *Gilmore-Girls*-Folge des Nachmittags.

»Welche ist das?«, fragt Val und pflanzt sich neben mich, doch da kommt auch schon ihr »Ach jaaaaa, stimmt«. Val ist ein *Gilmore*-Junkie. Sie hat sich alle Folgen mindestens fünfmal reingezogen. Auch die Neuauflage.

»Halt, lasst mich raten«, sagt Alan, der sich für mein Bücherregal interessiert, als hätte er es nicht schon hundertmal eingehend betrachtet. »Luke und Lorelai flirten miteinander, das volle erotische Potenzial des Buttermessers wird entfesselt, doch nichts passiert. Ende.«

*»Alan«,* sagt Val. »Dein romantisches Sensorium lässt stark zu wünschen übrig.«

*»Valeria«,* erwidert Alan. »Ich habe keine Ahnung, was das heißen soll.«

Auf dem Bildschirm betritt Lorelai zum ungefähr vierten Mal am selben Nachmittag *Luke's Diner,* um einen Kaffee zu trinken.

»Trinken die in Stars Hollow eigentlich auch mal Wasser?«, frage ich.

»Nur wenn es vorher durch Kaffeebohnen gesickert ist.« Alan lästert gerne über *Gilmore Girls,* doch Val und ich haben schon öfter mitgekriegt, wie er heimlich in seinem Zimmer den Titelsong schmettert, etwas schief zwar, aber überschwänglich wie Balu aus dem *Dschungelbuch.* »Okay, eins muss man zugeben«, sagt er. »Im Winter ist Stars Hollow krass schön.«

In meinem Kissennest nicke ich zustimmend. »Nur schade, dass sie das *g* von *Girls* im Vorspann kleingeschrieben haben.«

»Da sagst du was«, meint Alan. »Was soll das bitte?«

»Schätze, es soll einfach nur komplett asymmetrisch aussehen.«

»Also gut.« Durch einen Schlag auf die Leertaste pausiert Val die Folge und sieht mich mit überkreuzten Armen und Beinen an. »Noah. Ich will, dass du heute Abend mit zu der Party kommst. Tu's für mich. Bitte.«

Ich rühre mich nicht. Gar nicht. Diese Trägheit, dieser Stillstand, diese vollständige Selbstauflösung eines an Netflix verschwendeten Vormittags und frühen Nachmittags – das wird mir am meisten fehlen, wenn Schluss ist mit Sommerferien. »Schon vergessen, wie ich reagiere, wenn man mich zu irgendetwas zwingen will?«

»Gott, ich will dich doch nicht zwingen. Ich bitte dich darum.«

»Und ich spüre eben, wie mir die Ferien durch die Finger rinnen wie der Sand der Zeit durch die Sanduhr und so eine Abendveranstaltung bei den Longmires ... also dafür will ich meinen Sand echt nicht auf den Kopf hauen.«

»Schon klar, Noah, ist angekommen.« Alan klopft auf den umgedrehten Papierstapel auf meinem Schreibtisch. »Ein preisgekrönter Schriftsteller wie du kann sich nicht auf einer gewöhnlichen Highschoolparty blicken lassen. Das wäre unter deinem Niveau.«

Letztes Jahr wurden wir in Englisch Leistung von Mr Tuttle aufgefordert, einen »kurzen Abriss« irgendeines Ereignisses zu verfassen, genauer gesagt eine knappe Betrachtung irgendeiner Schnittstelle zwischen der Weltgeschichte und unserem eigenen Leben. Eine ziemlich vage Aufgabenstellung, muss man sagen, aber ich biss mich daran fest und ließ auch nach Abgabe nicht locker. Ich schrieb munter weitere Skizzen historischer Geschehnisse, die ich irgendwann unter einem einzigen Projekt mit dem Titel »Ein kurzer Abriss meiner selbst« zusammenfasste und bei einem landesweiten Wettbewerb des *New Voices Teen Lit Journal* einreichte. Ich erzählte niemandem davon, denn ich würde ja sowieso nicht gewinnen.

Und dann gewann ich doch.

»Du wirst langsam, aber sicher zum Einsiedler«, meint Val. »Das ist dir schon klar, oder?«

»Tue ich gar nicht.«

»Du gehst nie aus dem Haus.«

»Tue ich sehr wohl.«

»Abstecher zum Rosa-Haas-Pool zählen nicht.«

»Ich gehe auch noch ... woandershin.«

»Wohin genau?«

»Weiß nicht«, räume ich ein. »Irgendwohin.«

»Wusstet ihr, dass Bowie im selben Jahr gestorben ist wie Prince und Muhammad Ali?«, wirft Alan ein, der inzwischen meine David-Bowie-Biografie in der Hand hält. »Dass so was immer gleich im Dreierpack passieren muss.«

»In dem Jahr ist auch noch George Michael gestorben«, gebe ich zu bedenken.

»Oh. Na gut, dann im Viererpack.«

»Ich wüsste übrigens gerne, was an dem Einsiedlerding so verkehrt sein soll«, rede ich weiter. »Wenn man mal drüber nachdenkt, sind Einsiedler doch viel besser als ihr Ruf. Die wollen einfach nur zu Hause bleiben und in Ruhe gelassen werden. Was ist daran so falsch?«

Und Alan nur: »Alter, als Einsiedler kriegst du keine Frauen ab.«

Just in diesem Moment steckt Mom den Kopf zur offenen Tür herein. »Wer kriegt keine Frauen ab?«

»Mrs O!«, ruft Alan und fliegt in ihre Arme. Mom und er

haben ein merkwürdiges Ding am Laufen – Alan flirtet auf übertriebene, ja unverschämte Weise mit ihr und sie tut dabei peinlich berührt. Aber das glaubt sie selbst nicht.

»Ich dachte, Sie sind heute wandern?«, sagt Alan.

Und Mom, natürlich feuerrot angelaufen: »Nein, nur Todd. Er ist mit seiner üblichen Bande unterwegs. Die fahren alle paar Monate nach Starved Rock rauf und versuchen, sich zu beweisen, dass sie nicht älter werden.«

Alan mustert Mom – ich betone: meine Mutter, die mir das Leben geschenkt und schon des Öfteren damit gedroht hat, es mir wieder zu nehmen – genüsslich von Kopf bis Fuß. Das kann nur er sich rausnehmen. »Also bei Ihrem Gatten bin ich mir nicht so sicher, aber Sie, Mrs O, altern eindeutig rückwärts.«

»Ist gut jetzt, Alan«, ermahnt ihn Val.

»Im Ernst. Hier scheint ein klarer Fall von Benjamin-Buttonismus vorzuliegen.«

»Es reicht.«

»Jetzt mal ehrlich, Noah, deine Mom ist doch verdammt heiß.«

»Gott, Alan!«

»Sie müssen entschuldigen, Mrs Oakman«, sagt Val. »Mein Bruder hat sich als Kleinkind leider sehr oft den Kopf angehauen.«

Alan zwinkert Mom zu und lässt sein charmantes Rosa-Haas-Lächeln aufblitzen. »Nicht hinhören, Mrs O. Sie sehen heute wirklich toll aus. Extraknusprig.«

»Tja, also keine Ahnung, was das nun wieder heißen soll«, erwidert Mom, dabei bekommt sie in Wirklichkeit gar nicht genug davon und tut, als wäre sie nicht nur wegen Alan hier aufgetaucht. Das heißt …

»Mom, ist noch irgendwas?«

Sie will mich nach Coach Stevens' AB-Nachricht fragen, das sehe ich ihr an. Aber sie weiß nicht, ob sie das Thema vor Alan und Val ansprechen soll.

»Ich wollte nur fragen, ob ihr drei vielleicht ... was zum Knabbern gebrauchen könntet.«

»Was zum Knabbern«, wiederhole ich.

Mom nickt. »Oder so.«

»Wir sind nicht mehr sieben, Mom.«

»Ich auch nicht«, entgegnet sie. »Aber ich stehe total auf Knabberzeug.«

»Haben sie zufällig Cheetos da?«, erkundigt Alan sich.

Mom zieht die Nase kraus. »Wie wär's mit Reiswaffeln?«

Schnell schalte ich mich ein, sonst erklärt sich Alan noch zum größten Reiswaffelfan der Welt. »Danke, Mom. Wir brauchen nichts.«

Als sie wieder weg ist, scrolle ich durch eine alte Radiohead-Playlist, während Val den Laptop auf den Boden stellt und sich andersherum ins Bett legt, ihr Kopf bei meinen Füßen. Alan lässt sich neben mich fallen. So starren wir zu dritt an die Decke und lauschen der Musik. Manchmal ist das Einfache zugleich sehr kompliziert und wir drei als kollektiver Körper, der im selben Bett Musik hört, ist ein solcher Fall, es ist eine ganz eigene, auf einer schwer greifbaren Frequenz schwingende Nähe.

»Du musst dir Iverton als Theaterbühne vorstellen«, sagt Val beinahe flüsternd. »Die Vorstellung ist so gut wie gelaufen und diese Party ist unsere Schlussverbeugung.«

»Das finde ich jetzt ein bisschen überdramatisiert«, erwidere ich. »Und außerdem kommt die Zwölfte doch erst noch. Und außerdem *außerdem*, wieso sollten wir nach der Highschool nicht mehr zusammen unterwegs sein?«

Alan hat den Animationsstudiengang an der DePaul University im Auge und Val, die eine immer dickere Mappe mit fotografischen Werken vorzuweisen hat, schwärmt von der School of the Art Institute of Chicago wie Rory Gilmore von Harvard. Bei allem Frust der vergangenen Wochen finde ich es doch sehr beruhigend, dass meine besten Freunde nächstes Jahr nicht ans andere Ende des Landes ziehen werden.

»Gibt's was Neues von den Stipendien?«, fragt Val.

Jetzt könnte ich ihnen von der AB-Nachricht erzählen, doch ich kann mir ihre Reaktion vorstellen. Es gibt nur zwei Menschen, die noch begeisterter als Mom und Dad sind, dass ich nächstes Jahr eventuell in Milwaukee aufs College gehen könnte: Val und Alan. Vorausgesetzt, sie landen wirklich an der DePaul und an der SAIC, wäre die UM nur eine kurze Fahrt entfernt und das Dreieck hätte Bestand.

Dafür könnte man aber auch anders sorgen.

»Vielleicht suche ich mir einfach einen Job in der Stadt«, antworte ich nicht auf Vals Frage, »und verschiebe die ganze Collegegeschichte auf später.«

»Noah.«

»Val.«

»Red keinen Unsinn.«

»Tue ich nicht.«

»Was für einen Job denn bitte?«

»Einem strammen, jungen Burschen wie mir steht die ganze Welt offen. Es gibt ein Füllhorn an Möglichkeiten.«

»Sagst du jetzt. Aber du weißt genau, am Ende würdest du doch bei Starbucks landen.«

»Die sollen aber eine gute Krankenversicherung haben«, meint Alan, woraufhin Val ihm ihren Fuß ins Gesicht drückt und er ihn beiseitewischt. Für ein paar Sekunden liegen wir still im Bett und konzentrieren uns auf den Song. »Everything in Its Right Place« kommt mir jedes Mal vor wie eine

Hymne nur für mich, eine Ode an die schmucklosen Wände meines Zimmers, die alphabetisch sortierten Bücher in meinen Regalen, die allgegenwärtigen Weiß- und Pastelltöne, die exakt rechtwinklig ausgerichteten Papierstapel auf meinem Schreibtisch, und ich sage: »Wisst ihr, was?«

»Was?«, fragt Val.

Ich denke an früher, als Penny noch klein war, aber so schnell größer wurde – hin und wieder dämmerte ihr anscheinend, dass ihre Zeit als Kleinkind irgendwann zu Ende gehen würde, und in diesen Augenblicken fiel sie jedes Mal in ihrer Entwicklung zurück, brabbelte wie ein Baby und klammerte sich an Mom wie lange nicht mehr.

Je weiter ich mich gefühlt von meinen Freunden entferne, desto stärker wird der Drang, sie festzuhalten.

»Ich liebe euch«, sage ich und schiebe einen Arm unter Alans Nacken, einen um Vals Knöchel. »Ich liebe euch beide, ich liebe es, mit euch Ferien zu haben, und ich ... ich habe heute einfach keine Lust auf andere Menschen.«

Der Song endet, der nächste beginnt: »Daydreaming«, eines dieser Lieder, die die Luft mit Melancholie tränken wie ein absaufender Öltanker.

Val richtet sich auf und klatscht in die Hände. »Okay, Jungs. Wir hängen sicher nicht den ganzen Tag in diesem hochsterilen Jugendzimmer herum und hören die letzte Losermusik, als wären wir ...«

»Die letzten Loser?«

»Du sagst es. Sind wir nämlich nicht. Wir sind jung und voller Durst nach Leben und wir platzen vor ... vor ...«

»Vor Durst?«

»Korrekt. Vor unbändigem Durst. Ein Glück, dass ich genau die richtige Party für coole Kids wie uns weiß.«

Ich ziehe den Laptop vom Boden auf meinen Bauch und

lasse *Gilmore Girls* weiterlaufen. »Du kannst mich nicht zwingen.«

Val beugt sich vor und späht knapp über den Bildschirmrand. »Noah.«

»Ich kenne meine Rechte.«

»Wäre doch schade, wenn ich dir ganz aus Versehen verraten würde, wie die Folge ausgeht.«

Ich hebe den Blick um ein paar Zentimeter. Val und ich fixieren uns gegenseitig. »Das würdest du nicht wagen.«

Kann man mit den Brauen die Achseln zucken? Val kann. »Du kommst nie drauf, wer später nach Kalifornien abhaut.«

»Das ist nicht witzig.«

»Oder wer auf einem Kreuzfahrtschiff heiratet.«

»Glaubst du echt, ich lasse mich aus Angst vor *Gilmore-Girls*-Spoilern zu deiner bescheuerten Party überreden?«

»Oder wer es nicht nach Harvard schafft.«

## 7 ⇨ *ich gehe auf eine bescheuerte Party*

Will und Jake Longmire sind als kleine Arschlöcher zur Welt gekommen und haben sich seitdem konsequent gesteigert. Außerdem – und das hängt durchaus damit zusammen – sehen sie beide sehr gut aus, allerdings »gut« im Sinne von Ryan Lochte oder den Hemsworth-Brüdern, will heißen: Sobald man sie erblickt, juckt es einen extrem in den Fingern, ihnen die Fresse zu polieren. Normalerweise würde ich mich für solche Gedanken schämen, aber weil ich mitbekommen habe, wie sie mit Mädchen umgehen, und die »Scherze« gehört habe, die sie Alan um die Ohren hauen, hält es sich in Grenzen. Zumal ich ja nicht wirklich zuschlage.

Zwischen der Straße und der Longmire-Residenz liegt ein footballfeldgroßer Vorplatz und die Villa selbst ist tatsächlich noch größer, protziger und ivertonmäßiger als all die anderen. Val parkt ihren schwarzen BMW zwischen zwei anderen BMWs, wir drei steigen aus und Alan holt eine Familienpackung eines undefinierbaren Getränks aus dem Kofferraum – es sieht nach Bier aus, wirkt aber eine Spur zu … glitzerig? Todesmutig erkundige ich mich, was das ist.

»Hurricanes«, antwortet Alan.

»Bitte was?«

»Das sind Mixx Tail Hurricanes.«

»Klingt … verheerend.«

»Erst ab der vierten Flasche, Alter.«

Ich bin kein großer Trinker. Also gelegentlich genehmige ich mir schon ein bisschen was, aber wenn man »Trinker« hört, denkt man an Typen mit schweißnasser Stirn und glasigem Blick, und keine Ahnung, ich gehe lieber mit trockener Stirn und klarem Blick durchs Leben.

»Und das da?«, frage ich und deute auf die Essenstüte in Alans anderer Hand.

»Das ist Bulgogi. Gegrilltes vom Koreaner. Aber kein Gegrilltes, wie wir es kennen. Bulgogi ist eine ganz eigene Kiste.«

Als wir quer über den Rasen vor dem Haus gehen, über die formvollendetsten Grashalme der Menschheitsgeschichte, schnürt mir mein T-Shirt-Kragen plötzlich die Luft ab.

»Alles okay, No?« Val legt mir den Arm um die Schultern. »Wirkst irgendwie ein bisschen breit.«

»Alles okay. Ich ärgere mich nur, dass ich nichts zu essen mitgebracht habe.«

Alan gluckst. »Junge, denkst du, hier gibt's ein scheiß Mitbringbüfett? Das Bulgogi wird nicht geteilt.«

»Okay, na gut. Davon abgesehen wollte ich eigentlich gar nicht herkommen, aber das nur nebenbei.«

»Entspann dich, Mann«, erwidert Val. »Wir gehen jetzt da rein, besorgen dir was zu trinken und ich versprech's dir, bald bist du froh, dass du hier bist.«

»Und wer weiß«, fügt Alan hinzu. »Vielleicht können wir die alte Volksweisheit widerlegen, wonach Einsiedler stets in Keuschheit leben.«

Egal wie oft ich es ihm erkläre, Alan wird es mir nie glauben, aber noch habe ich kein Interesse an Sex. Okay, im Laufe der Jahre war ich ein paarmal drauf und dran. Ich habe sicher ein halbes Dutzend Unterhosen weggeworfen, nur damit mir meine Eltern am Waschtag nicht mit blöden Fragen kommen. (Ja, ja, kindisch und so. Aber was ist leichter – sich angesichts der mysteriösen Schrumpfung des eigenen Unterwäschevorrats dumm zu stellen oder *so etwas* zu erklären?) Und noch was: Dass ich vorerst mit niemandem schlafe, heißt nicht, dass ich nicht könnte oder wollte. Ich weiß, das ist eine typische Daddyweisheit, aber was soll ich sagen, mir war schon immer klar, dass Beziehungen echte Tiefe haben können. Außerdem ist mir bewusst, was Sex zumindest potenziell bedeuten kann und dass er sich mit hoher Wahrscheinlichkeit irgendwie auf diese Tiefe auswirken würde. Und aus meiner Sicht ist das eben ein so empfindliches Gleichgewicht, dass ich da erst mal nicht Hand anlegen will (um es schön zweideutig auszudrücken). Wir freiwilligen Jungfrauen sind eine genügsame, vom gemeinen Volk verkannte Truppe, aber damit kann ich leben.

Val bleibt stehen und schießt ein Gruppenselfie vor der Longmire-Villa, auf dem mir ziemlich sicher meine miese Laune anzusehen ist, also hoffentlich postet sie es nirgends. Noch vor einem Jahr wäre mir das egal gewesen, aber da hatte sie auch noch nicht 100.000+ Follower.

Valeria Rosa-Haas ist gewissermaßen zum Social-Media-Phänomen aufgestiegen. Danach streben vermutlich eine ganze Menge Leute, aber ihr geht es wirklich um das Medium selbst, also um die Fotografie. Am Anfang hat sie noch den Standardkitsch geknipst, Straßenschilder mit Retrofilter, Spaziergänge bei Sonnenaufgang, coole Schuhe im Dämmerlicht etc. Nach einiger Zeit ist sie aber auf das Thema umgeschwenkt, das zu ihrem Markenzeichen geworden ist: aufwendig inszenierte Fotografien zu ihren Lieblingsfilmen mit ausgewählten Requisiten und Kostümen der Hauptfiguren, mit Büchern, über die diese sprechen, Alben, die sie hören, geografischen Bezügen, in passenden Farbtönen gehalten ... alles sehr künstlerisch und geschmackvoll gemacht und mit dieser Meinung stehe ich in Anbetracht ihrer Followermassen offensichtlich nicht alleine da.

Als kleine Ergänzung postet Val hin und wieder gesellschaftskritische Aufnahmen, zum Beispiel meinen Favoriten aus dieser Kategorie: ein Mann im Zoo, der mit gesenktem Kopf ins Handy spricht, während ihm ein Gorilla durch eine dicke Glasscheibe hindurch dabei zusieht. Die Bildunterschrift lautet schlicht: »Käfige«.

Val wird die SAIC nächstes Jahr das Fürchten lehren.

Je näher wir der Villa kommen, desto deutlicher sind die Erschütterungen des Bodens zu spüren, alle Regler auf Anschlag, ein hämmernder Bass und ein Donnergrollen aus Geplapper und Gelächter sprengen beinahe das Dach vom Haus. Val marschiert voraus und stößt, ohne zu klingeln, die Tür auf, Alan und ich hinterher. Überall stehen sie herum, trinkende Kids, lachende, fummelnde und quatschende Kids, es hört nicht auf. Wir durchqueren die Empfangshalle, vorbei an vier altehrwürdigen Standuhren, jeweils zwei rechts und links des Eingangs. Von der Decke hängt ein gigantischer

Kronleuchter, an der linken Wand führt eine großzügig geschwungene Treppe hinauf, alles ist wie im *Großen Gatsby*, nur in modern, und als wäre sie eine Ureinwohnerin von East Egg, übernimmt Val unmerklich die Kontrolle über das Geschehen. Nicht dass sie auch nur einmal zu laut werden oder zu offensiv auftreten würde, nein, sie ist einfach nur präsenter als wir Normalos.

»Hey, No«, sagt Alan und deutet auf den Kronleuchter, »in dem Ding könntest du problemlos deinen Jungei-Verführer parken«, und ungefähr an diesem Punkt treffe ich eine folgenschwere Entscheidung: Ich werde mich heute Abend betrinken. Trotz glasiger Augen und obwohl meine Stirn glänzen wird wie ein Donut, denn wenn ich das hier überleben will, bleibt mir keine andere Wahl.

Das ist keine normale Küche mehr. Das ist die reinste Ess-und-Trinkgewölbehalle. Mauerbögen, nackte Ziegelwände, behängt mit dekorativen Töpfen und Pfannen, ein zweitüriger Kühlschrank. Eigentlich eine echte Touristenattraktion, wäre nicht alles vollgemüllt mit Dosen und Flaschen, Chipstüten und Styroporessensbehältern, an denen offenbar verschiedene experimentelle Operationen vorgenommen wurden.

Bei diesem Anblick bekomme ich Riesenlust, mir ein Paar extradicke Gummihandschuhe überzustreifen und mich mal so richtig mit einem Handstaubsauger auszutoben.

»Nur damit du's weißt«, sagt Alan, als ich die Hurricanes-Packung aufreiße, »die Teile haben acht Prozent«, aber als In-der-Regel-Nichttrinker habe ich keinen Schimmer, was er da faselt, und so kippe ich mir das Zeug einfach rein. Es ist kirschrot und schmeckt nach Gummibärchen und ehe ich mich's versehe, ist die Flasche auch schon leer. Also greife ich mir die nächste. Als ich davon trinke, regt sich in mir erstmals das Gefühl, dass ich möglicherweise ein Gespräch mit einer anderen Person anfangen könnte, ohne dabei dem Drang zu erliegen, ganz langsam meine Faust in meinen Mund zu schieben. Oder in den Mund der anderen Person. Oder in irgendeinen Mund.

Aber erst mal in Ruhe am Hurricane nippen und planlos durchs Haus streifen.

Hinten im Garten ist ein riesenhafter Pool, dagegen wirkt die Rosa-Haas-Variante wie ein bescheidener Appetitanreger. Und natürlich ist das Ding knallvoll mit Kids. Sie saufen, klettern die Rutsche hoch, begrapschen sich gegenseitig auf dem enormen Aufblasschwan, machen Klimmzüge am Sprungbrett, planschen herum, kreischen herum, genau wie in *Herr der Fliegen* und Konsorten.

Hurricane ist alle.

Also zurück in die Küche, um mir Nr. 3 zu besorgen, und es ist einfach irre, wie viele Räume es hier gibt, die meisten mit Kids von meiner Schule drin, hier und da sehe ich aber auch neue Gesichter. Irgendwie gerate ich in ein Zimmer voller tanzender Leute, ins Epizentrum der bombigen Bässe, überlasse mich der Musik, und keinen Plan, wie es dazu kommt, aber auf einmal tanze ich mit einem Mädchen, dessen Namen ich nicht mitgekriegt habe. Sie ist ziemlich heiß, so weit also alles cool, aber trotzdem schwitze ich, denn es ist wirklich heiß hier drinnen, und noch dazu wirft dieses Hurricane-Gesöff eine spannende Frage auf: Bin ich schon so gottgleich zur Welt gekommen? Oder ist das eher ein anerzogenes Umweltding? Ich meine, was soll ich sagen?

»Du hast gestern also genau dieselben Sachen angehabt?«, fragt das Mädchen.

Inzwischen stehen wir an die Wand gequetscht herum, am Rande des Geschehens. Irgendwann haben wir uns nämlich auf eine Pause geeinigt (aber natürlich, versichere ich mir selbst, nur vom Tanzen, nicht von unserer gottgegebenen Göttlichkeit) und ich erzähle ihr von meiner Verehrung für Henry David Thoreau und davon, dass er mich auf die Idee gebracht hat, jeden Tag die gleichen Klamotten zu tragen.

»Ja, ich hatte gestern das gleiche Outfit an. Und vorgestern. Und vorvorgestern auch und so weiter.«

»Das heißt also ...« Das Mädchen weicht einen Schritt zurück und zieht die Augenbrauen hoch.

»Nein, ich ... also, ich habe ungefähr zehn gleiche Hosen und gleiche Shirts im Schrank. Und die werden durchgewechselt.«

Ein skeptisches Nicken, ein Schluck Bier, das Mädchen blickt sich suchend um.

Und ich: »Meine Klamotten sind also immer supersauber, meine ich.« *Gut so, Oakman, red nur eine halbe Stunde lang über deine duftende Wäsche, du machst das prima.* Trotzdem spreche ich weiter, ich kann selbst kaum hinhören. »Entscheidungsmüdigkeit ist echt ein ernstes Problem«, sage ich, und weil ich nun mal ein klassischer Aufreißertyp bin, erzähle ich ihr von damals, als ich mit meiner Mom zur Mall gefahren bin, mir mein Lieblingsoutfit zusammengestellt habe, also eine marineblaue Slim-Fit-Hose mit Umschlag und ein weißes Bowie-Shirt (vorne drauf der rauchende Bowie, darüber in fetten Buchstaben: BOWIE), und jeweils zehn davon eingepackt habe. Als Abrundung kamen noch meine bevorzugten braunen Schnürstiefel dazu und fertig war die Laube. Dieses Ensemble bezeichnet Val gerne als *Noahs Navy-Bowie.*

»Es macht den Alltag einfach effizienter«, fahre ich fort,

»aber wie gesagt, der eigentliche Auslöser war Thoreau. ›Unser Leben vergeudet sich in Details‹, hat er mal gesagt, und das stimmt doch, oder? Egal, ich weiß sowieso, was du jetzt denkst.«

»Wetten, dass nicht«, erwidert das Mädchen, aber davon lasse ich mich nicht aufhalten.

»Du denkst, jeder hat irgendwann eine Thoreau-Phase, und wenn man älter wird, staunt man über sich selbst, *Ach wie süß, da war ich noch jung und fand Thoreau sooooo toooooll,* aber scheiß doch drauf, ich verehre Thoreau und seine Philosophie der Einfachheit wirklich. Thoreau war verdammt noch mal einer von den Guten! Und *Walden* ist am besten. Oder? Hast du es gelesen?« Schnell einen Schluck Hurricane trinken. »Diese Idee, dass man alles Überflüssige abstreift und einfach irgendwo an einem See lebt und schreibt. Also so hat's Mila Henry letztlich doch auch gemacht.« Junge, dieses gepimpte Malzbier mit Kirscharoma haut einem die Lebensweisheiten nur so raus! »Und ich sag's dir, die zwei haben sich bestimmt keinen Kopf gemacht, ob sie heute wieder ihr Lieblingsspruchshirt anziehen dürfen oder ob die vorschriftsmäßige Wartezeit seit dem letzten Mal noch nicht abgelaufen ist. ›Vereinfache, vereinfache!‹ Ich versuch's ja. Ich gebe mir echt Mühe. Aber egal.«

Erst jetzt fällt mir auf, dass ich nicht mehr mit dem Mädchen von vorhin spreche, sondern mit einem anderen. Sie säuft irgendwas aus einem roten Plastikbecher, wie es auf solchen Partys Tradition ist und dem der Geruch von purem Whiskey entströmt. Plötzlich lacht sie. »Du bist so witzig, Jared.«

»Wer ist Jared?«, will ich wissen.

Sie wird direkt hysterisch. »Siehst du? *Wer ist Jared?«,* schreit sie und wedelt mit den Armen, dass ihr Getränk nur so auf den Boden spritzt. »Oh, Shit, ich glaube, ich muss kotzen ... also nicht wirklich, aber ... Hä?«

Hier drinnen geht die Hölle ab, daher will ich nicht ausschließen, dass ich etwas überhört habe. »Wie, hä?«

»Was hast du gerade gesagt?«, fragt das Mädchen.

»Ich habe gar nichts gesagt.«

Wieder dieses lallende Lachen, wieder wird mit den Armen gewedelt und der halbe Becherinhalt verschüttet – die Gute ist stockbesoffen. Und apropos Saufen, das nächste Mal nehme ich mir gleich zwei von den Teilen mit. Ich stehe auf Kirschgeschmack. Kirschgeschmack ist »der Shit«.

»Komm schon, Jared!« Das Mädchen, das offenbar genug vom Reden hat, zerrt mich auf die Tanzfläche, drückt ihren Arsch gegen meine Genitalien und tanzt ohne Rhythmusgefühl, um dann langsam ihren Plastikbecher in die Höhe zu recken und den Rest gezielt in einem Kreis am Boden zu verteilen.

Jetzt muss Verstärkung her, daher suche ich die Menge nach Val oder Alan ab. Keine Spur von Val. Da drüben ist Alan, an einen Subwooferturm gelehnt, macht er mit Len Kowalski vom Tennisteam rum. Der Snob hat früher jedes zweite Wochenende rohe Eier auf mein Zuhause abgefeuert.

Von der gegenüberliegenden Ecke lächelt mich ein Mädchen an. Eine hübsche Fremde, kaum zu übersehen wegen des knallblauen Bandanas in ihrem Haar.

»Jared!«

Mein Blick wandert zu dem Mädchen vor meiner Nase. »Was ist?«

Wie's aussieht, bin ich jetzt Jared.

»Geh mit mir nach Vancouver«, brabbelt sie so dicht bei mir, dass ich ihren Atem rieche, eine Mischung aus Mais und Lagerfeuer, die mich seltsamerweise ziemlich anmacht.

Ich ziehe ihre Hand von meinem Nacken und frage mich dabei, wie und wann sie eigentlich dort hingeraten ist. »Wieso Vancouver?«

Sie lacht, als hätte ich einen Hammerwitz gerissen, kreischt plötzlich: »Die haben Gras!«, rutscht daraufhin auf ihrer selbst gemachten Whiskeypfütze aus und ... okay, die ist erst mal fertig.

Der nächste Song beginnt, der neueste von Pontius Pilotus, und bei den Leuten brennen endgültig die Sicherungen durch. Ich blende die Musik so weit wie möglich aus, helfe der Armen auf und führe sie nach nebenan zu einem Sofa.

»Du bis eimpfach so ... so scheise nett.« Sie drückt mir den Finger in die Brust. »Die Welt is die Hölle, Jared. Eine K-Kackhölle. Aber du bis anders. Du bis nett!«

Während ich sie ordentlich hinlege und ihr ein Kissen unter den Kopf schiebe, sage ich das Erste, was mir in den Sinn kommt, es ist eines meiner Lieblingszitate aus *Jahr meiner Selbst:* »Vielleicht war die Welt doch kein Riesenbatzen Scheiße.«

Da kichert sie, »Riesenbatzen Scheiße, hihi«, und zack, pennt sie weg. Ich bleibe noch eine Weile und checke ihre Atmung, dann schnell rüber in die Gewölbehalle. Mal sehen, ob Alan mit seiner Prognose recht behält. Es ist Zeit für den angeblich so verheerenden Hurricane Nr. 4.

## 8 ⇨ *Philip Parish und das sonnengetränkte Erzählen*

Pontius Pilotus ist ein Musiker aus Chicago, der letztes Jahr als Belohnung dafür, dass unsere 11. Jahrgangsstufe halbwegs erfolgreich für die Schülerzeitung gesammelt hatte, in der Aula der Iverton Highschool auftrat. Wenn man ein Konzert von vornherein zum Scheitern verurteilen will, muss man es nur am Dienstagvormittag ansetzen; trotzdem bewarb die Schülermitverwaltung das Ereignis euphorisch als *Magazine Mega Gala* und schwupps wurde Pontius Pilotus bei uns zur Legende. Dabei steht die große Mehrheit der Iverton High zu seiner Musik, wie sie auch zu Fußballpokalen aus der Vierten oder zu Riffelpommes in der Cafeteria steht: Es ist eine Zuneigung aus Nostalgie ohne festes Fundament.

Außerdem hatte sich Pontius Pilotus bereit erklärt, nach dem Auftritt mit unserer Englisch-Leistungsklasse über seinen kreativen Schaffensprozess zu sprechen.

»Ist das Ihr echter Name?«, fragte irgendwer.

Und Pontius Pilotus antwortete: »Eigentlich heiße ich Philip Parish, aber ein Pseudonym kann die Marke voranbringen. Und als Musiker lebt man von seiner Marke.«

»Könnten Sie darauf ein wenig näher eingehen?«, fragte unser Lehrerbot. Der echte Mr Tuttle hatte offenbar schon lange den Abgang gemacht, war verdrängt worden von einem Androiden, der in einer Endlosschleife aus Überinterpretationen des Finales von *Früchte des Zorns, Macbeth*-Rezitationen und Fragen wie *Könnten Sie darauf ein wenig näher eingehen?* festhing.

Parish zuckte mit den Schultern. »Die Marke sagt den Leuten, wer du bist. Durch die Marke grenzt du dich von der Masse ab. Und irgendwann, also wenn alles glattgeht, müssen die Leute nur noch deinen Namen hören und denken sofort an dein ganz eigenes Ding.« Er deutete auf den Schulcomputer auf Mr Tuttles Pult. »Ein angebissener Apfel.« Sein Finger schwenkte zu Mr Tuttles Pepsi. »Eine blaue Dose mit einem rot-weiß-blauen Kreis drauf.«

»Aber das sind Gegenstände«, wandte Alan ein. »Und keine Menschen.«

Jetzt zeigte Parish direkt auf mich: »Der Typ hatte wirklich Ahnung, wie man eine Marke aufbaut.«

»Wer? Noah?«, fragte irgendjemand.

»Nee, Bowie«, sagte Val. (Letztes Jahr hatten wir drei genau einen Kurs zusammen, und zwar Englisch Leistung. Ein Fehler, den das Sekretariat kein zweites Mal begehen wird.)

Parish nickte mir zu. »Du hast das Shirt doch nicht einfach nur so an, Junge? Du weißt doch, wovon ich spreche?«

»Von David Robert Jones«, antwortete ich.

Und Parish: »Glaubt ihr, irgendwer von euch hätte sich den Namen *David Robert Jones* gemerkt? Okay, kann sein. Der Typ hat die Musik revolutioniert und übrigens auch noch vieles andere, also kann sein. Aber Leute, gebt euch nur mal dieses Shirt.«

Der ganze Kurs drehte sich um und starrte mir auf die Brust, auf den fetten BOWIE-Schriftzug oben und auf den Meister selbst mit Zigarette im Mundwinkel darunter.

»Die Musik, die Erotik, das Image«, meinte Parish, »alles verdichtet sich in einem einzigen Wort, das man auf der ganzen Welt versteht: Bowie.«

Irgendwer meldete sich. »Und Ihr Pseudonym haben Sie von dem Typen aus der Bibel?«

»So ungefähr«, sagte Parish und wurde plötzlich etwas zappelig.

»Aber der in der Bibel hat sich anders geschrieben, oder?«

Parish zuckte mit den Schultern. »Solche gezielten Abweichungen können die Marke voranbringen.«

Val hob die Hand. »Würden Sie sagen, Sie bringen viel von sich selbst in Ihre Songs ein?«

Schon zuvor hatte Parish sich offenbar leicht unwohl gefühlt, aber zu sehen, wie er sich mit Vals Frage herumquälte, war direkt mitleiderregend. »Das ist nicht so leicht zu beantworten«, murmelte er nur oder irgendetwas in der Art. Doch als Mr Tuttle wieder mit seinem »Könnten Sie darauf ein wenig näher eingehen?« ankam, räusperte sich Parish und stand auf.

Und ab da wurde es schräg. Parish war mit einem kleinen Notizbuch in der Hand ins Klassenzimmer gekommen. Ich war davon ausgegangen, dass es Kostproben seines Schaffens enthielt, ein bisschen Anschauungsmaterial zur Entwicklung eines Songtexts.

»Jeder Song hat etwas Persönliches«, sagte Parish und drückte das Notizbuch an seine Brust. »Meine Texte drehen sich meistens nicht so sehr um ein bestimmtes Thema als vielmehr um die dazugehörige Stimmung. Ich denke mir eine Geschichte aus und versetze mich durch das Schreiben selbst hinein. Das nenne ich schattiertes Erzählen.« Da kippte seine Stimme, als hätte er sich eine Maske vors Gesicht gezogen. »Aber manchmal ... manchmal kommt etwas anderes aus mir heraus, ein Song, von dem ich selbst nichts wusste. Und diese Songs sind noch persönlicher. Das ist das sonnengetränkte Erzählen. Tut mir leid, ich kann ...« Er schüttelte den Kopf und sah erst Mr Tuttle an, dann uns, als hätte er uns vorübergehend komplett vergessen gehabt. »Tut mir leid.«

Und damit verließ er das Zimmer, verschwand einfach durch die Tür, wobei ihm etwas aus dem Notizbuch rutschte. Soweit wir wussten, hatte sich hier noch nie ein Gastredner mittendrin vom Acker gemacht. »Darauf wollte er anscheinend nicht näher eingehen«, sagte irgendwer und alle lachten, wie man immer lacht, wenn endlich wieder Normalität einkehrt. Danach wies Mr Tuttle uns an, unsere Steinbeck-Schinken aufzuschlagen, und unsere Heiterkeit wurde erstickt von einem imaginären Panorama aus Staub und Schnaps und rissigen Reifen auf der Straße nach Westen, wo die prallen milchweißen metaphorischen Brüste des ländlichen Amerika geduldig unserer Ankunft harrten.

Als die Stunde zu Ende war, lungerte ich herum, bis alle weg waren, und griff mir auf dem Weg nach draußen das Teil aus Parishs Notizbuch, steckte es ein und verbarrikadierte mich in der nächsten Toilettenkabine.

Es war ein Foto, ein schlichtes Porträt eines jungen Typen, der knapp an der Kamera vorbeiblickte, nur mit der Andeutung eines Lächelns auf den Lippen. Auf der Rückseite entdeckte ich eine Widmung: *Die Sonne scheint zu hell. In Liebe, A.* Noch am selben Tag nach dem Abendessen durchforstete ich den Google-Dschungel nach diesem (leider nicht sehr handfesten) Hinweis und durchsuchte Pontius Pilotus' Facebook-Auftritt nach dem Typen. Nichts. Die Widmung erinnerte mich allerdings an irgendetwas. Zuerst dachte ich, sie hätte vielleicht mit Parishs Vortrag über das »sonnengetränkte Erzählen« zu tun, aber nein, es war etwas anderes, das ich einfach nicht zu fassen bekam.

So ist das eben mit Sonderbaren Faszinationen.

## 9 ⇨ *Gerede über Jeff Tweedy, übers College und dergleichen mehr*

Jake Longmire tritt aus dem Bad und sagt »Hey«, einfach nur »Hey«, als hätte die ganze Welt bis zu diesem Augenblick bloß Däumchen gedreht und seine Rückkehr herbeigesehnt. »Worüber hatten wir noch mal geredet?«

»Über die grenzenlose Beschissenheit der Band Wilco«, antwortet Alan.

»Komm schon, Alter«, erwidert Jake. »Ein bisschen Respekt vor den größten Söhnen Chicagos.«

»Vergiss es.«

Ich stehe in der Ecke der Ess-und-Trinkgewölbehalle und beschäftige mich mit meinem fünften Hurricane. (Nr. 4 ist problemlos reingeflossen, kein Ding.) Hier drin ist gut was los, es wird geplaudert und gelacht, aber alle Augen ruhen auf Jake. Ein ganzer Raum aus einsamen Sternen kreist um die Sonne Jake.

Alan raucht Gras. Keine Ahnung, woher er es hat. »Ich kapier einfach nicht, wieso Tweedy nur den Mund aufmachen muss und allen geht einer ab. Der Junge kann nicht singen.«

Jake leert eine Dose Natty Ice, zerdrückt sie in der Hand und schnappt sich zeitgleich das nächste Billigbier. »Findest du, Van Morrison kann singen? Oder dass *Jim* Morrison singen konnte? Die sind nur so groß geworden, weil sie klingen wie niemand sonst. Oder der von deinem Homie.« Er zeigt auf mein Shirt. »Bowie. Findest du, der konnte singen?«

Ich trinke einen großen Schluck. Hurricane, lass mich jetzt nicht im Stich!

»Was hast du da?«, fragt Jake mit einem Nicken zu der Flasche in meiner Hand.

»Einen Hurricane.« Um es allen zu zeigen, trinke ich gleich noch einen Schluck. »Ist superlecker.«

»Stimmt, ja, das ist diese Tussiplörre.« Jake stößt ein grunzendes Lachen aus. »Alter, ich glaube, du steckst dich langsam bei Alan an.«

Eigentlich müsste Alan ihn jetzt mit einer leeren Bierdose abschießen, aber da prostet Jake uns mit dem Natty Ice zu und Alan tut so, als wäre alles in bester Ordnung. Ich revidiere jedoch meinen Entschluss, meine Faust heute Abend nicht mit irgendwelchen Mündern bekannt zu machen. Mehr noch, ich formuliere in Gedanken einen Erlass, demzufolge himmelschreiende Schwulenhasser nicht auch noch mit so einer scheißgeilen Küche belohnt werden dürfen.

»Was geht eigentlich mit dir, Oakman?«

Alan und Jake blicken mich an und da die Frage von Jake kommt, beobachten alle Anwesenden meine Reaktion zumindest aus dem Augenwinkel.

»Was?«

»College, meine ich. Schwimmst du jetzt oder nicht?«

»Ach so. Weiß noch nicht.«

»Solltest du aber. Du bist schnell.« Jake zeigt auf Alan. »Im Gegensatz zu der kleinen Bitch hier.« Alles lacht und Alan feuert doch die Bierdose auf Jakes Kopf ab.

»Und ob ich schnell bin«, sagt Alan.

»Ach wirklich?«, erwidert Jake. »Beweis es mir.«

»Was?«

»Ein Wettschwimmen. Du gegen mich.«

Alan hustet Marihuanarauch. »Nee, lass mal.«

»Ich sag dir was. Wenn du mich schlägst, zeige ich ihn dir.« Jake legt einen Finger auf seinen Schritt. »Die Titanic der Schwänze, Alter.«

Wieder lacht alles, während ich auf einmal den zwölfjährigen Alan vor mir sehe, wie er mich schwören lässt, dass ich niemandem weitersage, dass er schwul ist.

Und ich hatte mich noch gefragt, wieso.

»Erstens: Wie bist du denn drauf?«, erwidert Alan. »Zweitens will ich dich nicht auf deiner eigenen Party in Grund und Boden schwimmen. Macht man als guter Sportsmann nicht.«

»Mann, ich bin in dem Pool da draußen groß geworden. Außerdem mache ich bei dem neuen Schwimmclub in Elgin mit. Du schwimmst mich sicher nicht in Grund und Boden.«

Alan will wissen, was Jake schwimmt, worauf dieser antwortet: »500 Schmetterling.«

Die Distanz gibt's gar nicht, aber wenn man so eine krasse Küche hat und von so vielen Sternen umkreist wird, prostet man eben einfach in die Runde und labert, was man will.

»Was schwimmst du noch mal, Noah?«, will Jake wissen.

»Mittelstrecke.« Ich bringe die Antwort kaum heraus. »200 Rücken und 400 Freistil.«

Jake reckt sein Natty Ice empor. »Leute, Michael fucking Phelps in da house!«

Es wird gekichert, während ich erstmals eine weitere Nebenwirkung der vielen Hurricanes spüre. »Also eigentlich kennt man Phelps mehr wegen Schmetterling. Okay, er ist auch mal Rücken geschwommen, aber da hat er nur eine Medaille geholt, Silber bei den Pan Pacific Championships. Und Freistil hat er auch gemacht, aber soweit ich weiß, hat er auf der 400er nie was gerissen, also auf meiner Distanz. Der Vergleich trifft es daher nicht wirklich.«

Alles starrt mich an.

»Junge«, sagt Alan. »Musst du gleich so rumzicken?«

»Alles cool«, meint Jake. »Der Mann hat Prinzipien. Hab ich Respekt vor.« Er säuft Bier und wischt sich über den Mund. »Und was macht der Rücken, Kollege?«

Ich zucke die Achseln. Mehr kann ich dazu nicht sagen.

»Mein Cousin hatte Bandscheibe oder irgend so einen Scheiß«, erzählt Jake. »Musste wochenlang im Bett rumliegen. Du siehst eigentlich ganz fit aus, Alter.«

»Und du siehst wie ein monumentales Sackgesicht aus.«

Alan lässt sich von der Küchentheke plumpsen. »Komm, Noah, wir gehen mal eine Runde spazieren.«

»Alan«, beginne ich, doch mehr kommt mir nicht über die Lippen und er sieht mich bloß schweigend an, als hätte ich ihn hier zerquetscht wie eine leere Dose Natty Ice und nicht der andere.

»Weißt du, was?«, sage ich. »Ich gehe schon. Bleib du nur hier und dröhn dich mit deinen neuen Kumpels zu.«

Damit verlasse ich die Küche, sonst heule ich wegen Alans Blick noch vor versammelter Mannschaft los.

## 10 ⇨ *den Roboter verlassen*

Es gibt nichts Herrlicheres als den Klang meiner Stiefel auf Parkettboden. Mehr kann man aus einem Spaziergang nicht herausholen, jeder Schritt wird zum Statement, während sich mir die Frage stellt: Sagen wir wegen Alkohol Sachen, die gar nicht so gemeint sind, Sachen, die im Gegenteil gerade so gemeint sind, oder einfach nur sehr gemeine Sachen?

Hurricanes kippen und breitbeinig durch die Gegend klotzen, das ist jetzt wohl mein neues Leben.

»Geh du ruhig vor«, sagt eine, die vor dem Bad ansteht. »Ich warte nur auf eine Freundin.«

Ich habe das Mädchen schon mal gesehen, aber wo? »Ich muss nicht auf Toilette«, antworte ich.

»Also wartest du auch auf jemanden?«

»Nee.«

Das blaue Bandana. Es ist die von vorhin, die mich über die Tanzfläche hinweg angelächelt hat. Sie ist hübsch, aber anders hübsch als Val. Sie hat dunkle Locken, die unter dem Tuch hervorquellen, blasse Haut, Sommersprossen um Nase und Augen.

Sie so: »Also stehst du einfach nur gern Schlange?«

»Ich streife gern planlos durch die Gegend. Und außerdem musste ich ganz schnell wo verschwinden.«

»Dann pass mal auf, wo du hinstreifst.« Sie macht eine Handbewegung zu den angrenzenden Türen. »Da drüben hat nämlich irgendwer Sex.«

»Echt jetzt?«

»Echt. Im Moment ist es ruhig, aber bis vor einer Sekunde ging's hier ab wie auf dem Discovery Channel.«

»Gut zu wissen.«

»Ich bin übrigens Sara. Sara Lovelock. Sara ohne h.«

»Ich bin Noah Oakman. Noah mit.«

Sara lächelt und wirft einen Blick auf meine Hurricane-Pulle. »Schmeckt's?«

»O ja.« Als müsste ich es ihr beweisen, trinke ich einen Schluck. »Übrigens, dein Bandana gefällt mir.«

»Wirklich? Ich probiere das gerade nur aus, bin mir noch nicht sicher. Fühlt sich irgendwie geschauspielert an. Als wäre ich nicht mehr wirklich ich selbst, verstehst du?«

»Ich trage jeden Tag die gleichen Klamotten, daher ...«

Um mich dreht sich alles, aber nicht so rasant, dass ich nicht mitkriegen würde, dass ich schon den ganzen Abend in jedem Gespräch den Part des Besoffenen übernehme. Und klar, das in der Küche war eine Vollkatastrophe. Aber im Augenblick fühle ich mich ziemlich großartig.

»Du trägst jeden Tag die gleichen Klamotten«, stellt Sara fest und lächelt dabei auch noch wie nix.

»Ja, wegen der Entscheidungsmüdigkeit. Nur damit du's weißt, ich bin nicht ganz unkompliziert.«

Und noch einen Schluck trinken. Nicht dass ich hier irgendetwas zu beweisen hätte. Habe ich natürlich nicht.

»Du bist irgendwie süß.«

Ich verschlucke mich am Hurricane. Der Hurricane hat mich verraten.

»Äh, danke. Ebenso.«

*Ebenso?* Ich kann selbst nicht fassen, dass ich das gerade gesagt habe.

Saras Freundin kommt aus dem Bad, wir verabschieden uns und in Gedanken gehe ich noch mal unser Gespräch durch. *Ich bin nicht ganz unkompliziert?* Kaum zu glauben.

Aber immerhin findet sie mich süß.

Und aus dem Nichts: ein Stöhnen. O ja. In einem der angrenzenden Räume hat definitiv irgendwer Sex. Ich fühle mich wie ein Eindringling oder wie einer, der nie aus dem Keller seiner Mom ausgezogen ist. Wie ein echter Kellerbewohner.

Die Geräusche schwellen an und ab, was mich an ein bestimmtes Gespräch mit Val erinnert: *Menschen sind wie Songs,* sagte sie, *sie sind ein Auf und Ab, ein An- und Abschwellen, ein Rhythmus aus glücklich und traurig,* und ich: *Stimmt schon,* aber in Wirklichkeit dachte ich etwas anderes, und zwar: *Bei mir ist es manchmal alles auf einmal.*

Ich stelle die Flasche im Flur ab, starre sie an und sehe es schon kommen, jepp, da fließen sie, die Tränen, da schmort die Leitung durch, völlig aus dem Nichts. »Den Roboter verlassen« nannte Mila Henry dieses Phänomen, ihrer Vorstellung nach war unser Körper ein bloßes Konstrukt, das wir jederzeit hinter uns lassen können. Allerdings warnte sie davor, denn wer einmal draußen war, der würde so schnell nicht mehr hineinfinden. Pech gehabt also. Und okay, vielleicht würde dabei eine Art Vogelperspektive auf Fragen der Moral herausspringen, aber die Welt außerhalb des Roboters sei eben brandgefährliches Terrain. Bei mir ist es immer dasselbe: Ich fühle zu viel und esse zu wenig, ich sehne mich irgendwohin, wo ich noch nie war, ich spüre das An- und Abschwellen, den Rhythmus im Inneren, auch das Glücklich- und Traurigsein, und ich fände es echt schön, nur ein einziges Mal ein Gefühl wirklich zu empfinden, nur ein einziges Scheißgefühl auf einmal, aber nichts da. Immer prasselt alles zugleich auf mich ein, ich kann mein Zimmer noch so gut strukturieren, meine CDs und Bücher noch so perfekt sortieren, ich kann noch so präzise kommunizieren und noch so viele Schaubilder mit Pfeilen beschriften, am Ende schwebe ich immer auf wundersame Weise durchs All.

Also gut.

Alles driftet unter Wasser vor sich hin.

Also gut.

»Da bist du ja.« Urplötzlich biegt Val um die Ecke. »Scheiße, was hast du vorhin zu Alan gesagt?«

»Nichts.«

Als sie näher tritt, lässt ihre Entrüstung nach. »Alles okay, No?«

»Mir geht's gut.«

Val wirft einen kritischen Blick auf die leere Flasche am Boden. »Wie viele hast du davon intus?«

»Weiß nicht. Fünf? Grob geschätzt.«

»Okay. Gut. Bitte sag mir, dass es das jetzt war.«

»Das war's jetzt.«

»Und komm vorbei, wenn du loswillst«, fügt Val hinzu. »Ich trinke nichts. Ich kann fahren.«

»Okay.«

»Und keine Ahnung, was du zu Alan gesagt hast, aber du entschuldigst dich gefälligst bei ihm.«

»Val –«

»Ich mein's ernst, Noah. Allein die Vorstellung, ihr zwei wärt nicht mehr hoffnungslos quasiverliebt ineinander – also in so einer Welt will ich nicht leben.«

Ein Lächeln rutscht mir auf die Lippen, verflüchtigt sich aber genauso schnell wieder.

»Hör mal«, fährt Val fort. »Ich weiß, du wolltest gar nicht herkommen. Und mir tut's leid, wenn du einen beschissenen Abend hattest. Noch eine Stunde, dann hauen wir ab, okay? Bis dahin kannst du doch in der Bibliothek abhängen.«

»Hier gibt's eine Bibliothek?«

Val nickt. »Dadrin kommt man sich vor wie in *Die Schöne und das Biest.* Wundert mich, ehrlich gesagt, dass du da nicht längst deine Zelte aufgeschlagen hast.«

»Wo?«

Sie deutet zum Ende des Flurs, in Richtung eines hohen Türbogens und eines dämmrigen Raums. »Lass es krachen«, sagt sie und geht in Richtung Bad. »Und bis gleich. Ich weiß ja, wo du bist.«

Wieder auf mich allein gestellt, laufe ich den Flur hinunter und werfe einen ersten Blick hinein – hinein in eine Höhle aus Büchern, an jeder Wand reihen sie sich auf, alte wie neue. Und wie der Herrscher über diese Bücherarmee oder wie ihr Gefangener sitzt ein fremder Junge in einem Ledersessel an einem Kamin, in dem kein Feuer brennt, und singt ein Lied, das mir alles andere als fremd ist.

## 11 ⇨ *Circuit: ein Gespräch*

»Hey«, sage ich.

»Scheiße, Mann, hast du mir einen Schreck eingejagt.«

»Sorry, aber ... du warst am Singen.«

»Ha. Kann sein. Mom behauptet, das mache ich ständig, ohne es zu merken. Wie so ein Tick. Was war's diesmal?«

»›Space Oddity‹.«

»Auch Bowie-Fan, wie ich sehe?«

»Was?«

»Dein Shirt.«

»Ach so. Stimmt. Egal. Tut mir leid, dass ich dich erschreckt habe.«

»Du bist doch Noah? Das eine Drittel von Valanoah?«

»Wovon?«

»Habt ihr euch eigentlich angefreundet, nur weil sich eure Namen so gut zusammenmanschen lassen?«

»Ich kann nicht ganz fo–«

»Jetzt komm schon. Val. Alan. Noah. Valanoah. Klingt nach einem verdammten Skigebiet.«

»Kennen wir uns aus der Schule oder ...?«

»Nee, nee, ich habe Hausunterricht. Aber ich habe euch drei schon öfter in der Gegend gesehen. Hey, alles okay mit dir? Siehst aus, als hättest du geweint.«

»Du wohnst also hier in der Nähe?«

»Ja, um die Ecke im Piedmont Drive. Ich bin Circuit.«

»Was bist du?«

»Wer. Circuit Lovelock.«

»Oh.«

»Was ist?«

»Ich glaube, ich habe gerade deine Schwester kennengelernt. Sara.«

»Jepp, das ist mein Schwesterherz.«

»Cool. Aber nicht dass du denkst, ich hätte hier rumgestalkt oder so.«

»Würde ich doch nie denken. Hier, willst du auch?«

»Äh, nein danke. Ich rauche eigentlich kein Gras.«

»Jeder, wie er will.«

»Okay, also dann ... Hat mich gefreut.«

»Kann ich mal kurz ganz offen mit dir sprechen, Noah? Du scheinst mir der richtige Typ dafür zu sein.«

»Äh ... sicher doch.«

»Also: Seit ungefähr einer Stunde sitze ich hier und sinniere über den Ursprung des Worts *Gespräch.*«

»Im Ernst?«

»Ja, wenn ich unruhig bin, schlage ich immer Wörter im Wörterbuch nach. Das entspannt mich. Und heute Abend, in diesem Haus, umzingelt von all diesen besoffenen Scherzbolden – da fragte ich mich irgendwann, was es wohl mit dem Wort *Gespräch* auf sich hat, und diesem Kompendium zufolge bedeutet es ... Wo stand das noch? Ah, hier: ›mündlicher Austausch von Gefühlen, Beobachtungen, Meinungen und Gedanken‹. Weißt du, was mir da aufgegangen ist?«

»Was ist dir aufgegangen?«

»Selbstgespräche, Fummeln, Saufen, Tanzen, Scheiße labern, das alles ist hier an der Tagesordnung, alle möglichen Formen des Miteinanders, aber spielt sich in diesem ganzen verkackten Riesenhaus auch nur ein einziges gepflegtes Gespräch ab? Nein. Ohne echten Austausch kein Gespräch. Und weißt du, was mir da klar geworden ist?«

»Was?«

»Ich kann mich nicht mal dran erinnern, wann ich das letzte Mal ein echtes, definitionsgemäßes Gespräch geführt habe. Deshalb habe ich mir gelobt, mit dem ersten Menschen, der mir begegnet und der kein Vollhonk ist, in ein Gespräch einzusteigen. Und siehe da – du tauchst auf.«

»Ah.«

»Du bist doch kein Vollhonk, Noah?«

»Ich hoffe nicht.«

»Nun denn. Steht dir der Sinn nach einem Gespräch?«

»Führen wir nicht irgendwie schon eines?«

»Nee, nee, bisher habe ich im Wesentlichen rumgeheult, und das zählt nicht. Setz dich doch zu mir in einen dieser affigen Sessel. Wie wär's mit einem Scotch? Hier bunkern die Longmires das gute Zeug. Was haben wir denn da ... ein zehnjähriger Springbank? Oder ein ... Glenmorangie? Tja, ob ich das jetzt richtig ausgesprochen habe ...? Aber wow, der hier ist 26 Jahre alt. Single Malt. Was sagst du dazu?«

»Dass du dich erstaunlich gut mit Scotch auskennst. Also dafür, dass du wohl noch kein Familienvater bist.«

»Komm, probier mal den hier.«

»Was ist das für einer?«

»Ein fünfzehnjähriger Laphroaig. War der Liebling von meinem Dad.«

»Shit ...«

»Sag ich doch! Da wachsen einem Haare auf der Brust.«

»Schmeckt wie Lava mit Fischaroma.«

»Gut, gut. Nun lehnen wir uns also mit unseren Drinks zurück und unterhalten uns wie Erwachsene. Erzähl mir was von dir. Aber sei ehrlich, klar? Dann erzähle ich dir was von mir. Du weißt schon, ein Gedankenaustausch und so.«

»Circuit. Das Ganze hier ist doch irgendwie komisch. Findest du nicht?«

»Wenn es uns komisch vorkommt, dann nur, weil uns das Führen echter Gespräche abtrainiert wurde.«

»Okay. Na gut. Also mein Kumpel Alan ...«

»Ja?«

»Wir haben uns gestritten, gerade in der Küche. Das heißt, nicht wirklich gestritten, es war eher ... weiß nicht. Aber ich habe was zu ihm gesagt.«

»Fahr fort.«

»Alan ist mein bester Freund, er ist mir verdammt wichtig, aber manchmal finde ich sein Gequatsche einfach nur ermüdend. Manchmal sind es bloß Kleinigkeiten, gerade ging es zum Beispiel um Wilco –«

»Um die Band?«

»Ja. Jake ist total verrückt nach Wilco, Alan hat einen totalen Hass und so ging das eine Weile.«

»Und weiter? Findest du Wilco nun gut oder schlecht?«

»Weder noch, ehrlich gesagt. Ich habe dazu keine richtige Meinung, weder so noch so, was übrigens vollkommen aus der Mode geraten ist. Irgendwie muss man heute alles lieben oder hassen und wenn nicht, zählt deine Sichtweise nicht. Aber manche Sachen sind nun mal nicht das Beste oder Schlimmste aller Zeiten. Manches ist nicht *nur* scheiße geil oder *nur* scheiße scheiße, manches ist bloß einigermaßen okay oder einigermaßen unokay und fertig. Aber Alan ist eben immer so, ach ...«

»Was?«

»Nichts. Egal.«

»Keine Angst, Noah. Du kannst mir vertrauen.«

»Weißt du, was? Ich habe schon von dir gehört. In der Hood hier wimmelt es nicht gerade von Lovelocks.«

»Aber du hast aus einem anderen Grund von mir gehört.«

»Ja. Dein Dad ist doch ... also er war ... ein berühmter Erfinder?«

»Weißt du ... so wie ich das sehe, kommt es bei einem Gespräch ganz entscheidend darauf an, bewusst Verletzungen in Kauf zu nehmen. Den Gedanken freien Lauf zu lassen, wohin sie sich auch entwickeln mögen und wenn einem dabei noch so unwohl ist. Du willst dich über meinen Vater unterhalten? Gerne, Noah. Vor dir bin ich gerne verletzlich.«

»Äh ... danke?«

»Keine Ursache.«

»Also ... dein Dad?«

»Später.«

»Aber hast du nicht gerade gesa–«

»Doch, doch, wir unterhalten uns schon noch über meinen Vater. Aber du weichst dem eigentlichen Thema aus.«

»Tue ich das?«

»Wir hatten gerade über deine Probleme mit Alan gesprochen und, *bääm,* reden wir über meinen Dad. Das ist nur menschlich. Kommen wir dem Kern der Sache zu nahe, kriegen wir es mit der Angst zu tun. Aber versuchen wir doch mal, dem Geist unseres Vorhabens treu zu bleiben.«

»Der da wäre?«

»Ehrlichkeit. Offenheit. Echter Austausch. Noah, in diesem Haus wird nur ein einziges ernst zu nehmendes Gespräch geführt, und zwar von uns. Was wir hier sagen, kann wirklich etwas bedeuten. Verstehst du? Wir beide, wir müssen nicht herumglucken wie ein verblödeter Hühnerhaufen, wir müssen uns nicht über unsere Lieblingsbands oder über irgendwelche Kackfilme unterhalten oder ob irgendwer in irgendeiner Serie schon mit irgendwem anders oder im echten Leben, völlig egal, LOL, fuck, wie krank ist das denn, YOLO. Wir führen keine Debatten über die Vorzüge eines Likes gegenüber einem Favorite oder darüber, wie toll der Clarendon-Filter das Blau meiner Augen betont.«

»Ist das nicht so ein Gewächshausgras?«

»Wir müssen uns nicht über die Top-101-Wege zu einem erfolgreichen Leben unterhalten. Das habe ich hinter mir und du auch und ich glaube, uns beiden reicht's.«

»Also halten wir uns an den Geist unseres Vorhabens.«

»Ja. An den gottverdammten Geist unseres Vorhabens.«

»Ich habe Angst, dass ich aus meinem Leben rausgewachsen bin.«

»Ah. Jetzt kommen wir der Sache näher.«

»Ich meine ... wenn ich das so sage, klingt es auch wieder ... was weiß ich.«

»Schon gut.«

»Gestern Abend habe ich erfahren, dass mir die University of Milwaukee ein Angebot macht, ein Schwimmstipendium, und klar, eigentlich müsste ich vor Freude ausrasten, aber keine Ahnung, irgendwie katapultieren wir uns mit zwölf oder so in eine bestimmte Flugbahn oder irgendwer anders katapultiert uns hinein, was noch schlimmer ist, und dann wird von uns erwartet, unser ganzes Leben auf dieser Bahn zu bleiben, aber – scheiß doch drauf, Mann. Ich habe keinen Bock mehr auf Schwimmen. Und ich will nicht aufs College. Ich will eine neue Flugbahn einschlagen. Alles in meinem Leben, *jeder,* tritt auf der Stelle. Nicht dass ich besser wäre als die anderen. Was weiß ich, wahrscheinlich entwickeln die sich auch weiter, nur woandershin, aber bei mir ... mein Leben ist sozusagen ein alter Pulli, aus dem ich jetzt eben rausgewachsen bin. Was nicht heißt, dass ich das alte Teil nicht mehr leiden kann oder nicht wüsste, was gut und schön daran ist. Aber es passt mir einfach nicht mehr.«

»Du brauchst einen neuen Pulli.«

»Ich brauche einen neuen Pulli.«

»Noah?«

»Ja?«

»Ich glaube, du solltest mit mir mitkommen.«

## 12 ⇨ *Verhängnisse des Schicksals*

Erkenntnis des Tages: Begonien duften nicht allzu stark. Oder wer weiß, womöglich haben diese Exemplare hier bis vor Kurzem stärker geduftet. Man fragt sich, ob die Bewohner dieses Eigenheims wussten, worauf sie sich einlassen, als sie ihre Blumenpracht in nächster Nähe des Bürgersteigs pflanzten – ob sie ahnten, dass eines Tages irgendein Typ eine Jahresration Gummibärchenbier saufen und dann noch ein Gläschen Lavafischsoße hinterherkippen würde, während er in einer gewaltigen Bibliothek ein bizarres Gespräch mit einem Wildfremden führt, um dann ohne Zögern zuzustimmen, diesen nach Hause zu begleiten, und sich auf dem Weg dorthin ganz spontan nach einem passenden Plätzchen für einen Schwall Gummibärchenlavabrocken umzusehen.

Ich sollte den Leuten eine Dankeskarte schicken. Nur damit sie wissen, dass ihre Begonien ihren Zweck erfüllt haben. Genau so hatten sie sich das sicher immer erträumt.

»Alles okay, Mann?«, fragt Circuit, der in sicherer Entfernung von mir abgewartet hat.

»Definiere *okay.*«

»Ha. Verstehe.«

»Ich habe mich in einem Meer aus Kirschbier ersäuft, also rate mal.«

»Klingt ...«

»Verheerend?«

»Aufregend, wollte ich eigentlich sagen. Aber ich bin nun auch kein Muster an Zurückhaltung.«

Wir setzen unseren Weg fort und ich weiß nicht, wie es Circuit geht, aber ich muss meine ganze Konzentration dafür aufbringen, einen Fuß vor den anderen zu setzen. Kann sein, dass er sogar mit dem Wagen da war, aber der Piedmont Drive ist nur sechs Straßen weiter, zum Glück. Ich wäre niemals zu dem Typen ins Auto gestiegen.

»Was würde ich jetzt für einen Kaffee geben«, sage ich.

»Ja, Mann. Aber echt. Was würde ich dafür geben, wenn mich jetzt irgendwer direkt ins Wurmloch beamen würde.«

»Welches Wurmloch?«

»Du warst noch nie im Wurmloch? Nee, oder?« Circuit

zückt sein Handy und reicht es kurz darauf herüber. »Schau dir das mal an.«

Ich wische mich durch Fotos von einem Café, das über und über mit Achtzigerjahresouvenirs dekoriert ist, mit allem möglichen Kram von Uraltcomputern über klassische Filmplakate bis hin zu ... »Ist das etwa ein –«

»O ja. Das ist ein DeLorean.«

Ist schon komisch, derart besoffen zu sein. Im Moment finde ich ein Café mit einem DeLorean drin gar nicht mal so abwegig, aber ich schätze, morgen wird es mir irgendwann wieder kommen und ich werde nur noch denken: WTF?

Als ich das Handy zurückgebe, fällt mir auf, wie groß Circuit eigentlich ist. Vorhin in der Bibliothek habe ich nicht besonders viel von ihm gesehen, fast nur seine Hornbrille und seine zotteligen Haare. Er ist noch blasser als seine Schwester, seine Haut wirkt fast durchsichtig. Als wäre er ein Geist. Der selten an die Sonne kommt.

Ein Einsiedlergeist.

»Um ehrlich zu sein«, sagt Circuit, »frage ich mich seit jeher, was daran so toll sein soll.«

»Pardon, was war noch mal ... hmmm ...« Shit, ich rühre nie wieder einen Tropfen Alkohol an. »Worüber hatten wir uns unterhalten?«

»Über Zurückhaltung und dass es mir daran mangelt. *Zurückhaltung!«,* brüllt er, das Wort hallt durchs Viertel und ich fühle mich ein wenig besser. Immerhin drehe ich hier nicht als Einziger am Rad. »Ich frage mich einfach seit Ewigkeiten, du weißt schon ... was ist so verkehrt daran, immer mehr zu wollen?«

Ich verstehe sofort. »Manchmal kommt es mir vor, als ...«, fange ich an, schlucke, schüttele den Kopf, noch mal von vorne. »Als wäre mein Hunger aufs Leben größer als der des

Durchschnittsmenschen, weshalb mir mein Lebensvorrat früher ausgehen wird. Und deswegen sollte ich lieber so viel wie möglich leben und fühlen und tun, denn bald ist er alle.«

»Mein Dad hat mal gesagt, er sei nicht auf eine lange Lebensdauer ausgelegt. Klingt im Rückblick fast nach einer Vorahnung.«

Vor einigen Monaten hat *Time* oder *Newsweek* oder so einen Artikel über bahnbrechende Erfindungen gebracht, in dem Dr. Lovelock erwähnt wurde. Es sei eine der größten Tragödien des Jahres, hieß es. Eine Kugel in den Kopf, wenn ich mich recht erinnere – und prompt nahm die Neugier der versammelten Nachbarschaft perverse Ausmaße an. Für jene, die nicht zu viel von sich preisgeben wollen, hat die Iverton'sche Schwarmintelligenz wenig Verständnis – so kennt man es von zugleich reichen und gelangweilten Menschen.

»Also«, sage ich, »dein Dad ...«, denn natürlich gehöre auch ich zum neugierigen Schwarm.

Ein Glück, dass Circuit anscheinend gar nichts dagegen hat. Er erzählt, sein Dad habe sich als *Kognitionsarchitekt* bezeichnet und nicht als *Erfinder*, da man bei Letzterem eher an Mittelstufenwissenschaftswettbewerbe denke. »Er war immer schon ein bisschen seltsam drauf. Daher auch mein Vorname.« Seine Eltern hätten sich nicht auf einen Vornamen einigen können, weshalb sie per Münzwurf bestimmt hätten, wer den ersten und wer den zweiten aussuchen durfte. »Und am Ende steht man da und heißt Circuit Patrick.«

Circuit fängt an, »Space Oddity« zu pfeifen.

»Dein Lieblingssong von Bowie?«, frage ich.

»Denke schon.«

»Alans auch. Immer wenn wir darüber diskutieren, welcher Bowie-Song nun der großartigste ist, sagt er: ›No, das

Ding legt ernsthaft mit einem Raketencountdown los. Da geht's um die großen Fragen. Um die Erforschung des Alls.‹«

»Und was ist deiner Meinung nach der großartigste Bowie-Song?«

»›Changes‹ gefällt mir ganz gut.«

»Ha. Wie passend.«

Eins ist mir aufgefallen: Circuit lacht nie. Er sagt immer nur *Ha* wie ein ganz normales Wort, was irgendwie einstudiert klingt. Als stünden wir auf einer Bühne und er würde auswendig gelernten Text rezitieren.

»Dein Lieblingsalbum von Bowie?«, frage ich.

»Hmm, schwierig. Okay, das klingt jetzt vielleicht nach einer billigen Ausflucht, aber eigentlich alle. Wie soll man sich da bitte für eines entscheiden?«

Jetzt mal ehrlich. Wenn hier einer Bowie vergöttert, dann ich, und nicht mal ich finde alles von ihm gut. Zwischen dem ersten und dem letzten Album hat der Kerl mehr Metamorphosen durchgemacht als jeder andere, daher könnte nur einer der »Musikfans«, die alles gleich gern hören (ein wirklich seltsamer Menschenschlag), jedes seiner Alben von Herzen lieben. Ansonsten ist das schwer vorstellbar.

Doch bevor ich Circuit deswegen zur Rede stellen kann, summt mein Handy in der Tasche: fünf ungelesene Nachrichten von Alan, eine von Val.

Alan: Alter. Bist du jetzt echt abgehauen??

Alan: WTF ist los mit dir, Junge?

Alan: OK wir reden später. Jake hat mich grad zu einem »25-m-Freistilrennen« rausgefordert. Shit was soll das überhaupt sein

Alan: Dem zeig ichs

Alan: Aber wir haben noch ne Rechnung offen, No

Von Val ist nur ein einziges Wort gekommen.

Val: Noah

»Da wohnen wir«, sagt Circuit und deutet auf ein Haus drei Nummern weiter.

Als mein Handy schon wieder summt, stelle ich es stumm und stecke es in die Tasche, gleichzeitig durchqueren wir den Vorgarten eines Hauses, das – keine Überraschung – wie eine Billigversion von meinem Zuhause aussieht. Nebenan sitzt ein alter Mann auf der Veranda und raucht eine Zigarre. Zu seinen Füßen steht ein Langhaarcollie in Habachtstellung und beobachtet uns genau, ein fast menschliches Schimmern in seinen aufmerksamen Augen. Es ist ein ruhiger, gelassener, allem Anschein nach alter Hund.

»Unser Hund würde längst seinen eigenen Schwanz jagen«, sage ich wahrheitsgemäß. Das macht er immer, wenn Fremde am Haus vorbeigehen. Und wenn jemand klingelt – Gott bewahre! Dann kriegt er seinen Apokalyptischen Amokanfall, so hat Mom das mal genannt. Fand ich sehr treffend.

»Das ist Abraham«, sagt Circuit. »Also der Hund. Den gibt's schon, seit ich klein war.« Circuit winkt dem alten Mann zu und hebt leicht die Stimme. »Hey, Kurt! So spät noch an der frischen Luft?«

»Dasselbe fragte ich mich, als ich Sie gerade entdeckt habe, junger Master Lovelock.«

»Ha. Erwischt, Mann.« Circuit entriegelt die Tür und stößt sie auf. »Man sieht sich!«

Der Alte bläst einen Rauchring in den Nachthimmel. »Wer den anderen zuerst sieht, hat gewonnen.«

## 13 ⇨ *ein kurzer Abriss meiner selbst, Teil 22*

Der Weg zu Fluffyschlaffi, dem Volllappen, ist mit Jacks gepflastert.

Diesmal sollte ich wirklich am Anfang anfangen:

Vor 26.000 Jahren lief ein Junge durch eine Höhle. Es war die Chauvet-Höhle in Frankreich, der Junge hatte eine Fackel in der Hand und wurde von einem Hund begleitet. Aller Wahrscheinlichkeit nach waren schon seit langer Zeit hin und wieder junge Fackelträger mit Hunden unterwegs, ganze Scharen von Jungen und Hunden mit Unmengen von Fackeln. Doch die Fußabdrücke dieses Jungen und die Pfotenabdrücke dieses Hundes schrieben sich in die Ewigkeit ein und die Asche dieser Fackel rieselte in der Chauvet-Höhle zu Boden, um dort mehr Jahre zu überdauern, als es sich der Junge jemals hätte träumen lassen. Und es kam, wie es immer kommt: Irgendwann wurden die beiden von der Wissenschaft eingeholt, sowohl der Junge als auch der Hund, was noch bedeutender war. Denn der Hund wurde zum Großvater aller Hunde in aller Welt. Seine Pfotenabdrücke waren der erste Beleg für die Gemeinschaft zwischen Mensch und Wolf, die in harmonischem Miteinander Seite an Seite voranschreiten.

Der erste beste Freund des Menschen.

25.900 plus x Jahre nach der Wanderung des Jungen und seines Hundes durch die in flackerndes Licht getauchte Chauvet-Höhle las ich im flackernden Licht meines T-Rex-Nachtlichts den Roman *Der Ruf der Wildnis.* Ich war erst zehn, erinnere mich aber noch gut an das Kapitel »Das wilde Tier«. Darin ringen zwei Hunde bis auf den Tod um die Vorherrschaft und ich dachte mir damals: *Am Yukon ist es eigentlich auch nicht groß anders als auf dem Spielplatz.*

Ich war noch nie besonders hart drauf.

Den Roman hatte ich zu Weihnachten von meinem schrecklichen Onkel Jack bekommen. Onkel Jack war ein Fan von Kopfnüssen und Nippelzwirblern, er steckte den Leuten gern scherzhaft den nassen Finger ins Ohr oder zog ihnen hinterrücks die Hose runter. Kurz gesagt, er gehörte dem exklusiven Kreis der passionierten Nervensägen an. Doch er mochte Hunde und besaß einen großen Hund namens Kennedy, der aussah wie ein Wolf. Und als ich an diesem wundersamen Weihnachten Onkel Jacks muffiges Tarnfleckgeschenkpapier zerriss und *Der Ruf der Wildnis* zum Vorschein kam, knurrte mein Onkel tief aus dem Bauch heraus, steigerte das Grollen langsam und … bellte. Er bellte wie ein Hund.

Nur damit niemand vergaß, wer hier das wildeste Tier von allen war: Onkel Jack.

Der Autor von *Ruf der Wildnis* ist ein gewisser Jack London, der zur Zeit der Niederschrift des Romans im heutigen Piedmont, Kalifornien, lebte. Jack London verfasste noch etliche weitere Bücher, seine Worte und Geschichten sollten unter anderem in Aldous Huxleys *Schöne neue Welt* widerhallen. Doch wenn man sich an ihn erinnert, denkt man zuallererst an die beiden Vierbeiner, die er erschaffen hat, an Wolfsblut und Buck.

Und so nahm mein ehrenwerter Feldzug seinen Lauf: Ich wollte einen eigenen Hund! Wie es gute, jahrhundertealte Tradition ist, ging ich meinen Eltern auf den Geist, bis sie nur noch ein Schatten ihrer selbst waren. Und was erreichte ich damit? Die ganze Familie unternahm einen Ausflug zu einer nahen Hundezucht, wo wir die Bekanntschaft eines niedlichen kleinen Shar-Peis mit Unmengen rauer Hautfalten machten. Flauschig war er nicht, kein bisschen, aber ich hatte mir in den Kopf gesetzt, meinen Hund nach dem dreiköpfigen Köter aus *Harry Potter und der Stein der Weisen* zu nennen, und davon ließ ich mich nicht abbringen. Fluffy, der Shar-Pei. (Zu Fluffyschlaffi, dem Volllappen, mutierte er erst Jahre später, erst als er wahrhaftig zu sich selbst fand und zum schlappsten, nutzlosesten Tier wurde, das jemals aus den unbegreiflichen Lenden des Universums geschlüpft war). Eine ganze Weile waren Fluff und ich wie Pech und Schwefel, und warum? Nur wegen eines in Tarnfleck eingewickelten Geschenks vom irren Onkel Jack.

Drei Tage vor dem nächsten Thanksgiving wurde Onkel Jack bei einem Jagdunfall erschossen. Das genaue Datum: der 22. November.

Jack London starb am 22. November 1916.

Am 22. November 1963 starb Aldous Huxley an Kehlkopfkrebs.

Am selben Tag starb auch C. S. Lewis, der über ein anderes wildes Tier geschrieben hatte und von Freunden »Jack« genannt wurde.

An Huxleys und Lewis' Werke und Worte erinnert man sich bis heute. An ihren Todestag nicht. Auf diesem Datum liegt der Schatten eines anderen Todesfalls.

Am 22. November 1963 wurde John F. Kennedy, der mitunter Jack genannt wurde, ermordet. An Kennedy erinnert man sich in erster Linie, weil er Präsident der Vereinigten Staaten war. Aber er war auch Namenspate des Wolfshundes meines Onkels.

Gut möglich, dass er ebenfalls Namenspate von Onkel Jack selbst war.

Die Familie Kennedy besaß eine Hündin, ein Geschenk eines Sowjetführers. (An die Sowjets erinnert man sich eher wegen ihrer Mondrover und nicht unbedingt wegen ihrer großzügigen Geschenke, aber hey.) Die Hündin hieß Puschinka.

Das russische Wort *puschinka* bedeutet *flauschig*, sprich: *fluffy*.

Manchmal stelle ich mir vor, ich streife spätnachts im flackernden Licht einer Fackel durch eine Höhle. Ich spüre ein Rieseln an meiner Schulter, die Asche, die langsam zu Boden schwebt, und frage mich, ob wohl in 26.000 Jahren irgendein Zukunftsbewohner, der über Fähigkeiten jenseits meiner kühnsten Träume verfügt, darauf stoßen wird.

Und was ihm die Asche wohl verraten wird.

## 14 ⇨ *mein neuer Pulli*

Seine Mom sei bei irgendeiner Tagung, meint Circuit, und alle Freunde seiner Schwester seien auf der Party, die werde also frühestens in ein paar Stunden nach Hause kommen. »Nike kannst du einfach ignorieren«, fügt er auf der Treppe hinzu, »die ist ’ne kleine Arschgeige.« Ganz oben hockt eine Katze (Nike, nehme ich an) und beobachtet die nahenden Menschen ruhig und gelassen. Ein paar Stufen unter ihr beugt Circuit sich vor und brüllt ihr ins Gesicht. Er brüllt wie ein Löwe und sie flitzt nach unten und streift mich dabei am Bein. Wie es aussieht, haben auch andere Leute ein nicht ganz einfaches Verhältnis zu ihrem Haustier.

»Ich müsste mich mal erleichtern«, sage ich, Circuit deutet den Flur hinunter – und als ich wieder aus dem Bad komme, steht er immer noch da. Er hat allen Ernstes auf mich gewartet.

»Bereit?«, fragt er.

*Wofür, du Psycho?,* denke ich, sage aber nur: »Okay.«

In Circuits Zimmer befinden sich ein breites Bett, ein paar halb leere Bücherregale, in der Ecke eine eingestaubte E-Gitarre und außerdem ein Schreibtisch; an diesem hat er bereits kerzengerade Platz genommen und einen Laptop aufgeklappt. Ich würde locker zwanzig Scheine dafür hinlegen, das krasse Durcheinander drum herum in Ordnung bringen zu dürfen – Papierstapel ohne ersichtliches System, Fachbücher auf anderen Fachbüchern, auf deren Rücken immer irgendwo das Wort *Psychologie* auftaucht, ein paar typische Accessoires des Verrückten Wissenschaftlers, etwa ein Teil, das nach einer zusammengeschweißten Kombi aus Fernglas und Schutzbrille aussieht, und komplett zugestellt von lauter Unrat steht irgendwo ein kleines, gerahmtes Foto von Circuit, Sara und ihren Eltern vor dem Weißen Haus.

»Mann.« Circuit starrt mich von seinem Platz aus an, während ich das Foto anstarre. »Du checkst doch gerade meine Schwester ab und nicht mich? Oder?«

Sara – bei ihr hat offenbar Mrs Lovelock den Münzwurf gewonnen. »Und wie heißt sie mit zweitem Namen?«

»Ha. Flux.«

»Circuit Patrick und Sara Flux.«

»Früher hat Sara immer rumgealbert, dass wir beide zusammen einen normalen Menschen und einen Cyborg ergeben.«

»Apropos Cyborg.« Ich deute auf das Fernglasschutzbrillenteil auf dem Schreibtisch. Die Apparatur ist über mehrere Kabel mit dem Laptop verbunden.

»Das ist das Orakel. So haben wir es getauft.«

»Sara und du?«

»Nein, ich und … egal.« Circuit zeigt auf die Bettkante. »Setz dich.«

Als ich mich niederlasse, erhasche ich einen Blick auf die Überschrift des Dokuments auf dem Monitor: *Katalepsie und Ankertechniken.* Da dreht Circuit sich auf seinem Bürostuhl zu mir und plötzlich komme ich mir vor wie beim Arzt. Gleich muss ich bestimmt den Mund aufsperren und *Aaaahhhh* machen.

»Du willst eine neue Flugbahn einschlagen«, stellt er fest.

»Was?« Ich versuche aufzustehen, doch meine Beine wollen nicht, wie ich will, und alles fühlt sich plötzlich so schwer an – meine Augenlider, mein Kopf, meine Arme, als wäre ich bisher als leere Hülle durchs Leben gelaufen und nun hätte man mich mit Sand und Steinen aufgefüllt. »Ich muss los«, will ich sagen, doch meine Lippen sind genauso träge. Gut möglich also, dass ich kein Wort herausbringe.

»Es ist ganz leicht, Noah. Vertrau mir.«

# *SCHAU DOCH NUR, ES IST* → TEIL 2

**Henry:** *... wahrscheinlich bin ich deshalb so wild entschlossen, echte Menschen zu kreieren. Wegen der Details.*

**Mod.:** *Wegen der Details?*

**Henry:** *Ja, die Details sind mir am liebsten.*

Auszug aus »Ein Gespräch mit Mila Henry«,
Harvard, 1969
(gilt als Henrys letzter öffentlicher Auftritt)

In den vorletzten Sommerferien ging die ganze Familie auf Karibikkreuzfahrt und im Rahmen des großzügigen Abendprogramms trat unter anderem ein Hypnotiseur auf. Ich erinnere mich noch gut an die Mischung aus Neugier und Grauen, mit der ich beobachtete, wie er eine Freiwillige anwies, die Augen zu schließen und sich vorzustellen, sie stehe ganz oben auf einer eleganten, hundert Stufen langen Treppe. Je weiter sie diese hinablaufe, desto stärker werde sie sich entspannen – bald war die Frau vollkommen weggetreten, sie wurde sozusagen zur Marionette, die dem Puppenspieler auf Gedeih und Verderb ausgeliefert war. Der Anblick war mehr als befremdlich, doch mir ist vor allem im Gedächtnis geblieben, wie es weiterging: In der folgenden Woche begegnete ich der Frau noch ein paarmal an Bord, außerdem entdeckte ich ihr Gesicht bei anderen Abendshows, beim Auftritt des Magiers, des Comedians, der Federfächertanztruppe, und ich sah sie kein einziges Mal lächeln. Sie saß bloß mit glasigem, puppengleichem Blick da, als hätte sie noch immer Fäden an den Gliedmaßen.

Nike rührt sich nicht vom Fleck. Wie ein Wachposten hockt sie im Durchgang, versperrt mir den Weg und sieht mich dabei nicht mal an, dabei stehe ich einen halben Meter vor ihr. Als ich sie hochhebe, rechne ich mit Widerstand, doch sie schmiegt sich nur schnurrend in meine Armbeuge. An der untersten Stufe schnell die Katze abstellen, dann noch ein widerwilliger Blick die Treppe hinauf, auf den sanften Lichtschimmer unter Circuits Tür. Ich will nicht mehr, habe ich gesagt, und er hat keinen Mucks gemacht. Auch nicht, als ich mit Gewalt die Augen geöffnet habe und aufgestanden und gegangen bin.

*Es ist ganz leicht, Noah. Vertrau mir. Schließ die Augen. Tief ein- und ausatmen. Gut so. Okay. Du stehst ganz oben auf einer langen Treppe ...*

Mit pochendem Schädel geht es ab durch die Haustür, quer durch den Garten und Richtung zu Hause, meine Stiefel dröhnen auf dem Asphalt. Niemals nie werde ich in den Piedmont Drive zurückkehren.

Kurt, der alte Nachbar, nickt zu mir hinüber. Er sitzt immer noch auf seinem Verandaplätzchen, bloß von seiner Zigarre ist nur noch ein Stummel übrig.

Sein Hund bellt. Wie hat Circuit ihn noch mal genannt? Abraham.

Ich bleibe stehen. Alles verschwimmt, trübt sich ein, und ich blicke zurück auf Circuits Zuhause. Seltsam. War ich nicht schon einmal hier? Ich meine, vor heute Abend?

Abraham winselt und starrt mich mit seinen aufmerksamen, allwissenden Leuchtaugen an, Kurt tätschelt ihm den Kopf und beginnt, leise zu reden, ich verstehe ihn kaum: »Letzten Frühling bin ich also bei Starved Rock unterwegs, so eine richtig durchorganisierte Wandertour mit Führern und Reiten und Weinprobe, du weißt schon, aber interessiere ich mich für so einen Unsinn, Abe? O nein, Sir. Es gibt nichts Schlimmeres als nachgemachte Wildnis.«

Ich stehe reglos vor dem Haus und höre zu, wie ein Typ, den ich gar nicht kenne, seinem Hund eine Geschichte erzählt.

»Also schlage ich mich in die Büsche, mache meine eigene, nicht organisierte Tour und stoße auf eine Höhle. Aber nicht auf eine Naturdenkmalhöhle mit rauschendem Wasserfall und anderer Touristenkacke, nee, auf eine echte, natürliche

Höhle – finster, feucht und geheimnisvoll wie der Höllenschlund. Und du kennst mich doch, ich alter Köter muss meine Nase überall hineinstecken. Also dann, den Wanderstock fest in die Hand und nichts wie rein. Welchen Wert hat ein Leben, das nie aufs Spiel gesetzt wird? Welchen Nutzen ein Dasein ohne jedes Wagnis? So sehe ich das und ich wollte mal ein Spielchen wagen ... Also wenn du mich fragst, war ich dort goldrichtig. Und rate mal, wem ich in der Höhle begegnet bin. Es war ein wahres Mysterium, das kannst du mir glauben. Es war Gott höchstpersönlich! Ja, wer hätte das gedacht? Und rate mal, was Gott zu mir gesagt hat.« Kurt zieht noch einmal genüsslich an seiner Zigarre, stampft sie mit dem Stiefel aus und richtet den Blick auf mich. »Sie hat gesagt, ich soll ins Licht treten.«

Nach Hause laufe ich wie durch Nebel, Schwaden außerhalb und innerhalb meines Schädels, es sind Schritte ohne jeden eigenen Wert, dazu bin ich zu abgelenkt.

Als ich Circuits Zuhause betreten habe, war Abraham ein Collie.

Als ich es verlassen habe, war er ein Labrador.

## *16 ⇨ in derselben Nacht hänge ich im Traum unter der Decke*

Ich schwebe nur so hier oben, ich als Geist, und blicke auf mich selbst hinab, der ich schlafend in einem fremden Bett liege. Daneben steht Labrador-Abraham und bellt ununterbrochen, aber unhörbar, ein rhythmisches, stummes Kläffen. Und es ist noch jemand im Zimmer. Irgendwer steht mit dem Gesicht zur Wand in der gegenüberliegenden Ecke, klitschnass. Ob er wohl gerade aus dem Pool gestiegen ist? Zu seinen Füßen sammelt sich eine Pfütze, doch ich sehe nur seinen Hinterkopf, die dunklen Haare. Wenn er sich umdreht, beschleunigt sich jedes Mal die Zeit und im nächsten Moment kehrt er mir wieder den Rücken zu. Unter mir wirbelt die Luft, es ist ein transparenter Tornado, und plötzlich: Farben. Überall Farben. Knallige Farben, so intensiv, dass man kaum hinschauen kann, ein grelles Magenta mit starkem Pinkstich, Türkis, Lila, lebhafte Grün- und Blau- und Gelbtöne. Und durch den strahlenden Farbstrudel sehe ich Buchstaben aus den Wänden quellen, zuerst einige As, dann Os, dann Ns, ein ganzes Zufallsalphabet in allen möglichen Farben und Schriftarten schwebt als waberndes Chaos durch den Raum und nimmt endlich Gestalt an, Buchstabe reiht sich an Buchstabe, bis schließlich zwei Wörter erkennbar werden, zur Decke steigen und unmittelbar vor meinem Gesicht erstarren: SONDERBARE FASZINATION.

Unten im Bett zucken meine Augenlider, auf einmal befinde ich mich wieder in meinem Körper und bin einerseits bei Bewusstsein, andererseits auch wieder nicht, merke jedenfalls, dass ich schlafe, und will dringend aufwachen.

05:37.

*Shit.*

Mein Kopf ist im Arsch. Aber bis zum Anschlag. Und der Anus trieft auch noch vor nicht identifizierbaren Krankheitserregern.

Ich schnappe mir mein Handy vom Boden (Nachttische sind nichts anderes als gut getarntes Gerümpel) und stelle fest: 23 ungelesene Nachrichten von Alan.

Alan: OK Folgendes. Pink hat recht. Wilde Herzen kann niemand brechen

Alan: Soll heißen, unsere Liebe wird von Adlerschwingen getragen

Alan: Soll heißen, ich hab dich GANZ DOLL LIEB und heute Abend war scheiße

Alan: Außerdem ist Jake echt ein monumentales Sackgesicht

Alan: (dem meinereiner übrgs grade im Pool ordentlich den Popo versohlt hat)

Alan: Ach so ich bin grad ziemlich breit

Alan: Yo weißt du noch wie wir mal das Basilikum von deiner Mom geraucht haben? Das war witzig AF

Alan: Tinkiwinki dinki-winki-duuuuu!

Alan: WTF soll Tinkiwinki eigentlich sein??

Alan: Aber Familie Feuerstein war der Burner

Alan: ICH BIN BAMM-BAMM GEHASCHHEIMER

Alan: Heyyyyy alles so schön bunt hier

Alan: Ich will CHICKEN WINGS

Alan: Chicken Wings her sonst werde ich ungemütlich

Alan: 24/7 KFC Drive-thru FTW!!!!!!!

Alan: Man muss auch mal über den Burgerrand schauen!!!

Alan: O fuck der Spruch war von Taco Bell ¯_(ツ)_/¯

Alan: Mooooment guck dir das an …

Alan: o- ¯_ツ)_/¯

Alan: Das ist ein Mic Drop ha ha

Alan: Nehmt das, ihr Loser, Micro weg und Abgang

Alan: o- ¯_(ツ)_/¯

Alan: Träum süß Babe

Als ich im nüchternen Licht des sehr frühen Morgens diese Nachrichten von meinem besten Freund lese, klärt sich zumindest eine Frage von letzter Nacht: Ich hätte das wirklich nicht zu Alan sagen sollen. Zugegeben, manchmal schlägt das Pendel auch hart zur anderen Seite aus, aber ich liebe ihn von Herzen.

**Ich: Es tut mir so leid, Alan.**

**Ich: Ich war ein absolutes Arschloch hoch 407.000. Bitte verzeih mir.**

**Ich: Wenn du das hier liest (und ich nehme an, das**

**wird noch eine ganze Weile dauern), sprichst du bitte die folgenden Worte laut aus: »Noah Oakman hat mich sehr, sehr, sehr, sehr lieb.«**

Ich wische hinüber zu Vals Nachrichten. Nicht dass sie ihrem Ein-Wort-Text noch etwas hinzugefügt hat.

Val: Noah

Nein. Es bleibt dabei. *Noah* und nichts weiter. Uhrzeit laut Anzeige: 1:01.

Soweit ich es beurteilen kann, funktioniert mein Innenleben wie das eines Vierzigjährigen – bin ich erst mal wach, bleibe ich auch wach. Also dusche ich lange und gründlich, schlüpfe in einen frischen Navy-Bowie, setze mich auf meinen ergonomischen Bürostuhl, rutsche nach vorne, klappe meinen Laptop auf, gehe auf YouTube, suche das Verblassende Mädchen, finde es, finde Trost.

Mein Zimmer ist der Himmel auf Erden.

## 17 ⇨ *Zeit vergeht (I)*

Der restliche Tag ist wie ein Kapitel in einem Roman, in dem ganze Wochen in zwei Zeilen abgehandelt werden, weil bei der Hauptfigur anscheinend gerade nichts Spannendes los ist. »Zeit-vergeht-Kapitel«, nannte Mila Henry das, die zwar kein besonders großer Fan davon war, aber manchmal passiert nun mal nichts Erwähnenswertes. Manchmal sitzt man bloß im eigenen Zimmer herum und erholt sich von einer Scheißparty, bei der man viel zu viel gesoffen hat und dann auch noch mit irgendeinem komischen Typen nach Hause ist, statt sich beim besten Freund zu entschuldigen. Manchmal verwendet man viel zu viel Energie auf die Analyse einer Ein-Wort-Nachricht, denn je länger man darüber nachdenkt, desto offensichtlicher wird, wieso Menschen normalerweise einen Namen und nichts weiter verschicken – weil sie etwas Gewichtigeres hinterherschicken wollen, zum Beispiel *Wir müssen uns unterhalten* oder *Ich habe dir was zu gestehen.* Aber dann kommt auf diese Nachricht keine Antwort und die Absenderin lässt die zweite nie folgen. Manchmal nimmt man sich auch einen ganzen Tag Zeit dafür, erst zwischen *Gilmore-Girls*-Folgen und dem Verblassenden Mädchen hin- und herzuspringen, sich dann zum Schreiben aufzuraffen, in einer vollen Stunde überhaupt nichts gebacken zu kriegen und sich deshalb über das eigene Geschreibsel aufzuregen, das so tut, als wäre es ein Bedeutendes Werk, dabei ist es doch nur Verdammte Zeitverschwendung, weshalb man sich lieber einer Tätigkeit zuwendet, die nicht vorgibt, irgendetwas anderes zu sein als reine Zeitverschwendung.

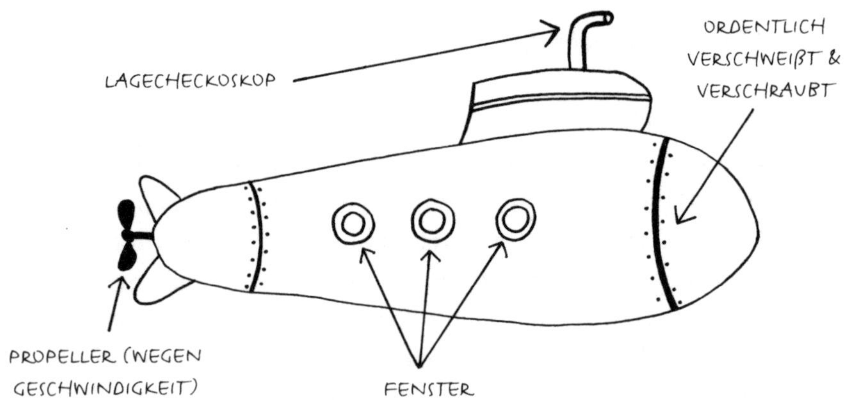

Manchmal ist man durch und durch entspannt, wenn man mit der Zeichnung fertig ist, beseelt von der Gewissheit, dass einen ein U-Boot-Schaubild niemals tief verletzen wird. Und man sinniert darüber, ob man wohl jemals auf U-Bootsfahrt gehen wird, was einen wieder auf andere Fortbewegungsmittel bringt, die man bisher nur von Weitem kennt.

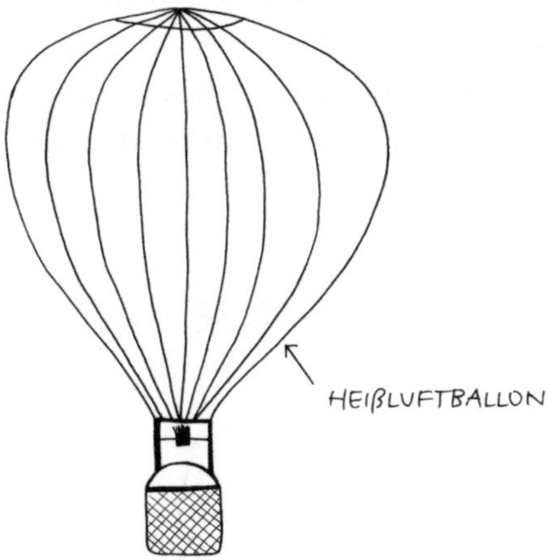


Manchmal rutscht man auf die Metaebene ab und denkt sich: *Wenn ich schon in meinem Zimmer herumsitze und zeichne, dann kann ich auch gleich mein Zimmer zeichnen.*

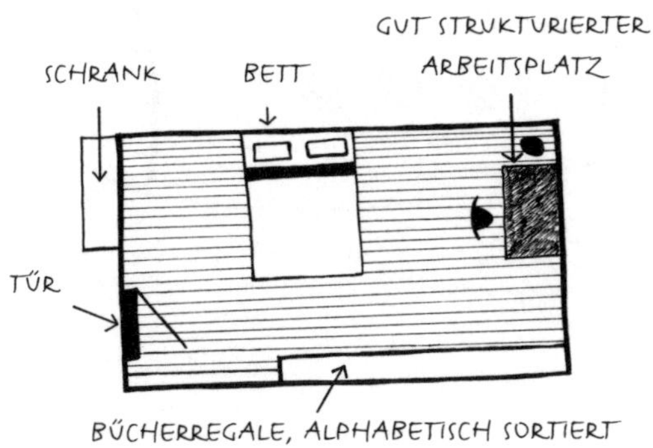

Manchmal überlegt man, ob man das Zeichnen von kleinen, mit Pfeilen gespickten Schaubildern nicht zum Beruf ausbauen könnte, bis man sich wieder fragt: *In welchem Metier wäre eine solche Inselbegabung denn von Nutzen?* Also denkt man sich: *Ich sollte mich endlich einer fruchtbareren Tätigkeit zuwenden.* Und so stellt man sich vor, wie sich zwei der Schaubilder fortpflanzen und ein Kind bekommen.

Und manchmal war es das dann für den Tag.

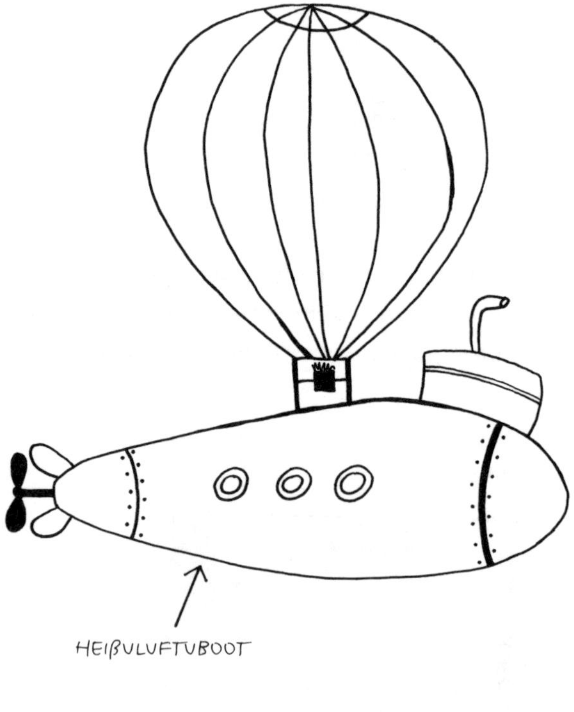

## 18 ⇨ *Mode und Marotten der Penny Oakman*

Am nächsten Morgen wache ich erneut vor Sonnenaufgang vom selben Traum auf. Duschen, anziehen, Zähne putzen, den Rucksack mit neuen Schulbüchern vollstopfen und sobald das erledigt ist, ziehe ich mir als Inspiration für den ersten Schultag eine Folge *Freaks and Geeks* rein. Währenddessen denke ich zwangsläufig darüber nach, ab wie vielen Nächten hintereinander ein Traum als »wiederkehrender Traum« gilt. Ich grübele zwangsläufig über den klitschnassen Kerl in der Ecke und die aus den Wänden quellenden Buchstaben. Aber ich brüte genauso zwangsläufig darüber, wie NBC auf die Wahnsinnsidee kommen konnte, eine so fantastische Serie wie *Freaks and Geeks* mitten in der ersten Staffel abzusetzen.

Das Universum ist wahrlich reich an Mysterien.

Es klopft an meiner Tür, unmittelbar danach schwingt sie auf und Mom sagt: »Hey.« Sie klopft immer an, allerdings eher als Vorwarnung. »Ich wollte dir Bescheid sagen, dass du bald los musst, aber … anscheinend bist du sowieso schon fertig für die Schule.«

»Jepp.«

Sie lächelt mich liebevoll-aber-auch-besorgt an, ein Blick, den Mütter generell und meine Mom ganz besonders gut draufhaben. »Also. Der Anruf von Coach Stevens …«

Es war wohl nur eine Frage der Zeit. Eigentlich muss ich es meinen Eltern hoch anrechnen, dass sie nicht schon gestern damit angekommen sind.

»Ja?«

»Also doch kein Vollstipendium, leider, aber trotzdem – *fünfzehntausend.* Das ist doch klasse. Das ist ein Riesenangebot, in Anbetracht der Umstände.«

»Ich weiß, Mom.«

»Natürlich geht es nicht in erster Linie ums Geld, sondern darum, dass –«

»Dass ich an einem College lande, wo man mich wirklich wertschätzt.«

Diesen Slogan haben meine Eltern von Anfang an vor sich hergetragen. Sicher wollen sie das total ernst meinen und irgendwo meinen sie es wahrscheinlich sogar ernst, aber wenn im Familienalltag regelmäßig Worte wie *Sparplan* und *bisschen knapp diese Woche* fallen und plötzlich legt irgendwer 15.000 Dollar auf den Tisch, dann guckt man sich das Ganze eben nicht nur interessiert an.

»Und bei deinem Rücken kann doch keiner garantieren –«

»Können wir später darüber reden?«, frage ich.

Ein Moment der Stille – Mom hatte sich mehr Begeisterung erhofft. »Klar. Aber ich rufe Coach Stevens heute Abend zurück und sage ihm, wir denken darüber nach. In Ordnung?«

Und unausgesprochen: *Wir denken doch darüber nach??!*

»Klar«, antworte ich, »mach das.«

Mom nickt einmal. »Du siehst schrecklich aus, Schatz.«

»Schönen Dank auch, Mom.«

»Du weißt doch, wie ich das meine. Wahrscheinlich ist es bloß die Müdigkeit. Schläfst du auch genug?«

»Mir geht's gut, Mom.«

Als sie gehen will, fällt mir der Kratzer an ihrer linken Wange auf. »Hey, wie ist das passiert?«

»Was?«

»Das da.« Es ist sogar eine Narbe. Ich deute auf ihre Wange und lege den Finger auf meine. »Hier.«

Mom stockt der Atem – ich höre tatsächlich, wie er kurz ins Stocken gerät. »Tu mir den Gefallen, Noah, und geh heute früher ins Bett. Du brauchst anscheinend wirklich etwas Schlaf.« Damit verlässt sie rückwärts das Zimmer und schließt die Tür.

Ich frage mich noch, was das eben war, da klopft es erneut. Nur diesmal geht die Tür nicht von alleine auf.

»Herein, Penny.«

Jedes Mal, wenn meine Schwester eine Tür öffnet, bekommt ein Engel seine Flügel. Aber echt. Sie schiebt sie zentimeterweise auf, als könnte das Ding jederzeit aus den Angeln fliegen, nur weil sie nicht aufgepasst hat – und jetzt mal ehrlich, wenn das nicht das Niedlichste überhaupt ist. Es ist nicht mehr viel übrig von früher, als Penny klein war, aber das hat sich bis heute nicht geändert.

»Hey«, sagt sie und steckt den Kopf durch die Tür wie ein skeptisches Murmeltier aus seinem Bau. Hinter ihr auf dem Flur winselt Fluff. »Ruhig«, sagt Penn zu ihm. »Die Erwachsenen wollen sich unterhalten.« Und zu mir: »Ist dir auch aufgefallen, wie komisch Fluff in letzter Zeit ist?«

»Nur wenn du es komisch findest, gegen Wände zu laufen.«

»Das meine ich ja. Das macht er gar nicht mehr so wirklich.«

»Doch, neulich erst. Vor ein paar Tagen.«

Penny verdreht die Augen. »Behauptest du. Meine Wenigkeit war leider nicht dabei, Schätzchen.«

Meine Schwester durchlebt immer wieder Phasen, in denen sie von irgendetwas vollkommen besessen ist, und während dieser Phasen gibt es für sie *absolut nichts anderes.* Im Moment besteht ihre Welt aus Audrey-Hepburn-Filmen, daher geht sie mir pausenlos auf die Nerven, endlich mit ihr zusammen *Frühstück bei Tiffany* zu gucken. Außerdem spaziert sie ständig durchs Haus und nennt alle Schätzchen.

»Außerdem bellt er wieder«, meint sie. »Hast du das nicht mitgekriegt?«

Wie aufs Stichwort kläfft Fluff drüben im Flur.

»Ich habe die Befürchtung, sein Zustand verkomischt sich allmählich«, meint Penn.

»Ich glaube, *verkomischen* ist kein richtiges Wort.«

»Sollte es aber sein, nicht wahr? Und findest du nicht, er wirkt ein wenig, ich weiß auch nicht ... fitter?«

»Inwiefern fitter?«

»Irgendwie beweglicher, würde ich sagen.«

»Penny. Selbst der alte, bewegliche Fluff war nicht sonderlich beweglich.«

Meine Schwester steht noch immer im Flur, bloß ihr Kopf befindet sich im Zimmer, ihr restlicher Körper drüben bei Fluff. »Wie auch immer, eigentlich wollte ich dich nur schnell an unsere Verabredung heute Abend erinnern.«

»Ah. Du hast dir also eine neue Taktik zurechtgelegt.«

»Lass dir versichern, Noah, ich habe nicht die geringste Ahnung, was du meinst.«

»Nicht mal die geringste?«

»Noah. Schätzchen. Hör mir zu. Du redest wirres Zeug. Und wie soll ich dir helfen, wenn du einfach keine Vernunft annehmen willst?«

»Okaaay?«

»Und deine derzeitige Haltung zum Thema *Frühstück* ist nun mal ganz und gar unvernünftig.«

»Wieso? Frühstück finde ich super.«

»Du weißt genau, wovon ich spreche.«

»Okay, stimmt.«

Penny räuspert sich und tritt endlich vollständig ein, und fast glaube ich in diesem Augenblick ein leises Rülpsen des Fußbodens zu spüren, als hätte mein minimalistisch eingerichtetes Zimmer seine liebe Not, Mode und Marotten der Penny Oakman zu verdauen. Heute trägt sie alte schwarze Chucks, grellpinke Strumpfhosen mit aufgestickten Totenschädeln *und* Herzen, einen Rock in einer Farbe, die man nur als »magentaähnlich« beschreiben kann, und ein *Ich-♥-NYC*-Shirt. Gekrönt wird all das von einem Wirrwarr aus schwarzen Haaren, als wäre sie mit einem Foto von Bellatrix Lestrange in den Friseursalon marschiert.

»Bleib«, mahnt sie in den Flur hinüber (und erntet dafür Fluffs *Wo-ist-Penny-hin?*-Winseln), schreitet auf mich zu und überreicht mir einen Briefumschlag, der sowohl mit meinem Vor- als auch mit meinem Nachnamen beschriftet ist. Ihr Auftreten, ihre ganze Pose lässt keinen Zweifel daran, dass es sich hier um einen hochoffiziellen Akt handelt. »Bitte. Ich habe eine Reihe von Gründen zusammengestellt, wieso du deine Haltung zum Thema *Frühstück bei Tiffany* gründlich überdenken und insbesondere wieso du den Film mit mir angucken solltest. Lies sie dir ganz in Ruhe durch, wenn dir danach ist, Schätzelchen. Das heißt, mir wäre es lieb, wenn es nicht allzu lange dauern würde.«

*Insbesondere* spricht sie *insbesooondääära* aus und dauern *daaauwern.* Was auch sonst.

Ich stecke den Umschlag ein und gebe mir Mühe, nicht laut loszulachen. »Ich werde sorgfältig abwägen.«

»Moment, was machst du da?«

»Was mache ich denn?«

»Du hast den Brief einfach eingesteckt.« Penny beäugt meine Hosentasche, als hätte sie das Papier aufgefressen.

»Wie soll ich ihn denn sonst aufbewahren?«

»Dadrin vergisst du ihn doch nur.«

»Ganz bestimmt nicht.«

»Ach ja?« Penny tippt mit dem Fuß auf den Boden, die

perfekte Mom-Kopie. »Weißt du noch, als du mal ein KitKat in die Hosentasche gesteckt und dort vergessen hast und –«

»Schon gut.«

»Und ein paar Stunden später dachten alle, du hättest dir in die Hose geschissen.«

»*Geschissen* sagt man nicht, Penn. Und ich vergesse den Brief bestimmt nicht. Hier, schau. Ich stelle mir extra einen Alarm auf dem Handy ein. Nur zur Sicherheit, ja?«

»Und wenn der Alarm losgeht, liest du ihn?«

»Selbstverständlich. Dann lese ich ihn und bedenke all die tiefen Einsichten, die er mir eröffnen wird.«

Ein knappes Nicken. »Mehr verlange ich gar nicht.« Und als Fluff auf dem Flur bellt, korrigiert Penny sich: »Mehr verlangen wir nicht. Wenn du mich dann entschuldigen würdest, ich habe einen wichtigen Termin.«

»Nur so nebenbei, die achte Klasse ist nicht ganz so wichtig, wie man vielleicht meinen könnte.«

»Für dich war sie das vielleicht nicht, Schätzchen«, sagt Penny in der Tür. »Aber ich habe mir vorgenommen, einzuschlagen wie eine Granate.«

## 19 ⇨ *OMG*

Wenn ich auf der Fahrt zur Schule einen Umweg nehme, erwische ich Onkel Monstergenick auf seiner Route. Zwischen Mill Grove und Ashbrook bremse ich leicht ab, und da vorne läuft er schon mit seinem Gehstock, seinem Filzhut und dem kartoffelgroßen Kropf links am Hals: der einzig wahre OMG. *O mein Gott, wer sind Sie nur? Ein Schäfer im Ruhestand? Ein Kriegsheld? Ein Fast-Food-Milliardär?* Heute stelle ich ihn mir als jungen Mann vor, als aufstrebenden Pariser

Restaurantbesitzer, der aus Alabama ausgewandert ist und es in die *haute société* geschafft hat, wo er Abend für Abend sein *Voulez-vous coucher avec moi?* anbringt. Langsam nähere ich mich. Jetzt im Vorbeirollen bloß nicht zu offensichtlich nach ihm umdrehen! Wie immer starrt er grimmig geradeaus, ach, man muss ihn einfach lieb haben. Wenn einer begriffen hat, dass jeder Schritt seinen eigenen Wert hat, dann OMG. Nie hebt er den Blick vom Bürgersteig, nichts kann ihn von seinem festen Entschluss abbringen, um diese Uhrzeit genau hier spazieren zu gehen, und zwar jeden verdammten Tag.

Auch wenn mich alles runterzieht, OMG geht immer.

Als ich schließlich auf den Parkplatz der Iverton High einbiege, deprimiert es mich sogar kaum noch, dass die Schule heute wieder losgeht.

»Noah!«

Tyler Massey gehört zu jenen Schülern, deren Beliebtheit selbst den größten Geistern Rätsel aufgibt. Ich kenne keinen, der ihn richtig leiden kann. Fast tue ich so, als hätte ich ihn nicht gehört, aber wenn man Typen wie ihm nicht ab und zu ein paar Brocken hinwirft, laufen sie einem den ganzen Tag hinterher und knabbern an einem herum, nagen einen bis auf den Knochen ab, ohne dass man es überhaupt mitkriegt. Lieber gebe ich ihm gleich sein Fresschen.

»Hey, Tyler«, sage ich, steige aus und ahne schon, wie es laufen wird. Plötzlich würde ich unheimlich gerne in der Zeit zurückreisen, rechts ranfahren und mit OMG spazieren gehen, ihn fragen, woher er wirklich kommt und warum er so drauf ist, wie er ist, und danach könnten wir uns über meine Sonderbaren Faszinationen unterhalten, endlich könnte ich jemandem alles erzählen, zum Beispiel dass er und das Verblassende Mädchen meiner Vermutung nach genau wissen, wie gefährlich es ist, ein Leben außerhalb des Roboters zu führen, und OMG würde mir zuhören und wer hätte das gedacht! Die Welt entpuppt sich als wunderschöner, als glorreicher Ort.

Tyler Massey fasst sich zwischen die Beine und lässt seinen Sack tanzen. »Alles fit im Schritt, du Schwanz? Hast du jetzt in den Ferien endlich gepoppt?«

Gott, wie ich die Highschool hasse.

## 20 ⇨ *eine Schule ist wie jede andere*

Folgt man den Verästelungen des Stammbaums der Familie Oakman (also *des Eichbaums,* weil *oak tree,* hat mein Dad mal gewitzelt), stößt man früher oder später auf Orville O'Neill, den Bruder meiner Mutter und stolzen Besitzer der Orlando Orville's School of Human Flight.

Onkel Orville und Onkel Jack waren eineiige Zwillinge, beste Freunde und generell ziemlich identisch gepolt. Als Jack umkam, war Mom am Ende, aber Orville nahm es am stärksten mit. Inzwischen sehen wir ihn nur noch einmal im Jahr zu Thanksgiving, das immer kurz vor oder nach Jacks Todestag fällt, und trotzdem sprechen wir nie über ihn. (Oder was weiß ich, vielleicht sprechen wir nie über ihn, eben weil wir uns immer kurz vor oder nach seinem Todestag sehen.) Doch für einen wie Onkel Orville, der sich am liebsten über den freien Fall aus großer Höhe unterhält, der allein lebt und VHS-Bänder mit den Lokalfernsehwerbespots seiner Firma an alle Menschen in seinem Leben verschickt, die verpflichtet sind, wenigstens so zu tun, als wären sie ganz hin und weg davon (will heißen: an seine Verwandten) – für so einen hält die Thanksgiving-Tafel sicher nicht nur leibliche Stärkung bereit.

»Die Leute glauben, beim Fallschirmspringen hüpft man bloß aus einem Flieger und das war's«, sagte er letztes Jahr zwischen zwei Löffeln Cranberrysoße. »Aber da steckt viel mehr dahinter.« Dann erläuterte er uns das Springen mit »Aufziehleine«, eine Art Fallschirmsprung mit Stützrädern, wenn ich es nicht völlig falsch verstanden habe. Grob gesagt ist dabei der sogenannte Container des Fallschirms (den Onkel Orville aber nur »Konti« nennt, ha ha) über die sogenannte Aufziehleine mit dem Flugzeug verbunden. Auf diese Weise wird der Schirm bereits nach einer sehr kurzen Phase des freien Falls automatisch entfaltet.

Ich hatte fast das ganze Festmahl hindurch geschwiegen, doch nun hatte ich eine Frage. Als sich das Gespräch am anderen Ende der Tafel dem Saisonverlauf der Chicago Bears zuwandte, erkannte ich meine Chance. »Onkel Orville?«, sagte ich und tippte ihm auf die Schulter.

»Was gibt's, Sportsfreund?«

Onkel Orville erfüllt in unserer Familie die verfassungsmäßig vorgeschriebene Quote, wonach jeder Junge von mindestens einem Onkel mit einem Spitznamen aus der Welt des Sports belegt werden muss, lässt aber die üblichen Verdächtigen wie *Champ* oder *Captain* links liegen und setzt auf den viel markanteren Außenseiter *Sportsfreund.*

»Na ja, ich fragte mich gerade ...«

»Du willst eine Klatschgeschichte hören.«

»Äh ... eine was?«

Mein Onkel hielt die linke Hand flach über den Tisch, hob die rechte und ließ sie ganz langsam auf der linken aufschlagen, untermalt von einem schmatzenden Geräusch. »Na, eine Klatschhhhh-Geschichte.«

Ich gebe es nur ungern zu, aber Orville hatte mich tatsächlich ertappt.

Er trank einen Schluck Eistee und zuckte die Achseln. »Bei einem Schüler von mir wollte beim zweiten Sprung mit Aufziehleine der Schirm nicht aufgehen. Wäre er schon bei den Fortgeschrittenen gewesen, tja, das hätte einen Riesenklatsch gegeben. Aber noch mal Schwein gehabt, die Aufziehleine wurde zu seiner Rettungsleine. Als sie ganz gespannt war – *zingggg*. Sie hat ihn gehalten. Und so hing er in der Luft und wurde vom Flieger mitgezogen. Hat mich ein bisschen an Wasserski erinnert, nur am Himmel.«

Wasserski am Himmel. Den Scheiß kann man sich nicht ausdenken.

»Klingt gefährlich«, meinte ich.

»Oh, das war es auch. Mussten ihn zu neunt wieder an Bord hieven. Der Kerl hatte seinen Schock weg, lag danach lange im Krankenhaus und sein Rücken war für immer lädiert. Hat's mit einer Klage versucht, aber vor einem Sprung verzichtet man quasi auf alle Rechte, also Pustekuchen.«

Während am anderen Ende der Tafel noch immer über die Bears diskutiert wurde, herrschte in unserer kleinen Ecke ein kurzes Schweigen. Bis …

Bis Onkel Orville sagte: »Manchmal wache ich nachts immer noch davon auf.«

»Es war ganz schön knapp.«

»Das kannst du laut sagen. Aber es ist auch …«

»Was?«

»Nichts, nichts«, meinte er. »Das heißt, manchmal … manchmal träume ich, ich bin er. Ich hänge tausend Meter über der Erde und klammere mich in Todesangst an meinen Rucksack, weil ich weiß, dass es gleich aus und vorbei ist.«

Und da begriff ich: An der Highschool war es genauso.

Während die Massen auf dem Schulflur an mir vorbeiströmen, klammere ich mich in Todesangst an meinen Rucksack.

»Ich habe beschlossen, das Wort *logo* wieder groß zu machen«, erklärt Alan und reicht mir einen Frühstücksburrito. Bei Oakmans wird morgens meistens nur die neueste Errungenschaft aus der Leinsamenforschung serviert, irgendein Mischmasch, den Dad erst nach einem Test an seiner Versuchskaninchenfamilie offiziell auf die Speisekarte setzen will. In der Regel knurrt mein Magen schon wie ein Grizzly, wenn Alans Textnachricht endlich eintrifft: *Yo, Mikrowellentime! Burrito oder Sandwich?*

»Was soll das heißen, du willst *logo* wieder groß machen?«, hakt Val nach.

Und Alan: »Was muss man daran bitte noch erklären?«, worauf Val erwidert: »Wie willst du ein Wort, das nie groß war, wieder groß machen?«

Alan seufzt theatralisch. »Komm schon, Val. *Logo* war riesig.«

Im ersten Jahr an der Highschool haben wir damit angefangen: Wir treffen uns immer am Eingang und laufen gemeinsam einmal quer durch die Schule zu einer kleinen, mehr oder minder abgeschiedenen Nische ganz am Ende der Gänge aus überflüssigen Spinden, die wir »Erker« getauft haben. Dort hocken wir uns zu dritt auf den Boden, an die Wand gelehnt und die Beine ausgestreckt, fast bis hinein in den reißenden Strom aus Schuhen und aufgeregten Debatten, wer angeblich mit wem und was so-und-so gesagt oder getan oder nicht gesagt oder getan hat, und »Mann, stell dir vor dies und jenes« und »O mein Gott, ich fasse es nicht«,

»Ich weiß, ist das nicht nur noch heftig« oder abgefuckt oder unfair oder lame?

Derweil sitzen wir drei im Erker und bestätigen uns sozusagen gegenseitig, dass wir gerade das Beste aus unserem Leben herausholen.

»Na gut«, sagt Val, als wir unsere Rucksäcke abladen und so unser Plätzchen befestigen. »Aber wenn du *logo* wieder groß machst, mache ich dasselbe mit *astrein.*«

»Nur zur Info«, erwidert Alan. *»Astrein* war nie out.«

»Wer *Nur zur Info* sagt, disqualifiziert sich automatisch für alle Diskussionen über in und out.«

Ich kaue meinen Frühstücksburrito, starre stumpf in den rasenden Strom und bin froh über den sinnfreien Streit meiner Freunde, denn dadurch fühlt es sich an wie immer. Oder vielleicht nicht wie immer, aber es lenkt von dem ab, was niemand ansprechen will: dass wir vorgestern Nacht nach der Longmire-Party alle ohne die anderen unserer Wege gegangen sind und seitdem kein Wort darüber verloren haben.

Val stupst mich an. »Bist du immer noch verkatert oder was?«

»Äh … nein, nein.«

»Nur weil du gerade voll weggetreten warst.«

»Sorry. Muss an der Nachsommerferiendepression liegen. Außerdem bin ich vorhin Tyler über den Weg gelaufen, also kann ich den Tag praktisch schon in die Tonne treten.«

»Tyler Walker?«

»Massey.«

»O Gott«, sagt Val. »Das ist hart.«

»Lass mich raten«, meldet sich Alan zu Wort. »Er hat irgendeine geschmacklose sexuelle Anspielung gemacht? Etwa dass du 'ne Schwuchtel bist, dass du keine gepoppt kriegst, dass du einen kleinen Dödel hast …«

»Korrekt«, bestätige ich.

Val verzieht das Gesicht. *»Dödel?* Ich bitte dich.«

»Tyler ist ein chronisches Arschloch«, meint Alan und fügt mit einem Mund voller Ei und Käse hinzu: »Schade eigentlich. Ansonsten ist er nämlich ganz süß.«

Und Val: »Und du erst. Ein echter Traumtyp«, woraufhin Alan einen Kuss auf seinen Bizeps drückt und rülpst.

»Jetzt mal im Ernst«, sagt er dann. »Kennt ihr irgendwen, der häufiger über Sex redet und gleichzeitig weniger Ahnung davon hat als Tyler Massey? Tyler ist so ungefähr die traurigste Jungfrau der Welt.«

»Und was wäre dann einer wie Noah?«, erwidert Val und zwinkert mir zu. »Vielleicht eine fidele Jungfrau?«

Mitten im Kauen hält Alan inne. »Wieso kommt mir das jetzt so bekannt vor?«

Ich starre auf meine Stiefel. Können Füße eigentlich erröten? »Äh ... in der Neunten? Bei euch im Keller?«

Alan schmeißt sich weg, dreht gnadenlos ab und Val nur noch so: »Hä? Was ist los?«, und darum erzählt Alan ihr von dem kleinen Aussetzer, den er in der Neunten nach einem besonders schlimmen Schultag hatte, an dem ihm besonders fiese Schimpfwörter an den Kopf geworfen worden waren, woraufhin er zu Hause den Entschluss traf, das Wochenende dafür zu nutzen, sich selbst zu »entschwulen«.

»Was soll ich sagen?«, meint Val. »Das geht nicht.«

Alan wischt sich Brösel vom Shirt. »Logo geht das nicht. *Logo.*«

»Und wie hast du's versucht?«

Da Alan wieder einen Kicheranfall hat, übernehme ich. »Alan dachte, wenn er sich einen ... einen Heteroporno reinzieht, dann ... na ja ...« Meinetwegen bin ich krass verklemmt, aber allein das P-Wort auszusprechen, ist mir fast so unangenehm wie das P-Zeug selbst. »Egal. Wie du weißt, haben eure Eltern Cinemax abonniert.«

»Cinemax? Echt jetzt? Schon mal von diesem komischen Interwebs gehört?«

»Schon mal von Jugendschutzeinstellungen gehört?«, erwidert Alan. »Vom Suchverlauf? Von diesen ganzen elterlichen Überwachungsprogrammen?«

»Und was man sich da erst für Schadsoftware einfangen kann«, ergänze ich.

Val schüttelt den Kopf. »Ihr zwei seid süß. Aber ihr könnt einem auch echt leidtun. Das heißt, Moment, was hat das jetzt mit fidelen Jungfrauen zu tun?«

Schon starre ich wieder auf meine Stiefel. »So hieß der Spätfilm an dem Abend.«

Nun hat Val einen Lachflash, sie zieht sozusagen mit Alan gleich, der längst am Boden liegt, und da kann ich auch nicht mehr anders. »Ein paar Wichser verarschen dich«, japst Val. »Und du denkst dir, okay, jetzt wird volle Pulle umgepolt.«

»Okay, erstens«, fängt Alan an, »war ich erst in der Neunten. Zweitens lag es nicht nur an der Verarsche. Weißt du noch, wie sehr ich damals auf Iron Man gestanden habe?«

»Wie, *damals?*«

»Tony Stark hat's einfach drauf, Val. Und er hat ständig irgendeine neue Frau am Start. Und hey, mit welchem megageilen schwulen Superhelden hätte ich mich denn bitte identifizieren sollen?«

Jackson, ein 1-Meter-90-Hüne und Teamkollege von uns, kommt angelaufen und will wissen, wie's meinem Rücken geht. »Wird, glaube ich«, antworte ich und schiebe zur Sicherheit noch »Abwarten« hinterher. Jackson streckt die Faust aus, Alan und ich stoßen unsere dagegen. »Ich bete für dich, Mann«, sagt er und weg ist er. Unser ausgelassenes Lachen nimmt er einfach mit.

Es gibt Momente, da frage ich mich, ob Val und Alan nicht sowieso wissen, dass mit meinem Rücken alles paletti ist. Wir sind schon so lange befreundet – genauso gut könnte ich mein Spiegelbild anlügen und hoffen, dass ich drauf reinfalle. Aber wenn, haben sie nie etwas gesagt.

Aus den Lautsprechern schallt der Gong: noch zwei Minuten bis zur Klassenlehrerstunde. Wir packen unseren Kram und machen uns schweigend auf den Weg, während ich mir vorstelle, wie es früher war, als die Höheren Mächte den Stundenplan noch nicht auf vier Fächer pro Tag umgestellt hatten. An damals, als man noch viel mehr Fächer pro Tag hatte und deshalb jeder einen Spind brauchte. (Denke ich zu lange darüber nach, werde ich traurig. Wegen der vielen leeren, nutzlosen Blechkästen. Ist schwer zu erklären.)

Alan bückt sich, um sich den Schuh zu binden, wirft dabei einen Blick auf seinen eigenen Arsch und dann auf mich: »Hübsch, oder? Interesse?«, und ich so: »Träum weiter«, und Val: »Gott, was seid ihr nur für Kinder.«

»Also bitte«, erwidert Alan, als er sich aufrichtet und wir weitergehen. »Noah und ich sind herausragende Vertreter der menschlichen Spezies. Stimmt doch, No?«

»Ihr seid schon ziemlich groß.«

»Wir sind unerschütterliche Nachfahren eines kultivierteren Zeitalters.«

Val zeigt auf Alans Mund. »Du hast grünen Pfeffer zwischen den Zähnen.«

Alan pult sich mit schief gelegtem Kopf im Gebiss herum und dreht dann zu seinem und Vals Klassenzimmer ab. Bevor sie hinter ihm eintritt, sagt sie noch zu mir: »Dir ist schon klar, dass dein bester Kumpel einen Schaden hat?«

»Na logo.«
»Astrein.«

## 22 ⇨ *Norberts Zustand sich langsam zu verkomischen*

Manches fiel mir damals erst mit der Zeit auf, doch als die Klassenlehrerstunde in die erste Doppelstunde überging, in die zweite und in die dritte und ich immer weiter darüber nachdachte, ergab es einfach immer weniger Sinn.

*Weißt du noch, wie sehr ich damals auf Iron Man gestanden habe?*

*Wie,* damals?

Als hätte mir jemand am Morgen diese beiden Zeilen ins Gehirn gepflanzt und jetzt saß ich mit einer ausgewachsenen Eiche im Schädel in Deutsch.

*»Bratwurst, poltergeist, pretzel, blitzkrieg.«* Herr Weingarten steckt mitten in seiner alljährlichen Ansprache zu Beginn des neuen Schuljahrs, in der er jedes Mal die vielfache Überlegenheit der deutschen Sprache gegenüber der englischen hervorhebt. Deutsch ist ein Wahlfach und die letzten drei Jahre haben unsere kleine Truppe eng zusammengeschweißt. Abgesehen von einem Neuen waren wir alle von Anfang an dabei. *»Bildungsroman, sauerkraut, schadenfreude* – nur ein paar wenige Beispiele für gängige Wörter, die das Englische aus dem Deutschen geklaut hat.«

Danny Dingledine hebt die Hand und alle kichern. Danny Dingledine kann machen, was er will, es kichern immer alle. Er ist zum Schießen, selbst wenn er es gar nicht darauf anlegt, was ihm wahrscheinlich über die Jahre so einige Abreibungen erspart hat.

»Ja, Mr Dingledine?«, sagt Herr Weingarten.

Es wird gekichert.

»Hi, äh, hallo«, antwortet Danny Dingledine. (Gekicher.) »Was bedeutet *schadenfreude* noch mal?«

Der Neue meldet sich, wartet aber nicht darauf, aufgerufen zu werden. »Das ist, wenn jemandem das Unglück eines anderen Freude bereitet. Ein Kompositum aus *der Schaden* und *die Freude.«*

*Mayday, Mayday, es riecht nach Checkertum!* Wir anderen starren uns an – jeder ist sich der Gefahr bewusst. In den letzten drei Jahren haben wir uns hier in mühevoller Kleinarbeit eine Wohlfühloase mit äußerst niedrigen Standards geschaffen. Wir haben die Erwartungen kollektiv gedämpft, bis man gar nichts mehr von uns erwartete.

Und auf einmal taucht der Typ da auf und weiß einfach irgendwas.

Herr Weingarten ist schockiert. Er blickt drein wie ein Lehrer, der seit über einem Jahrzehnt keinem Schüler mehr ohne Zwang eine korrekte Antwort entlocken konnte. Er lobt den Neuen und sagt ihm, zur Belohnung dürfe er sich als Erster seinen deutschen Namen für dieses Schuljahr aussuchen.

»Dann nehme ich Norbert«, antwortet der Neue und alle, auch Herr Weingarten, drehen sich zu mir. Wieso? Weil ich seit drei Jahren Norbert heiße. Ich bin der norbertigste Mensch auf Erden.

Ich *bin* Norbert.

Und Herr Weingarten so: »Oh, nun ja, wie es der Zufall will ...«, und stammelt eine langwierige Erklärung, wieso es ausgeschlossen sei, dass der Typ sich Norbert nennt. Die Kurzfassung: *Noah war zuerst da.*

»Herr Weingarten«, schalte ich mich ein. »Das ist schon okay. Dann bin ich einfach ... äh ... Klaus.«

Würde man nur die Reaktion der anderen sehen, könnte

man meinen, ich hätte mich bis auf die Socken ausgezogen und mir mit den Füßen auf dem Tisch eine Tüte angezündet.

Herr Weingarten im Flüsterton: »Aber du bist doch Norbert.«

*Stimmt,* denke ich, *ich bin Norbert.*

Der Neue, der seinen Fehltritt endlich erkannt hat, macht einen Rückzieher. »Kein Problem. Dann bin ich Klaus.«

Ein hörbares Seufzen geht durchs Klassenzimmer.

Und ich lächele den Neuen an und sage auf Deutsch: *»Danke, meine neue Freundin.«*

Herr Weingarten räuspert sich, kommt aber nicht zu Wort, denn der Neue, dieser Klaus, ist schon wieder zur Stelle. »Also eigentlich«, sagt er und spricht es *eiii-gentlich* aus, er ist wirklich der geborene Klaus, »heißt es *Freund,* denn ich bin nicht deine *Freundin.* Das heißt, wahrscheinlich meintest du eher *Danke, mein neuer Bekannter.* Das erscheint mir angemessener.«

Also eigentlich, lieber Klaus, meinte ich, dass es mir enorme Freude bereiten würde, dir Schaden zuzufügen.

»Danke, Klaus«, antworte ich mit zusammengebissenen Zähnen.

*»Gern geschehen, Norbert«,* sagt er auf Deutsch.

Zentraler Bestandteil von Herrn Weingartens Lehrmethode sind lange Exkurse, bei denen er ganz ohne die Beteiligung oder Anwesenheit anderer Menschen auskommt, also ganz ohne uns, seine Schüler. Im Lauf des Jahres verlagert sich die Stunde immer langsam in Richtung Hausaufgabenmachen, aber noch habe ich nichts anderes zu tun, als die Gedanken schweifen zu lassen. Sie schweifen zu meinem ersten Besuch in Alan Rosa-Haas' Zimmer.

So viele Comics, wie der Junge besaß, hatte ich noch nie auf einem Haufen gesehen. Regale über Regale voller Hefte, Stapel am Boden, außerdem passende Poster, Bettwäsche, was es so gab. Auch damals war ich kein Comicexperte, aber der eine oder andere Name kam mir bekannt vor, Batman, Catwoman, Wonder Woman, Superman, Aquaman, die Grüne Laterne, und irgendwann erfuhr ich, welche Ecke der Comicwelt Alan am liebsten war: DC Comics. Ich erfuhr auch vieles andere, weil Alan einfach nicht anders konnte, als endlos davon zu erzählen – meistens klinkte ich mich bei seinen Vorträgen schnell aus, ein paar Infos nisteten sich aber doch in meinem Gehirn ein. Etwa dass sich die meisten (wenn auch nicht alle) Superhelden entweder dem Lager von DC oder von Marvel Comics zuordnen lassen, dass es unter den Lesern fanatische Anhänger der einen oder anderen Fraktion gibt und dass man, wenn man tiefer in die jeweiligen Fangemeinden vordringt, auf Personen trifft, die in Sachen Comicnerdtum nicht mehr als harmlose Freaks durchgehen, sondern als religiöse Extremisten gelten müssen. Alan war kein fundamentalistischer DC-Jünger, aber viel fehlte nicht und das bedeutet: Mein Alan hätte sich nie über die Großartigkeit eines Tony Stark ausgelassen, mein Alan hätte nie im Leben auf Iron Man gestanden, denn Iron Man ist kein DC-Held.

*»Herr Norbert?«*

Herr Weingarten sieht mich erwartungsvoll an.

»Was?«, sage ich und schalte schnell auf Deutsch um. *»Äh, äh … wie bitte?«*

Mit einem tiefen Seufzer nimmt Herr Weingarten seine Brille ab und massiert sich die Schläfen. »Einen Satz nur«, murmelt er. »Mehr will ich gar nicht. Nur einen einzigen Satz über deinen Tag.«

Da fällt mir meine Theorie zum Thema Lehrer und zum Unterschied zwischen den guten und den schlechten ein: Die guten denken zwar auch übers Aufgeben nach; sie sehen nur nie so aus, als hätten sie es bereits längst getan.

»Hmm, na ja«, fange ich spontan zu erzählen an. »Bisher ganz okay, würde ich sagen. Ein etwas holpriger Start ins Schuljahr, aber –«

*»Bitte, bitte auf Deutsch«,* bettelt Herr Weingarten und massiert sich noch intensiver die Schläfen.

»Ach so. Ja, hmm ...« In der Tasche vibriert mein Handy. Es ist der Alarm, der mich an Pennys Brief von heute Morgen erinnern soll. *»Norberts Zustand ... sich ... langsam ... zu verkomischen?«*

Herr Weingarten presst sich die Hände gegen die Schädelseiten und sinkt auf seinen Stuhl.

»Das Wort *verkomischen* gibt es nicht«, stellt der neue Klaus fest. »Weder im Englischen noch im Deutschen.«

»Hey, Klaus«, wirft Danny Dingledine ein. »Was ist der Pojunktiv II von *schmerzen?«*

»Äh ... *schmerzte?«,* antwortet Klaus.

»Nee, Hämorrhoiden«, erwidert Danny und der Rest lacht sich kaputt, doch ich zähle nur noch die Minuten bis Unterrichtsschluss. Erst der gestaltwandelnde Hund von vorletzter Nacht, dann Moms Narbe – auf weitere Fragezeichen kann ich echt verzichten. Ich muss schleunigst einen Blick in Alans Zimmer werfen. Dann weiß ich, ob er plötzlich ins andere Superheldenlager übergelaufen ist.

## 23 ⇨ *Penny Oakmans Pro und Kontra*

*Geliebtes Bruderherz,*
*da du unvernünftigerweise noch immer keinerlei Interesse an dem äußerst brillanten Film*

»Frühstück bei Tiffany« zeigst, sehe ich mich gezwungen, eine Pro-und-Kontra-Liste für dich zu erstellen. (Weißt du, was das ist, Schätzchen? Darin schreibt man alle Gründe für etwas auf [das sind die Pros] und alle Gründe dagegen [die Kontras] und stellt dadurch beide Seiten gegenüber.)
Denn wenn du das überwältigende Übergewicht der PRO-Seite vor Augen hast, wirst du mir wohl oder übel recht geben müssen. Also gut aufgepasst!

Sollte Noah Oakman
mit seiner Schwester Penny
»Frühstück bei Tiffany« ansehen?

Gründe dafür (Pro) und dagegen (Kontra)

Pro:
Es ist ein wirklich sehr guter Film
Audrey Hepburn
Eine schöne Zeit mit Penny
Audrey Hepburn
Allein die modische Kleidung, Schätzelchen!
Audrey Hepburn
Nach einem Roman von Truman Capote
Audrey Hepburn
Gute Musik (einigermaßen jedenfalls)
Audrey Hepburn

Kontra:
Die rassistische Darstellung von Holly Golightlys Nachbar Mr Yunioshi
Das ist ohne Zweifel ein absolutes Kontra, das den Film gewaltig runterzieht. Aber noch mal Glück gehabt! Deine entsetzlich kluge und erfinderische Schwester (meine Wenigkeit!) hat sich schon vor einiger Zeit erlaubt, die Minuten aller Szenen mit Mr Yunioshi zu notieren, und kann dir daher versichern, dass sie in der Lage ist, besagte Szenen mit geschlossenen Augen zu überspulen.

Also: Willst du dir mit deiner liebreizenden Schwester den Film »Frühstück bei Tiffany« ansehen? Bitte ankreuzen:

☐ Ja, selbstverständlich.
☐ Nein, nie im Leben.
☐ Ich denke noch darüber nach.

In Liebe
(und ich habe dich trotz deiner albernen Anwandlungen lieb)
Penelope

## 24 ⇨ *das Arpanet, ein goldenes Zeitalter und brandheiße Exklusivbilder von der ersten Promi-Hundehochzeit!*

Leicht angespannt stehe ich vor der Rosa-Haas-Villa, halte mich an Pennys Brief in meiner Tasche fest wie an einem Glücksbringer und male mir die beiden möglichen Szenarien aus: In Alans Zimmer ist alles wie immer, also als hätte DC darin einen Comickotzanfall gehabt. Oder: Alans Zimmer zieht nun im Marvel-Universum seine Bahnen.

Ich sammle noch Mut, auf die Klingel zu drücken, da schwingt die Tür von selbst auf.

»Noah?«

»Oh. Hey, Val.«

Sie hat sich umgezogen, trägt jetzt abgeschnittene Shorts und ihr AC/DC-Shirt mit dem tief eingerissenen Kragen. Val hat einfach Style.

»Stehst du da grad nur so rum?«, fragt sie.

»Äh … ja.«

»Würdest du mich dann kurz zum Briefkasten begleiten?«

Wir laufen zum Ende der Einfahrt, Val zieht einen kleinen Stapel Briefe und das *People*-Magazin aus dem Fach. »Du stehst also einfach so auf der Veranda und … was? Hoffst, dass ich deine Gegenwart erspüre?«

Ich zucke die Achseln. »Hat doch geklappt.«

Zurück auf der Veranda blickt Val über die Schulter. »Ich mache mir gerade Pegao. Appetit?«

»Wieso nicht.«

Drinnen spaziert sie den Flur hinunter und lässt die Tür wortlos offen stehen, weil ich ihr ja sowieso hinterherdackele – so kenne ich sie, das ist so typisch Val, so typisch East Egg. Sie schmeißt die Post auf die Küchentheke und stellt die Herdplatte niedriger.

➡ 105

»Ist Alan da?«, frage ich.

»Dein Ernst, No?«

»Wieso?«

»Alan hat Training.«

»Ach, stimmt ja.«

Ich setze mich an die Theke und sehe zu, wie Val mit einer Hand den Pegao umrührt und sich mit der anderen durch ihre Handy-Apps wischt.

»Ach Mist.«

»Alles okay?«

»Ja, ja, außer dass ... Eigentlich soll man den Reis am Boden nicht umrühren.« Sie macht den Deckel drauf und justiert erneut die Temperatur. »Wird schon.«

»Nimmt deine Mom dafür nicht immer einen anderen Topf?«

Wie sie mich ansieht! Als hätte ich sonst was verbrochen. »Erstens ist das kein Topf, sondern ein Caldero. Zweitens kannst du Pegao nicht mal richtig aussprechen. Willst du mir also wirklich erzählen, wie man ihn zubereitet?«

Ich hätte mir eine Lüge ausdenken sollen. Einfach die Klingel drücken und behaupten, ich hätte irgendwas in Alans Zimmer vergessen. Auf die Art wäre ich ohne weitere Fragen ins Obergeschoss gelangt. Jetzt bin ich dazu verdammt, Val beim Kochen zuzuschauen und dann diesen Pegao zu kosten.

Auf der Küchentheke grinst eine Kardashian-Schwester vom *People*-Titelblatt. Ich nehme das Heft in die Hand und lese die Schlagzeile: *Brandheiße Exklusivbilder von der ersten Promi-Hundehochzeit!*

»Ist das armselig.«

»Was?« Val blickt von ihrem Handy auf. »Ach das. Ja, muss das Sommerloch sein.«

»Warum ist die noch mal berühmt?«

»War das nicht die mit dem Sexvideo? Das viral gegangen ist?«

»Immer dieses Internet ...« Ich blättere die ersten paar Seiten durch. »Eigentlich müsste man dem Ding einen anderen Namen geben. *Internet* klingt viel zu harmlos.«

»Am Anfang hieß es doch auch anders, oder?«

»Sicher?«

»Moment, ich googel das mal schnell«, meint Val.

»Du bist so meta.«

Val hockt sich auf die Arbeitsplatte neben dem Herd und binnen Sekunden hat sie die Info aufgespürt. »Okay ... wie's aussieht, hieß das Internet ursprünglich Arpanet.«

»Finde ich jetzt auch nicht viel besser.«

»Und erfunden wurde es von Robert E. Kahn und Vinton Cerf.«

»Glückwunsch, Bobby und Vint, ihr habt mal eben alles ruiniert. Sogar den Namen habt ihr verkackt.«

»Du weißt schon, dass es Menschen gibt, die sich im Netz verlieben? Die dort Freunde fürs Leben finden oder den richtigen Job oder das passende Haus? Oder dass dort die Unterdrückten zu Wort kommen und wir alle unseren Horizont erwei–«

Ich halte das Heft hoch. »Oder dass dort wirklich jeder für nichts und wieder nichts berühmt werden kann?«

»Ach, Noah. Jede Medaille hat zwei Seiten.«

Ich schleudere die Kardashian demonstrativ auf die Theke. Der habe ich's aber gezeigt. »Die Neunziger müssen so cool gewesen sein. Nirvana, Pearl Jam, keine Smartphones, Flanellhemden, so weit das Auge reicht ...«

»Du musst dringend von deiner *Gilmore-Girls*-Sucht runterkommen, No.«

»Aber weißt du, was mir am meisten fehlt?«

»Dir kann nichts ›fehlen‹. Du warst zu der Zeit noch nicht auf der Welt.«

»Dass damals noch nicht jeder jedes Detail über jeden anderen Bewohner des bekannten Universums wusste.«

»Dir ist nicht mehr zu helfen. Das ist dir doch klar?«

»Ein Minimum an Anonymität – ist das denn zu viel verlangt? Wenn man wenigstens mal auf die Toilette gehen könnte, ohne dass mein fucking Klogang sofort von meiner Cousine zweiten Grades aus North Carolina gelikt wird.«

»Wenn sie ihn likt, hast du ihn gepostet. In dem Fall hätte ich einige Fragen an dich.«

»Ich meine, ich will doch auch nicht wissen, wann alle anderen auf die Toilette gehen. Oder ob du zufällig Kanincheneintopf mit frischem Rosmarin gefrühstückt hast.«

»Dann steig doch aus.«

»Was?«

»Ich habe keinen Bock, mir ständig anzuhören, wie alle über die sozialen Medien herziehen, als wäre das Ganze eine Pflichtveranstaltung. Ist es nämlich nicht. Wenn du es so scheiße findest, steig aus. Interessiert sowieso keinen.«

»Das ist ja das Problem«, erwidere ich. »Auszusteigen wäre auch wieder ein Statement. Wie wenn man von einer Party abhaut und dabei mit der Tür knallt oder Textnachrichten mit einem Punkt abschließt.«

»Noah, dein Onlineauftritt knallt ungefähr so gut wie ein zarter Pups auf einer menschenleeren Wiese. Glaub mir, die Welt dreht sich weiter, auch wenn du nun gelassen in die gute Nacht gehen solltest.«

»Wie poetisch du heute wieder drauf bist.«

»Außerdem schließt du praktisch jede Textnachricht mit einem Punkt ab.«

»Das macht mir ja auch ein schlechtes Gewissen.«

Val klatscht ihr Handy auf die Arbeitsplatte. »Vier Stunden.«

»Hä?«

»Vier Stunden. So lange habe ich an meinem letzten Post gebastelt. Ging um Nico und The Velvet Underground und war der Hammer.«

»Val.«

»Ich weiß, manchmal sind die sozialen Medien nur zum Kotzen. Aber sie fördern auch den geistigen Austausch. Und du weißt doch, wie wichtig mir meine Kunst ist und wie hart ich daran arbeite. Das Arpanet ist meine Galerie, Noah.«

»So habe ich das noch nie gesehen. Du hast recht. Es tut mir leid.«

Val dreht sich auf der Arbeitsplatte zum Herd und nimmt den Deckel vom Caldero. »Ach du scheiße. Ich hab den Pegao abgefackelt.« Sie rutscht auf den Boden, schaltet die Platte aus und schiebt den Caldero in Sicherheit.

»Ich dachte, der wäre so gedacht?«

»Er soll knusprig sein, aber nicht ... nicht so knusprig.« Eine Sekunde lang starrt Val stumm auf den Herd.

»Es tut mir echt leid, Val.«

Sie dreht sich zum Flur. »Ich gehe eine Runde schwimmen. Du findest doch allein raus? Lass dich einfach von deinem untrüglichen moralischen Kompass leiten.«

## 25 ⇨ *Monster*

Doch ich gehe nicht. Noch nicht.

Als ich oben vor Alans Tür stehe, muss ich daran denken, wie oft ich bis heute unter meinem Bett nach Monstern suche. Ich weiß, dort unten ist nichts, aber ich weiß auch, dass irgendwann in der Nacht mein Arm über die Kante hängen wird und ich mir vorstellen werde, wie sich eine schuppige Echsenklaue aus der Dunkelheit schiebt und sich um mein Handgelenk schließt und wie mich das Ungeheuer aus den Federn und in die Tiefe zieht. Da kann ich mich auch gleich kurz auf den Boden legen und nachsehen.

Ich drehe den Knauf herum und öffne die Tür gerade weit genug für einen vorsichtigen Blick.

»Ich rufe ihn später an«, sage ich, doch niemand hört es, ziemlich sicher jedenfalls. Das ist noch so ein Grund, warum ich so gerne spazieren gehe – wann könnte man besser laut nachdenken? »Ich rufe ihn an und frage ihn«, aber nein, das geht nur Auge in Auge. Wenn ich ihn frage, will ich sein Gesicht sehen, ob er die Frage genauso absurd findet wie ich. Und er soll meines sehen, soll sehen, dass ich ihn nicht verarschen will. »Ich spreche ihn morgen darauf an«, entscheide ich und es ist, als würde mein Hirn den Nachmittag langsam zurückspulen, denn ich höre Val sagen: *Ging um Nico und The Velvet Underground und war der Hammer.* Von Panik gepackt, zücke ich mein Handy, »Nein, nein, nein, nein, nein«, doch da ist es, da ist das Monster unter dem Bett. Ich scrolle und scrolle nach unten, überprüfe die Datumsangaben einmal, zweimal, hat Val vielleicht nur den Kurs gewechselt, aber nein, »Nein, nein, nein …«

Ich erinnere mich noch an den Tag, als Val mir von ihrer Filmfotoidee erzählt hat. Sie habe sich ewig den Kopf zerbrochen, mit welchem Film sie anfangen sollte, und sei am Ende bei ihrem Lieblingsfilm aller Zeiten gelandet, bei *Kill Bill.* Und ich weiß noch, wie aufgeregt sie erst neulich war, nachdem sie durch ihren Rey-Post zu *Star Wars: Die letzten Jedi* die 100.000 Follower geknackt hatte.

Wieso mir all das in den Sinn kommt? Weil es wirklich geschehen ist.

Das Handy wandert in die Tasche, den restlichen Heimweg muss ich mich darauf konzentrieren, mich nicht zu übergeben. Ab durch die Haustür, *Piep-Piep-Hey-Schatz,* Fluffyschlaffi, der Volllappen, hechelt mir munter hinterher, dazu Pennys Flüstern: »Siehst du? Er ist ganz anders«, Mom in der Küche, ihre Haare zurückgebunden, die Narbe überdeutlich zu sehen, ich kann mich gerade noch in mein Zimmer retten, die Tür schließen, die Welt aussperren. Und bereuen, jemals unters Bett geschaut zu haben.

Vals Posts drehen sich nur noch um Musik.

Und Alans Zimmer kreist im Marvel-Universum.

## 26 ⇨ *ein kurzer Abriss meiner selbst, Teil 26*

Das Jahr 350 vor Christus.

Aristoteles verfasst seine *Parva Naturalia,* eine Sammlung von sieben Schriften über Körper und Seele. In der darin enthaltenen Abhandlung *De Insomniis,* sprich: *Über Träume* analysiert er die Auswirkungen der Vorstellungskraft auf unser Traumgeschehen sowie die Art und Weise, wie unser Gehirn im Wachzustand das Gesehene verarbeitet, um zwischen Realität und Nichtrealität zu unterscheiden.

Im Schlafzustand tut es nichts dergleichen.

Beispiel gefällig? Wenn man im Kino einen Animationsfilm mit einem Drachen in Strumpfhosen geguckt hat, stellt man sich danach auf der Straße vielleicht vor, wie ein solcher Drache am Himmel fliegt. Da man es gerade erst im Film gesehen hat, kann man es sich ohne Weiteres ausmalen, und je nachdem, wie fantasiebegabt man ist, mag dabei ein recht spektakuläres Bild herauskommen. Doch als vernünftiger Mensch kann man natürlich zwischen tatsächlich in der Welt vorhandenen und lediglich ausgedachten Dingen unterscheiden. Es gibt keine Drachen. Und wenn es sie gäbe, würden sie keine Strumpfhosen tragen. (Diesbezüglich ist man sich zumindest ziemlich sicher.)

Doch nachts, im Traum, begegnet man dem Drachen in Strumpfhosen erneut und diesmal ist das Scheißvieh keine Einbildung. Jedenfalls könnte man schwören, dass es real ist, weil es einfach so verdammt echt aussieht, und wieso sollte es denn keine Strumpfhosen tragen? Womit sollte so ein Drache denn sonst seine Beine und seinen Hintern verhüllen? Und noch dazu hat man gerade deutlich gehört, wie sich der Drache als Fan des Ballettstücks *Der Nussknacker* geoutet hat, und zwar, na so was, rein zufällig in der Inszenierung der geliebten Wüstenrennmaus des Mechanikers von Onkel Orville, einer richtigen Überfliegermaus namens Rodney. Der Teil des Gehirns, der ansonsten mühelos zwischen äußerer Realität und wahrgenommener Nichtrealität unterscheidet, ist im Schlaf eindeutig außer Betrieb.

Man schreibt das Jahr 1899 (oder 1900, je nach Quelle): In *Die Traumdeutung* bezeichnet Sigmund Freud ebendiesen Effekt als Halluzination. Darüber hinaus widmet er sich in seinem Werk anderen Phänomenen wie der Verdichtung (ein einzelnes Objekt steht im Traum für mehrere Ideen oder Gefühle), der Verschiebung (ein Element wird im Traum durch ein anderes ersetzt) und der Wunscherfüllung.

In seiner Arbeit als Arzt setzte Freud zunächst auf die Hypnose. Doch eines Tages ließ sich eine Patientin nicht hypnotisieren, weil sie einfach nicht die Klappe halten wollte.

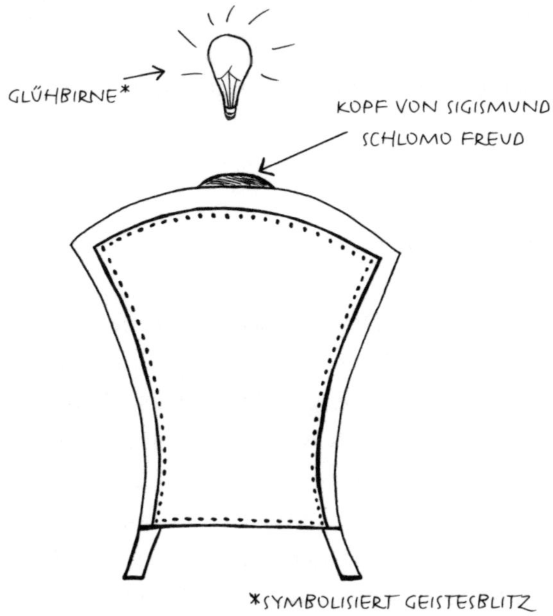


Da hatte Freud ein Aha-Erlebnis: Wenn man die Patienten ohne Unterbrechung erzählen lässt, muss man sie gar nicht erst durch hochkomplexe Techniken in den Geisteszustand einer willenlosen Marionette versetzen. Reden reicht. Allein durchs Reden wagen sie sich irgendwann aus der Deckung und geben den Blick auf das Unbewusste frei.

So wandte sich Freud von der Hypnose ab und der Psychoanalyse zu.

Im Traum fühle ich mich oft wie unter Wasser – um mich herum verlangsamt sich alles, oben rauscht die Welt weiter auf ihrer Flugbahn dahin. Beim Schwimmen kommen mir Begriffe wie *Innerlichkeit, Abgeschiedenheit* und *Frieden* in den Sinn – hier und jetzt tut es nichts zur Sache, ob auf der Erde sieben Milliarden oder sieben Menschen leben, hier und jetzt steht es mir frei, meine eigene Bahn einzuschlagen.

Das Schwimmen selbst fehlt mir kaum. Aber dieses Gefühl schon.

## 27 ⇨ *Anwendung*

Das Cover meiner David-Bowie-Biografie erstrahlt in einer Flut aus knalligen Pink- und Blautönen, als hätte ein Regenbogen einen Orgasmus gehabt, und ich denke mir: *Das ist mal ein standesgemäßes Bowie-Cover.* Ich habe sie schon einige Male gelesen. Es gibt Bücher, die sind wie Songs, man kommt immer wieder darauf zurück, packt sie in Playlists, stellt sie auf Repeat. Manchmal ziehe ich den Band auch nur aus dem Regal und halte ihn in der Hand, denn näher werde ich Bowie in diesem Leben nicht mehr kommen.

Jetzt nehme ich ihn mit ins Bett, krieche voll bekleidet hinein, vergrabe mich in weißen Laken und Decken, knipse mich aus und stelle mir den lautlos bellenden Hund vor, den klitschnassen Typen in der Ecke, den grellen Farbtornado. Ich kann über Traumtheorien schreiben, bis ich schwarz werde, kein Problem, doch wenn ich ehrlich bin, habe ich heute keine große Lust aufs Einschlafen. Ich weiß nämlich immer noch nicht, ab wie vielen Nächten hintereinander man von einem wiederkehrenden Traum sprechen muss, und ich will es eigentlich gar nicht wissen.

# *UND NUN* → TEIL 3

**Mod.:** *In einem Interview mit dem Portland Press Herald werden Sie folgendermaßen zitiert: »Wer schreibt, muss ab und zu damit aufhören. Wissen Sie, wie oft ich schon aufgehört habe? Tausende Male. Einfach aus Angst um meinen Seelenfrieden.«*

**Henry:** *Stimmt.*

**Mod.:** *Könnten Sie vielleicht erklären, wie Sie das gemeint haben? Wo Sie doch offensichtlich an die Magie des Schreibens und des Erzählens glauben.*

**Henry:** *Wann war das, vor zehn Jahren oder so?*

**Mod.:** *Also sehen Sie es inzwischen anders?*

**Henry:** *Ich weiß es nicht.*

**Mod.:** *Kommen Sie schon.*

**Henry:** *Dass ich es nicht weiß, ist doch auch eine Antwort. Ich weiß wirklich nicht, wie ich zum Schreiben stehe. Es ist wie … wie mit allem, was man liebt.*

**Mod.:** *Wie meinen Sie das?*

**Henry:** *Man kann es sich vielleicht wie ein Pendel vorstellen. Schlägt es stark in die eine Richtung aus, wird es früher oder später auch stark in die andere ausschlagen. Aber wenn es sich kaum rührt, wenn es sozusagen in der Mitte festhängt, bewegt es sich weder besonders weit in die eine noch in die andere Richtung. Deshalb kann uns ein flüchtiger Bekannter höchstens* *leicht verärgern, ein von Herzen geliebter Mensch aber in mörderischen Zorn versetzen. Ob ich mit dem Schreiben aufhören will? Na klar. Ob ich mein Scheißleben meistens nur noch hasse? Sicher. Aber nur, weil ich es liebe. Und ich vertraue auf das Pendel.*

**Mod.:** *Aber wenn das Pendel in die andere Richtung ausschlägt, nicht zum Aufhören hin, sondern zur Liebe – was bedeutet Ihnen das Schreiben dann?*

**Henry:** *Ich würde sagen …*

*(Stille)*

**Mod.:** *Ja?*

Auszug aus »Ein Gespräch mit Mila Henry«,
Harvard, 1969
(gilt als Henrys letzter öffentlicher Auftritt)

## 28 ⇨ *ich glaube, beim Schreiben kommt es weniger auf die Worte an als auf die Stille dazwischen*

In den nächsten Wochen entdeckte ich überall Veränderungen, sie verfolgten mich auf Schritt und Tritt, dezent, aber unübersehbar. Und sie erinnerten mich an etwas, das Henry bei einem ihrer letzten Auftritte gesagt hatte: die Worte seien ihr weniger wichtig als die Stille dazwischen. Manche Veränderungen waren genau wie diese Stille zwischen den Worten, etwa dass Christa und Carla in den Freistunden nun alle mit ihrem Traum von Flitterwochen in Paris langweilten – früher war es Venedig gewesen. Oder dass Rawlings, der Quarterback (ob Rawlings wohl sein Vor- oder Nachname ist? ich weiß es nicht), mich seit Neuestem täglich zwischen der dritten und vierten Doppelstunde mit »Was geht, Mann?« auf dem Gang grüßte. Andere Veränderungen waren physischer Natur, zum Beispiel hätte ich schwören können, dass Benji Larkin nie so riesig gewesen war, dass Rachel Dillard nie Brille getragen hatte und immer so weiter.

Per Facebook-Nachricht fragte ich Circuit nach seiner Telefonnummer (anscheinend sind wir »befreundet«, wie auch immer es dazu gekommen sein soll). Das Gespräch, das ich mit ihm führen musste, wollte ich nicht schriftlich dokumentiert sehen. Ich hatte überlegt, zum Piedmont Drive zu marschieren und ihn zur Rede zu stellen, die Erinnerung an sein Horrorhaus ließ mich aber davor zurückschrecken.

In ziemlich überdrehter Stimmung versuchte ich es zum ersten Mal bei ihm und Circuit ging beim ersten Läuten dran. Das steigerte meine Überdrehtheit noch.

»Scheiße, was hast du mit meinem Kopf gemacht?«, fragte ich ihn.

»Was?«

»Du hast schon richtig verstanden, Arschloch.«

Viel weiter kamen wir nicht.

Ich probierte es unermüdlich, jeden Tag. Er hob nie wieder ab. Dennoch stellte ich mir gerne vor, wie er das Vibrieren des Handys spürte und betete, dass es jemand anders war, dann sein Gesichtsausdruck beim Anblick meines Namens auf dem Display, er sollte wissen, dass es mich noch gab. Die Veränderungen waren eher banal als monumental – vielleicht konnte ich mich deshalb eine Zeit lang mit diesen gescheiterten Anrufen begnügen.

Eine Zeit lang.

## 29 ⇨ *ch-ch-ch-ch-changes*

»Ist dir schon mal aufgefallen, dass künstliches Pfirsicharoma genauso schmeckt, wie Ohrenschmalz riecht?«, fragt Alan und betrachtet seinen Lolli nachdenklich.

»Was?«

»Na, so Süßkram mit Pfirsichgeschmack«, sagt er. »Der schmeckt genauso, wie Ohrenschmalz riecht. Kann doch nicht sein, dass das nur mir so geht.«

»O doch.«

Heute Morgen sitzen wir nicht im Erker, sondern in der Bibliothek. Alans Vorschlag. Er hat mir geraten, Val ein, zwei Tage aus dem Weg zu gehen. Anscheinend regt sie sich immer noch über unseren Streit gestern in der Küche auf.

Alan beißt das harte Zuckerzeug ab und starrt auf das weiße, vom langen Lutschen angemanschte Stäbchen. »Trotzdem mag ich Pfirsich am liebsten, und das ist doch irgendwie … beunruhigend? Also wenn ich die Wahl habe, ist mir

Pfirsich beispielsweise lieber als Zitrone, obwohl Zitrone tatsächlich nach Zitrone schmeckt.«

»Haben wir uns darüber nicht schon mal unterhalten?«, frage ich.

»Müsste ich mich zwischen einer echten Zitrone und echtem Ohrenschmalz entscheiden, ja dann! Doch im Reich der Süßigkeiten ist mir Pfirsich mit Ohrenschmalzgeschmack lieber als Zitrone mit Zitronengeschmack.«

»Die Wege des menschlichen Körpers sind unergründlich.«

»Yo, wir sind schon ein stranges Völkchen.«

»Wann hast du eigentlich deine Comicsammlung verkauft?«

Alan glotzt mich an, als hätten wir bis zu diesem Punkt ein absolut vernünftiges Gespräch geführt. »Hä?«

»Du hast sie doch verkauft? Oder gegen eine andere Sammlung eingetauscht?«

»Junge, was geht mit dir?«

»Das heißt dann wohl ›Nein, habe ich nicht‹?«

Alan sieht sich in der Bibliothek um, offensichtlich nicht ganz bei der Sache. »Hör mal, das bleibt unter uns, klar? Hier wird mir zu viel getuschelt. Zu viele gespitzte Ohren und so. Wer weiß, wer alles mithört.«

»Also hast du sie jetzt verkauft oder nicht?«

»Was? Nein, ich meine das mit dem Ohrenschmalz. Wenn das in der Schule die Runde macht, bin ich erledigt.«

Kurz überlege ich, ob ich mich nicht doch irren könnte, ob Alan nicht doch schon immer auf Marvel gestanden und DC gehasst hat. Doch wir waren zusammen in allen Batman-Filmen und haben darüber debattiert, wer der bessere Joker ist; und obwohl wir uns nach dem letzten Superman-Film erst mal ein Pfund Kryptonit umhängen mussten, haben wir uns später den Batman-v-Superman-Scheiß reingezogen und uns hinterher darauf geeinigt, dass der Streifen pure Geldmacherei und noch übler als die Superman-Reboots ist.

Nein, ich irre mich nicht.

Alan deutet auf das Pärchen am Nachbartisch, das über einem Schulbuch die Köpfe zusammensteckt und eindeutig flirtet. »Was denkst du, was da drüben vor sich geht?«

»Wahrscheinlich hat er oder sie eine Schwäche für Kartoffelchips mit Popelgeschmack«, meine ich.

»Sag ich doch. Wir sind ein stranges Völkchen.«

Ein paar Tage lang esse ich im Auto zu Mittag, in der angenehm friedlichen Einöde des Schulparkplatzes, lasse Musik laufen und schwelge in der allumfassenden Gleichförmigkeit des Lebens. Am dritten Tag höre ich Beatles auf Shuffle, da fängt »Across the Universe« an und wie mit einem Fingerschnippen reise ich zurück zu einem verschneiten Tag im letzten Winter, ein Flashback: Val hatte den Elementen getrotzt und war rübergekommen, damit wir uns im Keller einen Film ansehen konnten, Alan war krank oder irgendwas, deshalb waren wir nur zu zweit.

»Oh, schauen wir den!«, rief sie.

Auf dem Fernseher leuchtete ein Filmcover: ein beinahe-küssendes Pärchen, eingerahmt von einem herzförmigen Apfel. »Nicht wirklich, oder?«, erwiderte ich.

»Nicht so vorschnell, No. Lies dir die Zusammenfassung durch. Der ganze Film dreht sich um Beatles-Songs. Und du stehst doch auf die Beatles.«

»Klar stehe ich auf die Beatles. Wie soll man bitte nicht auf die Beatles stehen?«

»Vielleicht wenn man Musik generell scheiße findet?«

»Aber ob meine Liebe zu den Beatles so weit geht, dass ich deswegen gleich eine Romcom über mich ergehen lasse …«

Am Ende sahen wir uns den Film trotzdem an, er hieß *Across the Universe* und war gar keine romantische Komödie und ich fand ihn genauso großartig wie Val. Nach dem Abspann saßen wir noch zusammen auf dem Kellersofa, Vals Beine auf meinem Schoß, und ich lauschte den vielen verblüffenden Dingen, die sie über Kameraführung, Einstellungen und Beleuchtung zu sagen hatte, und war wie immer froh darüber, mich in ihrer Umlaufbahn zu befinden.

»Daraus könnte man einen Film-Musik-Crossover-Post machen«, meinte Val und erläuterte mir mit großen Augen und total aufgedreht ihre Pläne für ein Foto zu *Across the Universe.* In dieser Stimmung gefiel sie mir am besten. »Kennen wir irgendwen, der eine Vinylsammlung hat?«

»Ja«, antwortete ich. »Meinen Dad.«

»Echt? Glaubst du, er hat das Weiße Album?«

»Wahrscheinlich ja. Aber ist ›Across the Universe‹ überhaupt auf dem Weißen Album?«

Das tue nichts zur Sache, antwortete Val, schließlich seien in dem Film alle möglichen Beatles-Songs vorgekommen. Ihr gehe es mehr um die künstlerische Gestaltung der Aufnahme – die Farben der DVD-Hülle (die sie schon über ihr Handy bestellt hatte) müssten sich kraftvoll von einem reinweißen Hintergrund abheben. »Fragst du ihn schnell, ob er die Platte hat? Sonst muss ich sie mir kaufen.«

Da mein Dad arbeiten war, schrieb ich ihm.

**Ich:** **Hast du das Weiße Album auf Vinyl?**

Dad: Hat Harry Connick jr. eine herrliche Haarpracht?

**Ich:** **Äh …**

Dad: Ist Nährhefe die magische Geheimzutat in veganen Käsemakkaroni?

**Ich:** **Dad, ich bitte dich.**

Dad: Ja. Zu allem. Übrigens habe ich alle Beatles-Alben auf Vinyl. (Bis auf Magical Mystery Tour, und die zählt nicht.)

Val strahlte förmlich. »Das wird perfekt.«

Im Auto schalte ich den Song aus, stopfe mein halb verspeistes Sandwich in die Papiertüte, gehe auf Vals Instagram und scrolle durch Hunderte Fotos über Platten und Bands. Wenigstens diese eine Aufnahme, überlege ich, könnte doch überlebt haben, es wäre denkbar, schließlich hat sie sich sowohl mit Musik als auch mit Film befasst. Davon abgesehen hat sie bei mir den vielleicht stärksten Eindruck von allen ihren Bildern hinterlassen – ich war dabei, als der Same der Idee gepflanzt wurde, ich habe zugesehen, wie sie ausgekeimt und erblüht ist. Egal. Auf jeden Fall erinnere ich mich noch sehr gut an diesen Post. Val sollte recht behalten: Er war perfekt.

Ich höre auf zu scrollen und tippe ein Foto an. Da ist er. Vals *Across-the-Universe*-Post. DVD, LP, alles da.

Nur dass es nicht das Weiße Album ist. Sondern *Magical Mystery Tour.*

Von da an esse ich nie wieder im Auto zu Mittag.

Am ersten Schultag hatte ich mich nicht sonderlich für Pennys Beobachtung interessiert, dass Fluffy seit Neuestem viel »beweglicher« sei, doch je mehr Tage vergingen, desto schwerer fiel es mir, die Augen davor zu verschließen. Früher war er zielstrebig in jede Grube gelatscht, in die man theoretisch fallen, in jeden feuchten Fleck Beton, in dem man stecken bleiben, auf jede Banane, auf der man ausrutschen konnte. Doch es ließ sich nicht bestreiten – auf einmal strahlte er eine gewisse Coolness aus. Als hätte man ihm eine Ladung Vitamin B12 injiziert oder als wäre er zufällig in die Quelle der ewigen Jugend gestolpert.

»Ich finde, wir sollten ihm einen neuen Namen geben«, meint Penny. Wir stehen im Garten hinter dem Haus und sehen zu, wie unser Hund ein kleines Nest mit Vogeljungen gegen eine streunende Katze verteidigt.

»Man kann einem Hund nicht einfach so einen neuen Namen geben, Penn. Erst recht nicht, wenn er schon so alt ist wie unser Fluff.«

»Aber er benimmt sich nicht mehr besonders fluffig.«

Da hat sie auch wieder recht. Er benimmt sich vollkommen anders, eher wie damals als Welpe. »Okay. Wie wär's mit Hepburn? Kurz Heppy.«

»Das passt nicht zu ihm. Aber da fällt mir ein – hast du meinen Brief schon gelesen?«

»Was?«

»Die Pro-und-Kontra-Liste.« Penny stößt einen theatralischen Seufzer aus. »Natürlich nicht.«

»Doch, doch, ich habe ihn gelesen. Ich hab's nur irgendwie wieder vergessen.«

»Also ich will dir ja nicht auf die Nerven gehen ...«

»Sehr freundlich von dir, Penn.«

Penny blickt mir fest in die Augen: »Und?«

»Hast du nicht gerade gesagt, du willst mir deswegen nicht auf die Nerven gehen?«

»Und hast du nicht gesagt, du hast den Brief schon gelesen? Aber hey, es liegt mir fern, hier die nervige kleine Schwester zu spielen. Ich will nichts gesagt haben.« Eine Minute vergeht. »Und wie sollen wir ihn jetzt nennen?«

»Wen?«

»Na, unseren Hund?!«

»Du willst ihm wirklich einen neuen Namen geben?«

Penny streicht sich übers Kinn. »Wer ist dein Lieblingsschauspieler? Und sag jetzt nicht David Bowie.«

Penny weiß von Bowies Schauspielkarriere? Respekt. »Okay, also wenn Bowie raus ist ...« Val besteht öfter darauf, dass ich mir ältere Filme ansehe, und einmal fiel ihre Wahl auf *Boogie Nights.* Klasse Film. »Mark Wahlberg.«

Fluff lässt die Vogeljungen Vogeljungen sein, rast schnurstracks auf mich zu, hockt sich auf die Hinterbeine und schaut mir verträumt in die Augen.

»Mark Wahlberg«, sage ich nur so versuchsweise.

Fluff bellt einmal.

»Mark Wahlberg.«

Fluff bellt noch mal.

»Okay«, sagt Penny. »Das mit dem Namen wäre geklärt.«

Thema Eltern: Moms Narbe war mir immer noch ein Rätsel, und Dad – zuerst dachte ich ja, er wäre noch mal davongekommen, er wäre aus unerfindlichen Gründen von dieser Seuche subtiler Mutationen verschont geblieben.

Dann lief ich vor zwei Tagen spätabends auf dem Weg zum Bad durch den Flur und aus dem Schlafzimmer meiner Eltern drang das typische Neunzigerjahre-Konservengelächter. Aus einzelnen *Friends*-Folgen wurden häufiger nächtliche Marathonsitzungen, doch irgendetwas war anders als sonst. Auf

Zehenspitzen näherte ich mich der Tür, bis ich dem Dialog folgen konnte. Meine Eltern lachten weder über Joey noch über Phoebe oder Chandler. Ich hatte mich zwar nie wirklich zu ihnen gesetzt und eine ganze Folge geguckt, aber wenn man so lange mit einer Serie lebt, wenn man sie so oft im Hintergrund hört oder beim Durchqueren des Zimmers einzelne Schnipsel davon mitkriegt, kennt man sie mit der Zeit doch ziemlich gut.

Und das, was da gerade lief, kam mir nicht bekannt vor. Da redete irgendein Typ von seiner Sportbegeisterung und dass er deswegen vielleicht als Co-Kommentator Karriere machen könnte, woraufhin ihm irgendwer anders erklärte, dass man dazu normalerweise beim Fernsehen arbeiten müsse.

Vorsichtig klopfte ich an.

»Herein«, sagte Dad in einer Lachpause.

»Heeeey«, antwortete ich und warf dabei einen langen Blick zum Fernseher.

Mom drückte auf Pause. »Auf dem Weg ins Bett?«

Ich nickte. »Wollte nur Gute Nacht sagen.«

»Noah«, fing Dad mit einem Räuspern an. »Wir wollten dir ja ein bisschen Zeit lassen, über das Angebot nachzudenken. Aber bist du vielleicht schon dazu gekommen?«

»Hmm?«

»Der Anruf von Coach Stevens. Das ist doch eine super Sache, Kumpel. Also, was denkst du darüber?«

Mit dem Kinn deutete ich auf den Fernseher. »Was schaut ihr da?«

Kurz sahen meine Eltern einander an, als fühlten sie sich leicht auf den Arm genommen. »Das ist *Seinfeld.*«

»Ah, okay. Nehmt ihr euch mal eine Auszeit von euren besten Freunden?«

»Wieso?«, sagte Mom. »Was ist mit unseren Freunden?«

»Von *Friends,* meine ich. Eine Auszeit von *Friends.*«

»Ach, von der Serie?«, erwiderte Mom.

Ich versuchte, aus ihrem Blick schlau zu werden. Nicht nur, dass Mom nicht über ihre Narbe sprechen wollte, in letzter Zeit schien sie mich generell zu meiden – betrat ich ein Zimmer, verließ sie es irgendwie jedes Mal gerade. Und keine Ahnung, Mom und ich waren einfach immer gute Freunde gewesen, schon seit ich klein war. Jeden Abend hatte sie sich zu mir ans Bett gesetzt und mir die irrsten Geschichten erzählt, und später durchschaute ich zwar, dass sie sich die gar nicht selbst ausgedacht, sondern bloß ihre Lieblingsfilme zusammengefasst hatte, aber sagte ich ihr das ins Gesicht? Nein. Wenn es nach mir ging, sollte es nämlich bloß nie aufhören. Ich bin ein Typ, dem ist es egal, woher Geschichten stammen. Hauptsache, es gibt immer noch eine.

»Noah?«, sagte Dad, doch da hatte ich sie schon entdeckt. Auf der Kommode, neben dem guten alten DVD-Player meiner Eltern, standen keine *Friends*-Staffeln mehr. Dort thronte nun die *Seinfeld*-Komplettbox.

»Alles okay mit dir, Kumpel?«

»Ja, ja«, antwortete ich, dabei war gar nichts okay. Ich ging in mein Zimmer, weil es dort okay war, nicht okay zu sein, fiel mit meinem Laptop ins Bett und startete das Verblassende Mädchen.

Ein Klopfen, ein gedämpftes »Noah?«.

»Jetzt nicht, Penn«, sagte ich, mir war kotzübel und so schaute ich nur immer wieder das Video, bis ich selbst zu dem Mädchen wurde, mein Gesicht zu ihrem, *Tag für Tag, vierzig Jahre lang* starrte ich in die Kamera, während sich die Welt um mich drehte und wendete, drehte und wendete.

## 30 ⇨ *zwischen sechstem Durchlauf und Einschlafen*

Da fällt mir auf, dass Penny sich immer noch knallbunt kleidet, an ihrer befremdlichen Begeisterung für *Frühstück bei Tiffany* festhält und auf ihren dünnen Beinchen dieselbe überbordende Persönlichkeit spazieren trägt wie eh und je. Soweit ich es beurteilen kann, ist meine Schwester ganz die Alte.

## 31 ⇨ *zwischen dem Mond und L. A.*

»Die meisten Leute finden ja, es ist so ziemlich das Höchste der Gefühle, einen Menschen zum Mond zu katapultieren. Versteht ihr?« Alan glotzt sein rechteckiges Pizzastück an, als könnte er sich damit alles Mögliche vorstellen.

»Klar«, sage ich.

»Nee«, sagt Val.

»Okay, ich eigentlich auch nicht. Wir haben keine Ahnung, was du da redest, Alan.«

Wir drei sitzen am Tisch des Schwimmteams, unserem üblichen Platz in der Cafeteria. Seit ich daran gescheitert bin, im Auto zu Mittag zu essen, erkundigen sich meine Kollegen irgendwie nicht mehr nach meinem Rücken. Ob Alan ihnen klargemacht hat, dass sie das sein lassen sollen?

»Wir können einen Menschen zum Mond katapultieren«, führt Alan weiter aus, »aber wir können keine Cornflakes entwickeln, die nicht labberig werden. Und wir haben immer noch keine sinnvolle Methode gefunden, Pommes aufzuwärmen.«

»Mir scheint, deine höchsten Gefühle kreisen einzig und allein ums Thema Essen«, meint Val.

Alan beißt eine große Ecke aus seinem Pizzastück, kaut

genießerisch und schüttelt dann den Kopf. »Wir können einen Menschen zum Mond katapultieren, aber wir kriegen es trotzdem nicht gebacken, dass einfach jede Pizza rechteckig ist.«

»Wenn du es schaffst, in unter fünf Sekunden das Thema zu wechseln«, raunt mir Val zu, »gebe ich eine Runde Kakao aus.«

»Alan«, sage ich. »Ich kam nicht umhin zu bemerken, was für eine hübsche kurze Hose du heute anhast.«

»Kompliment«, flüstert Val und tunkt eine Fritte in ihre Salatsoße.

Alan dreht eine Pirouette. »Ich mache die guten alten Fußballshorts wieder groß. Man muss doch zeigen, was man hat, nicht wahr?« Er klatscht sich von hinten auf die Oberschenkel. »Mensch, guckt euch diese heiße Shorty an!«

Val nimmt sich die nächste Fritte und starrt ihm zwischen die Beine. »Also ich weiß nicht. Das sieht aus, als hättest du auch einen ziemlichen Shorty in der Hose.«

Irgendwann letzte Woche muss Val beschlossen haben, dass sie mich lange genug mit Missachtung gestraft hat – ein Glück, kann ich da nur sagen. Ohne ihre Kommentare zur gegenwärtigen Lage war alles schlechter.

»Tolle Beine, Spackilein«, sagt Tyler Massey, der plötzlich mit einem Stapel roter Karteikarten hinter uns steht. Gut möglich, dass Tyler eine Spur Hai-Erbgut in sich trägt – nur dass Haie aus vielen Kilometern Entfernung Blut wittern können, während Tyler jede Gelegenheit erspürt, sich wie ein Arsch zu benehmen. »Mal 'ne Frage«, wendet er sich an Alan. »Geht's eigentlich noch schwuler als du?«

Freundlich lächelnd zieht Alan seine kurzen Hosenbeine noch höher, umrundet den Tisch und rückt Tyler auf die Pelle. »Weiß nicht. Aber vielleicht finden wir's ja raus.«

Tyler Massey läuft dunkelrot an. »Eigentlich wollte ich euch nur eure Einladung vorbeibringen.« Er reicht Val eine Karte vom Stapel und flieht zum Nachbartisch zu seinen nächsten Opfern.

»Sie sind herzlichst eingeladen«, liest Val vor, »die nächste heiß ersehnte filmische Erfahrung aus der Feder des gefeierten Regisseurs Tyler Massey zu erleben.«

Alan tunkt eine Fritte in Vals Soße. »›Gefeiert‹? Ist der noch ganz dicht?«

»Als zeitgemäße Neuinterpretation des Klassikers *Sex, Lügen und Video«,* fährt Val fort, »erweisen sich *Die Vagina-Dialoge* als erschütterndes Lehrstück über Lust und Intrigen, Freundschaft und Liebe auf Abwegen – nach diesem lebensprallen Thriller werden Sie den Begriff *Coming of Age* mit ganz anderen Augen sehen.«

»Das steht da nicht wirklich«, sagt Alan.

Doch Val kippt vor Lachen fast vom Stuhl, und als sie uns die Einladung hinhält, pissen wir uns beinahe ein.

»Übrigens«, sage ich zu ihr und flöte »Kakao« wie einen Vogelruf. Sie drückt mir das Geld in die Hand, ich stelle mich an, um die Runde zu besorgen, und bekomme auf dem Rückweg noch das Ende des nächsten Tischgesprächs mit, nämlich Alans Frage: »Ich meine, wie geht das überhaupt? Wie kann einem so etwas lieber sein als künstlicher Zitronengeschmack?«

»Echt jetzt, Alan?« Ich verteile die Kakaos. »Kommst du schon wieder mit dem Ohrenschmalz an?«

Alan brummelt irgendetwas, Val wirft ihm eine Fritte an den Kopf. »Wie bitte? Tischst du mir hier etwa alten Stoff auf? Musst du dein Zeug erst mit ihm proben?«

»Leute, zwischen euch war Funkstille«, meint Alan. »Deshalb hast du guten Stoff verpasst und er auch. Was kann ich dafür?«

»Was denn zum Beispiel?«, will ich wissen.

Alan beißt kraftvoll in seine Pizza. »Wie?«

»Ich soll guten Stoff verpasst haben. Was denn?«

Er nickt kauend, bittet uns mit erhobenem Zeigefinger um Geduld und wischt sich das Fett vom Mund. »Scheiß die Wand an, ist das lecker. Okay, also ... dein Jungei-Verführer. Leider, leider können wir ihn nicht mehr so nennen.«

»Auch gut.«

»Das muss ein schwerer Schlag für dich sein.«

»Geht schon.«

»Und bestimmt fragst du dich jetzt: Wieso nur?!«

»Ehrlich gesagt: Nein.«

»Die Sache ist die«, sagt Alan. »Neulich habe ich eine Hyundai-Werbung gesehen, und weißt du, was? Man spricht es *Hjun-däi* aus, nicht *Hjun-dei.* Jungei-Verführer reimt sich also gar nicht auf Hyundai-Dreitürer, und wenn das so ist, ja, was hat das dann überhaupt für einen Sinn?«

»In der Tat.«

»Aus diesem Grund werde ich deinen Hyun*dai*-Dreitürer fortan Jung*gay*-Verführer nennen, denn was sich reimt, ist gut. Und ich finde es sowieso besser. Also von der Logik her.«

»Ich würde sagen, das Reich der Logik haben wir schon lange hinter uns gelassen.«

»Ich finde, wir sollten hingehen«, meint Val.

»Wohin?«, fragt Alan.

Val deutet grinsend auf Tylers Einladung. »Zur Weltpremiere der *Vagina-Dialoge.«*

»Ähhh ... nein danke.«

»Komm schon. Weißt du nicht mehr, Tylers Film letztes Jahr? *Horch, horch, ein Traum* oder wie der noch mal hieß? Der war sehr komisch.«

»Unfreiwillig.«

»Komisch ist komisch«, beharrt Val. »Davon abgesehen müssen wir die Zeit, die uns noch bleibt, doch nutzen, um unsere Speicherbänke aufzufüllen. Ihr wisst schon.«

»Sorry«, wendet Alan ein, »aber willst du dich wirklich mit einem Tyler-Massey-Streifen besudeln, wenn du nur wenige Monate später in die Welthauptstadt des Kinos aufbrichst? Nicht dass die dich erst mal unter Quarantäne stellen.«

Manchmal fallen Worte, die zunächst in Tonlage und Frequenz den vorangegangenen zu entsprechen scheinen; wenn man jedoch genauer hinhört, wird man misstrauisch.

»Moment«, sage ich. »Wie war das?«

Vals Blick huscht zu Alan und senkt sich auf ihren Teller. »Ja, ja, wir sprechen nicht darüber. Verstehe ich schon. Ich finde es ja auch schade. Aber soll ich deswegen mein ganzes letztes Jahr mies drauf sein? Sorry, aber nee.«

»Was redest du da?«

Alan schiebt sich das letzte Pizzaeckchen in den Mund. »Es wird scheiße, aber wir werden's irgendwie hinkriegen. Schon vergessen? Wir leben im globalen Dorf und so weiter?«

»Wenn sie uns überhaupt nehmen«, sagt Val.

»Die nehmen uns schon. Und egal, wo Noah landet, von überall geht ein Flieger zum LAX.«

»Wenn sie uns überhaupt nehmen«, wiederholt Val.

Alan verdreht die Augen. »Ich bitte dich. Du bist wie geschaffen für die UCLA. Und wenn die mich erst mal in meinem scharfen Höschen sehen, bin ich sowieso der King.«

»UCLA«, flüstere ich und denke seltsamerweise an damals, als meine Freundin in der Achten per Facebook-Nachricht mit mir Schluss gemacht hat, an das traurige Textfeld mit der Standardausrede *Es-war-schön-aber* und *ich-bin-noch-nicht-bereit-für-was-Ernstes* und wie der Boden unter mir weggebrochen ist, weil ich die ganze Zeit gedacht hatte, wir würden zusammen an unserer gemeinsamen Geschichte basteln, dabei war das nur bei mir so.

»Alles okay, No?«

Ich sehe Val an. »Was?«

Alan legt mir eine Hand auf die Schulter. »Noah, ich sage dir jetzt was. Weil wir Freunde sind. Du musst mal ein bisschen pennen. Du hast solche Säcke unter den Augen, so richtige –«

»So richtig große Säcke«, fällt ihm Val ins Wort.

»Hör auf, dir dauernd dieses YouTube-Video mit der im Zeitraffer alternden Lady reinzuziehen. Das, auf das wir zusammen gestoßen sind.« Dass Alan bei der Entdeckung des Verblassenden Mädchens dabei war, hatte ich ganz vergessen. Was er mir offenbar ansieht. »Wie jetzt? Dachtest du, ich kriege nicht mit, dass du quasi nichts anderes mehr machst?«

Ich stehe auf, eine einzige Frage im Kopf: Was tun, wenn die Hüter der gemeinsamen Geschichte nichts mehr von dieser Geschichte wissen wollen? »Ich muss los«, sage ich und verlasse die Cafeteria ohne ein weiteres Wort, gehe quer über den Parkplatz zum Auto und denke dabei zwanghaft an die Frau auf dem Kreuzfahrtschiff, an die Hypnotisierte, die menschliche Marionette, und an ihren Gesichtsausdruck in den Tagen danach, als sie immer mit diesem stumpfen Starren durchs Schiff lief. Ich weiß nicht, was hier gespielt wird, aber sollte mir jemand Fäden an Arme und Beine geknotet haben, dann kann es nur einer gewesen sein.

## 32 ⇨ *Sara: ein leider nur sehr kurzes Gespräch*

»Oh, es ist Noah-mit-H. Ich hatte mich schon gefragt, ob ich dich noch mal wiedersehe.«

»Ja, ich mich auch. Also – ob ich dich wiedersehe. Mich sehe ich schließlich, na ja, jeden Tag.«

»Nüchtern bist du also genauso gaga. Schön zu wissen.«

»Ja, sorry deswegen. Ich trinke eigentlich nicht.«

»Moment. Hast du etwa rückwärts in unsere Einfahrt eingeparkt?«

»Ähhm, ja. So bin ich eben.«

»Sehr vorausschauend von dir. Sicher, dass du noch keine vierzig bist?«

»Du hast ja recht.«

»Wie wär's mit einem Käsetoast? Heute ist Käsetoasttag.«

»Heute ist Käsetoasttag.«

»Genau. Wahrscheinlich sind wir die weltweit einzigen Schüler, die zu Hause unterrichtet werden und trotzdem jeden Monat einen Mittagessensplan bekommen.«

»Verstehe, aber ... nein danke. Ich müsste kurz mit deinem Bruder sprechen.«

»Oh. Ach so. Willst du dann vielleicht reinkommen?«

»Danke, ich warte lieber draußen.«

## 33 ⇨ *Circuit: noch ein Gespräch*

»Was willst du von mir?«

»Könntest du kurz vor die Tür kommen?«

»Ob ich kurz vor die Tür kommen könnte? Willst du mir eine reinhauen oder so was?«

»Ich will dir keine reinhauen.«

»Reicht es dir nicht mehr, mich fünfmal täglich anzurufen? Musst du mich jetzt auch noch zu Hause belästigen?«

»Hör zu. Ich weiß nicht, was du mit mir gemacht hast,

aber ich rege mich schon gar nicht mehr drüber auf. Mach es einfach wieder rückgängig, okay? Bring mich irgendwie in Ordnung.«

»Ich habe überhaupt nichts mit dir gemacht.«

»Ich mein's ernst, Circuit. Mein Hirn ist im Arsch.«

»Inwiefern?«

»Alle sind so ... anders.«

»Ha.«

»Was?«

»Nicht böse sein, Mann, aber das klingt doch, als wären deine tiefsten Wünsche in Erfüllung gegangen.«

»Das ist nicht witzig.«

»Habe ich auch nie behauptet.«

»Ich habe ständig diesen einen schrägen Traum, jede Nacht denselben. Und jetzt wollen plötzlich meine besten Freunde abhauen. Und meine Mom hat eine Narbe im Gesicht und ich, ich ... kriege einfach keine Luft mehr.«

»Beruhig dich erst mal, Noah. Okay. Karten auf den Tisch: Ja, ich wollte dich hypnotisieren. Und hättest du mir mal ein bisschen Zeit gelassen, hätte es auch geklappt. Aber du hast gecheckt, was da abläuft, und weg warst du.«

»Du lügst mich doch an.«

»Tue ich nicht. Du kannst also entweder reinkommen und wir machen da weiter, wo wir aufgehört haben –«

»Ich gehe da nicht mehr rein.«

»Dann nicht. Mein Käsetoast wird kalt. Ach, und noch was?«

»Was?«

»Ich weiß, dass du gute Freunde hast. Und dass ich nicht dazugehöre. Also wieso nervst du mich jeden Tag mit deinen Anrufen, statt mal bei denen durchzuklingeln?«

## 34 ⇨ *die Vase*

**Ich: Dean und Carlo. Bei dir. Sofort.**

Noch bevor ich aus der Einfahrt der Lovelocks ausparke, feuere ich die Nachricht ab, und weil auf Alan eben doch Verlass ist, antwortet er auf der Stelle mit **Unterwegs**, obwohl er deswegen den Unterricht und wahrscheinlich auch das Training sausen lassen muss.

»Die Pizza heute war super«, schwärmt er jetzt. »Äußerst rechteckig.«

Wir sitzen in Alans Zimmer, im Hintergrund läuft *Matrix*, wirklich hinschauen tun wir aber nicht, der Film dient bloß als Untermalung unserer Sitzung. Ich hocke am Fußende seines Betts, er am Kopfende, wir blicken uns fest in die Augen. Die einzige Regel: Wir unterhalten uns. Offen und ehrlich. Auf die Idee sind wir letztes Jahr gekommen, als *Unterwegs* von Jack Kerouac als Schullektüre für die ganze Jahrgangsstufe vorgesehen gewesen wäre, nur dass dann ein paar Eltern Wind davon bekommen und der Sache gründlich den Riegel vorgeschoben haben. Für unser Alter sei der Roman nicht geeignet, meinten sie und sorgten dafür, dass er von der Iverton High verbannt wurde. Was sie nicht bedacht hatten: Ursprünglich wollte sich den Scheiß kein Mensch geben, aber wenn man einen Haufen Teenager unbedingt dazu bringen will, ein bestimmtes Buch durchzuackern, dann hilft nur eins: Man muss es ihnen verbieten. In den Tagen danach stolperten auf den Gängen immer alle ineinander hinein, denn alle steckten ihre Nase tief in *Unterwegs*.

Alan und ich lasen das Buch gemeinsam. »Wenn, dann richtig«, sagte er und schlug so eine Art Buchclub vor, und das zogen wir durch. Wir machten uns Notizen, zauberten

➡ 135

selbst gebackene Brownies und diskutierten über den planlosen Stil des Romans, diesen spontanen, unternehmungslustigen Tonfall, der wie von selbst immer weiterläuft. Erst gegen Ende konnten wir uns gegenseitig eingestehen, dass er uns eigentlich nicht besonders gefiel.

Bis auf eine bestimmte Szene.

In dieser Szene sitzen Dean und Carlo, zwei der zentralen Figuren, auf dem Bett und unterhalten sich die ganze Nacht lang. Sie unterhalten sich einfach offen und ehrlich über alles und jeden. Alles Wahrhaftige ist erlaubt.

»Die Pizza war wirklich gut«, antworte ich. »Aber was hast du immer mit den Rechtecken?«

»Dadurch schmeckt es besser.«

»Ich glaube, mit der Meinung stehst du ziemlich alleine da.«

»Ich bin nun mal meiner Zeit voraus.«

»Du bist jeder Zeit voraus, Alan.«

»Ganz recht.«

Wir flüstern nicht, aber beinahe, es ist eine sehr ruhige, fast meditative Atmosphäre, entsprechend unserer gemeinsamen Interpretation der Romanszene.

»Ganz so leise musst du auch wieder nicht reden«, meint Alan.

Ich könnte schwören, manchmal liest er wirklich meine Gedanken. »Aber das entspricht doch unserer gemeinsamen Interpretation der Romanszene.«

»Ach so.«

»Außerdem redest du genauso leise.«

»Okay.«

»Okay.«

»Jetzt sag nicht andauernd *Okay.*«

»Ich sage aber gerne *Okay.*«

»Okay.«

Im Hintergrund trifft Neo zum ersten Mal auf das Orakel. Sie meint, er solle sich wegen der Vase keine Sorgen machen, er erwidert: *Welche Vase?*, und stößt prompt eine um. Sie zerschellt am Boden.

»Okay«, sage ich. »Schnellfragerunde. Nicht nachdenken, bloß antworten.«

»Gib's mir.«

»Nenne eine Sache, die du heute einfach nur toll fandest.«

»Die rechteckige Pizza«, antwortet Alan. »Mein Auftritt in meinen scharfen Fußballshorts.«

»Shorty, äh, ich meine, sorry? Das sind zwei Sachen.«

»Du hast gesagt: Nicht nachdenken.«

»Stimmt auch wieder. Okay. Nenne etwas, das dich heute traurig gemacht hat. Oder wütend.«

»Irgendwer hat mir einen Zettel in den Rucksack gesteckt, auf dem stand: ›Geh doch zurück nach Mexiko.‹«

Ich stocke kurz. »Scheiße, schon wieder?«

Alan zuckt mit den Schultern.

»War diesmal wenigstens ein Absender dabei?«

»Rat mal.«

»Das war jetzt schon das zweite Mal. Das musst du melden.«

»Erstens: Das werde ich nicht. Und zweitens ... nein. Ende der Diskussion.«

»Wieso nicht?«

»Weil ich Besseres zu tun habe, als mich mit irgendwelchen Vollpfosten mit null Peilung herumzuärgern? Wie soll ich bitte irgendwohin zurückgehen, wo ich nie war? Das heißt – es stimmt mich doch einigermaßen heiter, dass sich die Hirnwindungen des Übeltäters angesichts dieser Frage sicher unwiederbringlich verknoten würden.«

»Morgen lege ich mich in der Nähe von deinem Rucksack auf die Lauer.«

»Aber wir sollten wirklich mal nach Mexiko, ganz im Ernst.«

»Und dann werden keine Gefangenen gemacht«, sage ich. »Dann gibt's Selbstjustiz. Dann werden Schädel geknackt.«

»Mexico City soll der krasseste Scheiß sein. Schon wegen dem Essen. Und dazu zischen wir ein paar Cervezas. Außerdem ist Wrestling da doch ein Riesending, oder?«

»Bühne frei für Noah, den Schädelknacker.«

»Mann, Wrestling ist so geil. Vor allem zum Zuschauen. Ich habe nie eigenhändig gewrestled. Wobei ich hin und wieder eigenhändig mit mir wrestle. Du verstehst schon.«

»Ich mein's ernst, Alan.«

»Yo, weiß ich doch. Aber das hast du nicht zu entscheiden, okay? Ich habe meine eigene Art, mit der Kacke klarzukommen. Ich belustige mich an der mangelnden Intelligenz der Täter.«

Alan kann ein richtiges Kleinkind sein – was heißt hier *kann?* Meistens ist er eines. Aber es gibt Momente, da ist er so erwachsen, dass es einen schlicht umhaut.

»Aber danke, dass du hinter mir stehst«, meint er.

»Stehe ich übrigens wirklich. Ist schon eine Weile her, dass wir den Dean und Carlo gemacht haben, ich weiß. Und wahrscheinlich war ich in letzter Zeit nicht ganz da. Aber ich stehe immer hinter dir.«

»Ich weiß. Und wenn du dich so reinsteigerst, bist du wirklich unheimlich süß.«

»Ist echt zum Heulen, wie sehr du mich liebst.«

»Red keinen Scheiß. Das ist die erwidertste Liebe überhaupt.«

»Wo du recht hast.«

»Mich kannst du nicht täuschen. Wie verträumt du mich immer aus weiter Ferne ansiehst …«

»Aus welcher weiten Ferne denn?«, frage ich.

»Aus irgendeiner weiten Ferne. Aus jeder Ferne, die uns gerade zufällig voneinander trennt.«

»Eigentlich gebe ich mir Mühe, niemanden von Weitem anzustarren. Und selbst wenn's mir passiert, bedeutet es nicht unbedingt das, was du offensichtlich denkst.«

»Ach ja?«

»Ja, Alan. Ich kann nämlich jemanden attraktiv finden und ihn trotzdem nicht gleich vögeln wollen.«

»Alter, du bist ja ein Zen-Meister. Ein leuchtendes Vorbild für uns alle.«

»Ganz recht.«

Wir blicken uns weiter in die Augen und ignorieren weiter die *Matrix,* während ich die ganze Zeit versuche, irgendwie anzusprechen, was angesprochen werden muss.

»Weißt du noch, als wir klein waren?«, sagt Alan. »Wie wir uns immer vorgestellt haben, dass wir mal heiraten?«

»Und in den Bergen Körbe flechten.«

»Und aus gusseisernen Pfannen essen.«

»Aus Pfannen essen und Körbe flechten«, sage ich. »Das war unser Traum.«

»Welch hochfliegende Ziele.«

Wieder kehrt Stille ein. Wieder wird im Dean-und-Carlo-Style nachgedacht und so weiter. Alan will wissen, was ich mir vom Leben erwarte, und ich: »Abgesehen vom Körbeflechten in den Bergen?«

»Was sonst.«

Ich zucke mit den Schultern. »Du wirst mich doch nur auslachen.«

Alan legt die Rechte auf seine kurze Hose. »Bei meinen

scharfen Fußballshorts, ich würde mich niemals über deine Träume lustig machen.«

»Ich würde gerne vom Leben leben«, sage ich.

»Das heißt, dir schwebt so eine Jäger-und-Sammler-Kiste vor?«

»Nein, eher ... Ich will einfach einen Job, den ich nicht zum Kotzen finde, und eine Familie und Freunde, die ich liebe. Und weniger darüber nachdenken, was ich mache, und mehr, wer ich eigentlich bin.«

Alan nickt. »Manchmal habe ich Angst, dass das ein und dasselbe ist.«

»Eben deswegen.«

»Noah?«

»Ja?«

»Was ist mit dir los?«

Ich atme tief ein. »Die UCLA.«

»Und?«

»Ihr wollt beide dahin?«

Alan zögert und sagt dann: »Darüber haben wir schon wie oft geredet? Tausendmal? Hast du das vergessen?«

»Wann habt ihr euch entschieden?«

»Also Val wollte doch schon immer hin. Die UCLA ist führend in Sachen Fotografie. Und als sie irgendwo gelesen hat, dass dort mehr Wert auf die erzählerischen Aspekte des Fotografierens gelegt wird als auf die technischen, war für sie alles klar. Außerdem hat L. A. so ziemlich die beste Live-Musikszene, und das sind die Top-2-Themen, die Val interessieren.«

»Und du?«

»Weißt du das wirklich nicht mehr?«

Wenn man jemanden schon so lange kennt wie ich Alan, können ein paar schlichte Worte eine Menge Punch haben.

»Tut mir leid. Ich weiß es nicht mehr.«

Alan nickt, aber seine Enttäuschung ist überdeutlich. »Marvel hat eine Niederlassung in L. A. Die bieten ein Praktikum an. Aber dafür muss man achtzehn sein und an einer staatlich anerkannten Hochschule studieren. Da dachte ich mir, die UCLA ist doch wie gemacht für mich – dann bin ich schon mal in der Gegend. Und Val geht auch hin. Ist einfach naheliegend.«

Ich steige aus dem Bett und hocke mich vor dem Fernseher auf den Fußboden. Alan tut es mir gleich.

»Noah.«

»Ich erzähle dir jetzt was. Es wird sehr seltsam klingen, aber bitte hör mir einfach zu.« Von Alan kommt ein »Okay« und ich lege los. Angefangen mit der Longmire-Party, berichte ich von meinem Gespräch mit Circuit, das in eine Nachtwanderung zu seinem Zuhause mündete, wo er mich vielleicht, vielleicht aber auch nicht hypnotisierte, und davon, wie mir danach die Scheiße um die Ohren flog: erst Circuits Nachbar mit der schrägen Story über seine göttliche Begegnung in der Höhle und der gestaltwandelnde Hund, dann der wiederkehrende Traum, Moms Narbe, die *Friends-Seinfeld*-Metamorphose, die Rundumerneuerung von Vals Social-Media-Auftritt, bis ich zu Alan selbst komme, dem treuen DC-Anhänger, der plötzlich die Marvel-Farben trägt.

Zuerst sagt Alan gar nichts und darüber bin ich froh. Keine Floskeln, keine platten Beruhigungsversuche. Wir sitzen nur zwischen lauter unglaublichen, fantastischen und erstaunlichen Marvel-Helden auf dem Boden und hören zu, wie Agent Smith dem gefesselten Morpheus die Geschichte der Matrix erläutert.

»So bitter, dass sie zwei und drei verbockt haben«, meint Alan.

»Was?«

Er zeigt auf den Fernseher. *»Reloaded* und *Revolutions.* Die waren ein echter Schlag in die Magengrube.«

»Stimmt.«

»Aber Trinity rockt trotzdem.«

»Stimmt.«

»Hast du's Val schon erzählt?«

»Nein.«

Alan fährt sich mit beiden Händen übers Gesicht und schüttelt sich sozusagen selbst den Kopf. Den Move kenne ich, vor allem von gemeinsamen Hausaufgabensitzungen, wenn er krampfhaft überlegt, wie es sein kann, dass ein Flugzeug von Punkt A nach Punkt B acht Stunden unterwegs ist, von Punkt B nach Punkt A aber nur sieben braucht.

»Okay«, sagt er. »Mein dreizehnter Geburtstag.«

»Was ist damit?«

»Gehen wir die Sache systematisch an. Wo waren wir an meinem dreizehnten Geburtstag?«

Seit ich nach Iverton gezogen bin, haben Alan und ich jeden unserer Geburtstage zusammen verbracht. Also tauche ich in einen ewigen Kreislauf aus Themenpartys ein, aus Zoobesuchen und Abenden im ... »Im Discount.«

»Und in welchem Film waren wir?«, fragt Alan.

Dieser Geburtstag hat sich besonders tief in mein Gedächtnis eingebrannt – denn Alan ist allen Ernstes im Batman-Kostüm ins Kino spaziert. Ich hätte als Robin gehen sollen, hatte aber Angst, wir könnten Bekannten über den Weg laufen. Und ich weiß noch, wie ich mich später über mich geärgert habe, weil es doch egal war, was die anderen dachten.

*»The Dark Knight Rises.«*

Alans Augen weiten sich – aus Verwunderung? Es ist

schwer zu sagen. »Okay, nächste Frage. Nach dem Film hast du beim Rausgehen ... was gesagt?«

An diesem Tag wurde unser Joker-Debattierclub gegründet: Wer ist der bessere Joker? »Ich meinte, dass mir der Film gefallen hat, dass es aber kein All-time-Favorite wird, weil ich ein großer Fan vom Joker bin. Du hast etwas zu Heath Ledgers schauspielerischer Leistung gesagt und ich so: ›Ja, aber ich spreche von Jack Nicholson‹, und damit, na ja, damit ging die Diskussion erst richtig los.«

»Noah.«

»Ja?«

»Ich habe nur einen einzigen Batman-Film gesehen. Den mit George Clooney. Der hat mir, ehrlich gesagt, gereicht.«

Es wird still. Irgendwo sind Neo und Trinity damit beschäftigt, Morpheus aus Agent Smiths Fängen zu befreien.

Ich sehe Alan in die Augen und traue mich kaum zu fragen. »Was haben wir gemacht? An deinem dreizehnten Geburtstag, meine ich?«

»Wir waren schon im Kino, aber ...«

»Was?«

»Wir waren in *The Amazing Spider-Man.* Mein zweites Mal, dein erstes.«

»Und was habe ich beim Rausgehen gesagt?«

»Dass Garfield ein besserer Spidey ist als Tobey Maguire. Ich dachte, ich spinne.«

»Alan.«

»Was?«

»Ich habe nur einen einzigen Spider-Man-Film gesehen. Und das war ein Zeichentrickfilm.«

Eine Sekunde lang schweigen wir, bis mir etwas anderes in den Sinn kommt. »Weißt du zufällig, woher meine Mom diese Narbe im Gesicht hat? Wie das passiert ist?«

»Nein«, antwortet Alan. »Aber die hat sie schon seit Ewigkeiten. Wahrscheinlich ein Unfall, als sie jung war, dachte ich mir immer, oder so was in der Art.«

Neo und Agent Smith und Trinity turnen durch lauter grandiose Lieblingsszenen, die mir im Moment aber ziemlich am Arsch vorbeigehen.

»Das ist echt seltsam«, sagt Alan.

»Und das ist noch vorsichtig ausgedrückt.«

»Okay, hör mir zu. Hör zu, okay? Das wird schon wieder.«

»Ach ja? Verfügst du über irgendwelche magischen Kräfte, die du bisher im Verborgenen gehalten hast? Kannst du das Universum umkrempeln, sodass alles wieder Sinn ergibt?«

»Betrachten wir das Ganze doch mal aus einer anderen Perspektive.«

»Aus welcher?«

»Konzentrieren wir uns mal auf die Sachen, die sich *nicht* verändert haben. Und überlegen wir uns, warum.«

»Meinetwegen.«

»Also, was ist gleich geblieben?«

»Nichts.«

»Noah ...«

»Okay, wenn ich so drüber nachdenke ... meine Schwester.« Bisher jedenfalls. Seit der Party haben wirklich alle Menschen in meinem Leben irgendeine Verwandlung durchgemacht, nur Penny nicht. Kein Stück.

»Das ist doch schon mal was.«

»Auf Penny kann man sich verlassen. Sie ist verknallt in Audrey Hepburn, redet wie eine Dame mittleren Alters aus der besseren Gesellschaft und zieht sich an wie eine Barbie auf Droge.«

»Gut. Was noch?«

Ich versuche nachzudenken, doch alles wird verdrängt von

dem Raum aus meinen Träumen – von dem Typen in der Ecke, den Farben, den aus den Wänden quellenden Buchstaben.

»Meine Sonderbaren Faszinationen«, sage ich.

»Deine was?«

»Du hast vorhin doch das Video mit der im Zeitraffer alternden Lady erwähnt.«

»Was ist damit?«

»Na ja, man kann wohl sagen, ich bin leicht ... besessen von einigen Dingen. Von ein paar Sachen, an die ich irgendwie andauernd denken muss. Keine Ahnung, warum. Insgesamt sind es vier. Und das Video ist eine davon.«

»Und die anderen drei wären?«

»Zum Beispiel ein Foto von irgendeinem Typen. Das ich in der Schule vom Boden aufgeklaubt habe.«

»Ah, cool. So eins habe ich auch.«

»Im Ernst. Weißt du noch, das Konzert von Pontius Pilotus nach der Spendenaktion für die Schülerzeitung letztes Jahr?«

»Die *Magazine Mega Gala.*«

»Ganz genau. Danach ist Parish doch zu uns in den Kurs gekommen und hat –«

»Wer jetzt?«

»Philip Parish. So heißt Pontius Pilotus in echt.«

Alan muss kichern. »Das hatte ich ganz vergessen.«

»Aber an seinen Auftritt in unserem Kurs erinnerst du dich schon noch?«

»Doch, klar.« Er kriegt sich gar nicht mehr ein. »Weiß auch nicht, warum ich das jetzt so komisch finde, aber der ist für mich einfach kein Philip-Typ.«

»Kann ich dir irgendwie darüber hinweghelfen?«

Alan schüttelt schnaufend den Kopf. »Fahr fort.«

»Okay, er steht also bei uns im Klassenzimmer und erzählt

uns, wie er seine Songs schreibt, und plötzlich dreht er ziemlich ab.«

»Das weiß ich noch. Er hat einfach mittendrin einen Abgang gemacht.«

»Genau. Aber kurz vor der Tür ist ihm ein Foto aus seinem Notizbuch gerutscht, und das habe ich auf dem Weg nach draußen eingesteckt.«

»Was ist drauf?«

»Einfach ein Typ, der ... so halb lächelt? Und auf der Rückseite steht: *Die Sonne scheint zu hell. In Liebe A.*«

»A.? Wer soll das sein?«

»Frag mich was Leichteres. Aber das ist meine zweite Sonderbare Faszination. Und dann wäre da noch Onkel Monstergenick, ein Typ mit einem dicken Kropf am –«

»Lass mich raten.«

»Eigentlich eher am Hals. Jedenfalls spaziert er jeden Tag dieselbe Straße entlang und er ... zieht mich irgendwie an. Als wären wir in einem früheren Leben Freunde gewesen oder so. Oder nein, mehr wie in einem Zeitreisefilm. Wo der Held einen Typen sieht, der ihm bekannt vorkommt, und am Ende stellt sich raus: Der Typ ist er selbst.«

»Du gehst jedenfalls auch ganz gerne spazieren.«

»Sag ich doch.«

»Und Nummer vier?«, fragt Alan.

»Du hast doch schon mal was von Mila Henry gelesen –«

»Ja, wie jeder halt. Aber nicht wie du. Nicht alles.«

»Aber du kennst doch diese Skizzen, die sie am Anfang von jedem Kapitel eingebaut hat?«

»Die finde ich klasse.«

Ich nicke. »Eine Skizze, die zu Kapitel 17 von *Jahr meiner Selbst,* unterscheidet sich von allen anderen.«

»Wie genau?«

»Was weiß ich, der Stil ist einfach anders. Aber die Frage ist ja nicht, wie sie sich von den anderen unterscheidet. Sondern warum. Warum ist diese eine Skizze anders als der ganze Rest? Das muss doch einen Grund haben. Ja, und das war's. Das sind meine Sonderbaren Faszinationen.«

»Sonderbare Faszinationen ... habe ich das nicht schon mal irgendwo gehört?«

»Das ist von Bowie. *Strange fascinations fascinate me, changes are taking the pace I'm going through, ch-ch-ch-ch-changes* ... Seine Biografie heißt auch so.«

»Also ich an deiner Stelle würde in diese Richtung ermitteln.«

»Wie meinst du das?«

Den Blick auf *Matrix* gerichtet, redet Alan weiter. »Es geht hier doch quasi um Variablen und Konstanten, oder? Um dich herum verändern sich eine Million Sachen und kannst du denen allen hinterherrennen? Nein. Gerade hast du aber fünf Punkte aufgezählt, die sich nicht verändert haben.«

»Vier.«

»Plus deine Schwester. *Das* Zeug würde ich gnadenlos durchleuchten. Einfach weil es geht. Es ist machbar.«

Alle Jubeljahre kommt Alan mit solchen Weisheiten um die Ecke und ich denke mir jedes Mal: Vielleicht unterschätze ich ihn. Vielleicht ist er ein verkappter Erleuchteter, einer, dessen scheinbar albernes Gerede gar nicht albern ist, sondern als Albernheit getarnter Scharfsinn.

»Glaubst du, Neo und Agent Smiths haben's mal miteinander getrieben?«, fragt Alan.

Oder auch nicht.

Und ich: »Ich glaube kaum, dass Agent Smith einen besonders ausgeprägten Sexualtrieb hat. Er hätte ja auch gar keine

Zeit dafür. Er muss doch immer seine makellose Aussprache üben.«

»Aber als Elrond, Herr von Bruchtal, geht er dafür sicher richtig steil.«

»Dein Hirn sitzt wirklich im Schwanz, oder?«

»Es ist eben nicht jeder in der Lage, jemanden heiß zu finden und ihn nicht gleich vögeln zu wollen«, meint Alan.

»Nur so nebenbei: Elrond ist ein Elb.«

»Falsch. Er ist ein Hochelb. Und dann diese Ohren ...«

Ein paar Sekunden lang gucken wir schweigend *Matrix*. Trinity küsst Neo und erweckt ihn dadurch wieder zum Leben, war ja klar. Ist eine Weile her, dass ich den Film gesehen habe. Mir war ganz entfallen, dass Neo überhaupt draufgeht.

Alan macht sich lang und holt Skizzenblock und Bleistift aus der Nachttischschublade.

»Was willst du zeichnen?«

»Wart's ab.«

Gegen Alans Skizzen stinken meine komplett ab, aber im Gegensatz zu mir, der ich bloß Schaubildfan bin, ist er ja auch ein echter Künstler. Er zeichnet schnell, schon ein paar Minuten später reicht er mir den Block, und beim ersten Hinsehen denke ich, es soll irgendein Superheld aus einer abseitigeren Comicserie sein – vom Körperbau her ist es ein prototypischer Rächer in Strumpfhosen. Doch der Muskelmann trägt meine Klamotten, einen einwandfreien Navy-Bowie, und davon abgesehen hat er meine Frisur und meine Augen. Am oberen Rand steht in fetten Lettern: Hypnotik.

»Die Jungs und Mädels da haben doch alle die geilsten Namen«, meint Alan und nickt zum Fernseher. »Neo, Trinity, Morpheus, Tank. Sie sind keine richtigen Superhelden, verfügen aber über eine gesteigerte Sinneswahrnehmung und besondere Fähigkeiten und was es noch so gibt.«

Ich starre auf die Zeichnung und suche nach Worten, doch mir fällt nur ein: »Gefällt mir. Aber *hypnotic* ist falsch geschrieben.«

Alan lächelt. »Wie sagte Philip so schön? Solche gezielten Abweichungen können die Marke voranbringen.«

Ich gebe ihm den Block zurück, versichere ihm noch mal, dass es mir wirklich gefällt, und gucke dabei demonstrativ fern, damit ich ihm bloß nicht in die Augen sehen muss.

»Noah.«

»Was soll ich sagen, Alan? Ich find's toll, dass du mir helfen willst.« Und mehr sage ich wirklich nicht, denn gerade weil ich es toll finde, erspare ich ihm, was mir sonst noch durch den Kopf geht: *Ich will keine Marke sein. Ich verfüge weder über eine gesteigerte Sinneswahrnehmung noch über besondere Fähigkeiten.*

»Hey«, fängt Alan an, der mal wieder meine Gedanken zu lesen scheint, wie so oft. »Fast jeder hat doch das Gefühl, dass er in dieser Welt feststeckt. Und ich kenne nur einen, der sich davon losgelöst hat.«

Gegen Ende dieses einen Kapitels von *Unterwegs,* in dem sich Dean und Carlo die ganze Nacht lang auf dem Bett unterhalten, werden sie von Sal, dem Erzähler, aufgefordert, »die Maschine anzuhalten«. Was Kerouac damit gemeint hat, wird nie ganz klar, vielleicht will Sal einfach, dass seine Kumpels endlich die Klappe halten und sich schlafen legen. Aber mich hat es total an die Vorstellung erinnert, den Roboter zu verlassen. Außerdem, fand ich immer, können die beiden echt froh sein, einen Freund wie Sal zu haben.

Mit Macht fluten sie meinen Traum, alle Farben der Schöpfung, ein strahlendes Prisma. Als wäre der Raum eine Petrischale und die Farben Bakterien, muss ich unter der Decke hängend hilflos zuschauen, wie sie sich miteinander vereinigen und vermehren, vereinigen und vermehren, sich mit greller Gier fortpflanzen. Dann kommen die Buchstaben zum Vorschein und Abraham bellt stumm am Bett und in der Ecke steht der Typ, nass bis auf die Knochen, ohne dass ich je sein Gesicht zu sehen bekommen würde, die Buchstaben nehmen Gestalt an, Bewusstes und Unbewusstes im Einklang, eine einzige Zusammenballung der Besinnungslosigkeit.

*Tritt ins Licht,* hat Sie gesagt.

Und für einen Sekundenbruchteil tue ich wie geheißen, öffne die Augen, sehe ein Zimmer, eine schemenhafte Gestalt – und aus.

Schweißgebadet und fröstelnd wache ich auf. Hinter dem Fenster schimmert eine erste Ahnung der Morgenröte.

Seit über zwei Wochen jede Nacht der gleiche Traum, die gleichen Schweißausbrüche. Man könnte meinen, ich hätte mich langsam daran gewöhnt, doch es ist stets eine ganz neue Erfahrung, als würde der Traum immer genauer berechnet, mit jedem Durchlauf steigern sich Auflösung und Strahlkraft.

Eine Liste. Das ist die Lösung.

Das Anfertigen von Listen, das Anordnen von Einheiten in alphabetischer, chronologischer, autobiografischer, themenbasierter oder logischer Reihenfolge führt bei mir aus irgendwelchen Gründen zu einer ähnlichen Ausschüttung von Glückshormonen wie eine zügige Joggingrunde bei anderen Menschen. Es ist ein Beinaheorgasmus, was jetzt natürlich leicht seltsam klingt, aber was soll's, ich stehe nun mal auf Listen und mir doch egal, was irgendwer darüber denkt.

Also rolle ich mich aus dem Bett, setze mich in Boxershorts an den Schreibtisch und klappe den Laptop auf. Dann mal los.

WTF ist eigentlich passiert

eine elegante Übersicht möglicher Theorien
von Noah Oakman

1. Mein Gehirn ist kaputt (was zugleich alles und rein gar nichts erklären würde).

2. Mein Leben ist eine Reality-TV-Show und ich deren nichts ahnender Star.

3. Ich war nie mehr als eine Romanfigur (s. Nr. 1).

4. Ich bin durch ein schwarzes Loch in eine Parallelwelt gestolpert, ohne dass ich es mitgekriegt hätte.

Das Blöde ist: Und wenn ich mich in tausend Theorien versteige, wie ich hier gelandet sein könnte – es wird Val und Alan trotzdem nicht davon abhalten, nach L. A. zu gehen. Alan hat recht, bei so vielen Variablen kann ich unmöglich jeder Eventualität hinterherrennen. Für Erste muss ich mich auf die Konstanten konzentrieren, also auf meine Sonderbaren Faszinationen und auf Penny.

Deshalb muss eine neue Liste her.

WTF soll ich jetzt machen

ein eleganter Aktionsplan
von Noah Oakman

1. Kontakt herstellen mit dem Verblassenden Mädchen
2. Kontakt herstellen mit OMG
3. Philip Parish mit dem Foto konfrontieren
4. Mila Henrys Skizzen googeln, bis mir schlecht wird
5. Vielleicht mal etwas Zeit mit Penny verbringen

Gestern hat Alan gesagt, ich soll das Zeug gnadenlos durchleuchten.

Na, meinetwegen.

Fangen wir oben an.

## 36 ⇨ *Schaden oder Freude*

Unter dem Video des Verblassenden Mädchens stehen über 8.000 Kommentare. Die meisten davon sind harmlos, so was wie Ha ha, die Dame hat wohl zu viel Freizeit. Oder wie der von SquareRootOfBro_6 (offenbar schon der sechste Bro, der sich selbst die Wurzel gezogen hat): WTF ROFL YOLO.

SquareRootOfBro_6 ist ein Mann großer, wenn auch abgekürzter Gefühle.

Natürlich ist auch diese Kommentarspalte mit einer kräftigen Prise Verbitterung garniert, die ihr diese ganz besondere, nur in der Anonymität des Internets vorstellbare Würze überschwänglicher Gehässigkeit verleiht. Ein Beispiel: checkt die hässliche fotze nich dass sich kein mensch für ihr drecksleben interessiert

Irgendwer hat das Internet mal ziemlich treffend mit einem Spielplatz verglichen: Am besten geht man hin, solange die Sonne scheint, hängt ein bisschen mit Freunden ab, macht sich über irgendeinen Kram schlau und geht dann wieder nach Hause. Denn selbst wenn man echt Bock drauf hätte, man kann auf dem Spielplatz weder kochen noch arbeiten noch kacken. Und irgendwann führt immer irgendwer ein cooles Kunststück auf, das du nicht draufhast, und du fühlst dich deswegen scheiße oder noch schlimmer: Irgendwer vermasselt sein cooles Kunststück und du kommst dir deswegen vor wie der Held. Und sorry, wenn man x-mal auf derselben Schaukel schaukelt und dieselbe Rutsche runterrutscht, überlegt man sich irgendwann zwangsläufig, wie man den ganzen Müll mal ordentlich abfackeln könnte.

Ja, Val hat mich über die guten Seiten des Internets aufgeklärt und sie hat ja recht. Aber trotzdem. Mir wäre ein bisschen weniger *Schaden-* und ein bisschen mehr *-freude* lieber.

Als ich den Mauszeiger über die Zeile Öffentlich kommentieren als ... schiebe, beschleunigt sich mein Herzschlag. Ich habe noch nie irgendetwas in irgendeiner Kommentarspalte gepostet, daher ist das für mich ein großer Schritt. Ich fange an zu tippen, kriege plötzlich Panik, dass ich aus Versehen auf Enter drücken könnte, bevor ich fertig bin, schließe den Browser deshalb gleich ganz und öffne stattdessen Word, um mein Schreiben in aller Ruhe aufzusetzen.

Kurz und prägnant und dabei immer freundlich ...

Hallo, ich heiße Noah. Ich bin kein Stalker oder so, aber ich habe dein Video schon ungefähr fünfhundert Mal angeschaut und frage mich, wo du wohl wohnst.

Weg damit. Und von vorne.

Hey-hey!

Urks.

Jeden Abend schaue ich mir vor dem Einschlafen …

Weg damit und von vorne und von vorne, bis ich endlich einen nicht komplett beschissenen Text zustande bringe:

Hi! Ich fand dein Video sehr interessant und ich hätte da eine kurze Frage. Wenn du dazu kommst, schreib mir doch unter oaktreehouse@gmail.com. Danke schon mal!

Etwas ausrufezeichenlastiger, als man es von mir kennt, aber man muss sich schließlich den allgemeinen Gepflogenheiten anpassen.

Fünf Minuten später habe ich mir meine oaktreehouse@gmail.com-Adresse gesichert und bin zurück auf YouTube. Den Text habe ich bereits aus Word herüberkopiert. Mit angehaltenem Atem klicke ich auf *Kommentieren* und sehe zu, wie er an seinem neuen Zuhause unter dem Verblassenden Mädchen erscheint. Ungefähr so müssen Eltern ihre Kinderlein auf dem Spielplatz beobachten, stolz und aufgeregt und mit einer Scheißangst.

Ein kurzes Klopfen, Sekunden später steht Mom im Zimmer und ruft: »Noah! Wenn du noch pünktlich zur Schule willst, musst du dich schleunigst anziehen.«

Was sie nicht weiß: Ich will gar nicht pünktlich zur Schule. Nicht mal annähernd.

## 37 ⇨ *Punkt 2 auf dem Aktionsplan*

Von der Motorhaube meines Hyundai-Dreitürers aus betrachte ich die penisförmige Ölpfütze auf dem Tankstellenparkplatz. Sogar die Eier sind dran. Aber man soll ja nicht in alles so viel hineininterpretieren. Was Alan wohl zu meiner Deutung dieses Tintenklecksmusters zu sagen hätte?

Sollte mein Plan aufgehen, verpasse ich heute wahrscheinlich die erste Doppelstunde. Als Ermittler muss man nun einmal Opfer bringen.

Und pünktlich auf die Minute taucht er auf. Der Filzhut, der Gehstock, der Kropf, eine leibhaftige lebende Legende, der einzig wahre OMG. Ich rutsche von der Motorhaube und überquere möglichst lässig den Parkplatz. Wie oft habe ich mir diesen Augenblick ausgemalt und an der perfekten, entwaffnend charmanten Begrüßung gefeilt? Doch gerade als ich den Mund aufmachen und »Hi, ich bin Noah« oder etwas ähnlich Geschmeidiges raushauen will, fragt OMG aus heiterem Himmel und ohne mich anzuschauen: »Junge, was stehst du da noch so rum?« Und geht an mir vorbei.

Ich weiß nicht, wie lange ich zögere, aber dann wird tatsächlich spaziert. Ohne zu reden. Zwei Menschen erfreuen sich gemeinsam am eigenen Wert jedes einzelnen Schrittes, immer ein Fuß vor den anderen, ein stinknormaler Spaziergang.

Als wir rechts in die Ashbrook Lane steuern, wird mir etwas klar: Ich habe keinen Schimmer, worauf ich mich hier eingelassen habe. Ich kenne weder den Ausgangs- noch den Endpunkt von OMGs Fußmärschen. Bald kommen mir die seltsamsten Gedanken, etwa dass er vielleicht nirgendwo wohnt, sondern einfach tagelang läuft und läuft, die Stadt umkreist wie ein verdammt wunderlicher Schutzengel – da biegt er prompt in einen urigen Pflastersteinweg ein, der zu einem urigen, kleinen Steinhaus mit einem urigen, kleinen Steinschild führt, auf dem steht: *Ambrosia's Bed & Breakfast.* Unfassbar langsam steigt er die urige, kleine Steintreppe hinauf, tippt auf dem Tastenfeld über dem Schloss einen Code ein, öffnet die Haustür und verschwindet im Inneren.

Genauso mysteriös, wie es angefangen hat, ist auch wieder Feierabend.

Ich versuche, die Tür zu öffnen. Abgesperrt. Daneben ist eine Klingel, aber was soll ich bitte sagen? *Hallo, äh, ich habe eben einen Spaziergang mit einem älteren Gast von Ihnen gemacht. Dürfte ich mal einen Blick hineinwerfen?*

Auf dem Rückweg zur Tankstelle bekomme ich eine Nachricht von Alan:

Yo, Spacko! Hab dein Mikrowellenleckerli dabei.
WO STECKST DU, DU ALTER KNACKARSCH?

Die OMG-Aktion war in unter fünfzehn Minuten erledigt. Wenn ich mich ein bisschen ranhalte, kann ich das also auch unter der Woche durchziehen und trotzdem nicht als notorischer Zuspätkommer dastehen.

Auf der Fahrt zur Schule stelle ich mir vor, wie sich meine Beziehung zu OMG in den kommenden Tagen, Wochen und Monaten entwickeln wird. Zu zweit werden wir über die Straßen Ivertons herrschen.

*Junge, was stehst du da noch so rum?*

Irgendwie habe ich das starke Gefühl, dass diese acht Wörter nur der Anfang waren.

## 38 ⇨ *Zeit vergeht (II)*

Termine beim Chiropraktiker, Fitness mit Coach Kel, Hausaufgaben, Schule, wiederkehrende Träume, Streifzüge durchs Internet auf der Suche nach Infos über Mila Henrys Skizzen, dann sagt OMG wieder: *Junge, was stehst du da noch so rum?*, und wir spazieren täglich von der Tankstelle zum Bed and Breakfast, wo er mir täglich die Tür vor der Nase zumacht.

Keine heiße Spur in Sachen Philip Parish. *Die Sonne scheint zu hell* habe ich so oft gegoogelt, dass ich schon völlig übergoogelt bin, ich kenne seinen Wikipedia-Eintrag auswendig und habe jedes einzelne Bild von Pontius Pilotus eingehend studiert. Nirgends taucht der Typ vom Foto auf.

Keine Antwort vom Verblassenden Mädchen. In der Hoffnung, ich könnte ihr noch einen Schubs geben, habe ich zwei weitere Kommentare unter ihrem Video hinterlassen, doch in meiner neuen Gmail-Inbox finden sich immer noch nur Willkommensbotschaften von Google und GROSSGESCHRIEBENE Werbemails für risikofreie Penisverlängerungen.

Nach einiger Zeit sind Mom und Dad darauf gekommen, dass das gemeinsame Abendessen die beste Gelegenheit ist, mich wegen des Angebots der UM in die Ecke zu drängen – bald hatte ich diesen Plan jedoch durchschaut und reagierte mit einer nicht minder brillanten Gegenstrategie: Jeden Nachmittag sprang ich nach meinen Pontius-Pilotus-Studien hinüber zu Audrey Hepburns Wikipedia-Eintrag und prägte mir irgendeine Belanglosigkeit aus ihrem Leben ein, die ich am Esstisch ganz beiläufig erwähnte. Es war, als würde man einem ausgehungerten Hund einen Brocken Fleisch vorwerfen. Ich musste nur noch zusehen, wie Penny darüber herfiel.

Das funktionierte eine Zeit lang gut. Nichts ist für immer.

Es war Mitte Oktober, die ersten Blätter färbten sich rot und gelb, da klopfte Mom an meine Zimmertür. »Dein Vater und ich wollen dich in der Küche sprechen.«

Mir schwante nichts Gutes. »Okay. Aber na ja, ich ersticke hier gerade ziemlich in Ar–«

»Nichts da. In fünf Minuten unten.« Als Mom ganz behutsam die Tür schloss, wusste ich, was die Stunde geschlagen hatte.

In der Küche saßen sie und Dad bereits mit einer Tasse Kaffee am Tisch. Mom schob mir mit dem Fuß einen Stuhl hin, Dad schenkte mir ebenfalls einen Kaffee ein. »Nimm Platz.«

Ich setzte mich und sah zu, wie Mom an ihrer Tasse nippte. Was echt traurig war: In den letzten Monaten war ihre Narbe zu einer Art Symbol unserer Beziehung geworden. Ein geheimnisvoller, undurchdringlicher Strich auf ihrer Haut, wie eine Linie im Sand, und ich stand auf der einen, Mom auf der anderen Seite.

»Noah. Findest du nicht auch, dass dein Vater und ich sehr, sehr geduldig waren, was das Angebot der UM angeht?«

Gleich mal ein Move aus der Anwaltstrickkiste. Tja, Mom hatte eben schon was drauf. Wenn ich zustimmte – *Ja, ihr wart sehr geduldig* –, würde ich einräumen, dass damit irgendwann Schluss sein musste. Wenn nicht, würde man von mir ein handfestes Gegenargument verlangen, und da wäre Fehlanzeige. Denn tatsächlich …

»Ja«, sagte ich. »Das sehe ich auch so.«

Mom nickte. »Wir fanden es wichtig, dass du Zeit hast, dir deine Gedanken darüber zu machen. Und vielleicht bist du noch nicht fertig mit deinen Überlegungen. Aber langsam müssen wir uns auf einen konkreten Zeitplan festlegen.«

»Auf einen konkreten Zeitplan«, wiederholte ich.

Mom sah Dad auffordernd an. Er räusperte sich, nickte. »Genau. Auf einen konkreten Zeitplan.« Und trank einen Schluck Kaffee.

*Brav, Dad. Aber immer schnell wieder in Deckung, was?*

Nach einem entnervten Blick auf Dad schaute Mom wieder mich an. »Gestern habe ich mit beiden Coaches gesprochen. Dein Fitnesstraining mit Coach Kel bringt Pluspunkte. Das Angebot der UM steht nach wie vor, aber es ist die Frage, wie lange es dabei bleibt. Wie du weißt, hat Coach Tao uns bisher kein Angebot gemacht, aber sie ist immer noch interessiert. Wir sind natürlich begeistert von Milwaukee, weil du dann in unserer Nähe wärst – und das Angebot liegt bereits auf dem Tisch. Aber falls du die Manhattan State in Betracht ziehst, wäre das wohl auch noch eine Option.«

»Dir ist doch klar, dass wir noch gar keinen Zeitdruck haben?«, erwiderte ich. Nicht dass das Ganze hier nicht auch meine Schuld gewesen wäre, aber immer und immer wieder dasselbe Gespräch zu führen, war unheimlich ermüdend.

»Noah ...«

»Ich kapiere einfach nicht, was der Stress soll.«

»Wir machen dir keinen Stress. Wir wollen die Sache nur klug angehen.«

»Du bist seit Monaten außer Gefecht«, schaltete sich Dad ein. »In der Elften hast du klasse Leistungen hingelegt, meint Coach Kel, und mit der Fitness geht's bergauf. Aber im Moment lebst du vom Ersparten, Kumpel.«

»Wir haben Riesenglück, dass die Colleges überhaupt noch Interesse haben. Siehst du das nicht?«, übernahm Mom. »Okay, die meisten Schwimmer lassen sich Zeit, aber den

Luxus kannst du dir nicht leisten. Wir haben jetzt die Gelegenheit und wir finden, wir sollten sie ergreifen.«

»Und mein Rücken?«, fragte ich. Ich bekam die Worte kaum über die Lippen. Das Gewicht der vielen Gespräche, die wir in diesem Raum geführt hatten, lastete beinahe körperlich auf mir.

»Dr. Kirby rechnet nicht mit bleibenden Schäden«, erwiderte Dad. »Ich muss dich das fragen, Noah ... rechnest du damit?«

Ich blickte ihnen forschend in die Augen, suchte nach Hinweisen, ob sie etwa Bescheid wussten. Nichts. »Nein.«

»Gut«, sagte Mom. »Zeit, proaktiv zu handeln, nicht wahr?«

Dad nickte. »Ja.«

Ich schob ein leises »Ja« hinterher und dachte an Punkt 4 auf meiner WTF-ist-eigentlich-passiert-Liste. Spätestens jetzt wäre ich liebend gerne in eine Parallelwelt abgebogen.

»Also«, wandte Mom sich an mich. »Wir brauchen einen Zeitplan. Was wäre deiner Meinung nach realistisch?«

»Der 21. Dezember.«

Über Moms Grimasse musste ich fast schon lachen.

»Noah«, ermahnte mich Dad. »Reiß dich am Riemen.«

»Ihr habt immer gesagt, ich muss mich im Herbst entscheiden. Der 21.12. ist der letzte Herbsttag.«

»Ich glaube, da irrst du dich«, meint Dad. »Das ist der erste Wintertag.«

»Hallo?«, sagte Mom. »Ist das jetzt so entscheidend? So lange können wir es sowieso nicht hinausschieben.«

»Was hättet ihr euch denn vorgestellt?«, fragte ich.

»Mein Vorschlag wäre in zwei Wochen.«

Irgendwann in meiner Jugend war ich auf den Trichter gekommen, wann ich mich lieber an Mom, die Anwältin wenden sollte statt an Mom, die Mutter. Und ich hatte irgendwann raus, wie ich meine Eltern gegeneinander ausspielen konnte.

»Okay …«, fing ich an. Wenn Dad mich jetzt hängen ließ, war ich aufgeschmissen. »Ich sage zwei Monate, du sagst zwei Wochen … hmm, gibt es in der Mitte vielleicht irgendein wichtiges Datum, worauf man sich einigen könnte?«

Mom hatte merklich Schwierigkeiten, mir zu folgen. »Wieso wichtiges Datum? Wir können uns doch einfach irgendeinen Tag rauspicken und –«

»Oh«, machte Dad und ich wusste, er war in die Falle gegangen. »Wie wär's mit Thanksgiving? Das wäre perfekt.«

Dad war der größte Thanksgiving-Fan der Welt.

»Stimmt«, sagte ich und bedachte Mom mit einem vielsagenden Lächeln. »Gute Idee, Dad.«

Dad rieb sich die Hände, als wäre diese Einigung nur durch seine geschickte Vermittlung zustande gekommen, und fing an, Abendessen zu machen.

Mom nahm einen Schluck Kaffee und lächelte mich über die Tasse hinweg an. »Cleverer Schachzug, Kollege Anwalt.«

## 39 ⇨ *ein kurzer Abriss meiner selbst, Teil 29*

Im August 1949 wird Mila Henrys Erstlingsroman *Babys auf Bomben* veröffentlicht. Darin gebraucht der aufstrebende Dichter William von Rudolf das Wort *sich absentieren,* muss aber bald einsehen, dass dieses seine große Zeit schon lange hinter sich hat. Daraufhin sinniert er über das Leben der Wörter, über ihre Geburt und ihr Sterben, und kommt zu dem Schluss, sie seien nichts als untergetauchte Menschen.

William von Rudolf bringt folgende Verse zu Papier:

*Menschen auf Seiten, Menschen auf Seiten*
*Worte sind Menschen auf Seiten, so gesehen*
*Verborgen in Mündern und lauernd in Szenen*
*Auf verschlammten Schildern, hinter den Kulissen*
*Manche mit Brille, andere mit Hut*
*Manche liegen flach, andere sind rund*
*Wieder andere winden sich voll Übermut*
*Aber so gewieft sie ihr wahres Gesicht auch verhehlen*
*Vor meinem Blick können sie doch nicht bestehen*

Den restlichen Roman über bemüht William von Rudolf sich, neue Wörter ins Leben zu rufen. Abgesehen von der einen Ausnahme *Mjamjamtopie* (Subst.; eine Gesellschaft, die sich ausschließlich von Pfannkuchen und Whiskey ernährt) werden seine Anstrengungen aber als gescheitert betrachtet.

Nur die Mjamjamtopier haben eine andere Sicht darauf.

Oktober 1895. Ein anderer William (William James, den es wirklich gab, also nicht nur in einem Roman) greift zu Stift und Papier und schreibt das Wort *Multiversum*.

Da war er der Allererste.

1935. Noch ein Rudolf, nämlich Erwin Rudolf Josef Alexander Schrödinger (dessen Eltern wohl als ziemlich entscheidungsschwach gelten dürfen), überlegt sich ein Gedankenexperiment, das als *Schrödingers Katze* von sich reden machen wird. Die sehr kurze Kurzfassung: In einer Kiste befinden sich eine Katze und ein Atomkern, der vielleicht, vielleicht aber auch nicht zerfällt und dabei ein tödliches Gas freisetzt. Solange die Kiste nicht geöffnet und der Atomkern nicht in Augenschein genommen wird, liegt den Grundsätzen der Quantenmechanik zufolge ein Zustand der Überlagerung vor, der Atomkern ist also sowohl zerfallen als auch nicht zerfallen oder anders ausgedrückt: Die Katze ist gleichzeitig tot und lebendig.

Einerseits klingt das durch und durch absurd. Absolut unmöglich, sollte man meinen.

Andererseits:

Gestern habe ich mir im Internet Fotos von Neuseeland angeschaut und mich in Gedanken irgendwo dort in die Berge versetzt. Das war nicht weiter schwer, schließlich sah ich die Berge direkt vor mir auf dem Bildschirm. Vielleicht, dachte ich mir, reise ich eines Tages dorthin.

Noch vor relativ kurzer Zeit musste man, wenn man sich Fotos von Neuseeland anschauen wollte, in die Bücherei gehen und ein Buch aus dem Regal ziehen. Dann konnte man sich ebenso leicht irgendwo dort in die Berge versetzen, schließlich sah man sie direkt vor sich auf dem Papier. *Vielleicht,* dachte man sich, *reise ich eines Tages dorthin.*

Vor noch längerer Zeit hatte man eventuell mal von Neuseeland gehört, möglicherweise in der Schule oder auch von einem Freund der Familie. *Das klingt ja exotisch,* hätte man sich gedacht und weitergemacht wie immer.

Und gar nicht mal so lange davor hätte man kaum über die Welt nachgedacht. Weil sie einfach viel zu groß war.

Ich grübele häufig über den Zeitplan der Welt und meinen Platz darin. Richtet man den Blick in die Vergangenheit, auf all das, was wir Menschen lange grundlegend missverstanden oder aber für unmöglich gehalten haben, auf die Ideen, die einst in die Science-Fiction-Schublade gesteckt, inzwischen jedoch längst unter *Wissenschaft* einsortiert wurden – wie könnte man noch so ignorant sein, beim Blick in die entgegengesetzte Richtung, in die Zukunft, das Wort »unmöglich« in den Mund zu nehmen?

Die These, ein einziges Teilchen könne sich gleichzeitig

an mehreren Punkten im Raum befinden, bis es durch Beobachtung auf einen einzigen zusammenschnurrt, scheint sich durch immer mehr Experimente zu bestätigen. Und wenn alle Materie aus winzigen Teilchen besteht, wieso sollte dies nicht – theoretisch – auch auf eine Katze zutreffen? Auf einen Menschen? Auf ein Universum? Und wenn erst die Beobachtung von außen über das Schicksal der Katze entscheidet, stellt sich in Bezug auf unser eigenes Schicksal doch die Frage: Wer beobachtet uns?

Ich behaupte nicht, dass ich das alles verstehe. Aber das ist schon okay so. Etwas nicht zu verstehen, bedeutet nicht, es falsch zu verstehen. Und möglicherweise kommt eines Tages in nicht allzu ferner Zukunft ein neues Wort zur Welt, ein Buch wird von der SF- in die Wissenschaftsabteilung gestellt und wir können den Blick in die Zukunft richten, eventuell sogar ins Multiversum, und sagen: »Vielleicht reise ich eines Tages dorthin.«

## 40 ⇨ *eine Seuche namens 12. Klasse*

Wie jedes Jahr wirft Halloween seine Schatten voraus. Penny räumt die oberste Schublade ihrer Kommode leer, um Platz für ihre fette Snickers- und Milky-Way-Beute zu schaffen. (Aber bitte keine Miniriegel! Bei uns in Iverton hat man Klasse, also bloß keine falsche Bescheidenheit, klar? Und jetzt mal ehrlich, ein Mini-Snickers ist doch quasi ein schokoriegelgewordenes *Sorry, äh …)* Mom und Dad gucken mindestens sechsmal *Nightmare Before Christmas.* Und Val schmiedet ihre üblichen Pläne, in der Nachbarschaft ein Maximum an Süßkram abzukassieren.

»Ich sehe das so«, meint sie. »Wenn wir richtig Tempo machen, können wir dieses Jahr eventuell sogar drei Runden unterbringen. Die erste mit *Scream*-Masken, die zweite als *Bears*-Spieler, denn die Helme sollten unsere Gesichter hinreichend verhüllen, und die dritte als Penner. Da brauchen wir nicht lange zum Umziehen.«

Schon vor einigen Jahren hat Val ihr idiotensicheres Süßes-oder-Saures-System entwickelt: Wir schlüpfen zuerst in Kostüm A, das stets eine Maske oder irgendeine andere Kopfbedeckung umfasst, und drehen unsere erste Runde durch die Straßen, versammeln uns in der Rosa-Haas-Villa, um zu Kostüm B zu wechseln (diesmal ohne Masken), und klingeln erneut an denselben Türen. Doch dieses Jahr hat sie es offensichtlich auf das Tripel abgesehen.

Alan dazu: »Dein Ehrgeiz gefällt mir.«

Die zwölfte Jahrgangsstufe sitzt vollzählig in der Aula, auf der Bühne hängt eine riesige Leinwand und hinter uns schaltet der Projektor um. Auf ein Foto von protzigen Absolventenringen folgt eine Abschlussklassenjogginghose.

Val fotografiert die Leinwand mit dem Handy und tippt murmelnd ihren Post. »Eine hochwertige Jogginghose – ein wahres Andenken für die Ewigkeit.«

»Ich hoffe noch auf eine Bauchtasche«, sagt Alan.

Irgendein Typ von der Firma Zalsten's beglückt uns mit seiner Verkaufspräsentation, versucht, noch den letzten Cent aus den Reiche-Leute-Kindern der Iverton High zu quetschen. Schon wieder lässt er ein Bestellformular herumgehen, diesmal kann man sich das sogenannte Maskottchen-Prachtpaket sichern, ein unschlagbares Angebot aus edlem Talar, Doktorhut mit Quaste, Einladungs- und Dankeskarten, T-Shirt, und ja, obendrauf gibt es noch die Jogginghose, alles zusammen zum Schnäppchenpreis von 296,90 Dollar.

»Das ist mal ein Prachtstück von einem Prachtpaket«, sagt

Alan viel zu laut und fängt sich dafür einen Ellenbogenstoß von Val ein. »Was denn? Ich meine doch nur, dass dieses Prachtpaket echt ein Bombendeal ist. Hat viel mehr Bumms als kleinere Prachtstücke.«

Val steckt ihr Handy ein. »Wie kann man nur so ein Kind sein.«

Direktor Neusome lässt sich von dem Zalsten's-Typen das Mikro reichen, knipst seine eisigste Stimme an und droht uns mit der Streichung unserer Abschlussfahrt, wenn nicht sofort Ruhe einkehrt.

Kein Mensch hört ihm zu.

Ein paar Lehrer teilen stapelweise Antragsformulare für Stipendien und Studienkredite aus und irgendeine Dame von irgendeiner Organisation ermahnt uns streng, die Teile auch ja gewissenhaft auszufüllen, denn wenn nicht, haben wir »keinerlei Ansprüche auf jegliche Geldmittel für welches College auch immer, Punkt«, was Alan so kommentiert: »Aber was glaubt ihr, was sie uns damit *wirklich* sagen will?«

»Das ist jetzt ausnahmsweise echt wichtig«, meint Val, die sich schon mit einem Stift über ihr Formular beugt. »Ganz im Gegensatz zu Jogginghosen.«

Beim Anblick all dieser bunt und übersichtlich gestalteten Formulare beschleicht mich das übliche Angstgefühl. Da Mom im Oberstufenelternbeirat sitzt, wusste ich im Großen und Ganzen, was hier auf mich zukommt, aber nun tatsächlich diese Zettel mit diesen Worten darauf in den Händen zu halten –

»Wo wir schon beim Thema College sind«, sagt Val. »Hast du mal mit Coach Stevens geredet? Oder mit der anderen, wie hieß die noch? Die von der Manhattan State?«

Alle Luft verflüchtigt sich aus meiner Lunge.

»Coach Tao«, antworte ich.

Seit dem Vorfall in der Cafeteria, als ich von Vals und Alans UCLA-Plänen erfahren habe, sind die beiden dem Thema College konsequent aus dem Weg gegangen. Bis jetzt.

»Stimmt, Coach Tao. Also, hast du mal mit irgendwem von denen geredet?«

Wieder hat Direktor Neusome das Mikro übernommen. Und während er uns vor Augen führt, dass all jenen, die ihre Formulare schlampig ausfüllen, ein mindestens fünffacher Weltuntergang droht, kotze ich mich mal richtig aus: »Wieso steht eigentlich für alle fest, dass man aufs College muss? Ich sage ja nicht, dass ich nicht will, also nicht *nie,* aber ich hätte da gerne auch was mitzureden. Wieso kommen nicht alle mal runter und tun nicht immer so, als würde man tot umfallen, wenn man eventuell nicht aufs College geht?«

»Die Leute machen sich Gedanken um deine Zukunft«, meint Val. »Kann man ihnen schlecht vorwerfen, oder?«

»Ja, aber wieso glauben alle, sie wissen, was für mich am besten ist, dabei sind sie doch nicht ich? Hmm, wäre es nicht toll, wenn es jemanden gäbe, der ich ist? Der könnte uns vielleicht verraten, wie ich dazu stehe. Oh, Moment ...«

»Schon klar, Noah.«

»Ich meine ja nur.«

»Und ich meine nur, dass man froh sein sollte, wenn man überhaupt aufs College kann. Vielleicht passt es nicht zu jedem oder nicht zu dir, aber halt dich mit dem Jammern zurück, okay? Andere Leute haben ganz andere Probleme.«

Alan nickt. »Wenn wir reden würden wie Noah, würde Titi Rosie uns umbringen.«

»Umbringen und im Klo runterspülen«, bestätigt Val.

Alle paar Jahre fliegt die ganze Familie Rosa-Haas in den Sommerferien nach San Juan, um Mrs Rosa-Haas' Mutter und Schwestern zu besuchen. Das letzte Mal hat Alan dazu genutzt, allen zu offenbaren, dass er schwul ist, auch der knapp einhundertjährigen Lita, die er abgöttisch liebt. Vor der Abreise hatte er mir von seinen Befürchtungen erzählt, Lita könnte angesichts dieser Neuigkeit spontan den Löffel abgeben, aber dann hatte sie tatsächlich nur eine große Sorge – ob Alan trotzdem dazu beitragen würde, den Namen Rosa am Leben zu erhalten? Daraufhin entspann sich offenbar ein längeres Gespräch über Leihmutterschaft und Adoption, das in Alans Geständnis mündete, er wolle eventuell überhaupt nie Kinder haben, womit er endlich die Reaktion heraufbeschwor, mit der er direkt nach seinem Coming-out gerechnet hatte: großes Heulen und Zähneklappern.

Muss ein ziemlich interessanter Trip gewesen sein.

»Nach meinem Coming-out«, erzählt Alan, »hat Titi Rosie gesagt, dass es sie ja nichts angeht, wen ich date, aber das College muss ich zu Ende bringen. Notfalls würde sie zu uns ziehen und mich persönlich hinprügeln.«

Ich bin ihrer Tante ein paarmal begegnet, wenn sie hier zu Besuch war, daher klingt das für mich sehr glaubwürdig. »Ich find's immer noch super, dass sie Rosie Rosa heißt.«

»Eine Cousine von uns heißt sogar Rosemarie Rosa.«

»Es ist so fantastisch«, flüstere ich.

»In Puerto Rico weiß man eben, wie der Hase läuft.«

Val lässt sich nicht ablenken. »Du hast doch kapiert, was wir dir sagen wollen? College ja oder nein, jeder, wie er will, alles kein Problem, aber –«

»Ich soll mich mit dem Jammern zurückhalten.«

»Ja, das. Und denk bitte immer erst mal daran, dass nicht alle aus derselben Gegend kommen wie du, sowohl im eigentlichen wie im übertragenen Sinne, und mach erst dann den Mund auf. Haben wir uns verstanden?«

»Jepp.«

»Also hast du mit ihnen geredet? Mit den Coaches?«

Als ich Val und Alan den Zeitplan erkläre, also dass meine Entscheidung zu Thanksgiving stehen muss, schreien sie mich erst mal an, weil ich ihnen gar nichts von dem Angebot aus Milwaukee erzählt habe.

»Ich hatte keine große Lust, darüber zu reden«, rechtfertige ich mich. »Und ihr zwei sollt doch meine sichere Zuflucht sein.«

»Das wäre mir neu«, meint Val.

»Yo, mir auch.« Alan stößt die Fäuste in die Luft wie ein aufgekratzter Boxer vor einem großen Fight. »Guck dir die Monsteroschis hier an!« Er deutet in seinen Schritt. »Und hier! Und hier! Vor mir ist gar nichts sicher!«

Val seufzt. »Wieso komme ich mir eigentlich immer vor wie ein Babysitter?«

»Jetzt, wo du's sagst«, meint Alan, plötzlich sehr ernst. »Ohne Zweifel basteln gerade in aller Welt verantwortungsbewusste Babysitter an Plänen, wie sie ihren Nachbarn die doppelte Süßkrammenge abziehen können.«

»Die dreifache Menge sogar. Aber gut, dass du es ansprichst ...« Val schwingt die Beine auf den Stuhl vor sich, dreht ihr Formular auf die Rückseite und zeichnet eine Karte unserer Gegend. »Meiner Meinung nach sollten wir heute Abend hier loslegen.« Sie zeigt auf ihre Nachbarn.

»Findet ihr nicht auch, dass wir langsam ein bisschen zu a–«

Alan hält mir panisch den Mund zu. »Sag's nicht.«

Ich ziehe den Kopf zurück. »Ein bisschen zu alt sind für Süßes-oder-Saures?«

Er sinkt scheinbar ohnmächtig in Vals Schoß.

»Das haben wir doch längst ausdiskutiert«, meint sie. »Von der Sechsten bis zur Neunten ist es allen voll peinlich. Aber von der Zehnten bis zur Zwölften? Das ist die beste Zeit für Süßes-oder-Saures.«

»Okay, meinetwegen. Aber ich kann nicht mitkommen.«

Val und Alan belegen mich mit einem identischen Blick. Nach so-und-so-vielen Jahren als beste Freunde fand ich irgendwann gar nicht mehr, dass sie sich so sehr ähneln, aber jetzt, wo sie mich beide auf diese Art ansehen …

»Leute«, sage ich. »Ihr macht mich grad echt fertig.«

»Wieso?«, fragt Val.

»Weil ihr mich beide so anseht. Wo ihr doch Zwillinge seid. Das ist wirklich ein bisschen –«

»Das meine ich nicht. Wieso kannst du nicht mit?«

Ich zögere. »Wegen Hausaufgaben?«

Das kaufen sie mir offensichtlich nicht ab.

»Okay, ich … ich habe was vor. Belassen wir es dabei.«

»Wie heißt sie?«, fragt Val mit einem halben Lächeln.

»Es ist kein Mädchen.«

Mit hochgezogenen Augenbrauen dreht sie sich zu ihrem Bruder.

»Also bitte«, sagt Alan. »Wäre Noah nicht hoffnungslos hetero, er könnte niemals die Finger von mir lassen.«

Ich gebe mir ein Küsschen auf den Bizeps. »Red dir das nur ein.«

»O mein Gott«, stöhnt Val. »Seit hundert Jahren derselbe Joke. Es tut so weh.«

Als Direktor Neusome uns wegtreten lässt, hievt sich die gesamte Zwölfte mit leeren Augen auf die Beine – die Überdosis Formulare hat Spuren hinterlassen –, und mitten in dem Trubel fragt Val mich: »Wo warst du heute früh?«

»Wieso?«, sage ich.

Alan stößt ein kein bisschen dezentes Räuspern aus und fixiert Val auf dem Weg aus der Aula mit scharfem Blick.

Sie ignoriert ihn demonstrativ – so wie es nur Val kann. »Seit der Neunten sitzen wir jeden Morgen vor dem Unterricht im Erker und quatschen. Aber meinetwegen, tu du nur weiter so, als wäre es tooo-taaal unauffällig, wenn du plötzlich nicht mehr auftauchst.« Damit beschleunigt sie ihre Schritte und verschwindet in den wankenden Zwölftklässlermassen.

»Was hast du ihr erzählt?«, frage ich Alan.

»Nichts.«

»Du hast ihr nichts von unserer Dean-und-Carlo-Sitzung erzählt? Ehrlich?«

Auf einmal macht Alan eine todernste Miene. Als hätte er eine Maske gegen die andere getauscht, ein echt gruseliger Alan-Move. »Noah. Wer ist der klügste Mensch, den du kennst?«

Da öffnen sich sämtliche Zimmertüren und die Gänge werden von Neunt- bis Elftklässlern geflutet. Mit einer Art Nicken biegt Alan zu seiner nächsten Doppelstunde ab, während ich im Strom mitschwimme und darüber nachdenke, was er gerade ohne viele Worte gesagt hat. Es ist eine Menge.

Vielleicht kommt es auch in Gesprächen hauptsächlich auf die Stille dazwischen an.

## 41 ⇨ Willkommen im S-*BUUUCH*-schlo-ho-ho-hossssssss

Penny und ich sitzen auf der umgedrehten Kofferraumsitzbank von Dads Pontiac und starren mit versteinerter Miene durch unsere Sonnenbrillen auf das Pärchen im Wagen hinter uns.

Als sie angehalten haben, haben die beiden noch irgendeinen Song geschmettert, aber die Ampel braucht ziemlich lange, daher ist inzwischen Schluss damit.

»Also«, sagt Penny.

»Ja?«

»Du denkst wohl immer noch darüber nach?«

»Worüber?«

Penny schiebt ihre Sonnenbrille auf die Stirn und dreht sich zu mir. »Ach, Schätzchen. Über die Pro-und-Kontra-Liste. Über *Frühstück bei Tiffany.*«

»Ach ja. Ähem.«

Sie lässt ihre Sonnenbrille wieder nach unten rutschen. »Weißt du, was? Ich glaube, Mark Wahlberg schätzt dich ganz richtig ein.«

Erst nach vollen fünf Sekunden kapiere ich, wen sie meint – nicht den Schauspieler, sondern unseren Hund. »Das mit dem neuen Namen nimmst du so richtig ernst, was?«

»Ich habe mich nach seiner Einschätzung erkundigt, ob du

wohl jemals mit mir *Frühstück bei Tiffany* schauen wirst. Er meinte, ich solle mich lieber nicht darauf verlassen, denn auf dich ist einfach kein Verlass.«

»Meinte er das?«

»Mm-hmm. Und als ich ihn daraufhin fragte, ob er eventuell eine Ahnung hätte, wieso du dich so stur stellst, sagte er, du willst einfach nicht erwachsen werden.«

Jetzt muss ich doch noch lachen. Penny redet von unserem Hund wie von einer Kreuzung aus Kristallkugel und Psychotherapeut.

»Freut ihr zwei euch auf heute Abend?«, fragt Mom von der ersten Reihe aus, die ungefähr so weit entfernt ist wie Detroit.

Penny seufzt und ruft mit eindeutig gespielter Begeisterung: »Ich kann's kaum erwarten!«, als mir etwas auffällt: Unser Hund ist weder Kristallkugel noch Psychotherapeut, und noch dazu kann er nicht mal sprechen. *Auf dich ist einfach kein Verlass. Du willst einfach nicht erwachsen werden.* Irgendjemand denkt so über mich, doch dieser Jemand heißt sicher nicht Mark Wahlberg.

Fünf Elemente in einem: Spukschloss, Buch, Buuu, ho-ho-ho, sssssss. Da war irgendwer voll bei der Sache. Mit dem jetzt schon unsterblichen Kofferwort S-*BUUUCH*-schlo-ho-ho-hosssssss ist die Stadtbücherei von Iverton gemeint, die regelmäßig eine »Alternative zu Süßem und Saurem« für Eltern anbietet, die es leicht fragwürdig finden, dass sich alljährlich zu Halloween kostümierte Kinder von wildfremden Menschen Süßigkeiten in die Hand drücken lassen. (Früher mal machten sich meine Eltern über das S-*BUUUCH*-schlo-ho-ho-hosssssss lustig, aber tja, seitdem sich letztes Jahr ein Haufen Teenager mit Hockeymasken an Pennys Schokoriegeln vergriffen hat, haben sich die Zeiten geändert.)

»Danke, dass du mitgekommen bist«, sagt Dad und legt mir den Arm um die Schultern, während wir zusehen, wie Penny sich von einem Bibliothekar im Clownsoutfit Bonbons aushändigen lässt. Bisher wurde sie von jedem einzelnen Angestellten zu ihrer »Verkleidung« beglückwünscht, dabei hat sie die Bande eiskalt reingelegt: Sie ist im selben Aufzug aus dem Haus gegangen wie heute Morgen zur Schule.

»Wie könnte ich das verpassen«, antworte ich.

Ehrlich gesagt, hatte ich keine große Lust auf Süßes-oder-Saures mit Val und Alan.

Außerdem mag ich Büchereien nun mal sehr.

Die meisten Besucher des S-*BUUUCH*-schlo-ho-ho-hossss-sssses sind zwischen null und sieben Jahren alt, aber ein paar Größere sind auch dabei – vermutlich kommen ihre Eltern nicht darüber hinweg, dass ihr kleines Babylein plötzlich so erwachsen ist. Am Eingang habe ich gehört, wie ein Dad gesagt hat: »Junge, wenn es so was hier schon gegeben hätte, als ich klein war! Das ist so genial!«

Wie muss ich das verstehen? Verliert man mit dem ersten Kind automatisch seinen angeborenen Riecher für Verarsche? Ist das eine Grundvoraussetzung, wenn man ein Kind aufziehen will? Der Storch deponiert das kleine Bündel vor der Tür und sagt so: *Bitte schön, ein frisches, winziges und … halbwegs menschliches Ding. Gut, äh, jetzt müsste ich Ihnen noch Ihr Verarschegespür abnehmen. Danke auch. Wie war das? O doch, Sie können weiter andere Leute verarschen. Sie merken's nur nicht mehr, wenn Sie selber verarscht werden. Hey, schauen Sie mal! Ich kann fliegen!*

»Was bist du?«, fragt mich eine Bibliothekarin.

»Hä?«

Sie wedelt mit der Hand vor mir herum. »Was soll das darstellen?«

»Einen Bowie-Fan.«

Ihr treten Tränen in die Augen, sie applaudiert betont langsam und schenkt mir ungefähr drei Tonnen Süßkram.

Eine Frage: Wie ist es eigentlich, Kinder zu haben, die bei keiner Halloweenparty unangenehm auffallen, ohne dass sie sich dazu umziehen müssten?

»Hey, Mom.« Ich wickle ein Bit-O-Honey aus und stecke es in den Mund. »Ich mache einen kleinen Spaziergang.«

»Okay.« Als sie ihre Uhr checkt, fallen ihr die Haare so in die Stirn, dass man die Narbe irgendwie besonders deutlich sieht. »Wir fahren in zwanzig Minuten.«

## 42 ⇨ *die sanfte Umarmung des Wahnsinns*

Es gibt nichts Schöneres, als ganz bewusst ziellos durch Bücherregale zu streifen, wie man es nur mit langjähriger Erfahrung in Sachen Büchereistreifzüge kann, in Gedanken bei all denen, die diese Wege vor einem beschritten haben – manche spazierten mit den Händen in den Taschen durch die Reihen und bestaunten die Auswahl, andere überflogen hektisch die Buchrücken auf der Suche nach dem einen Titel, der ihnen das Leben retten könnte –, und sich dabei in der Vorstellung zu verlieren, man könnte buchstäblich in der Literatur verschwinden, wenn man sich nämlich so richtig hoffnungslos und unwiderbringlich für immer verirren sollte.

Sich in Büchern zu verirren, ist die verdammt noch mal schönste Verirrung der Welt.

Belletristik, Autoren G–I, suchen, suchen, finden: *Henry,*

*Mila.* Sie hat nur vier Romane veröffentlicht, die ich natürlich alle besitze, und sich dann in die Wildnis von Montana zurückgezogen. Trotzdem kann ich nicht anders. Bei jedem Büchereibesuch muss ich mich nach ihr umschauen. Wie wenn man am Flughafen erfährt, dass ein guter Freund auch gerade dort ist – man weiß sowieso alles über ihn, man trifft sich regelmäßig und trotzdem muss man kurz vor Abflug noch zu seinem Gate sprinten.

Ich betrachte das Regalbrett, auf dem sich ihre vier Romane gleich mehrfach aufreihen. Es ist wie ein Wiedersehen mit einer guten Freundin.

»Deine Rangfolge?«

Als ich mich umdrehe, steht Sara Lovelock hinter mir und blickt zum Henry-Regalbrett hinauf. Als wäre nichts dabei.

»Oh, hey«, sage ich und verschlucke mich an meinem Bit-O-Honey, smooth wie immer.

»Alles okay mit dir?«

Ich nicke, reiße mich zusammen und kann dabei beinahe hören, wie Alan mich ermahnt: *Bleib cool, Bruder. Sei kein Hirni.* »Ja«, sage ich, »alles okay. Hi.«

»Hey.« Sara nickt mir sehr abgeklärt zu, allerdings nicht so von oben herab wie ihr Bruder. Sie trägt ein rot-marineblau-kariertes Flanellhemd, das ihr viel zu groß ist und wie ein Poncho aussieht. Steht ihr fantastisch.

»Hi«, sage ich zum ungefähr vierten Mal, denn ich bin nun mal die Coolness selbst, ach was, ich bin der fucking Eismann. Sara spitzt die Lippen, lächelt und sagt »Hi« und ich kann in etwa erahnen, was sie denkt: *Dem Typen fällt schon nach der Begrüßung nichts mehr ein.*

»Das große Hallo hätten wir dann hinter uns gebracht, oder?«, meint sie und zeigt auf das Regal in meinem Rücken. »Es sagt einiges über einen Menschen aus, welche Henry-

Romane er am besten findet. Also schieß los, Noah-mit-h. Deine Rangfolge?«

Das einzig Gute, wenn man sich zum Einstieg gleich mal zum Vollhonk gemacht hat: Es kann nur noch besser werden. Ich klappe nacheinander vier Finger aus: »Platz 4: *Dies ist keine Autobiografie.* 3: *Babys auf Bomben.* Nummer 2 ist *Augustus III.* und auf Platz 1: *Jahr meiner Selbst.«*

*»Dies ist keine Autobiografie* ist nicht so deins?«

»Es ist der meiner Meinung nach schwächste Roman von der großartigsten Autorin überhaupt. Ich finde ihn genial.«

»Und wen magst du noch so?«

»Hmm?«

»Abgesehen von Henry, meine ich.«

»Okay, hmm, also nach Henry ... Vonnegut, klar. Thoreau und Salinger, und zwar ohne dass ich mich dafür schämen würde. David James Duncan, Munro Leaf –«

»Nie von gehört.«

»Der hat *Ferdinand, der Stier* geschrieben. Das Kinderbuch.«

»Ach ja. Das mit dem Stier, der nicht kämpfen will. Der immer nur friedlich rumsitzt und –«

»An den Blumen schnuppert«, ergänze ich.

»Wie schön. Aber war die Verfilmung nicht der letzte Müll?«

»Ist das nicht immer so?«

»Stimmt auch wieder.«

»Okay, weiter ...«, überlege ich. »Murakami. Kennst du *1Q84?«*

»Ja. Ging so. Aber *Die Pilgerjahre des farblosen Herrn Tazaki* fand ich genial.«

»Steht auf meiner Liste.«

»Dann halt dich ran, Junge.«

»Wird gemacht. Und du?«, frage ich.

»Wie, und ich?«

»Deine Lieblingsautoren?«

»Also abgesehen von Henry ...«, fängt Sara an. »Virginia Woolf ist gesetzt. Ich liebe Jesmyn Ward, Meg Wolitzer, David Mitchell, Zadie Smith und seit Kurzem bin ich voll auf Donna Tartt. Wenn man *Die geheime Geschichte* gelesen hat, erscheint Henrys Vorstellung, den Roboter zu verlassen, in einem ganz neuen Licht.«

»Kommt auf die Liste«, erwidere ich. »Wundert mich aber, dass Vonnegut bei dir nicht dabei ist. Wo du doch auch eine Vorliebe für Mila Henry hast.«

Sara klatscht sich die Hand auf die Stirn. »Oh, wie dumm von mir! Wie sollen wir Henrys Werk richtig einordnen, ohne es in Beziehung zum Werk eines Typen zu setzen!«

»Moment mal, was ... nein, das ... so habe ich das –«

»Weißt du, was mir echt mal einer erklären muss?« Sara wühlt in einer Kuriertasche mit einem Aufnäher auf der Seite: *Melville rocks, Moby Dick sucks.* »Wieso alle Feminismus so unsexy finden. Sorry, aber ich kann niemanden für voll nehmen, dem die Idee der Gleichberechtigung zu hoch ist.«

Das Hüpfen meines Adamsapfels war sicher in der ganzen Bücherei zu spüren. Das muss einen klaren Ausschlag auf der Richterskala gegeben haben.

»Ich bin Feminist«, versuche ich, mich zu verteidigen, und finde es selbst einigermaßen jämmerlich.

»Aber sicher doch, Noah-mit-h. Wo sich unter deinen Lieblingsautoren doch so viele Autor*innen* tummeln.«

An dieses Gefühl habe ich mich in letzter Zeit schon gewöhnt. An das Gefühl, von vornherein keine Chance gehabt zu haben. Ich muss schlucken und sehe zu, wie Sara eine Nachricht tippt.

»Bist du eigentlich auch wegen diesem Halloweenkindergarten hier?«, frage ich und bereue es sofort.

»Nein, ich hatte mir ein Buch vormerken lassen. Aber wenn ich das richtig verstehe, bist du deswegen hier?«

»Was? Nein, nein. Ha. Natürlich nicht.«

Da linst Mom um die Ecke. »Da bist du ja! Hast du genügend Süßes abgekriegt, Schatz? Wir müssen dann los, okay?« Noch ein kleines Lächeln in Richtung Sara, die offensichtlich einen Lachkrampf unterdrückt, und Abgang.

»Soso«, murmelt Sara.

»Wir sind wegen meiner kleinen Schwester hier.«

Und sie: »Na klar.« Dann zeigt sie auf meinen Mund. »Was lutschst du da? Ist das ein Bit-O-Honey?«

Dieser Kampf ist nicht mehr zu gewinnen. »Ich muss los«, sage ich. »Hat mich gefreut, dich zu sehen, Sara.«

Als sie ihr Handy in die Tasche steckt, erspähe ich darin ein Büchereibuch. »Hat mich auch gefreut, Noah.«

Sara wendet sich zum Gehen, und kurz bevor sie den Gang verlässt, rutscht ein Zettel aus ihrer Handtasche und segelt zu Boden. Ich will sie darauf aufmerksam machen, aus meinem Mund kommt allerdings etwas anderes: »Was sagt es über mich aus?«

»Was?«, fragt Sara.

»Vorhin meintest du, es sagt einiges über einen Menschen aus, welche Henry-Romane er am besten findet. Also. Was sagt es über mich aus?«

Saras Blick wandert von meinen Stiefeln zu meinem Shirt zu meinen Haaren. »Du hast vor irgendetwas Angst.« Und als ich schon denke, sie ist fertig mit mir, fügt sie hinzu: »Genau wie Cletus.«

*Jahr meiner Selbst* ist mein Lieblingsroman von Mila Henry. *1. Juni, 2. Juli, Augustus III.* gilt zwar gemeinhin als ihr Meisterwerk, mir sind die Fast-aber-nicht-ganz-Fantasy-Welt und die schrägen Figuren, die *Jahr meiner Selbst* besonders auszeichnen, jedoch noch lieber.

Cletus Foot, tragischer Held des Romans und selbst ernannter Schriftsteller, reist nach mehreren erfolglosen Anläufen, seine Geschichten in einem Science-Fiction-Magazin veröffentlichen zu lassen, in einem geklauten Clownsauto kreuz und quer durch Amerika und stibitzt die Post fremder Leute. So geht das eine Weile, bis Cletus im Kapitel »Das Licht« in seinem »Kofferraumomobil« nichts Böses ahnend eine Straße hinunterfährt und sich auf einmal (wortwörtlich) über ihm die Wolken auftun und eine Frauenstimme, die sich als Gott höchstpersönlich ausgibt, zu ihm spricht. Sie ermahnt ihn, das Clownsauto zurückzugeben, die Finger von der Post fremder Leute zu lassen und um Gottes, also um ihretwillen endlich seiner ursprünglichen Bestimmung zu folgen, soll heißen: in die Marine einzutreten. Das tut Cletus. Letztendlich überlebt er den Krieg, wird dann aber von dem Clown erschossen, dem er vor etlichen Jahren das Auto gestohlen hatte. (Cletus hatte nämlich vergessen, dem Clown das Kofferraumomobil zurückzugeben, und da dieser sich daraufhin nicht mehr im Haifischbecken des Clownsgeschäfts behaupten konnte, flüchtete er sich in »die sanfte Umarmung des Wahnsinns«.)

Um Kapitel 17 ranken sich viele Spekulationen. Von manchen Kritikern wird es als Paradebeispiel für Henrys chronische Unlust angeführt, ihre Texte ordentlich zu überarbeiten, und das ist nachvollziehbar. Wenn man so will, wirkt es schon ein bisschen reingequetscht. Es steht kaum in Zusammenhang mit dem davor und dem danach. Aber mir gefällt's.

Die Szene spielt in einem Schnellrestaurant und besteht praktisch aus einem einzigen Gespräch – Cletus und der Maler Nathan unterhalten sich über das Wesen der Kunst. Zu Beginn einigen sie sich darauf, dass sie beide von ihrer Kreativität leben wollen, am Schluss sind sie sich darüber einig, dass die Welt ein »Batzen Scheiße« ist, der mit ihren Werken sowieso nichts anfangen könnte.

Am Ende gehen sie, ohne zu zahlen.

Ein Markenzeichen von Henrys Romanen sind die von der Autorin selbst angefertigten Skizzen zu Beginn jeden Kapitels. Sie spiegeln jeweils deren Inhalt wider und sind stets im selben einzigartigen Stil gehalten, nämlich mit feinem Bleistift gezeichnet und schraffiert.

Von dieser Regel gibt es nur eine Ausnahme: Kapitel 17 von *Jahr meiner Selbst*.

Die Skizze zu Kapitel 17 ist nicht allzu komplex: Zwei Männer hocken sich in der Sitznische eines Schnellrestaurants gegenüber. Der eine hat Pancakes bestellt, der andere einen Burger. Auf den ersten Blick ähnelt sie Henrys anderen Skizzen stark, es ist kaum ein Unterschied zu erkennen – nur die Schraffur fehlt. Ich habe mit der Lupe überprüft, ob ich etwas übersehen habe oder ob das Schraffurmuster eventuell erst nachträglich entfernt wurde. Ich habe das Internet abgegrast und komme mir seitdem wie ein Kunstexperte vor, der als Einziger ein weltberühmtes Gemälde als Fälschung durchschaut, denn offenbar hat außer mir kein Mensch im großen weiten Universum die stilistische Abweichung bemerkt. Für mich ergeben sich daraus einige Fragen: Ist Henry bei dieser einen Skizze mit voller Absicht anders vorgegangen als bei den anderen? Wenn ja, warum? Und sagt das irgendetwas über Kapitel 17 aus oder eher nicht? Hat Henry sie überhaupt selbst gezeichnet? Wenn nicht, wer dann? Und wieso?

So viele Fragen und keine Antworten, und damit, würde ich sagen, hat sich diese Skizze definitiv das Prädikat *sonderbar faszinierend* verdient.

Ich tue so, als hätte ich nicht gesehen, dass meine Familie bereits am Ausgang der Bücherei auf mich wartet.

An der Information nicke ich einem Bibliothekar zu, der gerade mit geschätzter Lichtgeschwindigkeit tippt.

»Was kann ich für dich tun?«, fragt er.

Ich weiß selbst nicht, warum ich mir Saras Zettel gegriffen habe – wahrscheinlich aus reiner Neugier. Jedem anderen wären die daraufgekritzelten Buchstaben wohl wie ziemlicher Quatsch vorgekommen: *DikA, Samml.* Aber mir nicht. »Ich bin auf der Suche nach der Sammlerausgabe von *Dies ist keine Autobiografie* von Mila Henry«, sage ich. »Die steht nicht im Regal.«

Dem Blick des Bibliothekars nach zu urteilen, kommt er sich leicht verarscht vor. Er lehnt sich über die Theke. »Hey, pssst! Läuft hier eine Mila-Henry-Schnitzeljagd oder so? Wenn ja, will ich mitmachen. Das wäre genau mein Ding.«

»Wie bitte?«

»Ahhh, schon klar. Bloß nichts anmerken lassen! Aber leider ist dir jemand einen Schritt voraus.«

»Wie meinen Sie das?«

»Junge, ich arbeite hier seit vier Jahren. Bis heute haben exakt null Kunden gezielt nach dieser Sammlerausgabe gefragt. Und jetzt? Zwei Anfragen in unter zehn Minuten. Tja, sie ist weg. Sie hat sie dir weggeschnappt.«

»Wer?«

Auf einmal setzt der Bibliothekar eine strenge Miene auf. »Kann ich dir nicht verraten. Wir haben Regeln.« Er dreht sich zum Computer, tippt wie der Wind und legt den Finger auf den Bildschirm. »In der Harold Washington Library – das ist die im Zentrum von Chicago – hätten sie noch eine da. Soll ich sie für dich vormerken?«

Ich habe *Dies ist keine Autobiografie* mehrmals gelesen und eine Ausgabe davon zu Hause im Regal stehen. In dem Roman berichtet Bigfoot aus der Ich-Perspektive von seinem Ringen mit Einsamkeit und Schwermut – angesichts der Tatsache, dass Henry bald darauf zur Einsiedlerin werden sollte, wird spekuliert, der Text habe doch recht starke autobiografische Züge. Ich erinnere mich, dass ich schon mal von dieser Sammlerausgabe gehört habe, dass sie aber entweder extrem selten oder extrem teuer oder beides war.

Und so nehme ich das Angebot des Bibliothekars an und plane für Samstag einen Ausflug in die große Stadt.

Auf der Heimfahrt entscheide ich mich gegen die umgedrehte Kofferraumsitzbank und für die Abgeschiedenheit der Mittelbank, zücke mein Handy, forsche ein bisschen nach und stoße ein paar falsche Abzweigungen später auf eine abgelaufene eBay-Auktion mit der vagen Beschreibung:

> DIES IST KEINE AUTOBIOGRAFIE: EINE AUTOBIOGRAFIE. *Mila Henrys Meisterwerk* in der *Sammlerausgabe.* In Kleinverlag erschienen, Auflage von wenigen Tausend. Über 40 Seiten Anhang. Weltexklusive Fotos der Autorin und ihrer Familie. *Bonusmaterial über alle Maßen.*

Wieso kann nicht schon Samstag sein?

## *WIR PRÄSENTIEREN*
## → TEIL 4

**Mod.:** *Sie können zweifellos hervorragend mit Worten umgehen, Ms Henry, auch mit unausgesprochenen. Tatsächlich werden Sie mitunter als »weiblicher Kurt Vonnegut« bezeichnet. Wie gefällt es Ihnen, so tituliert zu werden?*

**Henry:** *Etwa genauso gut, schätze ich, wie es Kurt gefallen würde, die »männliche Mila Henry« genannt zu werden.*

Auszug aus »Ein Gespräch mit Mila Henry«,
Harvard, 1969
(gilt als Henrys letzter öffentlicher Auftritt)

»Findest du nicht, das hört sich leicht irre an, was du da gerade gesagt hast?«

»Stimmt. Aber trotzdem. Früher hat er doch wirklich alles gefressen. Sogar seine eigene …« Penny rümpft die Nase, haucht: »Kacke.« Dann nimmt sie einen Streifen Bacon von ihrem Teller. »Siehst du? Das Ding besteht fast nur aus Fett. Bitte schön, Mark Wahlberg!« Sie wirft den Streifen auf den Boden, unser Hund beschnuppert ihn, legt den Kopf schief und blickt zu ihr hoch. Er rührt den Speck nicht an.

»Okaaay«, sage ich. »Schon komisch.«

»Und jetzt schau dir das an.« Penny wirft einen anderen Streifen, diesmal einen mit viel Fleisch dran, auf den Boden. Augenblicklich schlingt Mark fucking Wahlberg (wo bin ich da nur reingeraten?) ihn runter, als gäbe es kein Morgen. »Kaum zu glauben, oder?«

Mom kommt in die Küche, nimmt den O-Saft aus dem Kühlschrank und schenkt sich ein.

»Guck mal, Mom«, sagt Penny und zieht nochmals ihre Bacon-Nummer ab. Zu dritt beobachten wir, wie Mark Wahlberg das fette Stück verschmäht und kurz darauf das fleischige in sich hineinfrisst. Mom scheint sich aber vielmehr über ihre Tochter zu wundern.

»Wieso nennst du ihn Mark Wahlberg?«, will sie wissen.

»Na ja«, fängt Penny an. »Ich finde ihn einfach nicht mehr so fluffelig. Wo er doch gar nicht mehr hinkt und so.«

»Wieso hinken? Hat er was am Bein?«, erwidert Mom.

»Nein, nein«, sage ich mit einem scharfen Blick auf Penny. »Nicht mehr.«

Mom nickt, versteht aber offensichtlich nur Bahnhof. »Und, was habt ihr so vor mit eurem Samstag?«

Penny stopft sich den restlichen Bacon in den Mund und antwortet kauend. »Ich muss einen Scheck ausschreiben. Ihr habt mich doch schon öfter Schecks ausschreiben sehen.«

Als Mom mich Hilfe suchend ansieht, zucke ich ratlos mit den Schultern, und Mom so: »Klingt gut. Und du, Noah?«

»Ich fahre in die Stadt. Habe mir in der Zentralbibliothek ein Buch zurücklegen lassen.«

Da leuchten Pennys Augen auf. »Kann ich mitkommen?«

»Nein.«

Mom durchbohrt mich mit einem zeitlosen Mom-Blick der Marke: *Wir wissen doch beide, wie das ausgeht.* Aber Mann, ich hatte mich wirklich aufs Alleinsein gefreut. Ich hätte mal so richtig Zeit zum Nachdenken gehabt, mindestens 45 Minuten und vielleicht sogar anderthalb Stunden (pro Fahrt, je nach Verkehrslage). Wenn Penny an mir dranklebt, kann ich mir das in die Haare schmieren.

»Und was ist mit deinen ganzen Schecks?«, frage ich. »Die Teile schreiben sich doch nicht von selbst aus.«

»Das ist aus *Frühstück bei Tiffany«,* antwortet Penny. »Aber davon verstehst du ja nichts.«

»Na gut«, meine ich, »kannst mitkommen.«

Penny springt von ihrem Stuhl auf, lässt die Arme in entgegengesetzte Richtungen kreisen wie eine ausgetickte Windmühle, dreht kurz gesagt vorübergehend hundertprozentig ab, drückt dann die geballten Fäuste unter dem Kinn aneinander und ruft: »Yeeeeeeessssssss!«

Ich frage mich ehrlich, wie meine Schwester die Mittelstufe überleben soll.

Als Penny darauf besteht, dass Mark Wahlberg mitkommt, sträube ich mich zwar zunächst ein bisschen, aber eigentlich habe ich gar nichts dagegen. Schon vor seiner Verwandlung in Fluff 2.0 war er so senil, dass er keine Ahnung hatte, was abging, wenn man ihn ins Auto setzte.

»Und wozu brauchst du das Ding da?«, frage ich, denn Penny räumt gerade einen Koffer hinten rein. Einen knallig pinken Koffer mit einem Riesentotenschädel drauf.

»Nichts Besonderes.« Sie krabbelt auf den Beifahrersitz. »Siehst du dann schon.«

»Penny.«

»Ja?«

»Muss ich dich an das letzte Mal erinnern, als du hier die Mrs Basil E. Frankfurter machen wolltest? Als du in die Rollschuhbahn umziehen wolltest?«

»Schätzchen, die Dame heißt Frankweiler. Außerdem: kein Bedarf. Der Koffer ist wegen was anderem.«

Nach ein paar Minuten Fahrt meint Penny, es sei schon schräg, dass Mom sich nicht an Mark Wahlbergs Hinken erinnert, und mir fällt etwas auf: Wenn Penny als Einzige die Verwandlung unseres Hundes bemerkt hat, könnte es dann nicht sein, dass sie auch andere Veränderungen wahrnimmt? Das wäre doch nur einleuchtend. Sie als Konstante müsste doch logischerweise einen Blick für die Variablen haben.

»Sag mal, Penn. Was weißt du über diese Narbe an Moms Wange?«

Ganz ruhig schaut Penny von Mark Wahlberg zu mir. »Wie meinst du das?«

»Nur dass ... also, hat sie dir mal was darüber gesagt?«

»Na sicher.«

»Was?«

»Mir erzählen Mom und Dad ja immer alles. Nicht.«

»Okay, gut. Aber was würdest du sagen, wie lange sie die Narbe schon hat?«

»Weiß nicht. Nicht so lange. Vielleicht seit ... einem Monat? Oder sind es schon zwei?«

Was es damit auf sich hat, kann Penny mir also auch nicht erklären, aber dass ihr die Narbe genauso neu ist wie mir, ist eine Riesenerkenntnis. Und dass sie außerdem Mark Wahlbergs wundersame Wiedergeburt registriert hat, muss doch auch etwas zu bedeuten haben.

Ich bleibe dran. »Sind dir in letzter Zeit sonst noch irgendwelche plötzlichen Veränderungen aufgefallen, an deinen Freundinnen zum Beispiel oder ... oder sonst so?«

Statt zu antworten, dreht Penny sich zum Fenster. »Was ist eigentlich mit dir los?«

»Wieso, was soll mit mir los sein?«

»Nur weil du echt strange Fragen stellst, Alter.« Hinten kläfft Mark Wahlberg, was Penny mit einem Nicken quittiert. »Du nimmst mir die Worte aus dem Mund, Mark Wahlberg.«

»Du musst ihn übrigens nicht immer mit vollem Namen ansprechen«, meine ich.

»Wie jetzt? Soll ich ihn etwa Mark nennen?!« Penny muss kichern.

»Stimmt auch wieder. Wie konnte ich nur auf so eine dämliche Idee kommen.«

Penny fährt ihr Fenster herunter, hält ihren Arm in den Wind, lässt ihn vom Luftstrom hin und her, hoch- und runterdrücken. »Komisches Wetter. Kann mich nicht erinnern, dass es im November schon mal so warm gewesen wäre. Du?«

»Ich eigentlich auch nicht«, antworte ich, fahre mein Fenster herunter und strecke den linken Arm hinaus, und wie früher, als wir klein waren, werden unsere Arme zu Flügeln, die unser Fahrzeug in den Himmel tragen.

Während der restlichen Flugzeit zur Stadt wird kein Wort mehr gesprochen.

Äußerlich betrachtet hat kaum ein Gebäude weniger Ähnlichkeit mit der Stadtbücherei von Iverton als die Harold Washington Library. Soll heißen: Sie sieht weniger aus wie eine Bibliothek und eher wie das, was dabei herauskommt, wenn ein altes Museum und ein Hochsicherheitsgefängnis Liebe machen. Manche finden sie vermutlich hässlich, und das wäre verständlich, aber ich stehe drauf. Und drinnen wird es noch besser: Zitate von Thoreau und Eliot an den Wänden, zehn Etagen voller Bücherregale, stiller Winkel und Büroräume, alles in natürliches Licht getaucht wegen der großen Fenster. Und der Dachwintergarten erst, Gott, der Dachwintergarten!

Wenn man sich irgendwo in Büchern verirren sollte, dann hier.

Wir finden einen Parkplatz ein paar Straßen weiter und müssen nur wenige Meter zu Fuß zurücklegen, zum Glück, seit Neuestem ist es nämlich eiskalt. Ohne Scherz. Gerade haben Penny und ich uns noch über das ungewöhnlich warme Wetter unterhalten, und schwups, frieren einem die Eier ab. Als hätte man die Wettergötter nur mal dran erinnern müssen.

Penny wartet mit Mark Wahlberg vor der Tür, ich flitze rein, um die Sammlerausgabe von *Dies ist keine Autobiografie* abzuholen. Es dauert etwas länger als erwartet, denn seltsamerweise verlaufe ich mich. Nicht dass ich zum ersten Mal hier wäre, doch durch den Haupteingang (oder was ich dafür halte) gelange ich irgendwie in einen hinteren Gang. Durch ein Fenster sehe ich die Autos auf der State Street und denke mir, war die nicht immer an der Vorderseite der Bibliothek? Muss ein Irrtum sein. Also orientiere ich mich neu und kehre fünf Minuten später mit meinem Buch in der Hand ins Freie zurück.

Wo es mittlerweile schneit. Ohne Scherz.

Mit ordentlich Tempo laufen wir zum Wagen zurück und ich drehe erst mal die Heizung auf.

Penny hält ihre Hände vor die Lüftungsschlitze. »Ich habe dir ein Geständnis zu machen. Als ich gesagt habe, ich will mitkommen, hatte ich gewisse Hintergedanken.«

»Aha.«

»Es gibt da ein Café, das –«

»Penny.«

»Schätzchen, die Userbewertungen sind a-tem-be-raubend. Wenn du mir nicht glaubst, schau auf deinem Handy nach. Und ich weiß doch, zu einem leckeren Macchiato kannst du nicht Nein sagen …«

»Ich weiß nicht mal, was ein Macchiato genau ist.«

»Und da wäre *noch was.* Mach dich gefasst. Bereit?«

»Bestimmt nicht.«

»In dem Café steht ein DeLorean.«

Das Déjà-vu erwischt mich mit voller Wucht und im nächsten Moment schießt mir das Blut ins Gesicht wie immer, wenn eine ungute Erinnerung ans Tageslicht gezerrt wird.

»Das ist das Auto aus *Zurück in die Zukunft«,* erläutert Penny, worauf ich erwidere, das sei mir bewusst, worauf sie etwas anderes erwidert, doch ihre Antwort verliert sich irgendwo in der Luft, während mich ein eigenartiges Gefühl überkommt; die übliche Nebenwirkung, wenn ich den Roboter verlasse – übrigens auch, weil ich mir todsicher bin, dass ich die Harold Washington Library sehr wohl durch den Haupteingang betreten habe.

»Noah?«, sagt Penny im Hier und Jetzt mit sanfter Stimme und ihre kleine, kalte Hand legt sich auf meine. »Alles okay?«

Ich falte mich zusammen wie ein Blatt Papier, die Kanten und Ecken ordentlich ausgerichtet, und jetzt schön rein mit dir. »Du meinst das Wurmloch, oder?«

»Ja«, antwortet Penn. »Hast du schon davon gehört?«

Auf dem Handy suche ich die Adresse heraus, fahre los und verdränge dabei so gut es geht die Stimme des alkoholisierten Jungen, den ich Blödmann nach Hause begleitet habe, obwohl ich ihn kaum kannte, und dem ich den immer tieferen Riss mitten durch meinen Verstand zu verdanken habe. *Was würde ich dafür geben,* sagt die Stimme, *wenn mich jetzt irgendwer direkt ins Wurmloch beamen würde.*

Wer hätte das gedacht? Im Wurmloch müssen Hunde draußen bleiben. Aber das weiß Penny natürlich, nicht umsonst hat sie vorher schon mal dort angerufen.

Jetzt kommt der pinke Totenkopfkoffer zum Einsatz.

»Das geht nicht«, sage ich, als sie den Reißverschluss öffnet und Mark Wahlberg ermuntert hineinzuspringen. »Penn. Man kann doch keinen Hund im Koffer herumtragen.«

Als wolle er mir das Gegenteil beweisen, hüpft Mark Wahlberg prompt hinein. Da ich tatsächlich einen Parkplatz an der Straße gefunden habe, stehen wir nur ein paar Hausnummern vom Wurmloch entfernt auf dem Bürgersteig.

»Mach einfach ein Nickerchen, Mark Wahlberg«, sagt Penny. »Dauert nicht lange.«

So klein, wie Mark Wahlberg ist, sollte er in dem Koffer sogar reichlich Platz haben. Aber ich habe trotzdem Bedenken. »Kriegt er dadrinnen überhaupt Luft?«

»Dass du gleich immer alles überdramatisieren musst.«

»Ob Mark Wahlberg das auch als Überdramatisierung empfinden würde?«

Penny schließt den Reißverschluss nur an den Seiten, lässt ihn oben offen und späht hinein. »Geht's dir gut dadrinnen?«

Ein leises Kläffen.

»Okay, dann wollen wir mal.«

Und so rollert meine zwölfjährige Schwester unseren Hund hinter sich her in ein Café, ordert dort im Ton größter Selbstverständlichkeit einen doppelten doppelten kubanischen Espresso macchiato und trägt dabei stolz ihr pinkfarbenes Marilyn-Monroe-Shirt und ihre nicht zueinanderpassenden Toms-Slipper zur Schau, was den Barista zu einem Blick herausfordert, der auch meine Gefühle gut zusammenfasst: *Shit, was geht denn mit der ab?*

Nachdem ich mir eine Tasse Cold Brew bestellt habe, nehmen wir auf einem grünen Ledersofa Platz. Das Wurmloch ist das mit Abstand coolste Café, das ich je gesehen habe – es ist, als wären die Achtziger explodiert und die Trümmer überall um uns herum herabgeregnet: Poster von *Ghostbusters* bis *Beetlejuice,* über diverser Zeitreiseausrüstung schwebt der Millennium Falcon, auf einem holzverkleideten Röhrenfernseher läuft ein NES-Spiel, neben dem Zucker steht ein klobiger Computer, neben der fettreduzierten Milch eine Diskettenbox, und ja, ja, ja – da ist ein wahrhaftiger DeLorean. Ich hatte ja meine Schwierigkeiten, mir ein Café mit einem Auto drin vorzustellen, egal welcher Marke, aber dort, auf einem hohen Podest gleich neben unserem Sofa, thront er wie der Chef des ganzen Ladens.

»Ich bin im falschen Jahrzehnt zur Welt gekommen«, sagt Penny.

»Vielleicht sogar in der falschen Dimension, Penn.«

»Wie passend, dass du das gerade hier ansprichst.«

»Wieso passend?«

Sie nimmt einen Schluck aus ihrem Tässchen. »Wo wir uns doch im Wurmloch befinden.«

»Und mit Wurmlöchern kennst du dich natürlich aus.«

»Ach, Schätzelchen. Hältst du mich für eine Banausin? Ich habe doch *Das Zeiträtsel* gelesen.«

»Dann bin ich hier wohl der Banause.«

»Wie? Soll das heißen, du …«

»Ich hab's nie gelesen. Nicht mal den Film gesehen.«

»Du verarschst mich doch.«

»›Verarschen‹ sagt man nicht.«

Penny stellt ihr Tässchen auf den Sofatisch. »Na gut. Dann erkläre ich dir das mit den Wurmlöchern jetzt so, wie es Meg in *Das Zeiträtsel* erklärt bekommt.«

Nur weil ich mein Wissen nicht aus ihrem Lieblingsbuch habe, tut Penny es als uninteressant ab. Kinder, die so drauf sind, muss man einfach ins Herz schließen.

»In *Das Zeiträtsel* wird das Phänomen ›Tesserung‹ genannt, aber eigentlich ist es ein normales Wurmloch.« Penny zeigt auf eine kleine, quadratische Serviette. »Wenn ein Käfer am einen Ende hockt und ans andere will …«, sie deutet auf die gegenüberliegende Ecke, »… muss er im dreidimensionalen Raum einmal quer rüberkrabbeln. Aber wenn man einfach … so …«, Penny faltet die beiden Ecken aufeinander, »… dann ist er schon da. In Wirklichkeit ist es allerdings viel komplizierter. Einstein hat sich das ausgedacht und noch ein anderer Typ. Aber es ist nur eine Theorie, die sich nie in die Praxis umsetzen lassen würde. Ist ja logisch.«

Um mein Lächeln zu unterdrücken, nippe ich am kalten Kaffee. »Dürfte ich dir eine Frage stellen?«

»Nur zu.«

»Warum stehst du so auf Audrey Hepburn?«

Penny überlegt einen Moment. »Warum stehst du so auf David Bowie?«

»Weil er einfach nur er selbst sein wollte und sonst nichts.« Das ist eine Seltenheit – eine reflexhafte Antwort, die noch dazu die reine Wahrheit ist. »Alle Musiker entwickeln sich weiter, aber keiner so sehr wie Bowie. Nicht falsch verstehen, er hat sich nicht immer zum Guten entwickelt. Manche seiner Phasen waren grauenhaft. Aber daraus kann man ihm keinen Vorwurf machen, denn zu dieser Zeit war er eben genau *so*. Ich glaube, das ist das Anziehende an ihm. Hardcore-Bowie-Fans sind eigentlich keine Fans. Sie sind Jünger.«

»Also bist du auch ein Jünger?«

»Ja. Bin ich. Der Typ war eine wandelnde Revolution. Wie er mit Geschlechtsidentitäten und mit sexuellen Identitäten und mit der Identität überhaupt gespielt hat – damit war er seiner Zeit um Jahrzehnte voraus. Deshalb ist mir das bei deiner Frage wohl auch als Erstes eingefallen.«

»Er wollte einfach er selbst sein, egal wer er war.«

»Pathologische Authentizität. Das muss das Ziel sein. Und seine Musik, was soll ich sagen ... wenn Bowie gut war, war er der Beste.«

Penny nickt und eine nicht zu bändigende Haarsträhne fällt ihr ins Gesicht. »Findest du mich auch ... pathologisch authentisch?«

Jetzt will das Lächeln endgültig raus, gleichzeitig kommen mir aber komischerweise fast die Tränen. »Penn. Wenn du auch nur einen Tick authentischer wärst, wäre man von so viel Echtheit nur noch überfordert.«

Jetzt kann sie selbst nicht mehr anders, als zu grinsen. Sie schlürft ihren Macchiato leer und schaut nach Mark Wahlberg, aber der hält offenbar fröhlich ein Nickerchen. »Was ich vorhin gesagt habe, dass ich im falschen Jahrzehnt zur

Welt gekommen bin – ich glaube, genau deswegen mag ich Audrey Hepburn so sehr. Ich weiß nicht, ob das Leben früher wirklich so war wie in ihren Filmen, ob die Leute wirklich so geredet haben. Oder sich so angezogen haben. Aber ich male es mir gerne aus. Weil wenn es wirklich mal so war, dann könnte es vielleicht auch wieder so werden.«

Wenn man sich mit einem Bruder oder einer Schwester unterhält, kommt man sich häufig vor wie ein Wanderer in einem fremden Land, der hinter einer Wegbiegung plötzlich sein eigenes Zuhause entdeckt. Penny und ich sind so, so, so unterschiedlich und doch kenne ich mich bei ihr aus.

»Wie machst du das eigentlich?«, fragt sie.

»Wie mache ich was?«

Sie räuspert sich. »Nichts, nichts.«

»Sag schon.«

»Ich weiß selbst nicht so genau. Das ... das mit der Schule vielleicht? Weiß nicht. Es ist einfach alles so schwer.«

Glaubt Penny wirklich, ich wüsste auch nur ansatzweise, was ich tue? Wenn ja, bin ich ein begnadeter Hochstapler. Das will ich ihr gerade erklären – also dass ich praktisch immer dermaßen fertig bin, dass ich keine Ahnung habe, was ich eigentlich machen will, wann ich es machen will und mit wem ich es machen will –, da öffne ich plötzlich den Mund und sage: »Das Wichtigste ist, dass man die richtigen Freunde hat.« Was weiß ich, woher das jetzt kam, aber es geht sogar noch weiter. »Die Schule ist im Grunde wie ... wie ein wilder Fluss mit lauter Stromschnellen.«

»Du warst aber noch nie wildwasserraften«, sagt Penn.

»Du weißt doch, wie ich das meine. Stell dir einen Film vor, wo ein paar Leute in einem Paddelboot oder so unterwegs sind und auf einmal fließt der Fluss schneller, es gibt Panik und Geschrei, dann kommt ein Wasserfall –«

»Und alle sterben einen qualvollen Tod.«

»Okay, schlechter Vergleich. Aber du verstehst schon, oder? Ich stecke ja selber immer noch mittendrin, also was weiß ich. Aber eins ist mir inzwischen klar: Ohne Freunde bist du in dem Paddelboot aufgeschmissen. Du brauchst Leute, auf die du dich verlassen kannst. Die richtigen Freunde retten dir das Leben. Mit den falschen säufst du ab.«

»Werden Alan und Val dir das Leben retten?«

»Sicher«, antworte ich, stelle mir die beiden in L.A. vor und füge hinzu: »Glaube schon.«

Penny rutscht auf dem Sofa zu mir und legt mir den Kopf auf die Schulter. Gemeinsam starren wir zum DeLorean hinauf.

»Ob die ihn wohl auseinandernehmen mussten, damit er durch die Tür passt?«, frage ich.

»Kann sein.«

»Oder sie haben die Fensterscheiben ausgebaut.«

»Oder so.«

»Und, wer sitzt mit dir im Paddelboot, Penn?«

Mit einem halben Seufzen, halben Summen antwortet meine Schwester: »Es ist ganz nützlich, wenn man überall für verrückt gehalten wird.«

»Was soll das jetzt wieder heißen?«

»Was schon? Schnapp dir ein Paddel, Schätzchen.«

## 44 ⇨ *zwei Wochen Flut*

Man sitzt am Strand und liest, macht sich einen total entspannten Tag etc., weit drüben brechen sich Wellen auf Sand, während man voll in sein Buch vertieft ist, alles ist einfach nur perfekt und urplötzlich, mit einem *Wusch,* hockt man mitten im Wasser.

Und ist isoliert von allem anderen.

Die nächsten zwei Wochen gehe ich mit OMG spazieren, durchforste das Bonusmaterial der Sammlerausgabe von *Dies ist keine Autobiografie,* studiere die Widmung auf der Rückseite von Parishs Foto und warte auf eine Antwort vom Verblassenden Mädchen, alles mit der dunklen Vorahnung, dass ich eines Tages bei Val und Alan aufkreuzen und im Hausflur einen Stapel Kisten mit der Aufschrift »L. A.« in knallrotem Filzer vorfinden werde. Allein die Vorstellung hält mich davon ab, die beiden zu besuchen, obwohl mir doch bewusst ist, dass ich sie tatsächlich von mir wegschiebe, indem ich sie unbedingt festhalten will.

In diesen zwei Wochen wird es langsam immer kälter und trotzdem, erst als sich die Pfütze um meine Füße ansammelt, bemerke ich, wie isoliert ich bin.

## 46 ⇨ *ein kurzer Abriss meiner selbst, Teil 32*

Laut National Oceanic and Atmospheric Administration (NOAA) sind gut 70 % der Erdoberfläche von Wasser bedeckt. Dabei habe die Menschheit, so NOAA weiter, nur weniger als 5 % der Weltmeere erforscht. Oder um es mit NOAAs Worten zu sagen: »95 % dieser Gefilde wurden nie erkundet, nie von Menschen in Augenschein genommen.«

Zur Verdeutlichung: 0,95 * 0,7 (also 95 % von 70 %) = 0,665.

Über 66 Prozent unseres Planeten wurden nie von Menschen in Augenschein genommen.

Die Erforschung des Weltraums ist natürlich eine aufregende Sache, aber mir kommt es ein bisschen vor, als hätten wir einen Welpen zu Weihnachten bekommen, daraufhin beschlossen, dass der uns nur zu viel Mühe machen und bei zu hohem Aufwand zu wenig Freude bereiten würde – und deshalb haben wir uns lieber einen Elefanten als Haustier gewünscht. Nicht falsch verstehen, ich finde den Weltraum toll, seine unendliche Unbegreiflichkeit, seine Weite, seinen Zauber … das All ist schon verdammt sexy. Aber wenn man auf über 66 % des eigenen Zuhauses nie einen Blick erhascht hat, könnte man doch mal darüber nachdenken, sich zunächst dort näher umzuschauen, statt gleich bei den Nachbarn einzuziehen.

Was ich sagen will: Wie wär's, wenn wir erst mal den Welpen großziehen, gucken, wie das so läuft, und uns dann eventuell an den Elefanten heranwagen?!

Ein paar Highlights aus den fünf von uns erforschten Prozent der Weltmeere sind Herakleion, ein früherer ägyptischer Seehafen, der nun in den Tiefen des Mittelmeers begraben liegt; das Yonaguni-Monument, eine uralte Unterwasserpyramide vor der Südspitze der gleichnamigen japanischen Insel; eine Felsformation ähnlich Stonehenge am Grund des Lake Michigan samt einem Stein, auf dem eindeutig ein eingeritztes Mastodon zu erkennen ist; sowie unzählige Überreste von Küstenstädten, in denen einst das Leben blühte, die aber längst vollständig untergegangen sind.

Und, ogottogott, ist es nicht erschreckend leicht, sich die verlorenen Zivilisationen der Zukunft auszumalen? Zum Beispiel die Versunkene Stadt L. A., die im Jahr 8016 von einem nichts ahnenden Klon auf einem Tauchgang am Ufer der Provinz Vegas entdeckt wird – ein verwunschenes Reich aus Silikon und 35-mm-Filmprojektoren im Schatten eines algenüberwuchten HOLLYWOOD-Schriftzugs. Aus aller Welt teleportieren sich Klone zu Konferenzen herbei, um die faszinierenden Überbleibsel einer Zeit zu studieren, als ihre aus echtem Fleisch und echten Knochen bestehenden Vorläufer noch in unsagbar altmodischen, von rhythmischer Selbstentleerung geprägten Verfahren andere Fleisch-und-Knochen-Kreaturen hervorbrachten. *Kaum auszudenken,* flüstern sie einander bei der Betrachtung der Relikte telepathisch zu und kratzen sich dabei an ihren genetisch perfektionierten Köpfen. *Wie es wohl war, damals zu leben?*

Ich sehe mir gerne Fotografien versunkener Zivilisationen an und murmele dabei Wörter wie *Friedhof* und *verschollen* vor mich hin. Ich betrachte Steintempel mit gottgleichen Statuen darin, alles grünlich-blau angelaufen von der langen Zeit unter Wasser, und denke an ihre Erbauer. Wurden sie bei strahlendem Sonnenschein errichtet, in Sand oder Schnee? Wessen Schweiß ist in den Stein eingesickert, wessen geistesabwesender Gesang in seine Struktur? Wollten ihre Erbauer bloß ihr Tagewerk hinter sich bringen, nach Hause gehen, geliebt werden, genug zu essen haben? Oder schweiften ihre Gedanken zu fernen Ländern, zu Welten, die erobert werden mussten, Männern und Frauen, die sie begehrten? Meistens stelle ich mir vor, wie ein einzelner Arbeiter, ein Rädchen im großen Getriebe der Wirtschaft, in seinem Tun innehält, einen Schritt zurücktritt und sein Werk in einem neuen Licht der Vorahnung sieht und wie er flüstert: *Eines Tages wird all das auf dem Meeresgrund liegen.*

Und in diesem Moment fällt mir meistens auf, wer hier das Rädchen ist: ich.

## 47 ⇨ *nur irgendein Garten*

Zum ersten Mal habe ich einem anderen Menschen ein paar Seiten vorgelesen. Jetzt fühlt es sich an, als hätte sich mein gesamtes Blutvolumen in meinen Ohren niedergelassen.

➡ 199

Und Alan so: »Shit, Mann.«

»Wie findest du's?«

»Yo, es ist gut. Seltsam und deprimierend. Oder einfach nur seltsam, aber ... gut.« Er sieht sich in meinem Zimmer um und schaut auf die Uhr. »Ich muss mal pinkeln. Bin gleich zurück.«

»Alan?«

»Ja?«

»Was ist mit dir?«

Ausnahmsweise werde ich aus seinem Blick null schlau. »Merk dir die Frage«, sagt er und verschwindet im Flur.

Solange er weg ist, starre ich auf den Monitor. In meinen dunkelsten Stunden mache ich mir immer Sorgen, meine Abrisse könnten nichts als billiger Abklatsch sein. Einmal steckte ich mitten in einem Text darüber, dass ich mir überall, wohin ich komme, vorstelle, wie es wäre, dort zu wohnen, als ich auf einen Satz in Thoreaus *Walden* stieß: »In einem gewissen Lebensalter haben wir die Gewohnheit, jedes Fleckchen Erde für einen eventuellen Hausbau in Betracht zu ziehen.« Seelenruhig stellte ich das Buch ins Regal zurück und dachte mir dabei das wahrscheinlich Vernünftigste, was man sich als Schreibender denken kann: Scheiß drauf, ich schreib's trotzdem.

Sicher bin ich mir nicht, aber ich habe den starken Verdacht, dass ein wesentlicher Teil meiner Texte bloß meine wiedergekäuten Lieblingsbücher sind.

Alan tritt durch die Tür, aber nicht nur er – gleich hinter ihm kommt Val herein. »Okay«, sagt sie und setzt sich auf meine Bettkante. »Habt ihr schon angefangen?«

Und als Alan antwortet: »Nee, haben noch auf dich gewartet«, frage ich mich, ob Alan womöglich nur aufs Klo ist, um Zeit zu schinden, bis Val eintrudelt.

»Womit sollen wir angefangen haben?«, will ich wissen.

»Alan hat gesagt, bei dir geht gerade ziemlich krasses Zeug ab«, meint Val.

Ich sehe ihn an. »Was soll der Scheiß?«

»Komm mal runter, No«, erwidert Val. »Er will mir ja nicht verraten, was es ist.« Eine Sekunde lang herrscht Schweigen, dann wird allen klar, dass ich erst mal nichts mehr sagen werde. Also redet sie weiter. »Rat mal, was ich an unserem Dreierding unter anderem so gut finde – dass wir uns nicht verarschen. Bisher jedenfalls nicht. Ich weiß nicht, was bei dir los ist, und ich muss es auch nicht wissen. Alles gut. Aber ich habe zu oft miterlebt, wie sich Freundschaften auseinanderentwickeln, und kein Mensch spricht es an. Bis man sich eigentlich kaum noch kennt.«

»Wir hängen überhaupt nicht mehr zusammen rum«, meint Alan und vor Aufregung überschlägt sich seine Stimme – das musste offensichtlich dringend raus. »Du kommst nicht mehr bei uns vorbei, kommst nicht mehr zum Training, außer in der Schule sehe ich dich gar nicht mehr.«

»Und unsere Dean-und-Carlo-Sitzung?«, frage ich.

»Du meinst, als wir *Matrix* laufen hatten? Mann, das war vor ... vor zwei Monaten.«

Wieder wird es still und ich denke an die kalte Isolation, die sich seit zwei Monaten um meine Füße ansammelt.

»Jetzt mal ehrlich«, sagt Val. »Wir sind gerade alle an einem entscheidenden Punkt in unserem Leben und wenn du ein bisschen Abstand von uns brauchst, von dem ganzen –«

»Von dem delikaten Dreieck«, meint Alan.

Val nickt. »Dann sag uns das. Oder klär uns auf, was Sache ist, dann können wir dir helfen. Aber im Moment ist es mit uns doch nicht mehr wie früher. Und das sollten wir offen ansprechen. Drüber reden, statt einfach zuzusehen, wie das Ganze hier langsam den Bach runtergeht.«

Und als ich die beiden leicht nervös lächeln sehe, denke ich: *Die haben das einstudiert.* Ich male mir aus, wie sie zu Hause ihre Textzeilen durchgehen: *Erst sagst du das, dann sage ich das, dann rastet er eventuell nicht aus.*

Ich will etwas antworten, weiß aber beim besten Willen nicht, was, höre dabei immer noch Val sagen: *Im Moment ist es mit uns doch nicht mehr wie früher,* und fange zu heulen an. Nicht zu schluchzen, sondern richtig zu weinen, wenn auch leise, und die beiden lassen mich. Keine platten Sprüche, kein Schulterklopfen, kein verständnisvolles *Schon gut.* Erst als ich fertig bin, meint Val: »Wir haben dich lieb.«

Alan nickt. »Und wie, Alter.«

Ich wische mir über die Augen und will mich eigentlich von der Ruhe nach dem Sturm einhüllen lassen, aber nein. »Ich kann's nicht fassen«, sage ich stattdessen, »dass ihr einfach abhaut.« Ob Val wollte, dass ich gerade das offen anspreche? Das hat sie jetzt davon. »Ich fasse es nicht.«

»Komm doch mit«, erwidert Alan und Val nickt. »Also vielleicht nehmen sie uns ja gar nicht, aber wenn ... dann könntest du doch mitkommen.«

Manchmal fühle ich mich, als wäre ich zu Gast bei lauter liebenswerten Menschen, die ich kaum kenne, und als ich in den weitläufigen Garten hinter dem Haus schaue, denke ich: *Da wäre ich jetzt viel lieber.* Also gehe ich raus. Doch draußen, allein in dem leeren Garten, blicke ich wieder hinein, auf die vielen liebenswerten Menschen im Inneren, und frage mich: *Wieso wollte ich noch mal raus?*

Vielleicht ziehe ich wirklich nach L.A. Aber ich habe Angst, am Ende könnte ich wieder alleine in irgendeinem Garten herumstehen.

»Ihr habt ja recht«, sage ich. »Mit allem. Ich habe mich kaum noch blicken lassen. Ich war ein beschissener Freund. Es tut mir leid.«

»Lass mich endlich an dich ran«, sagt Val. »Egal, was ist, wir können dir helfen.«

Auch wenn mit uns wirklich nicht mehr so viel los sein mag wie früher – wenn ich Val so ansehe, muss ich mir einfach einreden, dass aus diesem Weniger irgendwie, irgendwann vielleicht sogar ein Mehr werden könnte.

Also einmal tief durchatmen und volle Kraft voraus: »An dem Abend, als wir auf der Longmire-Party waren ...«

Ob es an den Vorboten des erbarmungslosen Chicagoer Winters liegt oder an denen des erbarmungslosen Familientreffens zu Thanksgiving, auf jeden Fall haben plötzlich alle das dringende Bedürfnis, reinen Tisch zu machen. »Wir müssen reden«, sagt Mom am Morgen nach meiner Aussprache mit Alan und Val – was für ein Timing. Zu allem Überfluss ist Montag und die Sonne noch kaum aufgegangen.

»Ich weiß, Mom. Aber wir haben uns doch auf Thanksgiving geeinigt, ich habe also noch ... eine Woche.«

»Nicht darüber.« Sie schenkt sich Kaffee ein. »Das heißt, stimmt, eine Woche noch. Aber das meine ich nicht.«

Knurrend wie ein Bär biegt Dad um die Ecke, brummelt ein lang gezogenes »Mmmmmmmhhhkaffeeeee« und kippt sich das Zeug in den Becher, als wäre er Augustus Glupsch in Willy Wonkas Schokoladenfabrik.

»Okay«, sagt Mom. »In deinem Zimmer herrscht doch wie immer makellose Ordnung?«

»Ähhh ... ja?«

»Gut. Morgen spätabends kommt Orville an.«

»Ist das so?«

»Wahrscheinlich kommt er mit dem Taxi«, führt Mom weiter aus, »aber erst spät, da sind wir schon im Bett. Ich habe ihm gesagt, ich lege ihm den Schlüssel raus. Da fällt mir ein, ich sollte schon mal die Alarmanlage ausschalten.«

»Mom?«

»Was ist?«

»Verrätst du mir auch noch, in welchem Zusammenhang der Zustand meines Zimmers mit Onkel Orvilles baldigem Eintreffen steht?«

»Ach so. Habe ich das nicht erwähnt? Er übernachtet dort.«

Mir fehlen die Worte. Okay, nicht ganz. »Äh«, sage ich, »nicht dein Ernst.«

»Pass auf, wie du mit deiner Mutter sprichst«, stürzt Dad sich wie ein Fallschirmjäger ins Gespräch.

»Wo soll ich ihn denn sonst einquartieren?«, fragt Mom mit einem entnervten Blick auf Dad. Eigentlich haben wir zwei Gästezimmer, die allerdings beide schleichend und beinahe unbemerkt in Vorratskammern für Dads Cateringservice umgewandelt wurden.

»Und wo soll ich dann schlafen?«, wende ich ein.

Mom deutet zum Wohnzimmersofa und wedelt mit dem Arm, als würde sie den Hauptpreis in einer Quizshow präsentieren. »Oder im Keller, ganz wie du willst.«

»Na gut.«

Nun hält sie inne und legt den Kopf schief. »Ist alles okay, Noah?«

»Also ich könnte mir Schöneres vorstellen als Onkel Orville in meinem –«

»Nein, ich meine ...« Und plötzlich steht sie sehr dicht vor mir, drückt mich an sich, redet auf mich ein. »In letzter Zeit wirkst du irgendwie ein bisschen ... ich weiß auch nicht. Irgendwie anders.«

Ich sage nicht, was ich denke: Dann sind wir schon zwei. Seit dem Morgen des ersten Schultags, als ich mich in meinem Zimmer nach ihrer Narbe erkundigt habe, behandelt sie mich wie einen Cousin zweiten Grades oder so.

»Wenn irgendwas ist, du kannst immer mit uns reden«, fügt sie hinzu.

»Ich weiß, Mom«, sage ich, während wir uns weiter in den Armen liegen. Ich bemerke ihren Duft und lasse mich hineinfallen, sauge ihn ein, solange ich noch kann.

Sie wischt mir die Haare aus dem Gesicht, küsst mich auf die Stirn. »Ich weiß, dein Onkel ist schon ein bisschen ... exzentrisch, aber –«

Dad lacht leise auf, erkennt seinen Fehler und verkriecht sich schnell im Kühlschrank. »Auweia, die Karottenbutter ist praktisch alle.«

»Aber er ist doch *so ein Lieber«,* fährt Mom fort und erdolcht Dad mit ihrem brutalsten Todesblick, während er eine Ladung Möhren aus unserem XXXXXL-Gemüsefach hievt, um schleunigst unsere schwindenden Karottenbuttervorräte aufzustocken. »Und selbst wenn er nicht so lieb wäre, er gehört nun mal zur Familie«, spricht Mom weiter, durchwühlt ihre Handtasche nach ihrem Schlüssel, findet ihn, gibt mir noch einen Kuss auf die Stirn und verschwindet mit »Der Karottenmann bleibt ungeküsst!« aus der Tür.

Über beide Ohren strahlend, installiert Dad seine Küchenmaschine, setzt Wasser auf und schnippelt Karotten. Ein Mann in seinem Element. »Heute schon was Tolles vor, Noah?«

»Nichts halb so Tolles wie du, wenn man dich so anschaut.«

»Ach, wenn ich noch mal so jung und unbekümmert wäre.«

»So jung und bitte was?«

»Wie wär's, wenn du heute blaumachst und deinem Daddy hilfst? Hier geht gleich die Post ab.«

Ich schnappe mir meine Jacke von der Küchentheke. »Sorry, aber ich bin mehr der Apfelbuttertyp.«

»Apfelbutter? Das ist doch was für blutige Anfänger.«

»Viel Spaß mit deinen Karotten«, schiebe ich auf dem Weg nach draußen hinterher.

Bevor sich die Tür hinter mir schließt, höre ich noch ein saftiges Knacken.

## 48 ⇨ *Mr Elam – ein Mensch in seiner Zeit*

Nachdem ich mir wochenlang die Haustür vor der Nase habe zumachen lassen, verlege ich mich auf eine neue, etwas aggressivere Taktik im Umgang mit OMG. Es war Vals Idee. Keine Ahnung, ob es klappt, aber gleich werde ich es sehen.

Pünktlich auf die Minute biegt OMG um die Ecke, ich lasse mich von der Motorhaube rutschen und gehe ihm entgegen, doch auf sein übliches »Junge, was stehst du da noch so rum?« antworte ich diesmal: »Nur damit Sie's wissen, heute komme ich mit rein.« OMG sagt nichts, lässt sich nicht anmerken, ob er mich überhaupt verstanden hat, und wir gehen spazieren wie immer. Bald biegen wir rechts in die Ashbrook Lane ein, es ist nicht mehr weit, mein Herz klopft, als würde ich meine Traumfrau nach Hause begleiten und mit mir ringen, ob ich an der Schwelle etwas riskieren soll. Ich werfe einen kurzen Blick auf OMGs Kropf, der heute besonders groß wirkt, richtig mächtig, als wäre er hier der Chef, noch mächtiger und cheffiger als sonst, da laufen wir schon den schmalen Pflastersteinweg entlang zu Ambrosia's Bed & Breakfast und die Vortreppe hinauf.

*Ich bin so dicht dran.*

OMG tippt den Code ein und hält mir die Tür auf. »*Ladies first.*«

Wochenlang hat er mich jeden Morgen mit denselben acht kühlen Worten begrüßt, doch mit diesen beiden offenbart sich mir die ganze Wärme und Komplexität des Onkel Monstergenick.

Vor ein paar Jahren haben wir mal für zwei Wochen mit einer Familie aus Boston das Haus getauscht und an das alte Backsteinstadthaus, das wir damals bewohnten, erinnert mich dieser Laden hier – die Ähnlichkeit ist beinahe unheimlich, nicht nur allgemein in Sachen Design, auch die Gerüche (alte Buchhandlung plus Kräutertee) und Geräusche (knarrendes Holz, tiefes, altes Schweigen). Schon von außen betrachtet wirkt Ambrosia's Bed & Breakfast sehr urig, aber das Innere sprengt alle Dimensionen. Dunkle Holzdielen, staubige rote Läufer. Dämmriges Licht, ein knisternder Kamin in der Stube gleich neben dem Eingang. Man könnte fast sagen, dieses B&B übertreibt es mit seiner B&B-Haftigkeit.

»Schönen Tag auch, Mr George!«, ruft eine Frau aus der Stube herüber.

OMG brummelt etwas Unverständliches und geht kopfschüttelnd voraus, die Treppe hinauf.

Auch die sieht genauso aus wie in dem Bostoner Stadthaus. Aber schätzungsweise stammen einfach viele alte Gebäude in den USA aus derselben Zeit und greifen dieselben architektonischen Trends auf etc.

Im ersten Stock, am Ende des Flurs, vor dem letzten Zimmer links zückt OMG einen abgenutzten Bartschlüssel, steckt ihn ins Schloss, lässt den Bolzen mit einem satten *Klack* zurückschnalzen und öffnet mir schwungvoll die Tür. »Schuhe aus.« Er schüttelt seine eigenen ab.

Da wir nun einmal in einem Bed and Breakfast sind, hatte ich mit einem einzelnen Raum gerechnet. Irrtum, OMG bewohnt ein ausgewachsenes Apartment.

»Bin gleich zurück«, sagt er. »Nichts anfassen.«

Während er davonschlurft, schnüre ich meine Stiefel auf und sehe mich um. Hier riecht es komplett anders als unten, eher süßlich-aromatisch nach Zedernholz. Vor dem Kamin und dem kleinen kastenförmigen Fernseher steht ein einzelner Lehnstuhl, dahinter befinden sich eine voll ausgestattete Hausbar und zwei randvolle Bücherregale, alle Buchrücken mit Gold- oder Silberprägung. Jeder Fleck Wand, der frei von Büchern ist, wird von Fotografien eingenommen, auf denen aber überwiegend Berge, Wälder, Felder und Tiere zu sehen sind, so gut wie keine Menschen. Auf einem Regalbrett stehen Erinnerungsstücke aus der Welt des Sports: einige Baseballkarten, ein gerahmtes Boxkampfticket mit Autogramm von Muhammad Ali, eine von Michael Jordan signierte Basketballkarte, ein Wimpel anlässlich der Teilnahme der Chicago Cubs an der World Series 1945 …

»Wow«, sage ich.

»Cubs-Fan?«, fragt OMG, der nun vor der Bar steht und die Auswahl an vermutlich ziemlich teuren Whiskeys studiert. Einige Flaschen sind voll, andere fast leer, und als ich ihn so ansehe, fällt mir plötzlich auf, wie ausgepumpt der gute Mann wirkt. Oder wie eine Whiskeyflasche, die irgendwer bis auf ein paar letzte Tropfen ausgekippt hat.

»Ja«, sage ich. Wenn man bedenkt, dass Dad beim Thema Chicago Cubs immer sofort zum Kreischteenie mutiert, konnte ich diesem Schicksal wohl kaum entrinnen.

»Dann weißt du, was ’45 passiert ist.«

»Na klar. Der Fluch von Billys Ziege.«

OMG entscheidet sich für eine Flasche, schüttet einen großzügigen Schluck in ein Glas und reicht es mir. »Seit 1908 hatten wir das Ding nicht mehr gewonnen. Alle dachten, jetzt sind wir endlich wieder dran.« Er schenkt sich selbst ein und schlurft zu seinem Lehnstuhl, dessen Polster sich um ihn schmiegen wie ein vom langen Tragen geschmeidiger Baseballhandschuh. Wie passend. »Wäre ich damals schon so schlau gewesen wie heute, wenn ich gewusst hätte, wie falsch wir damit lagen ... wie viele bittere Jahre noch kommen ...«

Ich nippe angestrengt an meinem Whiskey und betrachte eine gerahmte Baseballkarte mit einem ziemlich jungen Kerl in einem Jersey mit aufgesticktem *NY* darauf. Soweit ich es überblicke, ist diese Karte, die ungefähr hundert Jahre alt sein dürfte, das einzige Baseballsouvenir, das nichts mit den Cubs zu tun hat. Der Name unten am Rand lautet *Merkle.*

»Alle glauben, die verdammte Ziege hätte den Fluch über uns gebracht«, meint OMG. »Aber ich weiß, wie's wirklich war.« Er trinkt, genießt den Geschmack, scheint sich in irgendwelchen Gedanken zu verirren. Dann sieht er mich an, als hätte er mich vorübergehend vergessen. »Du bist schon ein recht seltsamer Bursche, nicht wahr?«

»Also ich ... ich glaube eigentlich nicht.«

»Gehst wohl öfter mit Fremden nach Hause?«

*Wenn Sie wüssten,* denke ich. Aber Tatsache – damals, als ich mit Circuit nach Hause bin, habe ich zum letzten Mal Alkohol getrunken, und jetzt wieder. Die Kombination sollte ich mir nicht auf Dauer angewöhnen.

»Ist mir neu, dass man in einem Bed and Breakfast wohnen kann«, sage ich.

»Schätze, dir wird noch vieles neu sein.«

Ich hebe das Glas. »So wie Bourbon vorm Frühstück?«

Er kippt den Rest hinunter und begibt sich wieder zur Bar. »Du kannst gerne bis zum Frühstück warten.«

Als ich das nächste Schlückchen hinunterwürge, fällt mir die kleine Urne auf dem Kaminsims auf. Auf einer Goldplakette steht: RIP Herman, du alter Teufelskater.

»Sind Sie ein Katzenmensch, Mr George?«

»Elam.«

»Wie bitte?«

Er kippt die Flasche über dem Glas, bis der Whiskey fließt. Noch ein wenig länger als beim letzten Mal. »Mein Name. Mr Elam ist mir lieber. Und was soll das überhaupt heißen, ob ich ein Katzenmensch bin? Ich hatte mal eine Katze. Jetzt habe ich keine mehr.«

»Okay.«

»Musst du vielleicht einen Aufsatz schreiben?«, fragt er. »Für die Schule?«

»Nein.«

Er zeigt auf seinen Kropf. »Dann liegt's daran, oder? Das Ding ist dir aufgefallen, du bist neugierig geworden und hast es vielleicht sogar gegoogelt. Aber am Ende dachtest du dir ...«, ein leichtes Schmatzen mit dem Mundwinkel, »... warum gehe ich nicht direkt zur Quelle?«

»Nein, so war ... ich habe es nicht ...«

»O doch, so war es. Und du hast. Schmeckt der Bourbon?«

»Schmeckt gut«, sage ich und setze neu an. »Hören Sie ...«, aber wie soll ich ihm die letzten sechs Monate erklären, in denen ich mir Hunderte Geschichten über sein Leben zusammengesponnen und meinen Tagesablauf so zurechtgelegt habe, dass ich ihn täglich auf seiner Route abpassen kann, immer zur selben Zeit und ohne Pause? Er hat ja recht, ich bin neugierig. Aber nicht auf seinen Kropf. Auf ihn. Ich will wissen, wer er ist. Und im besten Fall dahinterkommen, wieso er sich wie alle meine Sonderbaren Faszinationen nicht verändert hat. Oder ich will wenigstens zwischen Mill Grove und Ashbrook wieder ruhig atmen können. »Mr Elam. Ich wüsste gerne, was Sie zu erzählen haben. Das ist alles. Ich will sonst nichts von Ihnen, ich wüsste einfach nur gerne, was Sie zu erzählen haben.« Kurze Pause. »Wenn es Ihnen recht ist.«

Als OMG den Mund öffnet, denke ich für einen Moment, *okay, jetzt schmeißt er mich raus und das war's dann.* Doch da beginnt er zu berichten, und es ergeht mir wie einer Ameise, die in Pennys Serviettenwurmloch geraten ist, ich reise durch Raum und Zeit in eine andere Welt, die sich keineswegs als wunderschöner, glorreicher Ort entpuppt, wo aber immerhin keine halben Sachen gemacht werden: Ehefrauen sterben jung, Kriege werden erbittert ausgefochten, das Leben spielt einem mit, wie man es sich nie hätte träumen lassen. Eine so fantastische Geschichte hätte ich mir niemals zusammenspinnen können und was ist das wirklich Erstaunliche daran? Nicht die Ereignisse an sich, sondern dass sie tatsächlich passiert sind, und zwar diesem Mann.

George Elam zog in Ambrosia's Bed & Breakfast ein, nachdem seine Frau Barbara nach 42 Ehejahren an Krebs gestorben war. Der Krebs kam, wie er immer kommt – aus heiterem Himmel. Und wie immer hinterließ er ein schwarzes Loch. Mit der Besitzerin des Ambrosia's waren George und Barbara seit Langem befreundet gewesen und so wurde aus einem vorübergehenden Unterschlupf (»Nach Barbaras Tod konnte ich unmöglich zu Hause schlafen.«) eine Dauerlösung. Kurze Zeit später trat der Kropf in Erscheinung. Mr Elams Arzt zeigte sich besorgt und legte ihm verschiedene Behandlungen nahe, von denen er aber nichts wissen wollte. »Wenn mir die letzte Stunde schlägt, dann schlägt sie mir eben«, sagt er dazu mehrmals und irgendwann frage ich mich: Will der Kerl der Zeit etwa noch Beine machen?

Mr Elam kämpfte im 2. Weltkrieg, landete am D-Day in der Normandie, bahnte sich einen Weg durch die französische Heckenlandschaft ins Landesinnere, »ertrug und überlebte die Ardennenoffensive« und rückte nach Deutschland vor, wo seine Truppe »den kleinen Hosenscheißer eigenhändig umgenietet hätte, hätte er's nicht selber zu Ende gebracht«. Und während ich Mr Elam als Soldaten vor mir sehe, seine blutüberströmten Hände und Freunde, seine bluttriefenden Gedanken und Taten, muss ich mich der brennenden Frage stellen, mit der sich – denke ich – alle jungen Männer späterer Generationen zwangsläufig auseinandersetzen müssen, wenn sie eine waschechte Weltkriegsgeschichte zu hören bekommen: Wie hätte ich mich geschlagen?

Zehn Jahre nach Barbaras Tod erfüllte sich für Mr Elam ein Lebenstraum: Er qualifizierte sich für das *Glücksrad*. Dort legte er einen guten Auftritt hin und lag die gesamte Sendung über in Führung, bis das Thema Popkultur an die Reihe und ein Brückenrätsel drankam, das den Namen eines aktuellen Kinostars enthielt – und das, wo Mr Elam »seit 1990 keinen einzigen Film mehr gesehen« hatte, denn damals war *Der Pate III* herausgekommen und hatte ihm das Kino für den Rest seines Lebens verdorben.

Dieses Rätsel kostete ihn Zehntausende Dollar.

Mr Elam schenkt mir nach und sich selbst auch. »Früher bin ich in die Kirche gegangen«, sagt er, »aber irgendwann haben sie aufgehört, die guten Lieder zu singen. An Gott glaube ich immer noch, dabei habe ich keinen Schimmer, was der Bursche da oben eigentlich treibt.« Inzwischen erzählt er nicht mehr richtig, er würgt eher Erinnerungen hoch, sein

Gehirn läuft gewissermaßen über und das einzige Ventil ist sein Mund, sind Worte. »Meine Frau hatte eine Schwäche für Zahlen, aber das ist lange her«, stößt er hervor, mittlerweile sind es nur mehr Bruchstücke, »bloß ein Baby«, dann etwas über tägliche Spaziergänge und ein Familienmotto, ich verstehe es kaum: »›Eins plus eins plus eins ist gleich eins‹, das hat sie immer gesagt.«

Zum ersten Mal seit Längerem herrscht Totenstille.

*Eins plus eins plus eins ist gleich eins.* Das Familienmotto.

»Sie ... Sie haben also ein Kind?«, frage ich.

Als Mr Elam tief einatmet, muss ich an den Augenblick denken, wenn ich aus dem Wasser auftauche, an das erste Luftschnappen. Und er: »Das reicht jetzt.«

»Okay«, sage ich, »vielen Dank«, und ich meine es ernst und frage mich plötzlich, wie ich so dumm sein konnte, diesem Mann jemals einen anderen Namen zu geben als Mr Elam. Er öffnet mir die Tür, nicht besonders energisch, nicht unhöflich, aber doch unmissverständlich. Schon stehe ich im Flur und schnüre mir die Stiefel, während die Echos eines anderen Lebens durch meinen Kopf hallen und die ganzen albern zusammengesponnenen Geschichten verstummen. An ihre Stelle ist der wahre Mr Elam gerückt.

Auf der Treppe kann ich nicht anders, als ein wenig zu lächeln. Mit dem ersten Hauch Bostoner Backsteinaroma entfaltet sich die Serviette, kehre ich in die gegenwärtige Zeitlinie zurück und als winzige Ameise, die auf einmal wieder mit der erschreckend weiten Entfernung zwischen zwei gegenüberliegenden Ecken zurechtkommen muss, verlasse ich Ambrosia's Bed & Breakfast und spüre dabei das Gewicht der Einsichten auf den Schultern, die mir diese Erzählung über ein bis ins Letzte gelebtes Leben eröffnet hat, die Last des Wissens darum, was möglich ist.

In meinem Kopf läuft Mr Elams Stimme in Endlosschleife. *Junge, was stehst du da noch so rum?*

## 48 ⇨ *wer etwas geschafft hat, schafft gleich noch mehr*

Heute hat es mit Mr Elam natürlich ein bisschen länger gedauert – als ich vor der Schule halte, ist die erste Doppelstunde gelaufen und die zweite größtenteils auch. Ich warte im Wagen und erscheine erst zur dritten Doppelstunde, wo ich bei Herrn Weingartens mitreißendem Vortrag über die Verbkonjugation geistig abschalte und in Gedanken Mr Elams durchdringende Baritonstimme heraufbeschwöre: *Am Ende dachtest du dir … warum gehe ich nicht direkt zur Quelle?*

Ich habe einen Kommentar auf dem YouTube-Kanal des Verblassenden Mädchens hinterlassen. Ich habe Mr Elam angesprochen. Ich habe das Bonusmaterial zu *Dies ist keine Autobiografie* durchforstet. Aber habe ich mal versucht, direkte Nachforschungen über einen Musiker aus der Gegend anzustellen? Nein. Ich habe mich lieber zwanghaft auf die schleierhafte Identität eines x-beliebigen Typen auf einem Foto fokussiert, das diesem Musiker runtergefallen ist.

Eine kurze Google-Suche unter dem Tisch und schon weiß ich, wo Pontius Pilotus so auftritt. Unter anderem steht er regelmäßig im Windy City Limits auf der Bühne, einer Bar in Lincoln Park – immer dienstags ab halb zwölf.

Also morgen Nacht wieder.

Ich schmatze mit dem Mundwinkel. »Direkt zur Quelle.«

*»Wie bitte, Norbert?«*, sagt Herr Weingarten auf Deutsch.

Als ich vom Handy aufblicke, muss ich feststellen, dass mich der ganze Kurs anglotzt. »Was?«

*»Hast du etwas gesagt?«*, fragt Herr Weingarten.

Scheiße. »Äh, äh ... *nein. Ich habe ... nichte ... sagte ... ähhm, nichte.*«

Alle kichern. Als sich Danny Dingledine meldet, steigert sich die Lautstärke noch, und kaum hat er verkündet, er müsse mal *»aufs Örtchen, Entschuldigung, aufs Scheisehaus«*, wird der Kurs zu einem einzigen Kicherverein. Selbst Klaus, der sich tatsächlich als sprachbegabtes Kameradenschwein erwiesen hat, lässt sich mitreißen und Herr Weingarten massiert sich die Schläfen. Der Kerl könnte einem echt leidtun, wäre mir nicht gerade leicht schwummrig, weil ich in Deutsch ausnahmsweise mal etwas geschafft habe.

Deswegen und wegen Mr Elams Bourbon.

Am selben Tag entdecke ich nach dem Abendessen zwei E-Mails in meinem *oaktreehouse@gmail.com*-Postfach: ein exklusives Angebot von KüchenprofiDeluxe (WTF, sage ich da nur) und eine Nachricht von SquareRootOfBro_6, der sich erkundigt, ob ich ihm eventuell seine Footballkarten abkaufen wolle.

Gepriesen seien die Mysterien des Spielplatzes!

Ich gehe mit der Sammlerausgabe von *Dies ist keine Autobiografie* und einer Lupe, die ich mir online bestellt habe, ins Bett. Damit habe ich schon die Fotografien im Anhang studiert, auf denen meistens Mila Henry zu sehen ist, zunächst mit ihrem Dad, später mit ihrem Ehemann Thomas Huston und schließlich mit ihrem Sohn Jonathan.

Jonathan Henry war Maler und Schriftsteller und sorgte vor allen Dingen durch seinen abgrundtief schlechten Roman *Auf den apokalyptischen Schwingen von Chaos & Zerstörung* für Aufsehen – ein Machwerk, das genauso armselig war, wie der Titel bereits erahnen lässt. Bei der Lektüre glaubt man, den Schatten der berühmten Mutter förmlich auf den Seiten liegen zu sehen, und ich dachte mir ständig: Wenn ein Autor von vornherein zum Scheitern verurteilt war, dann Mila Henrys Sohn.

Ich bleibe lange wach und googele Jonathan Henry, informiere mich über das Verhältnis zu seiner Mutter (die sein künstlerisches Werk unermüdlich rühmte und sich in einem frühen Interview sogar zu der Aussage hinreißen ließ: »Die Welt kann noch nichts mit Jonathan anfangen, weil sie noch nichts Vergleichbares gesehen hat.«), über seine wenig originellen Schreibversuche, seine umstrittenen Gemälde … Plötzlich fühle ich mich immer mehr, als hätte mir jemand ein Puzzle mit einer Milliarde Teilen vor die Füße gekippt. Wo bitte soll ich anfangen? Doch andererseits, sage ich mir, hat man meistens genau dann bahnbrechende Erkenntnisse, wenn man völlig kaputt ist und sich das Gehirn auf etwas ganz anderes konzentriert. Dann macht es meistens klick.

Mein Handy summt, eine Nachricht von Val:

Wie war's heute mit OMG?

Da ich keine Kraft mehr habe, den Kopf oben zu halten, sinke ich aufs Kissen und schreibe ihr, wie es war, bedanke mich für die Anregung und bitte sie, Alan auf den neuesten Stand zu bringen.

Val: Reicht auch morgen? Er hatte spät Training und pennt jetzt.

**Ich: Auch gut. Nacht, Val.**

Val: Nacht, No.

**Ich: Hey**

Val: Hey

**Ich: Danke**

Und irgendwann kurz vor dem Einschlafen, als ich mich auf etwas ganz anderes konzentriere, kommt mir auf einmal die bahnbrechende Erkenntnis: In dem Namen *Jonathan* verbirgt sich ein anderer Name.

➡ 217

# *WER HÄTTE DAS GEDACHT?*
# ➜ TEIL 5

Auszug aus Mila Henry, ***Jahr meiner Selbst,*** Kapitel 17

»Nathan.«

Cletus sah seinem neuen Freund beim Weinen zu. Der junge Mann war offensichtlich vom Glück verlassen, doch es steckte noch mehr dahinter. Wenn man ehrlich war, erkannte Cletus in ihm in vielerlei Hinsicht sich selbst wieder – wer er sein wollte, wer er einmal gewesen war. Bei Cletus war es so, dass ihn die Welt erst dann nicht mehr frustriert hatte, als er es aufgegeben hatte, irgendetwas anderes von ihr zu erwarten. Doch Nathan hatte noch immer Tiefe & Empfindungen. Nathan glaubte noch immer an das Potenzial der Welt, also dass sie vielleicht doch kein stinkender Batzen Scheiße aus ewigen Enttäuschungen war.

Doch natürlich war sie genau das. Ein einziger bestialisch stinkender Scheißebatzen.

Darüber wollte Cletus seinen neuen Freund gerade aufklären, da fiel ihm der kleine Fleck knalliger Farbe auf, der aus der Innentasche von Nathans Sportjacke lugte. »Was ist das?«, fragte Cletus.

Nathan zog ein ungefähr taschenbuchgroßes Gemälde hervor. »Ich dachte, damit könnte ich vielleicht jemanden beeindrucken. Auf der Kennenlernparty, meine ich. Wie dumm von mir.«

»Darf ich?«, fragte Cletus und ließ sich das Stück Leinwand reichen. Er drehte & wendete es & war sich unsicher, ob es ihm hervorragend oder kein bisschen gefiel. Das Gemälde erschien ihm zugleich leise & laut, als wäre es sich seiner Qualitäten ein wenig zu bewusst, doch dann sah Cletus genauer hin & sagte sich Nein, es ist sich seiner Qualitäten exakt im richtigen Maße bewusst. Daraufhin fing er an zu weinen (was er nur selten tat) & war sprachlos (was er nur selten war), denn er hatte begriffen, dass er etwas Außergewöhnliches, Magisches in Händen hielt, eine Magie, die Nathan für sich nutzbar gemacht hatte, um so den unausgesprochenen Auftrag aller Künstler in aller Welt zu erfüllen: *In Gottesnamen, erschaff gefälligst etwas* Neues!

Cletus blickte vom Kunstwerk zum Künstler, auf diese leere Hülle eines Menschen, die da vor ihm saß, & in einem Schwall gleißenden Lichts enthüllte sich ihm die Wahrheit. Wollte ein Künstler seinen Auftrag erfüllen – also etwas wahrhaftig Neues erschaffen –, war es nicht damit getan, sich in seine Kunst einzubringen. Er musste darin sterben.

»Ich will einfach nur etwas erschaffen«, sagte Nathan, der kaum noch am Leben war. »Einfach nur etwas erschaffen.«

Über den Tisch gebeugt, legte Cletus seine Hand auf Nathans. »So ging es auch Ihr. Und jetzt schau uns an. Aber weißt du, was ... ich bin mir nicht sicher, ob Ihre Schöpfung so viel mit deiner anfangen kann.«

Bei diesen Worten wurde Nathan von Gefühlen übermannt & die Männer heulten ungeniert auf die Resopal-Tischplatte. In der Nähe tuschelten andere Gäste, verstohlene Blicke trafen die beiden sonderbaren Männer, die sich erdreisteten, vor aller Augen zu weinen & sich an den Händen zu halten. Cletus kümmerte das nicht. Denn in der einen Hand hielt er die Magie & in der anderen den Magier.

Und Cletus Foot kam ins Grübeln. Vielleicht war die Welt doch kein Riesenbatzen Scheiße.

»Es tut mir leid, Nathan. Verzeih mir.«

## 50 ⇨ *Omen*

Am Dienstagmorgen ist der Tankstellenparkplatz blitzblank sauber, keine Ölpfütze weit und breit.

Und Mr Elam taucht nicht auf.

## 51 ⇨ *Fifty Shades of Beige*

Auch heute habe ich vor dem Unterricht Fitness mit Coach Kel und danach reden wir noch über das, was ich im Training verpasst habe, was schließlich in ein Gespräch über Coach Stevens und das Angebot der UM übergeht. »Hast du dich schon entschieden?«, fragt er. »Das ist ein Spitzenklassecoach und ein Spitzenklasseprogramm. Die können von Glück sagen, wenn sie dich kriegen.«

Hinterher auf dem Flur sehe ich Alan, der mich eindeutig ebenfalls sieht und außerdem merkt, dass ich ihn gesehen habe, sich aber ruckartig zur Wand dreht und diese anstarrt. Zwischen seiner Nase und den beigen Betonklötzen liegen nur Zentimeter. Er legt den Kopf schief und kratzt sich an der Schläfe, als würde er ein Meisterwerk im Guggenheim bewundern.

Nachdem ich es gestern erst so spät von Mr Elam zur Schule geschafft habe, bin ich ihm gar nicht mehr begegnet, daher treffen wir zum ersten Mal seit Sonntagabend und der Wir-überfallen-Noah-in-seinem-Zimmer-und-retten-ihn-Aktion aufeinander. Zwischen Val und mir gibt es öfter mal Stress, aber Alan und ich hatten nur ein einziges Mal richtig Ärger miteinander, nämlich auf der Longmire-Party in den Ferien, und diesen Streit haben wir per Textnachrichten beigelegt. Wir haben keinen Fahrplan für die

Neukalibrierung unserer Freundschaft im persönlichen Gespräch.

»Hey«, sage ich.

*Du hier?*, guckt er mich an. »Oh. Hallo, Noah Oakman.«

Ich stelle mich neben ihn, praktisch Schulter an Schulter, und starre ebenfalls die Wand an. »Sehr hübsch. Wundert mich nicht, dass du dir dieses Fleckchen hier ausgesucht hast. Das Beige ist irgendwie, wie soll ich sagen, irgendwie beiger als da drüben zum Beispiel.« Ich deute einen Meter nebenan auf die Wand, wo sie exakt gleich aussieht, und schüttele den Kopf: »Also wirklich, wie kann man sich als Beige nur derart gehen lassen! Echt übel, so was. Auch weil die anderen Beigetöne ihm das ja nicht ins Gesicht sagen. Sie lästern nur hintenrum über seine mangelnde Beigeheit. Kann einem leidtun, Mann.« Immer noch keine Reaktion. »Okay, ich pitche dir einen Film. *Fifty Shades of Beige* mit ... mit Steve Buscemi in der Hauptrolle. Und Dolores Umbridge. Die aber nicht von Sex besessen sind, sondern von superhotten Brettspielen. Cluedo. Monopoly. Risiko. Slogan: *Auf dem Spielbrett geht es bretthart zur Sache.«*

»Steve Buscemi ist zu gut für so was.«

»An wen hättest du denn gedacht?«

»Wie wär's mit einem der Bösewichte aus *Kevin allein zu Haus?«*

»Könnte funktionieren.«

Alan schüttelt den Kopf. »Was für ein Gespräch.«

»Na ja, ich dachte ... unsere erste persönliche Begegnung nach der großen Aussprache wird sowieso sehr peinlich. Und wenn schon, denn schon.«

Er legt mir den Arm um die Schultern. »Bin ich froh, dass wir das hinter uns haben.«

»Nicht nur du.«

Dann trennen sich unsere Wege, die erste Doppelstunde steht an, doch Alan meint, ich solle ihm während der Glücklichen Verkettung schreiben, wie es mit OMG gelaufen ist. Ich verspreche es ihm und frage mich auf dem Weg zum Unterricht, wie es sein kann, dass einem ein solches Schwachsinnsgespräch ein so gutes Gefühl gibt. Und mit wem ich nächstes Jahr Schwachsinnsgespräche führen soll.

Alan: Yo

Alan: Alter?

Alan: Okokok

Alan: Weiß nicht was da so lange dauert aber hoffentlich wird es ein Meisterwerk von weltbewegender Bedeutung

Alan: Ich lerne hier nämlich echt was

Alan: Über die Geschichte der USA usw

Alan: Wusstest du zB dass Abraham Lincoln keinen zweiten Vornamen hatte? Krasse Scheiße, was?

Alan: Oder check das aus: Lincoln stand auf Hähnchenauflauf (was kann man sich darunter genau vorstellen und kriege ich bitte auch welchen aber pronto???)

Alan: SHITSHITSHIT JW BOOTH WAR BEI LINCOLNS 2. AMTSEINFÜHRUNG ES GIBT

SOGAR EIN FOTO VON DEN BEIDEN AAARRRRGGGHHHHH

Alan: Der Ernstfall ist eingetreten. Ich lerne was.

Alan: Ok

Alan: Hast du einen ungefähren Zeitplan? Wird es heute noch was oder eher nicht?

Alan: Muss ich meinen E-Reader rausholen?

Alan: So was hat man heutzutage doch? Nen E-Reader?

Alan: Musst du den Text vor dem Abschicken noch zweimal überarbeiten oder was?

Alan: Okay ich gebe meine Karriere im Animationsfilm auf und werde Ziegenzüchter. Deine Meinung?

Die erste Doppelstunde im Dienstagsstundenplan haben Alan und ich früh als Verkettung glücklicher Umstände erkannt. Er hat Geschichte bei Ms Ray, ich Psycho bei Mr Armentrout und beide verlieren sich meistens so sehr in der Großartigkeit ihres jeweiligen Fachs, dass sie Kleinigkeiten wie Undercovertexten übersehen. Diesmal war Mr Armentrout zunächst etwas aufmerksamer, deshalb hat Alan einen kleinen Vorsprung.

**Ich: OK, zu OMG (den ich nie nie nie wieder OMG**

**nennen werde, weil WOW hat der Mann was erlebt): Das kann ich dir nicht alles schreiben, wir reden später. Aber was anderes: Ich habe eine brandneue Theorie zu Kapitel 17 von »Jahr meiner Selbst«. Du weißt doch sicher, dass Cletus sich gegen Ende bei Nathan entschuldigt und dass diese Stelle – oder eigentlich das ganze Kapitel – hart kritisiert wurde, weil es irgendwie total aus dem Nichts kommt? Rat mal, wer den Fall geknackt hat.**

Alan: Ich bin gespannt

**Ich: Wie du weißt, wurde nie so richtig klar, wofür Cletus sich eigentlich entschuldigt.**

Alan: Jetzt wo dus sagst

**Ich: Ich glaube, das ganze Kapitel ist sozusagen ein Brief von Mila Henry an ihren Sohn Jonathan.**

Alan: Fuuuuuuu;dffji;dfiu zu;weljdil;fkna

**Ich: Zunächst mal der Name. »Nathan« passt so gar nicht zu Henry. Er ist viel zu gewöhnlich, ganz anders als die Namen ihrer anderen Figuren. Aber »Nathan« steckt buchstäblich in »Jonathan«.**

Alan: FUUUUUUULKHJKSHD;ÖOSA;DF;WÖÄQ;ER;YXCV;IOOPA!11!!

**Ich: Ich glaube, Mila Henry wollte das, was sie im**

**echten Leben nicht fertigbrachte, wenigstens im Roman tun. Sie wollte sich bei ihrem Sohn entschuldigen.**

Alan: Aber Mann wofür eigentlich?

**Ich: Jonathan wollte Schriftsteller werden.**

Alan: Auf den arschpokalyptischen Schwingen von Chaos und irgendwas

**Ich: & Zerstörung. Und der Titel war noch das Beste daran ha ha.**

Alan: Immerhin haben sie einen genialen Trashfilm draus gemacht

**Ich: Wo du recht hast …**

Alan: Hat J nicht auch gemalt?

**Ich: Ja, er hat aber nie wirklich den Durchbruch geschafft. Jede Kritik fing an mit »Jonathan Henry, Sohn von …«**

**Ich: Gefangen im überlebensgroßen Schatten von MOOOOOM. Sie muss ziemliche Schuldgefühle gehabt haben.**

Alan: Womit deine Ausgangsfrage aber trotzdem nicht geklärt wäre. Warum ist diese eine Skizze anders?

Alan: (Ich lasse dir etwas Zeit für deine Antwort)

Alan: (Die wird bestimmt ein wenig länger)

Alan: (Will dich nicht durch ständiges Texten ablenken)

Alan: (So was machen doch nur Arschlöcher)

Alan: (Übrigens was ich schon immer wissen wollte: WAS IST DEINE LIEBLINGSFARBE?)

**Ich: Ist eine solche stilistische Abweichung nicht das fetteste Ausrufezeichen überhaupt? Im echten Leben ist es ihr unglaublich schwergefallen, mit ihrem Sohn zu sprechen, also konnte sie vermutlich auch im Roman nicht direkt auf ihn zugehen … ABER vielleicht hat sie es über sich gebracht, ein kleines Easter Egg für ihren Jungen zu verstecken, damit Jonathan eventuell von selbst drauf stößt. Oder anders: Vielleicht ging es ihr mehr um sich selbst. So wie Katholiken zur Beichte gehen. Hat ihr bestimmt gutgetan, es einfach mal loszuwerden.**

Alan: Ab jetzt nenne ich dich Sherlock Fckng Holmes

**Ich: Aber eins weiß ich trotzdem nicht. Warum sich meine SF nicht verändert haben, aber meine BESTEN FREUNDE schon.**

Alan: Geduld, Sherlock

**Ich:** **Na, bis dahin bleibt uns immer noch Joe Pesci.**

Alan: ???

**Ich:** **Der eine Bösewicht aus »Kevin allein zu Haus«?**

Alan: Du altes Genie du

**Ich:** **Ein altes Genie mit IMDb-App.**

Alan: Moooooment Pesci und Umbridge wären echt ein Traumpaar

**Ich:** **Aber hallo. Team Umbsci macht heißen Scheiß mit Brettspielen.**

Alan: Team Umbsci. Du bist ein Gott und ich liebe dich

**Ich:** **Ich weiß.**

Alan: Wenn du mich noch einmal zur Leia machst!!!

**Ich:** **Ist das jetzt irgendwie zweideutig gemeint?**

An diesem Punkt beschlagnahmt Mr Armentrout mein Handy.

## 52 ⇨ *die Rückkehr des Hypnotik*

Der Unterricht war gerade zu Ende, endlich war langes Thanksgiving-Wochenende angesagt. Deswegen und wegen meines gelungenen Hin-und-Hers mit Alan verließ ich die Schule in bester Laune, genoss die kühle Luft Ivertons und fühlte mich zum ersten Mal seit Längerem (oder jemals) wie Hypnotik, Alans muskelbepackte Strumpfhosenvariante von Noah Oakman. »Philip Parish«, sagte ich, die Hände in die Hüften gestemmt und das Kinn gen Himmel gereckt, »mach dich auf was gefasst.« Just in diesem Moment sprintete ein Winzjunge mit Monsterranzen, der rein zufällig an mir vorbeilief, Hals über Kopf davon. Daraus schloss ich, dass der Kleine Milip Garish oder so hieß, weil wieso hätte er sonst so plötzlich abhauen sollen. Und vor lauter Beschwingtheit nahm ich die Verfolgung auf, fuchtelte mit den Armen, brüllte: »Ich werde nie wieder nur so rumstehen!«, und stieß dabei irre glucksende Lachsalven aus etc.

Soweit ich weiß, rennt der Kleine immer noch.

## 53 ⇨ *über eine Milliarde zufriedene Gäste*

Beim Abendessen wird die konkrete Thanksgiving-Planung diskutiert: Wer kommt, wer nicht kann, welche Verwandten welchen Auflauf mitbringen usw. usf. Dad hat anscheinend noch ein Gästezimmer freigeräumt, weshalb Onkel Orville nun doch nicht bei mir übernachtet – muss ich extra erwähnen, wie erleichtert ich bin?

Außerdem steht die Tatsache im Raum, dass ich laut Zeitplan sehr bald eine Entscheidung in puncto College zu treffen habe. Sie steht im Raum wie Dads experimentelle vegane Lasagne: Niemand traut sich heran; aus Angst, uns allein durch Blicke zu vergiften, gucken wir kaum hin; und dass so etwas überhaupt existiert, sprengt jegliche verdammte Vorstellungskraft. Nach dem Essen verbarrikadiere ich mich in meinem Zimmer und harre mit dem Bonusmaterial zu *Dies ist keine Autobiografie* aus, bis das Dauerkichern meiner Eltern im Nachbarraum allmählich verstummt. Gegen zehn krame ich den gefälschten Ausweis, den Alan und Vals Cousin mir letzten Sommer angefertigt hat, aus der hintersten Ecke der Schreibtischschublade, dazu Schlüssel und Geldbeutel und last but not least: Parishs Liegen gelassenes Foto.

Auf dem Flur herrscht Stille. Jetzt oder nie. Ich schleiche zur Treppe und diese hinunter und meide gewissenhaft die vorletzte Stufe mit ihrem verräterischen Quietscheholz. Hätte ich Mom und Dad gegenüber behauptet, dass ich mit Alan und Val ausgehe – worüber ich durchaus nachgedacht habe –, hätten sie wissen wollen, wohin. Und da ich nichts dergleichen vorhabe, hätte ich gleich zwei Lügen an die Frau, also an Mom, bringen müssen. Eine wäre schon sehr ehrgeizig gewesen, eine zweite nur mit einer Infiltration der CIA zu vergleichen. Also nicht unmöglich, aber so nah dran, wie's nur geht. Und da Mom erwähnt hat, sie wolle wegen Onkel Orville die Alarmanlage ausschalten, war es nicht halb so riskant, sich rauszuschleichen.

»Wohin des Weges, Bruder?«

»Shit! Penny! Was machst du so spät noch hier unten?«

»Du weißt doch, wie gern ich abends noch am Kamin sitze und lese.« Meine Schwester stemmt empört die Fäuste in die Hüften, legt den Kopf minimal zur Seite und zu ihren Füßen kläfft Mark Wahlberg flüsterleise, als hätte sogar er begriffen, dass zu laute Geräusche die elterliche Spezialeinheit auf den Plan rufen könnten. Shit, wahrscheinlich hat der kleine Halunke das echt kapiert. »Und was machst *du* so spät noch hier unten?«

»Gar nichts«, erwidere ich und gähne gekünstelt. »Wollte gerade ins Bett.«

Kurz steht Penny nur schweigend da, in ihren durchlöcherten Jeans, ihrem alten Sammy-Sosa-Fanshirt (dessen Rückendruck so beschmiert wurde, dass dort *Soso* zu lesen ist), ihren Gummistiefeln und natürlich mit Augenklappe. Dann sagt sie leise: »Nimm mich mit.«

»Was?«

»Egal, wohin du willst. Nimm mich mit.«

»Ich will ins Bett und sonst nirgendwohin.«

»Ich bin nicht dumm«, stellt sie klar.

»Penny ...«

»Nimm mich mit oder ich sag's Mom und Dad.«

Jede Geschwisterbeziehung unterliegt bestimmten Regeln und Gebräuchen, gewissermaßen einem Geschwistergrundgesetz. Diese Grundgesetze unterscheiden sich von Fall zu Fall, ihre Maximen sind so vielfältig wie die Geschwister selbst. Unseres besagt, dass Penny mich bis aufs Blut nerven darf, während ich im Gegenzug jedes Recht habe, sämtliche Telefonnummern in ihren Handykontakten durch die von Domino's Pizza zu ersetzen. (Zugegeben, in letzter Zeit haben wir diese Rituale sträflich vernachlässigt. Wer weiß, am Ende werden wir langsam erwachsen.) Worauf ich hinauswill: Aus unserem Geschwistergrundgesetz geht glasklar hervor, dass unter keinen Umständen gepetzt wird, niemals, und sollte es noch so gute Gründe geben, und Punkt.

»Nun nimm doch Vernunft an, Schätzelchen«, sagt Penny. »Hast du unseren Abstecher ins Wurmloch vergessen? Das war doch gar nicht so übel.«

Ich weiß nicht, wer mir mehr Angst einjagt, die Drohungen speiende Penny oder die verschlagene Penny.

»Es war überhaupt nicht übel, Penn.«

»Okay, also wohin geht's diesmal?«

Ich werfe einen Blick zur geschlossenen Elternschlafzimmertür. »Ich muss zu so einer Bar –«

Kaum ist mir das Wort über die Lippen gekommen, schnellen Pennys Augenbrauen rund einen Meter in die Höhe. »Zu einer Bar??!«

»Mist. Das war ein Fehler.«

»Zu einer richtigen *Bar*-Bar? Mit Barkeeper und so?«

Wo wären Pennys Augenbrauen erst, wenn sie wüsste, wie oft ich schon in einer richtigen *Bar*-Bar war? Ich will es mir gar nicht vorstellen.

»Kannst du bitte nicht so rumschreien? Und ja, in einer Bar gibt es normalerweise auch einen Barkeeper.«

»Wow.«

»So aufregend ist das nun auch wieder nicht. Und es ist ja wohl klar, dass –«

»Ich glaub's nicht. Wir gehen in eine echte Bar.«

»Äh ... nein«, erwidere ich. »Ich gehe in eine Bar. Nicht wir. Und erst recht nicht du.«

»Stopp mal. Muss man dafür nicht einundzwanzig sein? Wie sollen wir denn da reinkommen?«

»Was habe ich gerade gesagt? Du bleibst hier.«

Penny kneift die Augen zusammen und erwägt offensichtlich, ihre Drohung von vorhin zu erneuern. Der Flur verwandelt sich in eine staubige Wildweststraße, wir stehen uns bei High Noon gegenüber, die Hände an den Hüften, mit zuckendem Daumen. Wer zieht schneller?

Jetzt hebt sie den Blick zur Schlafzimmertür. »Ich tu's wirklich«, sagt sie ganz schlicht.

»Penny. Wir reden hier von einer Bar.«

»Eben deswegen, Schätzchen.«

Am Ende bleibt mir keine Wahl. Solange sie, ohne zu klagen, die ganze Zeit im Auto bleibt, mir beim kleinsten Anzeichen von Ärger eine Nachricht schreibt und Moms Pfefferspray einsteckt, darf sie mitkommen. Ich sitze also schon angeschnallt im Wagen, der Motor läuft, da entdecke ich Mark Wahlberg auf der Rückbank. Und Penn? Die kauert mit angezogenen Beinen auf dem Beifahrersitz und lächelt mich eiskalt nieder. An ihren schrulligen Kleidungsstil habe ich mich mittlerweile einigermaßen gewöhnt, aber die Augenklappe bringt mich immer noch aus dem Konzept.

»Weißt du eigentlich, dass du heute Abend mehr nach Halloween aussiehst als an Halloween selbst? *Und im Left Field der Cubs: Captain Jack Sparrow mit seinem treuen Kumpanen Mark Wahlberg!*«

Von hinten bellt Mark Wahlberg.

»Right Field«, meint Penn.

»Hmm?«

»Sosa hat im Right Field gespielt.«

»Wie du meinst.«

Ich tippe das Gas an und parke aus. So spät abends ist unser Wohngebiet sowieso immer wie leer gefegt, heute aber wirkt es noch lebloser als sonst, beinahe wie eine Theaterkulisse. In keinem einzigen Haus brennt Licht und die Straßenlaternen lassen den von Schnee überzuckerten Asphalt schimmern – das Zeug muss vom Himmel gefallen sein, als keiner hingeguckt hat (kann passieren). Es ist fast körperlich zu spüren, wie sich das ganze Viertel für ein langes Wochenende feiertäglichen Winterschlafs zurückzieht.

»Warum hast du eigentlich keine Lust mehr aufs Schwimmen?«, fragt Penny. Völlig aus dem Nichts, wie es so ihre Art ist.

»Wie kommst du darauf, dass ich keine Lust mehr habe?«

»Na, schwimmst du noch oder schwimmst du nicht?«

»Du weißt doch. Mein Rücken.«

Für ein paar Sekunden lässt Penny meine Worte einfach im Wageninneren stehen und blickt stumm aus dem Fenster. »Glaubst du, er hat so ein kleines weißes Geschirrtuch über der Schulter hängen?«, fragt sie dann.

»Von wem redest du?«

»Na, von dem Barkeeper.«

Mit solchen Fragen unterhält Penny mich auf der ganzen Fahrt zur Stadt, bis wir endlich in den Parkplatz des Windy City Limits einbiegen. Dann: der Schock. Ich kenne den Laden. Früher hieß er Shitbucket, hier haben Val, Alan und ich zum ersten Mal unsere gefakten Ausweise ausprobiert. Nicht dass ich den neuen Besitzern ihren Neuanfang vermiesen will, aber sofern das Etablissement nicht einer erstaunlichen Rundumsanierung unterzogen wurde, würde ich sagen, der Name *Shitbucket* hat viel besser dazu gepasst. Wenn ich mich recht erinnere, waren die Wände vor lauter mit Filzer gekritzelten Beleidigungen kaum noch zu erkennen, bei den Toiletten fehlten die Türen und das Billigbier wurde sozusagen trogweise ausgeschenkt.

Andererseits – bei dem Leuchtschild auf dem Parkplatz haben sie sich wirklich was einfallen lassen.

»Wow«, haucht Penny schwer beeindruckt. »Einfach nur wow.«

Es handelt sich um ein ausrangiertes Mc-Donald's-Schild, nur auf den Kopf gestellt – aus den schwungvollen, strahlend gelben Bögen des Riesen-M ist so das W von »Windy« geworden.

Und dort, wo früher zum Beispiel die Rückkehr des McRib verkündet wurde, prangen nun die Events, Bands und Acts, die diese Woche auf dem Programm stehen.

**Di–Do, 21–1 Uhr: Open Mic**

**Fr, 23 Uhr: Ye Really Olde Eggies**

**Sa, 23 Uhr: Popel sind auch nur Körperteile**

**So, 23 Uhr: Metallican't**

**Über eine Milliarde zufriedene Gäste**

»Das«, sagt Penny, die Hände vor der Windschutzscheibe gespreizt wie beim Anblick eines weltgeschichtlich bedeutsamen Schauspiels, »ist also die Bar.«

»Das ist eine Bar. Ja.«

»Ich glaub's nicht. Ich in einer Bar.«

»Nein. Du auf dem Parkplatz vor einer Bar.«

»Das ist so genial.«

Ich drehe mich zur Seite, um nochmals die Regeln durchzugehen. Doch, doch, ich vertraue meiner Schwester – aber da ist dieses Glitzern in ihren Augen, wann immer sie das Wort *Bar* in den Mund nimmt, als hätten wir vor der Großen Halle von Hogwarts geparkt und würden gleich auf die Häuser verteilt werden.

»Ich lasse den Schlüssel stecken, damit die Heizung weiterläuft. Sobald ich draußen bin, will ich hören, wie sich die Türen verriegeln. Klar? Und du machst nicht auf, egal wer auftaucht, auf keinen Fall, bis ich zurück bin.«

»Und wenn da jemand verblutet?«

»Was?«

»Du weißt schon, wenn es zu einer Messerstecherei kommt und da irgendwer liegt und abkratzt.«

»Wenn es zu einer Messerstecherei kommt, rufst du bitte die Polizei.«

»Und den Typen lasse ich einfach verrecken, oder wie?«

»Worauf habe ich mich da nur eingelassen.«

»War ein Scherz. Also nicht dass ich Messerstechereien besonders witzig finde. Aber mir passiert schon nichts. Ich mache nicht auf, egal wer auftaucht. Nicht mal, wenn jemand abgestochen wird.«

Ich erinnere sie noch mal, dass ich mein Handy eingeschaltet habe, also wenn irgendwas ist, soll sie bitte anrufen oder schreiben. Kurz vorm Aussteigen kommt mir noch ein Gedanke. »Warum wolltest du eigentlich unbedingt mit?«

Penny zieht ihr Handy hervor und scrollt sich durch was weiß ich für welche Seiten. »Es ist ganz nützlich, wenn man überall –«

»Für verrückt gehalten wird«, spreche ich für sie zu Ende. Langsam sollte ich es kommen sehen. Ich steige aus und grübele darüber nach, was wirklich hinter Pennys haarsträubendem Kleidungsstil steckt und wieso sie scheinbar nicht in der Lage ist, normale Antworten auf einfache Fragen zu geben. Man könnte fast auf die Idee kommen, sie will der Welt nicht als Penelope Oakman entgegentreten – dass sie deshalb all diese Masken trägt. Und als ich auf den Eingang der Bar zusteuere und meinen gefakten Ausweis zücke, muss ich ein hartnäckiges Flüstern im Hinterkopf verdrängen: *Und wie sieht's bei dir aus?*

Vom Türsteher kriege ich sofort einen leicht misstrauischen Blick ab, ich halte aber eisern den Mund. Alan und Vals Cousin (unsere Quelle für gefälschte Ausweise) hat uns eingeschärft, wie wichtig es ist, im entscheidenden Moment zu schweigen. *Ihr werdet nichts lieber wollen, als draufloszuplappern*, hat er gesagt, *über euer Babyface zu scherzen und wie krass euch das auf die Nerven geht. Aber ich beschwöre euch – kämpft dagegen an. Der Ausweis sagt alles.*

Da stempelt der Türsteher meine Hand: Shtbckt. (Die Stempel hinken dem Relaunch als Windy City Limits offensichtlich noch hinterher.) Ein Nicken zum Eingang, ein Grunzen und wer sagt's denn, ich bin drin. Und im Inneren wurde keineswegs rundum saniert: mit Beleidigungen vollgeschmierte Wände, Toiletten ohne Türen, pferdetränkengroße Behältnisse, in denen knallgelbes Bier schwappt, und in der klebrigen Luft wabert der Schmutz.

Wenn mir irgendwer eine Riesenfreude zum Geburtstag machen will, muss er mich nur für eine Stunde mit einem Hochdruckreiniger und einem Mikrofasermopp hier einsperren.

Auf der Bühne gibt eine Rockband dermaßen Vollgas, dass man sich nicht ganz sicher ist, ob die Jungs Musik oder Liebe machen wollen oder einfach nur mörderischen Hunger haben.

Außerdem hat keiner von ihnen ein Shirt oder ein Hemd oder sonst irgendwas obenrum an. Also keine Ahnung.

Ich sichere mir einen freien Tisch im hinteren Bereich und schreibe Penn, ob alles in Ordnung ist. Es ist nicht gerade viel los, aber doch etwas mehr, als man zu Beginn eines langen Familienfestwochenendes denken könnte. Unter den Gästen entdecke ich so einige Babyfaces, etliche Biere werden mit verstohlenem Blick heruntergekippt, hier und da wird übertrieben laut aufgelacht oder es werden Pommes weggefressen wie von Kettenrauchern auf Entzug. (Ich wüsste nicht, dass es hier letztes Mal auch schon Pommes gegeben hätte, deswegen stellt sich die Frage, ob die Pommes und das ausrangierte Leuchtschild sozusagen im Paket erworben wurden.) *Hey Kids,* schreit einem der ganze Laden entgegen, *uns interessiert es einen Scheißdreck, wie alt ihr seid!*

Der Song der Oben-ohne-Band geht zu Ende, und während die Jungs ihre Gitarren ausstöpseln und ihr Equipment einpacken, entert ein Typ mit Pferdeschwanz die Bühne. Er trägt ein Shirt mit der Aufschrift *Go the F*ck away.*

»Okay, äh«, sagt er und konsultiert einen Zettel. »Einen Riesenapplaus für ... shit, das kann doch nicht stimmen. Wie heißt ihr noch mal?« Hinter ihm murmelt der Oben-ohne-Gitarrist etwas, was der Pferdeschwanz mit »Im Ernst? Na meinetwegen ...« quittiert, um sich dann wieder zum Mikro zu drehen und den Kopf zu schütteln. »Einen Riesenapplaus für Rippd ... ohne E.« Der Oben-ohne-Gitarrist murmelt noch etwas und Pferdeschwanz nur so: »Alter, ich sag doch bloß weiter, was du mir gesagt hast. Rippd ohne E.« Noch ein Murmeln vom Oben-ohne-Gitarristen, woraufhin Pferdeschwanz in sich hineinkichert und sich erneut zum Mikro beugt. »Ein letzter Applaus für Rippd-ohne-E, die gerade ihren letzten-mit-L-E-T-Z-T-E-N Auftritt im Windy City Limits hatten.« Der Oben-ohne-Gitarrist zeigt ihm den Mittelfinger. Pferdeschwanz zeigt wortlos auf sein Shirt.

Die Toiletten ohne Türen sind ein Minuspunkt, aber ansonsten geht der Laden schon in Ordnung.

»Okay, also ich heiße Dave und ich bin der ... ›Event-Manager‹ hier im Windy City Limits.« So wie er das sagt, kann er es selbst kaum glauben. »Dienstagnacht heißt es in unserem mordsmäßig aufgemotzten In-Lokal immer: Open Mic! Leute, habt ihr unser neues Schild draußen gesehen? Wenn das nicht nice ist, was? Haben wir geklaut. Und das Pommesrezept gleich mit. Rock 'n' Roll, sage ich euch.«

Keine Ahnung, ob Dave bloß scherzt oder nicht, aber langsam habe ich das Gefühl, die Gefahr einer Razzia ist hier noch deutlich größer als auf einer Longmire-Party.

»Apropos Rock 'n' Roll«, fährt er fort, »die nächste Band wird euch garantiert Feuer unterm Hintern machen, und das, ohne ihre blanken Brüste zu zeigen. Ein herzliches Willkommen für Lenny Lennox und die Xyolofon-Virtuosen!«

Ein einzelner Typ mit Xylofon schlurft auf die Bühne und erklärt Dave, dass er keine Band sei, sondern ein leibhaftiger Xylofon-Virtuose. Dave reibt sich mit kleinen, kreisförmigen Bewegungen die Schläfen, sein Pferdeschwanz scheint abzuschlaffen und die nächsten 22 Minuten lang entlockt Lenny Lennox seinem Instrument die heftigsten Töne.

Und ich denke mir die ganze Zeit, wie geil Alan das jetzt fände. Doch als ich mein Handy heraushole, um für ihn mitzufilmen, steht mein Akku bei acht Prozent, und die sollte ich mir lieber für Nachrichten von Penny aufheben.

Nach Lennys Set kündigt Dave »den Solokünstler Harrison von Valour Jr.« an, der sich dann doch als Band herausstellt und eben nicht als einzelner Mensch.

Dave und sein schlaffer Pferdeschwanz haben schon einen langen Abend hinter sich.

Harrison von Valour Jr. spielen drei Songs. Sie sind nicht schlecht, klingen ein bisschen nach frühen Radiohead. Und als sie fertig sind und mit ihren Gitarren abziehen, wird Pontius Pilotus angekündigt. Ein paar verdächtig junge Gäste klatschen müde – ob Philip Parish wohl auch in ihrer Schulaula aufgetreten ist, ob er auch bei ihnen einen Gastvortrag in Englisch Leistung gehalten hat? Ob er auch dort Fotos von irgendwelchen Menschen mit mysteriösen Widmungen auf der Rückseite hinterlassen hat, ob das einfach eine Masche von ihm ist?

Pontius Pilotus legt mit seinem ersten Song los, ein paar Leute stehen auf und hüpfen herum – da sehe ich sie. Ich glaube jedenfalls, dass sie es ist, von hier aus ist es etwas schwer zu erkennen. Also gehe ich am Rand entlang zur anderen Seite und ... jepp. Eindeutig. Sie tanzt dicht vor der Bühne zu Pontius Pilotus und singt jedes Wort mit.

Sara kennt alle Texte auswendig.

## 54 ⇨ *Masken*

Ich: **Mein Akku ist so gut wie alle, letzte Kontaktaufnahme also. Alles okay bei dir?**

Penny: Nö. Bin abgestochen worden

Ich: **Das ist nicht witzig.**

Penny: Und ausgeraubt. Das Übliche. Ausgeraubt und danach abgestochen

Penny: Beschissener Abend bisher

Ich: **Beschissen sagt man nicht. Aber ich bin hier wahrscheinlich bald fertig.**

Ich: **Nur noch 6 %. Nur noch im Notfall schreiben, okay?**

Penny: Da essen welche Pommes. Eine Portion für mich, bitte

Ich: **Ich nehme keine Bestellungen entgegen. Und wer, welche? Was sind das für Leute?**

Penny: Chill mal. Hier draußen rauchen ein paar Leute

und essen Pommes. Ist die Bar auch von innen wie McD?

**Ich: Nein**

Penny: MOOOOOOMENT. Ist das etwa ein Undercover-McD???

**Ich: Es ist kein Undercover-McD.**

Penny: Ok. Mark Wahlberg lässt schön grüßen

**Ich: OMG. Ich muss weiter. Bis gleich!**

Nach seinem letzten Song verschwindet Pontius Pilotus durch eine Tür, auf der in weißer Schablonenschrift *Kasino/Greenroom* steht, hinter der Bühne. Sein ganzes Set lang habe ich hin und her überlegt, ob ich Sara ansprechen soll, aber die sehe ich im Moment sowieso nicht mehr, und das ist vielleicht auch besser so. Schließlich habe ich mich nicht zum Flirten aus dem Haus gestohlen und mir Shtbkt auf die Hand stempeln lassen.

Die Ratschläge von Alan und Vals Cousin klingen mir in den Ohren: *Tu gelangweilt, als hättest du das schon tausendmal gemacht.* Mit einem Gähnen, das in etwa *Alles keine große Sache* ausdrücken soll, schiebe ich die Tür zum Kasino/Greenroom auf und gehe backstage.

Um es gleich klarzustellen: Mit »Kasino« ist keine hochklassige Glücksspielhöhle gemeint. Im Gegenteil. Nicht nur, dass es sich um ein Kasino im Sinne von »Speiseraum« handelt, zu allem Überfluss wird darin auch noch gekocht. Ein

Mann mit Schnurrbart bewacht einen in der Fritteuse brutzelnden Blechkorb voller Pommes. Hinter ihm sehe ich zwei weitere weiß beschriftete Türen, die eine führt zur Hintergasse, die andere zum Pisskabinett. Zu meiner Linken befindet sich der Loungebereich, ein Sofa mit Couchtisch, daneben einige Verstärker, Kabel, Gitarren und Bierkästen, wie man sich das so vorstellt. Lang auf dem Sofa ausgestreckt liegt der Oben-ohne-Gitarrist von Rippd und starrt kiffend an die Zimmerdecke.

Durch die Wand ist zu hören, wie auf der Bühne der nächste Act loslegt. Eine schwärmerisch-schwerelose Mädchenstimme singt ein Lied, das eigentlich eher ein Gemälde ist, und obwohl ich mir doch eigentlich überlegen müsste, was ich sagen soll, kann ich nicht anders, als aufmerksam zuzuhören. Es ist ein kurzer Song, vielleicht anderthalb Minuten lang, doch in dieser Zeitspanne stehen wir drei, die wir uns in diesem Raum befinden, unter einem seltsamen Bann. Bevor der nächste Song beginnt, will ich die anderen unbedingt fragen, ob sie Pontius Pilotus gesehen haben, da geht im Pisskabinett die Spülung, der Wasserhahn rauscht und … die Tür wird aufgestoßen.

»Oh«, sage ich. »Hi.«

Philip Parish sieht den Schnurrbartträger an, der jedoch nur schulterzuckend den Pommeskorb ausschüttelt. Also holt Parish sich eine Wasserflasche aus dem Kühlschrank, trinkt gierig und wischt sich mit dem Ärmel über den Mund. »Gehörst du zu Harrison von … irgendwas?«

Der Oben-ohne-Gitarrist nimmt den Joint aus dem Mund und schreit die Decke an. »Harrison von Valour Jr. sind der letzte Fuckscheißdreckshit!«

Parish verdreht die Augen.

»Ich gehöre nicht zu Harrison von Valour Jr.«, sage ich.

Tatsächlich fand ich Harrison usw. ungefähr eine Fantastilliarde mal besser als Rippd, aber man muss berücksichtigen, dass der Typ gerade vor einem Haufen Minderjähriger, die sein Set sowieso ziemlich lahm fanden, von einem zynischen MC lächerlich gemacht wurde, daher ... »Außerdem sehe ich das genauso. Die sind wirklich der letzte Fuckscheißdreckshit.« So eine kleine Verbrüderungsgeste kann ja nie schaden.

Auf der Bühne erklingt inzwischen wieder die Engelsstimme. Sie singt einen noch strahlenderen Song als zuvor, erschaffen von einer Magierin, die über die seltene Gabe gebietet, die Luft auf zugleich zauberische und absolut selbstverständliche Weise in melodische Schwingung zu versetzen. Dieses Mädchen singt, wie wir anderen atmen.

»Ich habe was für Sie«, sage ich, ziehe das Foto aus der Tasche und halte es Philip Parish hin. Er nimmt noch einen Schluck Wasser und starrt eine unendlich lange Sekunde darauf hinab. Ich weiß nicht, was ich erwartet habe, vielleicht eine erdbebenartige Erschütterung des Kasinos, hervorgerufen von Parishs immer lauter und lauter pochendem Herzen, als hätte man seine Pumpe in einen der alten Verstärker gestöpselt, Dezibel für Dezibel dreht sie hoch, bis es den kompletten Laden durchschüttelt und -rüttelt und wir alle vereint sind in einem fetten Gruppenorgasmus, weil *der ganze Scheiß ausnahmsweise Sinn ergibt,* weil endlich mal *was Schönes passiert* und endlich mal *der Mensch hinter der Maske* zum Vorschein kommt und nicht immer nur die nächste Maske. An dieser Erwartungshaltung liegt es wohl, dass mich der rauchig-raue Kommentar des Oben-ohne-Gitarristen so tief trifft.

»Ist das dein Lover?«, fragt er, gibt Parish einen Stoß in die Rippen und hängt sich mit den Armen über unsere Schultern wie eine klatschnasse Steppdecke. Ich habe nicht mal mitbekommen, wie er vom Sofa aufgestanden ist.

In Parishs Augen verändert sich etwas, eine Art Fakefröhlichkeit flackert darin auf. Ich könnte schwören, dass er drauf und dran war, das Foto entgegenzunehmen, doch jetzt sagt er: »Wer soll das sein?«

Ganz langsam sterben meine Beine ab, schön von unten nach oben. »Englisch Leistung an der Iverton High. Da haben Sie das Ding hier verloren.«

Parish wirft dem Oben-ohne-Gitarristen einen vielsagenden Blick zu: *Was ist denn bitte mit dem Knaben kaputt?* »Wo soll ich das Teil verloren haben?«

»Letztes Jahr. Als sie bei unserer Magazine Mega Gala aufgetreten sind.«

Der Oben-ohne-Gitarrist kippt glucksend aufs Sofa.

Auch Parish muss lachen. »Ach, stimmt. Das weiß ich noch.«

»Hinterher haben Sie sich mit unserem Kurs unterhalten. Und am Ende ist Ihnen das Foto hier aus Ihrem Notizbuch gerutscht. Ich habe es mitgenommen und ich dachte mir ... keine Ahnung. Dass es vielleicht irgendwie wichtig ist.«

Philip Parish sieht sich um, leert die Wasserflasche und wirft sie in den Mülleimer. »Ich habe das Ding noch nie gesehen«, antwortet er, allerdings ohne mir in die Augen zu schauen. Er schüttelt bloß den Kopf und verschwindet ohne Verabschiedung durch die Tür mit der Aufschrift *Hintergasse.*

»Hey, Junge!«, ruft der Oben-ohne-Gitarrist vom Sofa herüber. »Bist du dir ganz sicher, dass du nicht zu Harrison von Valour Jr. gehörst?« Rechts von mir zischt es, als der Schnurrbartträger die nächste Pommesladung im blubbernden Öl versenkt, und wie um der allumfassenden Trostlosigkeit die Krone aufzusetzen, ist die Engelsstimme auf der Bühne wieder Daves Gebrabbel gewichen, wurden die zauberhaften (und viel zu kurzen) Songs von einem alten Pferdeschlappschwanz verdrängt. Und so dreht nun mein eigener Herzschlag Dezibel um Dezibel hoch, als hätte ich meine Pumpe in einen der alten Verstärker gestöpselt, ein kaltes Dröhnen, das keinen Zweifel daran lässt, dass der ganze Scheiß kaum je Sinn ergibt, dass kaum je etwas Schönes passiert und dass einen hinter der Maske in der Regel nichts als eine fiese Enttäuschung erwartet.

## 55 ⇨ *unterdessen auf meinem Junggay-Verführer*

Sara Lovelock hockt auf meinem Auto. Also wirklich oben auf dem Dach. Durch die Windschutzscheibe sehe ich, wie Penny die Fremde, die wie ein Wachposten auf meinem Fahrzeug kauert, aufs Schärfste beobachtet, mit verrenktem Hals und das Pfefferspray im Anschlag. Und Mark Wahlberg? Wenn mich nicht alles täuscht, liegt er schlafend auf der Rückbank.

Der Hund hat einfach die Ruhe weg.

»Schicke Karre«, sagt Sara und klopft aufs Dach.

Ich schließe den Reißverschluss meiner Jacke. »Rat mal, wie mein Kumpel Alan das Ding nen…«

»Wie denn?«

»Wie, wie denn?«

Sara lässt die Jackenärmel über ihre Hände rutschen. »Du wolltest mir gerade verraten, wie dein Kumpel Alan das Ding nennt. Aber dann hast du einfach mittendrin aufgehört.«

»Ich dachte mir, das ist vielleicht zu unanständig.«

»Noah. Siehst du, was ich hier mache? Ich sitze auf deinem Auto. Oben auf dem Dach.«

»Na gut. Wie man unschwer erkennen kann, handelt es

sich hier um einen Hyundai-Dreitürer, weshalb mein stilvoller, kein bisschen kindischer Freund Alan den Wagen immer als Jungei-Verführer bezeichnet hat, bis er –«

»Jungei? Klingt nach einer chinesischen Provinz.«

»Frag mich nicht. Jedenfalls ist er vor Kurzem dahintergekommen, dass Hyundai nicht *Hjun-dei,* sondern *Hjun-däi* ausgesprochen wird, und Alan so: Das ist ja noch besser! Tja, und jetzt weißt du, wie aus meinem Hyundai-Dreitürer mein Junggay-Verführer geworden ist. Also das wäre die grobe Zusammenfassung.«

Der Hundebesitzer hat so gar nicht die Ruhe weg.

»Irre Story«, meint Sara.

»Also falls du denkst, ich erzähle sie gleich noch mal – keine Chance. Das war eine einmalige Angelegenheit.«

Auf dem Fahrersitz fuchtelt Penny wild mit den Armen, doch als ich gerade die Tür öffnen und sie auffordern will, nicht gleich durchzudrehen, nur weil irgendein Mädchen auf dem Auto sitzt, sagt Sara: »Fragst du mich jetzt endlich nach einem Date?«

»Was?«

»Mann, Mann, Mann.«

»Nein, das sollte doch nicht ... Sorry, das kam jetzt einfach ein bisschen überraschend.«

Sara schiebt ihre Hände aus den Ärmeln, klatscht sie aufs Dach (was Penny ungefähr einen Meter hoch vom Sitz abheben lässt) und rutscht vom Auto. »Wir laufen uns andauernd über den Weg und wer bin ich, mich dem Schicksal in den Weg zu stellen? Davon abgesehen stehe ich irgendwie auf Typen, die jeden Tag dieselben Klamotten anhaben.«

»Nur damit du's weißt, ich habe das Outfit zehnmal im Schrank und wechsle durch. Ich trage also nicht jeden Tag dasselbe Shirt. Nur das gleiche.«

Hinter uns wird das Seitenfenster um fünf Zentimeter heruntergefahren. »Noah?« Penny zielt mit dem Pfefferspray durch den Spalt und beäugt Sara misstrauisch.

»Alles gut, Penny. Nimm die Waffe runter. Das ist Sara, eine ... Freundin von mir.«

»Hi«, sagt Sara lächelnd. »Du bist also Noahs Schwester?«

Ohne ein Wort, aber mit einem bösen Blick fährt Penny das Fenster wieder hoch.

»Sorry wegen meiner Schwester«, sage ich. »Sie ist ein bisschen schräg.«

»Na ja, ich bin ja auch einfach auf das Auto geklettert. Während sie drinsaß.«

»Stimmt auch wieder.«

»Dem Hund hat's aber anscheinend nichts ausgemacht.«

»So ist er eben, der gute Mark Wahlberg.«

»Euer Hund heißt Mark Wahlberg.«

»Habe ich nicht eben erst eine Geschichte erzählt, die mich wie einen traurigen Nerd dastehen lässt? Ich würde sagen, für heute Abend ist mein Soll erfüllt.«

»Stimmt«, erwidert Sara und lächelt. Steht einfach da und lächelt.

»Okay, dann ...« *Na los. Mach schon.* »Hast du Lust, mal was zu unternehmen?«

»Nie im Leben, Alter.«

Ein akuter Kotzreiz überkommt mich und –

»War ein Scherz. Ich würde sehr gerne was unternehmen. Hast du dein Handy dabei?«

Ich ziehe es hervor. »Ähem. Akku ist alle.«

»Ach, Noah ...«, sagt Sara, öffnet die Tür des Wagens auf dem Nachbarparkplatz, steigt ein und sucht sich einen Stift, zieht einen zerknitterten Zettel aus der Hosentasche und fängt an zu schreiben.

»Woher wusstest du, dass das meiner ist?«, frage ich. »Mein Wagen, meine ich.«

»Ich stalke dich im Netz. Was sonst? Ich weiß so gut wie alles über dich. Deine Sozialversicherungsnummer, deine Vorstrafen und was noch so interessant ist.«

»Dann weißt du also, dass ich wegen Mordes mit heimtückischem Vorsatz gesucht werde?«

»Was bedeutet das noch mal genau?«

»Dass ich dem Opfer vor der Tat auch noch einen richtig gemeinen Satz an den Kopf geworfen habe.«

»Es wird schon den Richtigen getroffen haben. Aber im Ernst: Als du meinen Bruder besucht hast, hast du mit dem Ding rückwärts bei uns eingeparkt. Ich könnte es bei jeder Dreitürergegenüberstellung problemlos identifizieren.«

Ich werfe einen Blick auf den zerknitterten Zettel, sehe aber keine Telefonnummer, sondern eine Liste oder so was Ähnliches:

*This Can Only Get Better*

*Moby Dick Sucks*

*Alone or Lonely*

»Sind das Songtitel?«, frage ich.

»Andere Seite, Noah. Aber denk jetzt nicht, ich wäre auf ein Rummachdate aus. Bin ich nämlich nicht.«

»Bist du nämlich nicht.«

»Ich habe Klasse, Noah. Wer mich schlecht behandelt, wird bereuen, jemals das Licht der Welt erblickt zu haben.«

Da entdecke ich den Gitarrenkoffer auf ihrer Rückbank und mir geht ein Licht auf. Als ich den zerknitterten Zettel wieder umdrehe, klingt mir die Engelsstimme in den Ohren. Wie Staubpartikel in der Sonne schweben die Noten funkelnd in der Nacht. »Du bist heute Abend aufgetreten.«

Sara starrt auf ihren Schoß. Jepp, jetzt habe ich dem Gespräch eine ganz neue Wendung gegeben. Sie lässt den Motor an, fährt aber noch nicht los.

»Du warst wahnsinnig gut«, füge ich hinzu.

»Danke.« Sara sieht mich nicht an. »Weißt du, ich habe nie wirklich kapiert, was das bedeuten soll, den Roboter zu verlassen – was Henry damit gemeint hat. Ich dachte, ich hab's kapiert, aber wirklich gecheckt habe ich es erst, als ich zum ersten Mal aufgetreten bin. Wenn ich auf der Bühne stehe, denke ich nicht an irgendwen im Publikum oder an irgendeinen Menschen in meinem Leben. Ich verliere mich einfach im Moment. Bis ich komplett leer bin. Und das ist schön. Oder nicht direkt schön, aber es muss sein.«

»Klingt anstrengend.«

»Das Schwierigste ist, hinterher wieder zu mir zurückzufinden. Mich wieder mit mir selbst aufzufüllen. Und dann das ganze Musikerkollegengetue.«

»Welches Musikerkollegengetue?«

»Ich bin jetzt schon ein Weilchen dabei und ich sag's dir, vor dem Publikum machen sich alle Musiker total nackig. Aber vor ihren Kollegen? Da tun sie alle scheiße cool und lassen höchstens mal einen lässigen Kommentar ab. Da kommt null Komma nichts bei rum. Als Künstler darf man vor anderen Künstlern keine Schwäche zeigen, oooooo nein.«

Danach verabschieden wir uns. Ich verspreche Sara noch, sie anzurufen oder ihr zu schreiben, und sehe zu, wie ihr Wagen im Winterdunkel Chicagos verschwindet. Was ich jetzt zu tun habe, ist ja wohl klar.

»Fünf Minuten!«, rufe ich durch das Fenster und halte fünf Finger hoch. Ein Schulterzucken und ich hebe außerdem die andere Hand. »Oder auch zehn.«

Seit Sara gefahren ist, hat Penny sich nicht gerührt. Sie kniet immer noch starr vor dem Steuer und fixiert mich durchs Seitenfenster (das sie allem Flehen zum Trotz bisher nicht heruntergefahren hat). Anscheinend hat Sara sie wirklich schwer traumatisiert.

»Tut mir leid, Penn. Ich erklär's dir später.«

Am Eingang der Bar schaut mir der Türsteher ein einziges Mal ins Gesicht und schüttelt den Kopf. Und als ich ihm den Shtbckt-Stempel auf meiner Hand zeige, sagt er nur: »Netter Versuch.«

»Ich bin doch gerade erst rausgekommen. Vor fünf Minuten oder so. Schon vergessen?«

Der Türsteher wirft einen bedeutungsschwangeren Blick hinüber zur anderen Straßenseite, wo ein Streifenwagen mit laufendem Motor, Standlicht und dunklen Fenstern steht.

Wie's aussieht, wird die Scheiße im Eimer gleich so richtig am Dampfen sein.

»Verzieh dich, Kleiner«, sagt der Türsteher und ich gehe an der Seite der Bar über den Parkplatz, laufe bis zur nächsten Abzweigung die Straße hinunter und biege in die Gasse hinter dem Windy City Limits ein. Dann wieder zügig zurück, zwischen Gebäuden, Müllcontainern und Feuerleitern hindurch und im Sprung über Pfützen aus Ich-will-es-gar-nicht-wissen, begleitet vom deprimierenden Widerhall von Parishs Worten: *Ich habe das Ding noch nie gesehen.*

Ich denke an die Masken, die wir alle tragen und in wessen Gegenwart wir welche aufsetzen, und an Saras Kommentar

➡ 249

zu Musikern, die sich vor ihrem Publikum nackig machen, vor ihren Kollegen aber nur »scheiße cool« tun und »höchstens mal einen lässigen Kommentar« ablassen. Zum Beispiel im Greenroom einer Location, in der sie öfter auftreten. Zum Beispiel in Gesellschaft aufstrebender Musiker aus der Gegend, die sehr klare Ansichten zu anderen aufstrebenden Musikern aus der Gegend vertreten.

Parish lehnt an der schmutzigen Backsteinmauer und raucht.

»Hey«, sage ich.

»Hey«, antwortet er, als wären wir alte Freunde und als wäre es von Anfang an unser heimlicher Plan gewesen, uns hier hinten zu treffen. Ich gebe ihm das Foto, er nimmt es ohne weitere Fragen entgegen. »Nachdem er an das Sonnenlicht gekommen, wird er die Augen voll Blendung haben und also gar nichts von den Dingen sehen können, die jetzt als wirkliche ausgegeben werden.«

»Wie bitte?«

»Das Höhlengleichnis.« Parish nimmt einen langen Zug, atmet in der kühlen Luft aus und lässt sich an der Mauer aufs Pflaster hinabrutschen. »Von Platon. Kennst du?«

In der Neunten hatte ich eine kurze Philosophiephase, ich beschäftigte mich hauptsächlich mit Paradoxa und Nietzsche, gewürzt mit einer Prise *Cogito ergo sum.* In dem Alter ist das Philosophieren wie ein Initiationsritus und ich stellte mich an wie ein Fotografieanfänger, der Herbstlaub und Bücher am Strand knipst. Nur dass ich als philosophischer Denker kaum je übers Nachäffen hinauskam.

»Stell dir vor, du sitzt ganz hinten in einer Höhle«, sagt Parish. »Du wurdest in der Höhle geboren. Du kennst nur diese eine Höhle. Du bist komplett gefesselt und kannst dich nicht bewegen, nicht mal den Kopf. Du siehst immer nur die Höhlenwand vor deinen Augen, sonst nichts. Hinter deinem Rücken brennt ein Feuer und zwischen dir und dem Feuer verläuft ein schmaler Weg. Auf dem Weg laufen Menschen hin und her, die Sachen über dem Kopf tragen. Umdrehen kannst du dich wie gesagt nicht, aber wegen des Feuers flackern die Schatten der Menschen über die Wand. Und da du die Leute, die hinter dir hin- und herlaufen, noch nie direkt gesehen hast, weder sie noch die Gegenstände, die sie schleppen, nicht mal das Feuer selbst ... deswegen werden die Schatten an der Wand zu deiner Wirklichkeit. Und die Menschen, die frei herumlaufen und die Höhle jederzeit verlassen und aus dem Licht des Feuers ins Licht der echten riesenhaften Sonne treten können, das sind die Erleuchteten. Sie kennen die wahre Realität.« Er macht eine Pause, zieht an der Zigarette, starrt den Jungen auf dem Foto an. »Abraham und ich haben uns immer ewig über Platon und seine Höhle unterhalten.«

Ich bekomme Gänsehaut. »Abraham?«

Parish hält mir das Foto hin, den Zeigefinger auf den Typen gelegt. »Das ist mein kleiner Bruder Abe. Er war wie besessen vom Höhlengleichnis. Mann, wie wir immer auf die alten Griechen abgegangen sind. Aristoteles, Platon, Sokrates, die Jungs haben ganze Revolutionen in ihren Knochen herumgetragen, aber sie haben nicht damit geprotzt. Das Höhlengleichnis ist einfach nur ein Dialog zwischen zwei Typen in Textform. Ein ganz normales Gespräch.«

Von Zeit zu Zeit frage ich mich, ob nicht der Samen jeder einzelnen Begebenheit in meinem Leben bis in die kleinsten Einzelheiten mit Bedacht gepflanzt wurde, diese genau hier und jene genau dort, nur damit aus ihnen allen eines Tages ein großer, mächtiger Baum erwächst, mir ein wenig Schatten spendet und mir dadurch ein Detail enthüllt, das andernfalls im grellen Licht untergegangen wäre.

»Mündlicher Austausch von Gefühlen, Beobachtungen, Meinungen und Gedanken«, sage ich, trete in den Schatten und erinnere mich an ein viele Monate zurückliegendes Gespräch sowie an eine Begegnung in derselben Nacht, kurz nachdem Circuit mir das Gehirn zerschossen hat, an eine Begegnung mit einem Nachbarn, der von der Göttin in der Höhle erzählte und dabei einem Gestaltwandler liebevoll die Ohren kraulte, einem Gestaltwandler namens Abraham.

»Wie war das?«, fragt Parish.

»Das war die Definition von *Gespräch«,* hauche ich.

»So was weißt du auswendig?« Doch er wartet nicht erst meine Antwort ab. »Gefühle, Beobachtungen ... was noch?«

»Meinungen und Gedanken.«

Parish lächelt zu mir hoch. »Wie war dein Name noch mal?«

Ich lasse mich neben ihm aufs Pflaster rutschen, lehne mich an die Mauer und strecke ihm die Hand hin.

## 57 ⇨ *Philip Parish: ein Gespräch*

»Ich bin Noah.«

»Philip. Zigarette?«

»Nein danke.«

»Kluger Mann, dieser Noah.«

»Na ja, ich ... ich habe nie wirklich kapiert, was einem das Rauchen bringt. Aber nichts gegen dich.«

»Nee, ich meine den Noah aus der Bibel. Der so dicke mit Gott war und Wolken gesehen hat, die sonst keiner sah. Und obwohl sie ihn wegen seiner Arche alle ausgelacht haben, hat er's trotzdem durchgezogen. Aber manchmal denke ich auch: Die armen Tiere. So viele Tage so eng aufeinanderzuhocken …«

»Pinguine und Eisbären.«

»Wie jetzt?«

»Als Kind bin ich einmal am Sonntag mit einem Freund zum Kindergottesdienst und in der Erzählstunde ging's um die Arche Noah. Die anderen Kinder denken natürlich alle, ich wäre der große Noah-Experte, weil ich ja Noah *bin,* und weil mir das auf den Keks geht, frage ich die Pfarrerin, ob denn auch Pinguine und Eisbären auf der Arche waren. Und sie: ›Ja, alle Geschöpfe Gottes waren vollzählig versammelt.‹ Und ich: ›Wie sind sie alle dahin gekommen?‹, und sie: ›Wohin genau?‹ Ich: ›Also das mit dem alten Mann, der ganz allein ein Schiff baut, das so groß wie ein Frachter ist, das kaufe ich Ihnen noch ab. Und den Weltuntergang durch Sintflut auch. Sogar dass Gott sich dachte *Tiere first.* Aber könnten Sie mir bitte erklären, wie sich zwei Vertreter aller Tierarten, zwischen denen normalerweise ganze Kontinente, Weltmeere und Ökosysteme liegen, zur selben Zeit am selben Ort einfinden konnten?‹«

»Was hat sie geantwortet?«

»Sie hat mir fest in die Augen geblickt und gesagt: ›Noah hat sie abgeholt.‹«

»Ist nicht wahr.«

»Doch. Ich so: ›Wie bitte?!‹, und sie nur: ›Alle Tiere, die sich nicht schon in der Nähe befanden, wurden später von Noah abgeholt.‹ Dann will sie schnell zum Regenbogen nach der Flut übergehen, aber ich so: ›Moment mal, haben die sich etwa Flöße gebastelt?‹, und sie: ›Wer?‹, und ich: ›Na, die Tiere, die sich leider nicht schon in der Nähe befanden. Haben die sich Flöße gebastelt?‹ Sie: ›Das ist doch jetzt einfach albern.‹ Und ich: ›Sagen Sie das mal den armen Tieren, die sich da mit Mühe, Not und vier Pfoten über Wasser gehalten haben.‹«

»Du hattest aber Eier.«

»In der Woche drauf hat mich mein Kumpel wieder gefragt, ob ich mitkommen will, aber ich habe gesagt ›Sorry, ich muss Trottellummen schießen gehen‹.«

»Was soll das sein?«

»Na, so ... so komische Vögel am Nordmeer.«

»Ich glaube dir kein Wort. Am Nordmeer gibt's trottelige Vögel?«

»Ja. Trottellummen. Schau's im Internet nach.«

»Mache ich.«

»Und noch was Komisches. Die National Oceanic and Atmospheric Administration – das sind die, die bei uns für alles zuständig sind, was mit dem Meer zu tun hat – wird NOAA abgekürzt, was man wie meinen Namen ausspricht.«

»Tatsache?«

»In ihrem Wikipedia-Eintrag steht allen Ernstes: ›NOAA warnt vor Unwettern.‹«

»Woher weiß man so was?«

»Na ja, ich schreibe manchmal so ... so kurze Abrisse. Aber egal. Ist 'ne lange Geschichte.«

»Was jetzt, lang oder kurz?«

»Es ist eine lange und egale Geschichte.«

»Okay. Jetzt erzähle ich dir mal was. Aber, äh, bevor's losgeht – wie alt bist du eigentlich?«

»Sechzehn.«

»Sechzehn? Ach du Scheiße. Aber okay, wo wir schon beim Thema sind. In deinem Alter war ich die ganze Zeit high. Meistens vom Kiffen, dann ging es mit Crystal los und irgendwann mit Heroin. Ich war ein Volljunkie. Immer drauf und immer allein. Aber Abe hat da nicht mitgemacht.

Er war ein Jahr jünger als ich und ein braver Junge. Sein zweitliebstes Hobby war, in die Kirche zu gehen, und sein liebstes, mich zu nerven, dass ich doch mal mitkommen soll. Und ich dachte mir immer nur, wozu denn bitte? Er hat aber einfach nicht aufgegeben und irgendwann hatte ich einen Geistesblitz. Mein armer, einsamer Bruder musste sein Ding immer ganz alleine machen. Ich armer Arsch musste mein Ding auch immer ganz alleine machen. Wir waren beide einsam bis zum Gehtnichtmehr. Also wieso sollten wir nicht –«

»Shit.«

»Du sagst es. Ich schlage ihm also einen Zeittausch vor. Er knallt sich mit mir weg, dafür gehe ich mit ihm zum Gottesdienst. *Nur das eine Mal,* sage ich zu ihm. Ich war so verfickt dumm. Dümmer als dumm.«

»Das auf dem Foto ist Abe?«

»Ja.«

»Wie ist es weitergegangen?«

»Ich bin mit ihm zum Gottesdienst. Hab mich richtig in Schale geworfen dafür. Ich weiß es noch, als wär's gestern gewesen. Thema der Predigt war Unschuld. Du kennst doch Pontius Pilatus?«

»Vom Namen her.«

»Jesus wird also der Prozess gemacht und Pilatus ist quasi der Richter. Aber, na ja, er ist ein bisschen hin- und hergerissen, weil er Jesus für unschuldig hält, aber eine Masse von Menschen Jesus' Kopf fordert – oder nicht seinen Kopf, sondern seine Kreuzigung. Das ist ein wirklich übler Tod, am Kreuz kann man auf alle möglichen Arten draufgehen, durch Blutverlust, Schock, Organversagen, Erschöpfung, sogar durch Hunger ... Aber weißt du, was in den meisten Büchern als Todesursache angegeben wird?«

»Was?«

»Ersticken. Man hängt so am Balken und würgt herum und kriegt keine Luft mehr, kriegt einfach keine Luft, und irgendwann: *Pffft,* und tot. Das ist also keine leichte Entscheidung für Pontius Pilatus. Soll er auf sein Bauchgefühl hören? Oder auf den Mob?«

»Ich habe so eine Ahnung, wie's ausgeht.«

»Schon klar. Aber jetzt kommt's. Bei Matthäus steht, dass Pilatus, kurz bevor er Jesus ans Kreuz liefert, sich die Hände wäscht und sagt: ›Ich bin unschuldig am Blut dieses Menschen.‹ Nur wenn du mich fragst, wusste er tief drinnen ganz genau, wie's aussieht. Auch wenn er Jesus nicht eigenhändig mit seinen frisch gewaschenen Händen abmurkst, am Ende läuft es aufs selbe raus.«

»Glaubst du?«

»Sagen wir mal, du stehst mit einem Haufen Leute in einem Zimmer. Es ist dunkel und es gibt nur eine Tür. Und sagen wir mal, ihr seid bei dir zu Hause, du kennst dich also bestens aus. Und du weißt, dass direkt hinter der einen Tür ein gähnender Abgrund lauert. Aber du machst sie trotzdem auf. Okay, der Erste geht durch, *pffft,* und tot. Der Nächste, *pffft,* und tot. Sicher, du hast sie nicht selber in die Tiefe gestoßen. Aber du wusstest genau, wenn du diese Tür aufmachst, dann kann es gar nicht anders kommen. Also, was würdest du sagen, wer die Schuld trägt?«

»Äh … haben die Leute die Augen verbunden, oder wie?«

»Jetzt komm schon.«

»Und wenn es da nur diese eine Tür gibt, wie sind wir dann überhaupt alle reingekommen?«

»Du hast doch verstanden, was ich sagen will? Du weißt genau, was hinter der Tür ist, und machst sie trotzdem auf. Das hat Pontius Pilatus getan. Und das habe ich getan, als ich diesen Tausch vorgeschlagen habe. Obwohl ich wusste, dahinter geht's steil bergab, habe ich die Tür aufgestoßen. Und mein Bruder ist einfach durch.«

»Hast du dir deshalb diesen Namen ausgesucht?«

»Philip Parish. Pontius Pilatus. Dieselben Initialen, das gleiche Schicksal. Manche Sachen sind so offensichtlich, dass man irgendwann gar nicht mehr anders kann.«

»Aber jetzt bist du clean?«

»Ja.«

»Seit wann?«

»Als Abe seit ein paar Jahren drauf war, habe ich langsam kapiert, was mit ihm abgeht. Wie er sich verändert. Es war wie in dieser Höhle. Alles verschwimmt, wird immer unschärfer – wie ein Schatten –, und weil es einfach immer so weitergeht, glaubt man irgendwann, es gäbe nichts anderes als Schatten. Keine Ahnung, wie ich das hingekriegt habe, aber ich bin einfach raus aus der Höhle und ins grelle Sonnenlicht hinaufgeklettert. Und ich habe versucht, Abe mit rauszuhelfen. Ich hab's jahrelang versucht. Ich dachte mir, ich kenne doch den Weg, ich hab's doch selber hinter mir. Er hat's auch ein paarmal probiert, einmal ist er wirklich von den Drogen losgekommen. Aber nicht auf Dauer.«

*»Die Sonne scheint zu hell.«*

»Das Foto habe ich in Abes Nachttisch gefunden. Keine Ahnung, wann es geschossen wurde oder was er damit vorhatte, aber ... ist auch egal.«

»Das sonnengetränkte Erzählen.«

»Was für ein Ding?«

»In unserem Kurs hast du zuerst über das schattierte Erzählen gesprochen. Also dass du dich in deinen Songs weniger mit einem bestimmten Thema beschäftigst als mit der dazugehörigen Stimmung. Das ist doch ein bisschen wie im

Höhlengleichnis, oder? Die in der Höhle sehen nur die Schatten der Dinge an der Wand, nicht die Dinge selbst.«

»Stimmt.«

»Aber dann hast du auch noch über eine andere Art des Erzählens gesprochen.«

»Ja.«

»Philip?«

»Ja?«

»Was ist mit deinem Bruder passiert?«

## 58 ⇨ *und der Vogel sang*

In einem Baum vor Abraham Parishs Apartment wohnte ein Vogel, der einfach nicht zu singen aufhören wollte, *wie Vögel nun mal so sind,* erzählt Philip, es war Dienstag, das weiß er noch genau, denn an der Shell-Tankstelle verkaufte Stacy ihm zwei Marmeladendonuts zum Preis von einem, und Stacy arbeitet nur dienstags *(schätze, sie ist Studentin),* Philip traf also morgens bei Abe ein, im Gepäck einen Gratismarmeladendonut für seinen Bruder, lief vorbei an dem Baum mit dem Singvogel, *ti-ri-li, sang und sang das Vieh,* ging drei Treppen hinauf und spürte, wie ihm das Shirt am Rücken klebte, es war ein heißer Tag, und klopfte schließlich im obersten Stockwerk an die Apartmenttür, *Hey, Abe, ich bin's, will hoffen, du bist topfit,* Philip hatte seinem Bruder nämlich gerade eine Stelle bei Sanders Drywall besorgt, seinem eigenen Arbeitgeber, *einen echten Scheißjob* zwar, aber *auch ein Scheißjob ist ein Job,* und sein Bruder hatte gerade *wirklich versucht, sich aus dem Loch rauszukämpfen, verstehst du, und ohne diesen Job ging das nicht,* doch nachdem Minuten später noch immer keine Antwort gekommen war, nahm

Philip einen Schlüssel aus dem Geldbeutel, den er nur selten benutzte, der aber *irgendwie echt tonnenschwer* war, sperrte auf und trat ein, *Wo bist du, Abe?,* das Apartment war nicht sehr groß, alles sehr übersichtlich, im Nu war Philip durch den Flur, *Abe?,* und öffnete die Schlafzimmertür, *Abe?,* und: *Ich habe ihn gesehen, Mann, einfach so, ich habe ihn gesehen, wie er einfach daliegt, Mann, wie mein kleiner Bruder einfach so auf dem Bett liegt, auf dem Rücken, seine Haut blau wie das verfickte Meer, und er starrt nur so an die verfickte Decke, wie wenn er sich denken würde, gleich stürzt das Ding über mir ein.* Und: *Durch Drogen kann man auf alle möglichen Arten draufgehen, aber mein Bruder, Mann, mein Abe, der hat sich im Tod wie im Leben ein Beispiel an Jesus genommen, er war an seiner eigenen Scheißspucke erstickt,* und *Abe,* und *Abe, mein Gott, du kannst mich hier doch nicht alleinlassen,* und *Abe, was habe ich getan,* und Philip Parish drehte sich um und floh aus dem Schlafzimmer seines Bruders, aus dem winzigen Apartment und drei Treppen hinunter, und das Blut rann ihm über die Hände, *ich hatte den verdammten Donut zu Brei zerquetscht,* und brach draußen auf der Wiese zusammen, sank auf die Knie, betete, brüllte, *was genau weiß ich nicht mehr,* heulte und heulte, *heulte wie noch nie. Jetzt bin ich ganz allein ...*

Und der Vogel sang.

## 59 ⇨ *Na, Sportsfreund?*

Penny: Die eine Pommesfresserin hat ein Glotzproblem

Penny: Diese Kartoffelknusperer sind schon eine seltsame Brut

➡ 259

Penny: OK das klang jetzt komisch

Penny: Sekunde mal

Penny: Das Mädchen mit dem Glotzproblem nähert sich dem Wagen

Penny: Ich glaube, eigentlich glotzt sie gar nicht mich an. Sondern das Auto

Penny: Äh, äh, Noah? Wo bist du?

Penny: Das Mädchen steigt auf die Motorhaube. Kein Scherz

Penny: Mayday

Penny: Mayday

Penny: SOS

Penny: Die Pommesfresserin befindet sich auf dem Auto. Ich wiederhole

Penny: SIE IST AUF DEM AUTO

Penny: WO BIST DU??

Penny: Ich weiß, wir waren nicht immer einer Meinung

| | |
|---|---|
| Penny: | Aber ich bitte dich, egal was du dadrinnen machst, KOMM JETZT SOFORT RAUS |
| Penny: | Ich habe mein Pfefferspray gezogen, aber ich könnte trotzdem ein bisschen Verstärkung gebrauchen |
| Penny: | OK da bist du ja. Gott sei Dank |
| Penny: | Moment. Du kennst das Mädchen???? |
| Penny: | Bis auf Weiteres zeige ich dir die kalte Schulter. |
| Penny: | Betrachte dich als kaltgestellt. Ab sofort. |

Wenn Penny wirklich fest entschlossen ist, kann sie einem die kalte Schulter zeigen wie niemand sonst. Auf dem Weg nach Iverton schweigt sie mich gnadenlos an, in der Einfahrt kann ich nur noch zusehen, wie sie durch den Garten stapft und sich ins Haus schleicht. Ich bleibe noch kurz im Wagen, lese noch mal ihre Nachrichten, ziehe mein Handy vom Ladekabel ab und lasse den Kopf gegen die Lehne sinken.

»Was für ein Abend.«

Der Duft von Parishs Zigaretten hängt noch in der Luft. Als ich seiner Geschichte gelauscht habe, kam ich mir vor, als würde ich ein Gefäß in den Händen halten, in das sich der arme Kerl vor meinen Augen hineingoss, bis er leer war. Am Ende hat er kaum noch Luft bekommen. Wie er über seinen Bruder geredet hat, bis hin zu der Art und Weise, wie er dessen Namen ausgesprochen hat, dieses zärtliche *Abe,* als müsste er aufpassen, dass es nicht von seiner Zunge rollt und im Nirgendwo verschwindet – es erinnert mich daran, wie ich seit Kurzem über Penny denke:

Auf seinem Posten hinten im Wagen gähnt Mark Wahlberg hörbar.

»Haben wir dich aus deinem Schönheitsschlaf gerissen? Bitte herzlichst um Verzeihung«, sage ich und drehe mich zu ihm. Er legt den Kopf schief und antwortet mit seinem typischen klugen Blick, als hätte er jedes Wort verstanden. »Was ist nur aus unserem guten alten Fluff geworden?«

Er bleibt stur auf seinem verstörend athletischen Gesäß hocken und sieht mich an wie ein ¯_(ツ)_/¯.

Als ich aussteige, läuft er mir über die Wiese hinterher, zischt durch die Haustür und sofort hoch zu Penny. Ich nehme immer zwei Stufen auf einmal und achte besonders vor dem Gästezimmer darauf, leise zu gehen. Es ist nach zwei Uhr nachts, sollte Onkel Orville also wirklich gegen eins eingetroffen sein, schläft er wahrscheinlich schon. Aber trotzdem, mich an diesem Punkt noch erwischen zu lassen, das wäre echt bitter.

In der sicheren Zuflucht meines Zimmers fällt mir plötzlich auf, dass ich todmüde bin. Also runter mit der Jacke, den Stiefeln, dem Navy-Bowie, und nichts wie ins warme Bett gekrabbelt.

Es ist wirklich warm im Bett. Wirklich sehr warm.

»Na, Sportsfreund?«

Während ich mir die Lunge rausschreie, lacht Onkel Orville los und Mark Wahlberg stürmt kläffend zur Tür herein, als würde er sich für einen verdammten Rottweiler halten, und im Handumdrehen stehen auch schon meine Eltern mit großen Augen und Strubbelhaaren im Zimmer, als mein Onkel gerade aus meinem Bett steigt, nackt bis auf eine hautenge Unterhose mit Leopardendruck, was Dad zu einem Flüstern veranlasst: »Gott, Orville ...«, und Orville reckt sich gähnend und sagt: »Ich setz dann mal Kaffee auf, ja?«

Ohne sich noch etwas überzuziehen, geht Onkel Orville also die Treppe hinunter, vermutlich will er tatsächlich die Kaffeemaschine anwerfen, und gibt so den Startschuss für die unvermeidliche Diskussion mit meinen Eltern. Ich lüge die beiden nur ungern an, aber die Wahrheit kann ich schlecht sagen – dass ich mit ihrer zwölfjährigen Tochter und unserem geliebten Hund zu einer Bar in Chicago gefahren bin und die beiden dort im Auto sitzen gelassen habe, nur damit ich mich mithilfe eines gefälschten Ausweises auf die Suche nach einem Chicagoer Musiker begeben und diesen nach einem Foto ausfragen konnte, welches er nach der Magazine Mega Gala in meinem Klassenzimmer vergessen hatte, und ach ja, übrigens ist so ein Mädchen auf das Dach meines Wagens geklettert und ich glaube, ich habe mich in sie verliebt.

Ich behaupte also, ich hätte nicht schlafen können. Und während ich deswegen im Keller gewesen wäre, einen Film gucken, sei offensichtlich Onkel O eingetroffen. Aber wieso, frage ich, ist er eigentlich in mein Zimmer und nicht ins Gästezimmer? Hatte Dad das nicht extra freigeräumt? »Doch, doch, ich habe es freigeräumt«, erwidert Dad und mutmaßt, Mom habe wohl einfach vergessen, Onkel Orville über die Planänderung zu informieren, worauf Mom erwidert, sie habe gedacht, Dad würde ihm Bescheid geben. Ein paar ratlose Blicke und nicht-wirklich-als-Entschuldigung-gemeinte Entschuldigungen später gehen wir alle runter, um Onkel Orville über das Kuddelmuddel aufzuklären (der offensichtlich immun gegen Koffein ist, so wie er den Kaffee in sich hineinschüttet, oder er ist sowieso von Natur aus immer dermaßen drüber, dass es keinen Unterschied macht). »Kleines Missverständnis«, sagen wir, »alles unsere Schuld«, und so weiter, dann legt Mom sich wieder hin und Dad geleitet Onkel Orville ins Gästezimmer.

Endlich allein. Ich schaue auf mein Bett hinab und kann den Anblick von Onkel Orville in seiner Leo-Unterhose nicht aus meinen Gedanken vertreiben. Also ziehe ich das Bettzeug ab und werfe es in die Wäsche, lasse mich auf die nackte Matratze fallen und starre durch die Dunkelheit meines Zimmers an die Decke. Ich denke an Höhlen und Hunde und Abrahams und Noahs, an Vögel, an engelsgleichen Gesang und dämonische Taten, an schattierte und sonnengetränkte Erzählungen, an all die Türen, die ich anderen im Wissen um den Abgrund dahinter geöffnet habe. An Paddelboote.

Penny hat die Aufregung ganz sicher mitbekommen, doch sie ist stur in ihrem Zimmer geblieben.

## 60 ⇨ *fehlende Gefühle vorm Frühstück*

Ich schwebe.

Von oben blicke ich auf mich selbst hinab, der ich auf dem Rücken in Circuits Bett liege, neben mir bellt Abraham in absoluter Stille, in der Ecke die durchnässte Gestalt, die sich nicht umdrehen will, in der Luft wirbelt ein Tornado aus leuchtenden Farben, aus den Wänden quellende Buchstaben gleiten in vollendetem Chaos durcheinander, werden dann aber von unsichtbarer Hand geordnet, quer durch den Raum geschoben, bis die beiden Worte so dicht vor mir hängen, ich spüre ihre Farben auf der Haut: *SONDERBARE FASZINATION.* Da kehre ich in meinen Körper zurück, meine Lider flattern und ich tue den ersten Atemzug seit Jahren.

Es gibt Angenehmeres, als auf einer nackten Matratze aufzuwachen. Aber fröstelnd und komplett nass geschwitzt auf einer nackten Matratze aufzuwachen, nachdem man wieder den gleichen bescheuerten Traum hatte wie in jeder Nacht seit Monaten, das ist wirklich maximal unangenehm.

Es ist Mittwoch, der Beginn des extralangen Thanksgiving-Wochenendes, die Aussicht auf die nächsten Tage sollte mich also eigentlich in beste Laune versetzen. Leider ist das mit der guten Laune etwas problematisch, denn erstens ist mein Onkel zu Besuch und zweitens nähere ich mich rasant der Deadline in Sachen College.

Beim Aufstehen streiche ich mit der Hand über die nackte Matratze – und seltsam, irgendwie fühlt es sich so an, wie wenn einem der linke Arm einschläft, also wirklich total abstirbt, und man ihn mit der rechten Hand berührt. An der

➡ 265

rechten Hand spürt man den Kontakt, am linken Arm fühlt man rein gar nichts.

Als hätte man den Arm eines anderen Menschen berührt.

Ich schüttele das Gefühl ab, dusche, ziehe mich an, gehe runter. »Na, Sportsfreund?«, sagt Onkel Orville, der auch jetzt sehr leicht bekleidet, sprich: im Bademantel ist und allen Ernstes Pfannkuchen fliegen lässt. »Als ich die Müslisammlung von deinem Dad in der Speisekammer gesehen habe, dachte ich mir, ich nehme das lieber selbst in die Hand. Gibt meine weltberühmten Spezialeierkuchen. Appetit?«

»Danke«, rufe ich und schnappe mir einen Apfel aus der Obstschale, »aber ich muss to go frühstücken!«

»Heute ist doch keine Schule, oder?« Onkel Orville schaltet den Herd aus, gießt Ahornsirup auf einen Pfannkuchenturm und lässt es sich schmecken.

»Hab einen Termin beim Chiropraktiker.«

»Ach ja«, schmatzt er. »Dein kaputter Rücken.«

Auf der Fahrt zu Dr. Kirby gehe ich das Gespräch mit ihm noch mal in Gedanken durch. Bei »dein kaputter Rücken« hat Orville keine Anführungsstriche in die Luft getupft, doch es hat sich angehört, als wäre er drauf und dran gewesen.

## 61 ⇨ *der seltsame Fall des Len Kowalski*

Nach dem Arzttermin gleich wieder nach Hause zu fahren und bei Onkel Orvilles halb nackter Eierkuchenparade mitzumachen, wäre eine niederschmetternde Vorstellung. Nur gut, dass ich sowieso noch etwas anderes vorhabe.

»Yo«, sagt Alan und steigt zu mir ins Auto, nimmt mein Handy vom Armaturenbrett und scrollt durch meinen Bowie-Ordner bis zu »Space Oddity«. »Und, wie war's?«

Ich lasse den Wagen aus der Einfahrt der Rosa-Haas-Villa rollen. »Wie war was?«

»Wie's beim Chiropraktiker war, Mann.«

»Ach so. War gut.« Dr. Kirby meinte tatsächlich, er sehe »deutliche Fortschritte«, was bei mir erstmals echte Zweifel am Zustand meines Rückens, aber auch an Dr. Kirbys ärztlicher Qualifikation geweckt hat. »Er hat gesagt, es geht bergauf.«

Alan lässt einen seiner unvergleichlich theatralischen Seufzer los und schaut aus dem Fenster.

»Was?«, frage ich.

»Nichts.«

»Komm schon. Was?«

Er dreht sich auf dem Sitz zur Seite, damit er mich beim Fahren besser anstarren kann. »Ich will von dir einfach nicht behandelt werden wie alle anderen. Das ist alles. Lass das, okay?«

»Was meinst du denn bitte?«

»Hey, ich versteh das doch. Du wurdest in die Ecke gedrängt. Der ganze Druck, dass du jetzt unbedingt der allergeilste Schwimmer werden musst. Du wolltest da raus.«

Wenn ich es jetzt noch wortreich abstreite, kommt es erst recht wie ein Geständnis rüber. Also halte ich den Mund.

»Wie du willst«, meint Alan, dreht sich für eine Sekunde zum Fenster und überlegt es sich dann doch wieder anders. »Eins noch, dann bin ich fertig. Ich sage das jetzt nur, weil ich mich sonst später ärgern würde.«

»Bitte.«

»Noah, du bist mein bester Freund – seit ich dir damals mit zwölf gesagt habe, dass ich schwul bin, und wir wie zwei Minichecker aus dem Fenster gepinkelt haben. Für mich bist du nicht wie alle anderen. Für mich bist du einfach nur Noah. Und ich sollte für dich auch nicht wie alle anderen sein. Vor vier Tagen hast du dich bei mir entschuldigt, dass du nicht für mich da warst, und die Entschuldigung nehme ich zu hundert Prozent an. Aber wenn man für jemanden da sein will, dann darf man ihn nicht verarschen. Du willst das lieber mit dir selbst ausmachen – na klar, kein Ding. Aber lüg mir bitte nicht ins Gesicht und erwarte dann, dass ich da auch noch mitmache. Okay?«

»Okay.«

»Okay. Also. Wie geht's deinem Rücken?«

»Mit meinem Rücken ist alles in Ordnung. Immer schon.«

Alan fährt das Seitenfenster herunter. »Cool. Und jetzt lass uns aus dem Fenster pinkeln.«

Auf dem Weg zu Ambrosia's Bed & Breakfast erzähle ich Alan in allen Details von meinem Gespräch mit Mr Elam, und weil er ein wirklich cooler Typ ist, kommt er nicht noch mal darauf zurück, dass ich ihm seit den Sommerferien Schwachsinn aufgetischt habe. Er hat nichts dagegen, wenn ich nicht drüber reden will. Er will nur nicht angelogen werden.

»Eins plus eins plus eins ist gleich eins«, wiederholt Alan den letzten Satz meiner Geschichte. Eben habe ich ihm von Mrs Elams Mathematikleidenschaft berichtet, die sich offensichtlich im Familienmotto niedergeschlagen hat.

»Ja«, sage ich.

»Aber das geht nicht auf.«

»Alan?«

»Was?«

Ich schüttele den Kopf. »Kein Wunder, dass sie dich damals in die Mathe-Förderklasse geschickt haben.«

»Wie? Soll das heißen, eins plus –«

»Nein! Natürlich geht das nicht auf. Es soll heißen, wenn das ihr Familienmotto war, bedeutet es wahrscheinlich, dass sie zu dritt waren, aber trotzdem eine Familie.«

»Okay, das leuchtet ein. Aber ich möchte zu Protokoll geben, dass ich deinen Kommentar zum Thema Mathe-Förderunterricht nicht besonders nett fand.«

»Wurde zur Kenntnis genommen.«

»Und wie ist's weitergegangen?«, fragt Alan.

»Na ja, er hat mir praktisch sein ganzes Leben erzählt, aber ein Kind ist dabei nicht vorgekommen. Also habe ich ihn gefragt, ob er eins hat.«

»Und?«

»Und dann hat er mich rausgeworfen. Das war am Montag. Gestern hat er mich bei unserem Spazierdate versetzt.«

»Vielleicht ging's ihm nicht so gut. Oder er hatte Knieprobleme oder so. Soll vorkommen bei älteren Leuten.«

»Soll bei allen Leuten vorkommen.«

»Hey, sind wir nicht schon da?« Alan deutet auf das Schild in dem Vorgarten, an dem wir gerade vorbeirollen: Ambrosia's Bed & Breakfast.

»Ja. Aber ich fahre lieber erst mal seine Route ab. Auf die Art kommen wir vielleicht leichter an ihn ran.«

»Wieso?«

»Weil ich den Code für die Haustür nicht weiß, Alan. Das heißt, wir müssten läuten. Und woher sollen wir wissen, wer uns aufmacht oder ob überhaupt jemand aufmacht, und wenn ja, wie dieser Jemand auf die Frage reagieren würde, ob wir mal bei einem seiner Dauermieter vorbeischauen dürften? Ich kenne nämlich sonst keine B&B-Bewohner und bin daher nicht so vertraut mit den allgemeinen Gepflogenheiten. Okay?«

Ich kann Alans ungläubigen Blick fast schon hören. »Das muss echt anstrengend sein«, sagt er.

»Was muss anstrengend sein?«

»Du zu sein.«

»Wenn du wüsstest.«

Während ich also die Route abfahre, von Mill Grove zu Ashbrook, halten wir gemeinsam Ausschau nach Mr Elam. Die Heizung läuft und trotzdem kriecht der Frost langsam zu den Fenstern hinein. Ich drehe sie noch eine Stufe höher und schließe meine Jacke.

»Also«, sage ich, die Augen auf die Straße gerichtet. »Hast du gerade was am Laufen?«

»Ob ich gerade *was am Laufen habe?«,* erwidert Alan. »Nein, habe ich nicht. Wieso? Bist du auf der Suche?«

»Träum weiter.« Ich lenke mit einer Hand und gebe mir ein Küsschen auf den Bizeps. »Jetzt mal im Ernst, früher warst du doch ein ... ein richtiger Seriendater.«

»Okay, diesen Hannibal Lecter finde ich ganz lecker.«

»Komm schon, red mit mir. Lass es raus. Das ist ein klarer Fall für Dean und Carlo.«

»Noah.«

»Alan.«

»Schau uns doch an: Wir sitzen in deinem Junggay-Verführer, fahren im Kreis und frieren uns auf der Suche nach einem alten Knacker mit Kropf die Nüsse ab.«

»Ein bisschen Respekt, bitte.«

»Sorry, auf der Suche nach Mr Elam natürlich. Was ich sagen will: Echte Kackbedingungen für Dean und Carlo.«

»Was ist mit Len?«, frage ich. »Oder war das mehr so eine einmalige Geschichte?«

»Welcher Len?«

»Kowalski.«

»Was soll mit dem sein?«

»Na, Len Kowalski.«

»Sorry, aber es bringt uns nicht wirklich weiter, wenn du jetzt einfach zehnmal seinen Namen sagst.«

»Nur wegen eurer Knutschorgie auf der Longmire-Party. Keine Ahnung, vielleicht hat sich da ja was –«

»Stopp mal«, unterbricht mich Alan. »Ich und Len Kowalski?«

»Jepp.«

»Auf der End-of-Summer-Party bei den Longmires willst du mich mit Len Kowalski rummachen gesehen haben?«

»Siehst du? Wenn man einmal angefangen hat, seinen Namen zu sagen, kann man kaum noch damit aufhören.«

»Ich und Len Kowalski?«

»Du musst es nicht gleich übertreiben.«

»Der kleine Scheißer hat früher euer Haus mit Eiern bombardiert. Schon vergessen?«

»Ich bin dir nicht böse, Alan. Wenn man high ist, macht man die tollsten Sachen.«

»Hör mal. Es ehrt mich wirklich, dass du glaubst, ich hätte in irgendeinem alternativen Universum mit Len Kowalski rumgemacht, und trotzdem noch mit mir befreundet sein willst. Aber echt, Mann, der ist eine Null von zehn.«

»Wirklich?«

»Tut mir leid, aber wenn das nicht eine von deinen komischen Veränderungen ist, dann weiß ich auch nicht mehr. Niemals!« Alan pustet in seine ausgekühlten Hände. Dann: »Hast du darüber eigentlich mal schon nachgedacht?«

»Worüber?«

»Über alternative Universen.«

Vor meinem geistigen Auge sehe ich sie zu Hause in der dunklen Schreibtischschublade liegen – eine elegante Übersicht vier möglicher Theorien mit dem Titel *WTF ist eigentlich passiert.* »Schon.«

»Und?«

»Ich glaube, eher nicht.«

»Klar, das wäre ziiiiiemlich abgefahren – aber es könnte doch sein.«

Ich hatte gerade meinen kurzen Abriss über den Ursprung des Begriffs *Multiversum* verfasst, da ist mir etwas aufgefallen. Zu einhundert Prozent ausschließen will ich den Erklärungsansatz trotzdem nicht, aber die Wahrscheinlichkeit erscheint mir doch sehr gering.

»Wann haben die Cubs die World Series gewonnen?«, frage ich.

»War das nicht 2016?«

»Und wie lange lag ihr letzter Erfolg bei der World Series zurück?«

»Was weiß ich, vielleicht dreihundert Jahre?«

»Was ist am 11. September geschehen?«

Alan belegt mich mit einem Blick der Sorte *Dein Ernst?*.

»Der Präsident der Vereinigten Staaten heißt ...«

»Ich flehe dich an, Noah, zwing mich nicht dazu, seinen Namen in den Mund zu nehmen.«

»Sag ich doch.«

»Was genau willst du mir sagen?«

»Dass sich alle Veränderungen nur um mich persönlich drehen. Und dass ich mir einfach nicht vorstellen kann, dass das mit den Parallelwelten so gedacht ist. Unser Hund, der bisher kaum durchs Wohnzimmer laufen konnte, ohne sich vollzukacken, springt plötzlich aus dem Stand über Hochhäuser, aber die Cubs haben in hundertacht Jahren trotzdem keinen einzigen Titel gebacken gekriegt? Nee, oder?«

»Ich glaube, da irrst du dich.«

»Nein, es waren definitiv einhundertacht Jahre.«

»Das meine ich nicht«, sagt Alan. »Sondern deine Logik. Nicht dass ich ein Experte wäre für … für …«

»Quantentheorie?«

Alan nickt. »Aber was du in deiner Argumentation völlig außer Acht lässt, sind die persönlichen Erfahrungen von Mr Elam, Philip Parish, der Verblassenden Lady –«

»Dem Verblassenden Mädchen.«

»Ist doch egal. Über den wahren Hintergrund deiner Sonderbaren Faszinationen weißt du jedenfalls so gut wie nichts. Du grübelst immer nur darüber nach, in welcher Beziehung sie zu dir und deinem Leben stehen, aber Überraschung! Die haben auch ein eigenes Leben! Und vielleicht müssen sie sich mit einer ganz ähnlichen Scheiße herumschlagen wie du, wovon du aber nichts weißt, weil du sie ja nicht kennst.«

»Penny hat sich nicht verändert. Und die kenne ich.«

Ein Moment der Stille, dann: »Kennst du sie wirklich?«

Ich sehe sie bildlich vor mir, wie sie ihren Macchiato schlürft und verkündet, im falschen Jahrzehnt geboren zu sein. »Worauf willst du hinaus? Dass wir alle, also Penny, Mr Elam, das Verblassende Mädchen, Philip Parish, der Geist von Mila Henry, ich – dass wir mal eben alle zusammen in ein Wurmloch gestürzt und in eine Parallelwelt gereist sind?«

»Oder darauf, dass sich die Veränderungen aus deiner Perspektive ausschließlich um Noah Oakman drehen – aber was, wenn das gar nicht stimmt?«

Alan hat ja recht. Woher will ich wissen, ob sich beim Verblassenden Mädchen irgendetwas verändert hat, bei Philip Parish oder Mila Henry? Ich habe keine Ahnung. Ich habe mich nur auf das konzentriert, was ich über sie weiß, auf ihre Berührungspunkte mit meinem Leben, ob es ein Video, ein Foto oder eine Skizze ist, und die unermessliche Komplexität jedes Menschen dadurch auf das Level von Einzellern reduziert.

Was weiß ich, am Ende hatte Mr Elam früher eine Urne mit der Asche seines Hausnashorns im Regal stehen.

Alans Frage hängt noch immer unbeantwortet in der Luft, als ich vor dem Ambrosia's halte. Mr Elam war wieder nicht spazieren, wer hätte das gedacht? Ich stelle den Motor ab, und einen Moment lang sitzen wir stumm in der Kälte.

»Also dann«, sagt Alan, pustet in seine Hände und klappert dazu melodisch mit den Zähnen. »Dann müssen wir wohl läuten, was?«

Keine Ahnung, ob es da draußen andere Welten gibt, in denen Alan doch noch Len Kowalski klargemacht hat oder Mr Elams Frau nie an Krebs erkrankt ist oder ich nie mit Circuit nach Hause bin. Ich werde wohl nie erfahren, was in meinen unzähligen Spiegelleben so alles möglich wäre. Aber was in diesem Leben möglich ist, das weiß ich genau.

Ich stoße die Tür auf und wage mich hinaus in die Eiseskälte. »Mann, Alan, was stehst du da noch so rum?«

## 62 ⇨ *Fluten*

»Eine Warnung noch«, flüstere ich, als ich die Klingel drücke. »Er steht auf Bourbon.«

»Wer?«

»Na, wer schon? Mr Elam.«

»Das trifft sich gut. Ich stehe auch auf Bourbon.«

»Das war kein Scherz. Wenn wir jetzt wirklich da reindürfen, trinkt er dich unter den Tisch.«

»Klingt gut. Wir saufen uns gechillt zu und reden über

Wurmlöcher. Und über Raum-Zeit-Kontingenzien und Phantomtheorie und den ganzen Rest.«

»Quanten-, Alan. Es heißt Quantentheorie. Und Raum-Zeit-Kontinuen. Oder meinetwegen Kontinua.«

»Shit, es macht mich so heiß, von dir vollgenerdet zu werden.«

Da öffnet sich die Tür. Vor uns steht eine ältere Dame mit langem Silberhaar, großen, leuchtenden Augen und einem fest ins Gesicht eingebrannten Lächeln. »Kann ich helfen?«

Lange Rede, kurzer Sinn: Diese Frau strahlt mehr pure Jugendlichkeit aus als alle Jugendlichen, die ich kenne.

»Bestimmt«, sage ich. »Wir wollten ... also ich mache mir Sorgen um Mr Elam.«

»Du bist doch der Junge, der jeden Tag mit ihm spazieren gegangen ist? Das war sehr nett von dir.« Die Dame späht die Treppe hinauf. »Mr George kann nämlich Gesellschaft gebrauchen, und wenn er das anders sieht, ist er auf dem Holzweg!« Sie verdreht die Augen und senkt die Stimme. »Er hat schlechte Laune. Typisch für ihn zu dieser Jahreszeit. Aber kommt doch rein, es ist kalt draußen. Ich mache euch einen Tee. Was darf es sein? Ich habe alles da, nur keinen Earl Grey, dieses fiese Teufelskraut ...«

Inzwischen habe ich ihre Stimme wiedererkannt – diese Dame hat Mr Elam letzten Montag begrüßt bei meinem ersten Besuch hier. Als ich einen Schritt ins warme Vorzimmer mache, legen sich die roten Läufer und schmalen Holzdielen und das Kaminknistern des Ambrosia's wieder um mich wie eine alte und besonders kuschelige Steppdecke.

»Also geht's ihm gut?«, frage ich.

Das Lachen der Dame ist so hell wie ihre Augen. »So weit würde ich nicht gehen. Aber für seine bescheidenen Verhältnisse ... ja, doch. Ich bin übrigens Ambrosia.«

Nachdem Alan und ich uns einer nach dem anderen vorgestellt haben, führt Miss Ambrosia uns in die benachbarte Stube (dorthin, wo der Kamin knistert) und wackelt hinüber in die Küche, um den Tee aufzusetzen.

»Hier ist es ja wie im …« Alan lässt den Blick durch den Raum wandern, über goldgerahmte Gemälde idyllischer Landschaften, das dunkle Holz des Couchtisches, die altehrwürdige Standuhr, die im überdimensionierten Kamin zischenden Flammen. Auch ich kann es spüren, es ist wie ein Instinkt, ein Drang, der von einer tief in der Kinderpsyche verwurzelten Ermahnung herrührt: *Nichts anfassen!*

Als Miss Ambrosia ein Tablett auf den Couchtisch stellt, regt sich eine dämmrige Erinnerung an das erste und einzige Mal, dass ich Tee getrunken habe: ein triefendes Beutelchen an einem Faden, ein paar bittere Schlucke, nein, das war nichts für mich. Hier wird aber offensichtlich eine ganz andere Erfahrung geboten, eine Art Ritual unter Verwendung von Untertassen, Sieben, mehreren Wasserkesseln und einem kleinen Kästchen mit losen Blättern (keine Beutel und Fäden in Sicht). In mir keimt schon der Verdacht, Miss Ambrosia will uns auf den Arm nehmen, da sagt sie: »Und jetzt vier Minuten ziehen lassen«, stellt auf ihrer Armbanduhr einen Alarm ein und lächelt uns über den Tisch hinweg an.

Die etwa eine Sekunde währende unangenehme Stille beendet Alan mit: »Die Bears sind schon krass drauf, was?«

»Alan«, ermahne ich ihn.

Miss Ambrosia winkt ab. »Wichtiges Spiel morgen. 20 Punkte wären der Wahnsinn. Würde meine Kohle aber auf weniger setzen. Beste Defense seit ’85, aber die Offensive Line ist löchrig wie ein Schweizer Käse, nicht wahr?«

Alan wirft mir einen kurzen Blick zu. »Ooooo-kay. Also,

ehrlich gesagt, ist das für uns alles nur Footballchinesisch. Sorry, ich wollte Sie bloß veräppeln.«

*»Alan«,* sage ich erneut.

»Gar kein Problem«, erwidert Miss Ambrosia. »Ihr jungen Leute schaut immer so herrlich verdutzt drein, wenn ihr merkt, dass ich durchaus etwas von Sport verstehe. Aber Football ist mir auch wirklich am liebsten. Sehr strategisch. Und dann die ganzen angeknacksten Schädel.«

Die Dame steckt voller Überraschungen.

»Football liegt euch also nicht«, fährt sie fort. »Welcher Sport hat es euch denn angetan?«

In Augenblicken wie diesen, wenn man mit einer älteren Bed-and-Breakfast-Besitzerin über Sport fachsimpelt und dabei einem Lose-Blatt-Tee beim Ziehen zusieht, muss man sich wirklich fragen, ob der ganze Irrsinn einfach in der Natur des Lebens liegt oder doch eher an einem selbst.

»Ich mag Baseball«, sage ich.

»Yo, Camp Cubbie!«, ruft Alan.

Miss Ambrosia blickt von mir zu ihm und wieder zurück. »Camp Cubbie?«

Camp Cubbie – das hatte ich ja vollkommen vergessen. »Ist nicht weiter spannend. Das war nur so eine Art Club, den mein Dad für uns veranstaltet hat, als wir klein waren. Damit wir auch ja zu aufrechten Cubs-Fans heranwachsen.«

»Bei ihm hier hat's wunderbar funktioniert.« Alan zeigt auf mich. »Bei mir weniger. Das heißt, ein bisschen kenne ich mich schon mit den ganzen Sportarten aus. Ich weiß zum Beispiel, was ein Touchdown beim Football ist.«

»Das ist doch schon mal was«, meint Miss Ambrosia.

»Und was ein Down ist ... glaube ich.«

»Das ist fast schon was für Fortgeschrittene.«

»Und ein Sack.« Auf Alans Gesicht breitet sich ein neckisches Lächeln aus. »Säcke sind meine Spezialität.«

Damit er nicht auch noch seine Lieblingsfootballmetapher auspackt – die mit den mittig versenkten Eiern –, sage ich schnell: »Miss Ambrosia ...«

»Nur Ambrosia, bitte.«

»Okay. Ambrosia. Das mit dem Tee und so ist wirklich sehr freundlich von Ihnen, aber wir wollten eigentlich zu Mr Elam. Ich kann Ihnen nicht er–«

Ambrosias Armbanduhr piept, sofort tritt sie in Aktion, und Sekunden später balancieren Alan und ich je eine zarte Untertasse auf den Knien und geben uns Mühe, nicht mit dem Porzellan zu klappern wie blutige Anfänger. Was wir aber sind.

»Pur«, sagt Ambrosia zwischen zwei Schlückchen. »So und nicht anders muss man ein leckeres Tässchen genießen. Schmeckt's euch, Jungs?«

Ich muss husten und wische mir mit dem Ärmel über den Mund. »Schmeckt sehr pur.«

»So pur wie die Natur an einem trüben Wintermorgen«, murmelt Alan.

»Alan«, sage ich.

»Könntest du bitte damit aufhören, ständig ›Alan‹ zu sagen?«

»Könntest du bitte versuchen, dich mal eine halbe Stunde lang wie ein Erwachsener zu benehmen?« Um meinen Worten Nachdruck zu verleihen, nehme ich einen Riesenschluck Tee und verbrühe mir dadurch Zunge und Kehle.

Über ihre Untertasse hinweg lächelt Ambrosia uns herzlich an. »Ihr Jungs gefallt mir. Ihr erinnert mich an meine Jungs früher. Ganz ohne Zank geht es nicht, aber wenn man sich lieb hat, ist nichts anderes zu erwarten.«

»Da sind Sie auf einer heißen Spur«, meint Alan. »Noah ist wirklich schwer verschossen in mich, daher …«

Das Klirren des Porzellans wird vom Ticken der Standuhr überlagert und dieses vom Knistern des Feuers. Wirklich eilig haben wir es nicht und trotzdem habe ich das Gefühl, wir sollten keine Zeit verlieren. »Ambrosia …«

»Ihr wollt Mr Elam besuchen«, stellt sie fest und nippt an ihrem Tee.

»Wenn es möglich ist.«

Mit einem knappen Nicken stellt sie die Untertasse ab und verlässt die Stube.

»Echt jetzt, Alter«, sagt Alan.

»Was denn?«

»Jetzt ist sie angepisst.«

»Wieso sollte sie angepisst sein?«

Alan schlürft mit abgespreiztem Finger Tee. »Da serviert sie uns einen Tee, der purer ist als die reinste und fidelste Jungfrau, und so bedankst du dich dafür.«

»Klappe, Alan.«

Ambrosia kehrt zurück und reicht mir einen braunen Umschlag. Ihr Lächeln ist verschwunden. »Er hat gesagt, er will dich nicht mehr sehen.«

Während ich aufstehe und den Umschlag entgegennehme, versuche ich zu begreifen, wie das zusammenpassen soll, der Umschlag, Mr Elams Anweisung. »Gilt das nur … für mich?«

»Es steht dein Name drauf«, meint Ambrosia.

»Nein, ich meine, will er speziell mich nicht mehr sehen?«

»Ja.« Es klingt nach einer Entschuldigung.

»Okay. Na gut. Schön, dann … Danke für den Tee.«

Als Alan und ich zur Tür gehen, sagt Ambrosia: »›An diesem Tag brachen alle Quellen der gewaltigen Urflut auf und die Schleusen des Himmels öffneten sich. Der Regen ergoss sich vierzig Tage und vierzig Nächte lang auf die Erde.‹ Erstes Buch Mose, Kapitel 7.« In ihrer Stimme schwingt eine diebische Freude mit, als wüssten wir beide über irgendein fantastisches Insidergeheimnis Bescheid. »Und, wie heißt Noahs Enkel in der Bibel? Elam.«

Kurz wird es still. Diese Info müssen wir erst mal verarbeiten. »Okay, das ist schräg«, meint Alan. »Ich bin doch nicht der Einzige, der das echt schräg findet?«

Ambrosia legt mir die Hand auf die Schulter. »Ich danke dir. Du hast ihm sehr geholfen.«

»Ich habe gar nichts gemacht. Wir haben nur geredet.«

»Manchmal ist reden viel mehr als nichts, Noah. Du hast einem einsamen Mann Gesellschaft geleistet. Und ein bisschen Gesellschaft kann wirken wie Heilsalbe.«

Ich denke an Mr Elams Zimmer, an die Fotos ohne Menschen darauf, die in einheitliches Leder gebundenen Bücher, die Urne seines toten Katers. All das verströmt eine große Einsamkeit und ich habe die Befürchtung, dass die Einrichtung den Bewohner widerspiegelt.

»Was ist mit ihm?«, frage ich. »Also ich ... ich weiß, seine Frau ist an Krebs gestorben und so weiter, aber ...«

Ambrosia zuckt zusammen. »So hat er es dir erzählt?«

Auf mein Nicken hin beginnt sie leise zu berichten. Sie erzählt von einer Familie, die zu Thanksgiving nach Milwaukee aufbricht, »Mr Georges Schwester besuchen«, und als sie auf dem Interstate 94 unterwegs sind, schläft auf der Gegenspur ein Lkw-Fahrer am Steuer ein. »Der Truck ist geradewegs über den Mittelstreifen und frontal gegen ihren Wagen gebrettert. Barbara und Matthew wurden durch den Aufprall getötet. Dass Mr George mit einem Hinkebein davonkam, ist schlichtweg ein Wunder. Aber er sieht das anders. Er findet, er hätte an Barbaras und Matthews Stelle sterben sollen. Als ob man sich so etwas aussuchen könnte.«

»Matthew?«

Ambrosia nickt. »Sein Sohn.«

Ich stehe da, halte mich an dem braunen Umschlag fest und lausche dem Nachhall ihrer Worte. »Als Sie gesagt haben, er hat schlechte Laune … Sie meinten, das ist typisch zu dieser Jahreszeit.«

»Thanksgiving …«, murmelt Ambrosia. »Ich glaube, Mr George sieht keinen Grund, noch groß dankbar zu sein.« Ihr Lächeln hält sich tapfer, aber nun fließen gleichzeitig Tränen. Die Quellen der Urflut sprudeln. »Tust du mir einen Gefallen? Schau nächste Woche noch mal nach ihm, ja? Vielleicht können wir ihm ja beweisen, dass er sich irrt.«

Schweigend gehen Alan und ich zum Auto. Meine Gedanken schweifen in alle möglichen Richtungen, zur kalten Luft in meiner Lunge, zum Pflaster unter meinen Schuhen, zum Wind in meinen Haaren. Auch zum Wintergrau des wolkigen Himmels, das gerade in Bewegung gerät, aufbricht. Auch zu einem Zimmer voller zerbrechlicher Habseligkeiten, abgeschirmt und isoliert von dem Sturm, der vor dem Fenster tobt.

»Machst du das Ding bitte mal auf?«

»Was?« Erst jetzt bemerke ich, dass wir schon im Auto sitzen und in der Stille frösteln. Mit dem Kinn deutet Alan auf den braunen Umschlag in meinen Händen, und als ich nach unten blicke, entdecke ich darauf meinen hingekrakelten Namen. Mr Elam schreibt, wie er spaziert: methodisch, energisch, starr.

*So,* scheint er damit zu sagen, ich will es genau *so.*

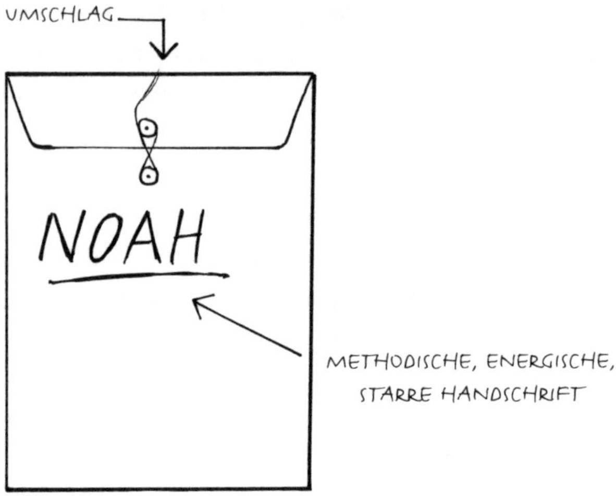


Ich löse die Schnur, öffne die Klappe und ziehe ein von Muhammad Ali signiertes Boxkampfticket aus dem Umschlag, eine von Michael Jordan signierte Basketballkarte und die uralte Baseballkarte von diesem Merkle-Typen.

»Wie krass«, sagt Alan über die Mittelkonsole gelehnt.

Draußen schneit es inzwischen, aber so richtig, winterweiße Daunen rieseln vom Himmel und ich so: »Schwein gehabt, dass es nicht regnet«, doch Alan hört mir nicht zu, er ist längst auf Google und studiert Ali-Autogramme, um herauszufinden, ob das auf der Karte echt ist.

Natürlich ist es echt. Genau wie das von Jordan.

Ob Alan die Baseballkarte überhaupt wahrgenommen hat?

## 63 ⇨ *ein kurzer Abriss meiner selbst, Teil 37*

Im Großen und Ganzen bleiben Menschen einem aus zwei Gründen in Erinnerung: wegen einer Serie von Erfolgen oder eines einzigartigen Versagens. Nun, da ich einige Nachforschungen angestellt habe, meine ich, behaupten zu können, dass Fred Merkle weder in die eine noch in die andere Kategorie fällt. Vielleicht kennt ihn deswegen kaum noch jemand.

14. Oktober 2003. Im sechsten Spiel der National League Championship Series (NLCS) stehen sich Chicago Cubs und Miami Marlins gegenüber. Die Cubs gehen mit einer Führung von 3 zu 0 in die zweite Hälfte des 8. Inning; nur noch fünf Outs und sie dürften zum ersten Mal seit 1945 in der World Series um den Meistertitel kämpfen. Als ein Spieler der Cubs versucht, einen in Richtung Tribüne geschlagenen Ball zu fangen, wird er von dem Fan Steve Bartman behindert – und scheitert. Daraufhin punkten die Marlins acht Mal in diesem Inning, gewinnen die Partie, die nächste Partie und schließlich die World Series. Bartmans Eingreifen gilt gemeinhin als Auslöser des verhängnisvollen Dominoeffekts, der die Cubs letztlich die Play-off-Serie kosten sollte. Wenn man in den dunkleren Ecken von Wrigley Field, in dessen efeuüberwucherten Stadionmauern es bekanntlich nur so von Geisterwesen wimmelt, die Ohren spitzt, hört man manchmal noch das Echo seines Namens.

In der NLCS 2015 werden die Cubs mit 0 zu 4 Siegen von den New York Mets aus dem Wettbewerb katapultiert, insbesondere von deren Second Baseman Daniel Murphy. Murphy legt in sechs Play-off-Spielen in Folge einen Homerun hin (Rekord) und wird zum wertvollsten Spieler (MVP) der Serie gewählt. Kaum zu glauben, aber wahr: In Cubs-Kreisen wird ein anderer Murphy noch leidenschaftlicher gehasst.

➡ 283

Spiel 4 der World Series 1945 gegen die Detroit Tigers. Der Chicagoer Pubbesitzer Billy Sianis wird wegen des Gestanks seiner Hausziege des Stadions verwiesen und verkündet auf dem Weg zum Ausgang der Legende nach: »Diese Cubs, die werden gar nichts mehr gewinnen.« Die Cubs verlieren die World Series und erreichen erst 71 Jahre später erneut die Finalserie um den Meistertitel.

Wie die Ziege hieß? Murphy.

Die sagenhafte Pechsträhne der Chicago Cubs, zu der auch der längst in die Clubhistorie eingegangene Vorfall um Steve Bartman zählt, wird von vielen treuen Fans auf den »Fluch der Billy Goat« zurückgeführt. Doch meiner Ansicht nach hat das Unglück weder mit Bartman noch mit Murphy, der Ziege, seinen Ausgang genommen. Ich glaube, am Anfang stand ein Name, den heutzutage kaum jemand kennt.

1908. Das letzte Spiel vor den Play-offs, Cubs gegen New York Giants. Gegen Ende der Partie begeht der 19-jährige Newcomer Fred Merkle beim Lauf um die Bases einen heiß diskutierten Fehler und die Giants verlieren das Spiel. Die euphorischen Cubs-Fans preisen Merkles Missgeschick (das zu dessen Leidwesen als »Merkle's Boner« berühmt wird), die Cubs starten mit Schwung in die World Series 1908 und holen den Titel. Es heißt, mit diesem Erfolg breche ein großes Zeitalter der Cubs-Vorherrschaft an. In Gesprächen über die Zukunft ist viel von Dominanz, Dynamik und dem Beginn einer langjährigen Dynastie die Rede. *Merkle's Boner?*, rufen die Cubs-Fans einander zu. *Merkle's Wundertat, sage ich dir! Also klatscht euch einen Messias-Merkle-Sticker auf euren fabrikneuen Ford Model T und dankt dem Herrn, dass der dumme Giants-Grünschnabel vergessen hat, wie man ordentlich um die Bases läuft.*

Falsch gedacht.

Wenn man so will, sollte Fred Merkles Karriere zum Spiegelbild des Schicksals der Cubs werden. Nach 1908 erreichte er in den Jahren 1911, 1912, 1913, 1916 und 1918 mit seinem jeweiligen Club die World Series. Und genau wie die Cubbies (einmal sogar *als* Cubbie) verlor er jedes Mal.

Aber das Spannende kommt erst noch – man werfe einen genaueren Blick auf das Los der Mannschaften, die gegen ein Merkle-Team gewonnen hatten:

Nachdem sie in den World Series 1911 und 1913 über Merkle triumphiert haben, geben die Philadelphia Athletics unter höchst verdächtigen Umständen die World Series 1914 ab, verabschieden sich von ihren wichtigsten Spielern und bringen binnen zwei Jahren die schlechteste Siegquote in der Geschichte des modernen Baseballs zustande.

Nachdem sie in der World Series 1918 über Merkle triumphiert haben, gewinnen die Boston Red Sox erst 85 Jahre später ihren nächsten Titel. Das einzige Team, das mit dieser gewaltigen Pleiteserie mithalten kann, sind …

… die Chicago Cubs, die nach einem bemerkenswerten Sieg über die New York Giants zum Abschluss der regulären Saison, der durch den angeblichen Fehler eines 19-jährigen Newcomers begünstigt wird, am 14. Oktober 1908 durch einen Triumph über die Detroit Tigers ihre zweite World Series hintereinander gewinnen.

Die nächste sollte erst 108 Jahre später folgen.

Im Großen und Ganzen bleiben Menschen aus einem von zwei Gründen in Erinnerung: wegen einer Serie von Erfolgen oder eines einzigartigen Versagens. Nun könnte man behaupten, der Baserunning-Fehler dieses 19-Jährigen, der vielleicht gar kein Fehler war, sei ein einzigartiges Versagen gewesen. Aber das ist mir zu dünn. In meinen Augen war Fred Merkle kein Versager und er passt auch nicht in die Kategorie der armen Idioten, die nun einmal das Pech für sich gepachtet haben. Wie man es auch immer nennen soll, einen Fluch oder sonst etwas – ich glaube, Merkle hat einen Weg gefunden, sein Pech an all die Teams weiterzureichen, die das Pech hatten, ihn zu schlagen.

Fred Merkle starb am 2. März 1956 im Alter von 67 Jahren. Er wurde in einem anonymen Grab verscharrt.

## 64 ⇨ *Gedanken äußern, Rat empfangen, zur Tat schreiten*

Im 17. Kapitel von *Jahr meiner Selbst* sagt Cletus zu Nathan: »Manchmal weiß ich erst, was ich schreibe, wenn ich es geschrieben habe. Manchmal weiß ich erst, was ich denke, wenn ich es lese. Und manchmal weiß ich erst, wohin ich will, wenn ich angekommen bin.«

Dass mir Mr Elams Geschenk Angst einjagt, war ja klar. Aber bis jetzt hatte ich keine Ahnung, wie sehr.

Ich richte den Laptop exakt an der LED-Lampe aus. Am anderen Ende des Schreibtischs, fein säuberlich in der Ecke gestapelt, liegen meine ausgedruckten Manuskripte. Meine Arbeit, meine Bücher, mein Bett, mein Stuhl, mein Zimmer, mein Körper darin, *everything in its right place* wie bei Radiohead. Doch das tröstliche Gefühl, das mir diese schlichte Ordnung für gewöhnlich gibt, will sich heute nicht einstellen.

Ich denke: an einen Mann, in dessen Wohnung keine Bilder von Menschen hängen, der seine liebenswerte Vermieterin ignoriert und einen Jungen abweist, der ihm zu nahegekommen ist; an einen Mann, der sich nur von alten Erinnerungsstücken, von der Asche seines Katers und von seinem Bourbon Gesellschaft leisten lässt. An einen Mann, dessen Standardspruch *Wenn mir die letzte Stunde schlägt, dann schlägt sie mir eben* lautet, der sehr bald das Jubiläum des Tages begehen wird, an dem er alles verloren hat, und der seine kostbarsten Besitztümer weggibt. Ich denke an ein anonymes Grab.

Mein Handy summt. Und bevor ich es aus der Tasche kriege, summt es gleich noch mal. Und noch mal, als ich die Text-App öffne, und noch mal, während ich lese.

Alan: Boxticket mit Ali-Autogramm GENAU WIE DEINS geht auf ebay für 2200 weg

Alan: MJ AUTOGRAMM ZWISCHEN 800 – 1200

Alan: LÄUFT!!

Alan: Du musst 100pro auch die komische Baseballkarte auschecken, die ist sicher 20 Mille wert

Das Handy fliegt auf den Tisch. Schnell die Nummer vom Ambrosia's gegoogelt, Ambrosia selbst geht ran, ich erzähle ihr, was in dem Umschlag war und was für Sorgen ich mir deswegen um Mr Elam mache.

»Im Augenblick hält er ein Nickerchen«, erwidert sie. »Ich soll ihn auf keinen Fall stören.«

Ich werde es noch mal versuchen, sage ich ihr, lege auf, starre auf den Monitor – und habe einen Einfall. Einmal quer durchs Zimmer gehetzt, den Wäschekorb aus dem Schrank gezerrt und die Hosentaschen durchwühlt, schließlich werde ich fündig. Ich finde den zerknitterten Zettel, den ich letzte Nacht von Sara bekommen habe.

This Can Only Get Better

Moby Dick Sucks

Alone or Lonely

Ich überlege, sie anzurufen, aber ist das Thema dafür nicht ein bisschen zu heikel? *Hey, übrigens, wegen deinem Dad …* Nein, das geht nur im persönlichen Gespräch.

Die nächsten drei Minuten verbringe ich mit dem Aufsetzen des Texts und mein Ergebnis lautet: **Hey, hier ist Noah.** Das Geniale daran, finde ich, ist der Punkt am Ende. Er soll so viel aussagen wie: Nicht dass ich irre zwanghaft wäre oder so, aber weil mir etwas an dir liegt, mache ich dieses kurze Hallo durch ein Satzzeichen zu einem echten Satz.

Ein paar Sekunden nach dem Abschicken erscheinen drei Punkte, die mich in Angst und Schrecken versetzen.

…

…

Tagelang nichts als »…«.

Und endlich eine Antwort.

Sara: Noah, Noah, Noah.

Ich kann nicht anders, als zu lächeln. Sie hat einen Punkt gesetzt.

Sara zieht die Jacke aus (an der eine Schneeschicht haftet) und lässt sie auf den Boden fallen.

Ich widerstehe dem Drang, sie sofort ordentlich in den Schrank zu hängen. »Bist du zu Fuß hier?«

»Ja, klar«, antwortet Sara. »Ich liebe Schnee.«

»Du liebst Schnee.«

»Ich vergöttere Schnee. Meine Hingabe zum edlen Weiß kennt keine Grenzen.« Ihr Blick streift die nackte Matratze. »Waschtag?«

»So ähnlich.«

Während Sara sich auf mein Bett fallen lässt, setze ich mich an den Schreibtisch und bemühe mich, meine Fantasie im Zaum zu halten.

»Du kennst doch diese Filme«, sagt sie, »wo der Kerl plötzlich bei dem Mädchen vor der Tür steht und irgendeine wahnsinnsromantische Nummer abzieht?«

»Ja. Wie in *Teen Lover.*«

»Stimmt, gutes Beispiel. Ich dachte jetzt aber mehr an *Tatsächlich … Liebe.* Du weißt schon, diese beknackte Szene, wo der eine Typ dem einen Mädchen vor ihrer Haustür mit einem Stapel Riesenkarteikarten seine Liebe gesteht.«

»Was ist daran so beknackt?«

»Na, erst mal ist das Mädchen, dem er da den Hof macht, mit seinem besten Freund verheiratet. Außerdem: Woher will er wissen, dass sie ihm die Tür öffnet? Und nicht sein Kumpel? Was dann, bitte? Hallo, Logiklücke?!«

»Gutes Argument.«

Sara nickt. »Die Sache ist nur die, bitte denk jetzt nicht schlecht von mir, aber … wenn es in der Szene schneien würde, wäre mir das alles völlig egal.«

»Krass.«

»Ich sehe das so: Wenn ein Typ einfach nur mit Riesenkarteikarten und Gettoblaster vor deiner Tür steht, dann hat er offensichtlich zu viel Zeit. Aber wenn der Typ Schnee mitbringt, ist es entweder Schicksal oder Zauberei.«

»Oder eine Meisterleistung der Meteorologie.«

»Genau«, meint Sara. »Egal was, hammersexy ist es in jedem Fall.«

Wann immer ich mit einem Mädchen spreche, kommt irgendwann der Punkt, an dem sie offensichtlich versucht, sich über den Stand der Dinge in Sachen Noah Oakman klar zu werden. Die übertriebene Reinlichkeit und Ordnung, die vielen Weiß- und Pastelltöne, die rechtwinklige Ausrichtung des Zimmerinventars: Ich weiß, normal ist anders. Was mir aber nichts ausmacht, denn so gefällt es mir nun einmal.

Es ist allerdings nicht jedermanns Ding.

Nun schweift Saras Blick über all die Farben und rechten Winkel. »Über dein Zimmer könnte man drüberschreiben: Vom Macher von *Die Royal Tenenbaums.«*

»Danke. Ich mag Wes Anderson.«

»Wetten, dass der auch superzwanghaft ist?«

»Wie, auch?«

»Mann, Noah. Du bist krankhaft zwanghaft.«

»Können wir uns auf ›liebenswert-versponnen‹ einigen?«

In Saras Tasche piept ihr Handy. Sie ignoriert es. »Du hast geschrieben, du könntest einen Rat gebrauchen?«

Auf der Stelle frage ich mich, ob das eine kluge Idee war. Ich mag Sara, kenne sie aber noch nicht so gut, dass ich wüsste, wie sie reagieren wird – würde sie aber gerne so gut kennenlernen. Ob es dazu kommt oder nicht, könnte entscheidend von den nächsten paar Minuten abhängen.

Ich fange mit Mr Elam und unseren gemeinsamen Spaziergängen an, berichte von meinem Gespräch mit ihm Anfang dieser Woche sowie von Alans und meinem Gespräch mit

Ambrosia am heutigen Tag und komme schließlich zum Inhalt des Umschlags. »Er schenkt mir also lauter Sachen, die ihm eigentlich wichtig sind oder zumindest mal wichtig waren. Und dieses Jubiläum steht vor der Tür. Und Ambrosia meint, er sieht keinen Grund, noch groß dankbar zu sein.«

»Verstehe.«

»Wenn du in seinem Apartment gewesen wärst. Wenn er überhaupt so was wie ›Gesellschaft‹ hat, dann nur von der Urne seines toten Katers. Na ja, und ich frage mich eben ...«

»Mein Dad, meinst du?«

Ich hole Luft. »Es tut mir leid. Ich hätte gar nicht damit ankommen sollen.«

»Schon gut. Er hat uns nie wirklich ... Bei Dad gab es keine konkreten Warnsignale. Er hat keine Sachen weggeschenkt, jedenfalls nicht dass ich wüsste. Er war nur immer so ... so traurig. Seit ich mich erinnern kann, war er immer so traurig. Und manchmal liegt es einfach daran.«

Es ist still geworden. Einerseits bin ich erleichtert, dass Sara nicht wortlos das Zimmer verlassen hat, andererseits wünschte ich irgendwie, sie würde endlich gehen – dann könnte ich Dad fragen, ob ich ihm beim Karottenbutteranrühren helfen kann oder so. Scheiße, Mann. Von *schadenfreude* kann keine Rede sein. Saras Unglück bereitet mir kein bisschen Freude. Hier braucht es ein anderes deutsches Wort, das wir noch nicht geklaut haben, einen Ausdruck für die Wertschätzung dessen, was man hat, im Angesicht der Tatsache, dass es anderen fehlt.

»Wir sollten aber irgendwas machen«, meint Sara.

»Ich habe im B&B angerufen. Laut Ambrosia schläft er gerade und will nicht gestört werden.«

»Moment.« Sara rutscht an die Bettkante. »Er hatte doch mal einen Kater?«

»Ja, Herman. Und wenn man sich die Goldplakette auf der Urne so ansieht, muss er das Vieh vergöttert haben.«

Plötzlich ist Sara auf den Beinen und schlüpft in ihre Jacke. »Bin gleich zurück.«

»Wohin willst du?«

Ein Lächeln ohne Worte und sie ist verschwunden, während ich allein in meinem Zimmer sitzen bleibe und all die fatalen Fehltritte durchgehe, durch die ich sie ein für alle Mal vergrault habe. Ich überfliege meinen Merkle-Abriss und ändere hier und da etwas, bis mir auf einmal einfällt: Sie wollte gleich zurückkommen.

Und sie wohnt praktisch um die Ecke.

Shit.

Raus aus meinem Zimmer, durch den Flur und mitten auf der Treppe höre ich es: »Ich sag's dir, Sara, aus einem Flieger zu springen, ist das großartigste Gefühl der Welt.«

»Ja, ganz bestimmt, Mister. Wir, äh, wir haben es nur gerade leider ein bisschen eilig.«

»Bitte, nenn mich doch Orville.«

Ich springe die Stufen hinunter und geselle mich im Eingangsbereich zu Sara und Onkel Orville.

»Soso.« Orville verschränkt die Arme vor seiner sehr stark gebräunten und sehr nackten Brust. »Dann lasse ich euch Kids mal machen.« Mit einem Zwinkern legt er noch mal nach: »Immer dran denken, Sportsfreund: Was würde Onkel Orville tun?«, und stolziert hinüber in die Küche.

Jetzt, wo Orville weg ist, nehme ich erstmals die Katze auf Saras Arm wahr.

»Noah«, sagt Sara. »Das ist Nike. Nike, Noah.«

»Wir haben uns schon kennengelernt.« Ich schnappe mir meine Jacke von der Garderobe. »Gehen wir.«

# *HIER KOMMT* → TEIL 6

Auszug aus Mila Henry, ***Jahr meiner Selbst,*** Kapitel 17

»Ich kann nirgendwohin«, sagte Nathan.

Als sie das Schnellrestaurant betreten hatten, hatte Nathan noch geredet, als läge ihm die Welt zu Füßen; nun redete er wie einer, der ihre Last auf dem Rücken trug.

Das Gefühl kannte Cletus gut.

»Hör mal«, sagte er. »Du bist ein großer Künstler.«

»Ha.«

»Komm mir nicht mit *Ha.* Das bist du wirklich. Auch wenn die hochtrabenden Idioten dieser Welt es vielleicht nicht wahrhaben wollen. Auch wenn du es wahrscheinlich nicht mehr erleben wirst, *dass* sie es wahrhaben. Aber glaub mir, in einigen Generationen werden sie es einsehen.« Cletus hielt das Stück Leinwand hoch. »Sie werden dieses Gemälde in einer Galerie hängen sehen –«

»Wenn es dann noch Galerien gibt.«

»– & zwar in Paris –«

»Wenn Paris dann noch steht.«

»– & sie werden den Kopf schütteln vor lauter Ergriffenheit im Angesicht dieses wundervollen Werks von Nathan … äh … wie war noch mal dein Nachname?«

»Brumbleberry.«

*Ach du meine Güte,* dachte Cletus. Er trank einen Schluck Wasser, räusperte sich & versuchte, den Faden seiner kleinen Motivationsrede wieder aufzunehmen. »Sie, äh, sie werden ehrfürchtig den Namen … äh, egal. Sie werden deinen Namen hauchen & dabei voller Ergriffenheit sein & was es noch so gibt.«

Eine andere Kellnerin brachte die Rechnung vorbei. Cletus betrachtete den Zettel einen Augenblick lang. »Um Himmels willen, wie viele Pfannkuchen hast du denn gegessen?«

»Ich weiß nicht, was ich hier soll«, sagte Nathan. »In meinem Leben gibt es niemanden & ich habe keine Ahnung, was ich jetzt machen soll.«

Cletus legte die Rechnung beiseite, lehnte sich über den Tisch. »OK, genug gebrütet. Hör mir zu. Ich verrate dir jetzt zwei Geheimnisse. Erstens hast du niemanden in deinem Leben, weil du ein armseliger Schwachkopf bist, & wenn du gerade kein armseliger Schwachkopf bist, bist du ein rundum unausstehlicher Schwachkopf. Ich kann das beurteilen, ich bin selbst einer. Typen wie wir werden immer allein sein & das ist schon in Ordnung so. Man muss nur den Unterschied zwischen Alleinsein & Einsamkeit kennen. Das ist der Trick. Und dass du nicht weißt, was du jetzt machen sollst … manchmal weiß ich erst, was ich schreibe, wenn ich es geschrieben habe. Manchmal weiß ich erst, was ich denke, wenn ich es lese. Und manchmal weiß ich erst, wohin ich will, wenn ich angekommen bin. Daher sage ich dir jetzt, was du zu tun hast: Male einfach weiter, Nathan. Hör nicht auf die hochtrabenden Idioten. Male weiter.« Cletus warf einen Blick auf die Rechnung. »Nichts wie raus aus diesem Drecksloch.«

Cletus & Nathan gingen gemeinsam, ohne zu zahlen.

Voller Schnee und mit Nike, der Katze, auf den Armen stehe ich vor Mr Elams Tür und denke an Cletus' weise Worte.

»Mr Elam! Machen Sie auf, Mr Elam!«

Wieder hüllt mich die Bostoner-Backsteinhaus-Atmosphäre aus unserem Familienurlaub ein, es riecht nach Buchhandlung und Kräutertee, und von unten schallen Ambrosias sanfte Ermahnungen herauf: »Du kannst da nicht einfach so hochgehen, mein Lieber«, doch ich klopfe einfach weiter an. »Mr Elam!«

Nüchtern betrachtet ist das hier natürlich ein totaler Schuss ins Blaue. »Nike mag Menschen, die sie mögen«, hat Sara auf der Fahrt hierher gesagt, was mich an eine Monate zurückliegende Nacht und an ihren Bruder Circuit erinnert hat, mit dem ich von der Longmire-Party nach Hause bin und der dieselbe Katze als »kleine Arschgeige« bezeichnet und ihr ins Gesicht gebrüllt hat wie ein Löwe.

»Mr Elam!«

Ein lautes, sattes Klacken – die Tür wird entriegelt. Sie öffnet sich um ein paar Zentimeter, Mr Elam sagt aber nichts, späht nur aus verhangenen roten Augen in den Flur. Es sind die Augen eines Menschen, der niemanden hat und der außerdem anscheinend seit Tagen nicht schlafen kann.

»Ich habe etwas für Sie.«

Er öffnet die Tür etwas weiter, immer noch schweigend.

»Sie heißt Nike.«

Als ich ihm die Katze entgegenstrecke, schleicht sich ein wenig Angst in Mr Elams Blick ein, aber auch ein wenig Freude. »Okay«, sagt er und ich überreiche ihm die Katze. Sie macht keinen Mucks.

»Außerdem«, fahre ich fort und ziehe den Umschlag mit

meinem krakeligen Namen darauf und dem Boxkampfticket und den beiden signierten Sammelkarten darin hervor, »wollte ich Ihnen das hier zurückgeben.«

Mr Elam nimmt auch den Umschlag entgegen, sagt noch einmal »Okay«, und in seinen Augen tut sich etwas – es sieht aus, als hätte er sein absolutes Maximum an Angst, Überraschung, Staunen und Zufriedenheit erreicht.

»Ich glaube, Sie können den Kram noch ganz gut gebrauchen«, meine ich. »Deshalb bekommen Sie ihn zurück.«

Mr Elam nickt einmal und betrachtet die Katze. »Okay.«

»Okay. Also. Das wäre dann alles, glaube ich. Bis morgen, Mr Elam.«

»Morgen ist Thanksgiving.«

»Ja, ich weiß. Ich bin dankbar, dass ich Sie kenne.«

Seine roten Augen werden feucht, er streicht durch das Fell an Nikes Rücken und da weiß ich, er wird es schaffen.

»Noah?«, sagt er.

»Ja?«

»Danke.«

Von der Treppe aus sieht man, wie das vom Schnee reflektierte Sonnenlicht als weißer Schimmer durchs Dielenfenster fällt, es ist ein unendlich trauriger und schöner Anblick. »Sie schaffen das schon«, entgegne ich, blicke ihm in die Augen und sage es noch einmal, damit es auch sicher wahr wird. »Sie schaffen das schon, Mr Elam. Bis morgen.«

Unten umarme ich Ambrosia kurz und habe dabei ihre Worte von vor einigen Stunden im Ohr, dass Mr Elam keinen Grund sehe, dankbar zu sein, und ob wir ihm nicht beweisen könnten, dass er sich irrt? »Es ist ein Anfang«, flüstere ich, dann haue ich ab und trete in die kalte Luft, voller Dankbarkeit dafür, dass ich diesen Ort entdeckt habe. Dabei wusste ich erst, wohin ich wollte, als ich angekommen war.

## 66 ⇨ *moby dick sucks*

Auf der Heimfahrt fällt mein Blick auf den Melville-Aufnäher an Saras Tasche und ich erinnere mich an unsere Begegnung in der Bücherei an Halloween. Keine Ahnung, warum ich sie frage, obwohl ich die Antwort schon kenne, aber ich erkundige mich, welches Buch sie sich ausgeliehen hat.

»Ich hatte gehört, dass es eine Sammlerausgabe von *Dies ist keine Autobiografie* gibt, mit Bonusmaterial«, erwidert sie. »Wieso?«

»Nichts«, sage ich, »kein besonderer Grund«, dabei ist es nicht nichts und es gibt sehr wohl einen Grund, schließlich hat der Bibliothekar erwähnt, dass sich seit Ewigkeiten niemand mehr für diese Ausgabe interessiert habe – also welch glückliche Fügung, dass Sara zufällig an diesem Tag zu dieser Uhrzeit in der Bücherei war und außerdem zufällig diesen Zettel auf den Boden hat fallen lassen, den ich zufällig gesehen und aufgehoben habe. Da fragt man sich doch, wie hoch die Wahrscheinlichkeit war.

## 67 ⇨ *alone or lonely*

»Könntest du mir freundlicherweise die Süßkartoffeln reichen?«

Es kann nur eine Zwölfjährige geben, der ein solcher Satz über die Lippen kommt, und das ist meine Schwester.

»Aber gerne doch«, sagt Onkel Orville und hievt die überdimensionierte Platte mit Dads Süßkartoffeln hinüber. »Bitte schön, Tiger.«

Als Pennys Blick für einen Sekundenbruchteil zu mir zuckt, antworte ich mit dem Oakman-Rollen, einem subtilen

Augenverdrehen, das nur zum Einsatz kommt, wenn Onkel Orville uns mit einem seiner Spitznamen belegt. Penny sieht es – und schaut weg. Aha. Die Funkstille dauert also an. Seit Dienstagnacht, seit dem Vorfall auf dem Parkplatz des Windy City Limits, hat sie kein Wort mehr mit mir gesprochen.

Penny nimmt Orville die Platte ab. »Herzlichen Dank, liebster Fred.«

Onkel O zieht eine Augenbraue hoch und blickt sich in der Runde um. »Wer ist Fred?«

Ich schlucke einen Klumpen von Dads unvermeidlicher veganer Salatsoße herunter. »Du.«

»Ich?«

»Ja, Schätzchen«, bestätigt Penny, und Orville so: »Okay, hmm«, was Mom dazu animiert, die Runde über Pennys *Frühstück-bei-Tiffany*-Wahn aufzuklären, allerdings nur, bis meine dreijährige Cousine Hannah beschließt, dass sie genau jetzt eine Umfrage starten muss, wer unserer Einschätzung nach einen Kampf zwischen einem Tigerhai und einem Gorilla gewinnen würde, woraufhin ihr kleiner Bruder Eli kurzerhand sein Abendessen vom Kinderstuhl wischt, auf den Boden zeigt und ein flugsaurierartiges Kreischen entfesselt, als hätte er den Fraß nicht gerade eigenhändig abgeräumt. Und Onkel Orville immer noch so: »Wieso bin ich jetzt noch mal Fred?«, während Dad sich selbst schwerste Vorwürfe macht, weil er den herbstlichen Grünkohlsalat nur halbherzig »massiert« habe, und ahhh, gibt es eine zartere, anmutigere Melodei als die wunderliche Kakofonie einer Thanksgiving-Runde?

Weitere Konzertteilnehmer: Dads Schwester, also unsere Tante Becky, und ihr Mann, also unser Onkel Adam, deren Lenden für Hannah und Eli verantwortlich zeichnen; die deutlich jüngere Pflegeschwester von Mom und Onkel Orville, die an der U of C studiert und die ich wegen unseres geringen Altersunterschieds und weil sie eine gewisse gelehrte Sexyness ausstrahlt – will heißen, sie bildet Sätze mit Wörtern wie *Mise en scène, Paralipse* und *Petrichor* –, nur mit leichtem Unwohlsein als »Tante« Jasmine anspreche; und Tante Jasmines neue Freundin Noelle.

»Im Kern ist es ein sehr meditativer Sport«, verkündet Onkel Orville.

Nicht ohne neckisches Lächeln erwidert Dad: »Aber ist Fallschirmspringen denn wirklich ein Sport?«

So wie Onkel O ihn ansieht, guckt er sonst nur Flugzeuge an, die unerklärlicherweise auf der Erde herumstehen. Wäre jetzt meine Vermutung.

Orville ist zwar Moms Bruder und nicht Dads und trotzdem haben Dad und er seit jeher so ein Geschwisterding am Laufen – sie kennen die Schwachstellen des anderen genau. Und während ich mit einem Ohr zuhöre, wie Dad sich bei Orville nach seiner »raffinierten Technik« beim Hopser aus der Flugzeugtür erkundigt und Orville um das Rezept für Dads »vorzüglichen« Rote-Bete-Linsen-Hackbraten bittet, grübele ich über das komplexe Phänomen Familienleben.

Heute Morgen war Mr Elam pünktlich zur Stelle. Mit seinem üblichen »Junge, was stehst du da noch so rum?« läutete er unseren Spaziergang ein, der wie immer vor der Tür des Ambrosia's B&B endete. Ich erkundigte mich nach Nike, ob das mit der Katze seiner Meinung nach funktionieren könne, und erntete bloß ein knappes Nicken. Leicht enttäuscht war ich schon, erstens von seiner mäßigen Reaktion und zweitens von mir selbst, der ich in meiner Naivität geglaubt hatte, eine Ersatzkatze könnte wirklich etwas gegen Mr Elams Einsamkeit ausrichten. Wieder musste ich an meinen Pakt mit Ambrosia denken: *Es ist ein Anfang.*

Jetzt sitzen wir zu elft um den Tisch, wobei zehn davon zur Familie gehören. Auf der einen Seite gehen mir manche dieser Personen wirklich sagenhaft auf die Nüsse, auf der anderen muss ich mir eingestehen: Es ist schön, dass es sie gibt. Soweit ich es beurteilen kann, ist der größte Vorteil an einer Familie die schlichte Gewissheit, dass alles, was einem von uns passiert, uns allen passiert.

Es ist wie ein Vertrag, der bei der Geburt mit Blut unterzeichnet wird: *Willst du, Winziger Säugling, Der Du Keine Ahnung Von Nichts Hast, diese rein zufällig ausgewählten Menschen zu Dauereinrichtungen in deinem Leben in Ewigkeit küren?* Und wir unterschreiben den Scheiß auch noch, und zwar mit Freuden, denn was auch auf uns zukommen mag, auf die Art sind wir wenigstens nicht allein.

Das Blöde ist, dass Mr Elam seinen Namen unter den gleichen Vertrag gesetzt hat. Und dann wurde seine Familie trotzdem ausgelöscht, nur weil ein Lkw-Fahrer eingeschlafen ist. Nur deswegen. Es ging so schnell.

*Es kann so schnell gehen,* denke ich und blicke mich am Tisch um.

»Ich würd's machen«, sagt Noelle.

Onkel Orville nickt und applaudiert ihr respektvoll.

Und Tante Becky so: »Ich glaube, ich kapiere das einfach nicht.«

»Was genau?«, erwidert Onkel Orville. »Dass es der Kick deines Lebens wäre? Oder dass du mehr Spaß hättest, als du jemals für möglich halten würdest?«

»Ich glaube ...« Tante Becky sieht sich Hilfe suchend um, findet aber keine. Sie schaut wieder Orville an. »Eher ... dass man einfach so aus einem Flugzeug springen soll?!«

Dad schnippt mit den Fingern und deutet auf seine Schwester. »Es ist eine ganz simple Abwägung – Risiko gegen Nutzen. Ein winziger Defekt an der Reißleine und es ist aus. Irgendein Typ in der Fallschirmfabrik hat an dem einen Morgen seine Koffeintabletten vergessen und –«

»Welche Fallschirmfabrik denn?«, sagt Onkel O. Sein Gesicht zieht sich zusammen wie eine Faust.

»... und plötzlich hängst du Hunderte von Metern über dem Erdboden in der Luft und deine einzige Hoffnung ist ein besserer Rucksack.«

Noelle schiebt sich irgendetwas in den Mund. »Ich würd's trotzdem machen.«

Als Onkel O maunzt wie ein Kätzchen, wird es Dad endgültig zu bunt. »Reiß dich zusammen, Orville«, und der: »Wie? Was habe ich denn getan?«

Dad legt seine Serviette zusammengefaltet auf den Tisch. »Okay, Orville, in einem Satz: Was findest du am Fallschirmspringen so toll?«

Das Gesicht meines Onkels glättet sich und fast glaube ich, er muss weinen. »Ungefähr zehn Minuten lang«, flüstert er, »vom Absprung bis zu dem Moment, wenn die Füße den Boden berühren, ist man der einzige Mensch auf Erden.«

Ich sehe Mr Elam allein im Lehnstuhl sitzen und schweigend Bourbon trinken, auf seinem Schoß ein Teller mit seinem Abendessen. Die Treppe runter sitzt Ambrosia. Die liebe Ambrosia sitzt da und wünschte, sie hätte darauf bestanden, dass er ihr Gesellschaft leistet, ist sich aber bewusst, was sein Kopfschütteln und seine Worte zu bedeuten hatten: »Es ist unser Jahrestag.« Ich sehe Nike zu seinen Füßen hocken, sehe, wie Mr Elams knorrige Hand ihr den Rücken krault. Ich sehe Mr Elams Augen und durch seine Augen hindurch in seinen Geist, der die Zeit zurückdreht, immer wieder zurück zum Gesicht des Lkw-Fahrers, der seinen Vertrag einfach so in Stücke gerissen hat. Mr Elam hebt das Glas, er prostet

Barbara und Matthew zu, prostet der Asche von Kater Herman zu und weiß doch nicht, ob sie ihn sehen können. Er kann nur beten, dass sein schwindender Glaube nicht ganz zur Neige geht, und so hält er das Glas erhoben und denkt an ihr altes Familienmotto, *eins plus eins plus eins ist gleich eins,* niedergedrückt von der Last einer Gleichung, die von Minuszeichen zerfressen wurde.

»Eins«, sagt er zum leeren Raum.

Onkel Orville liegt falsch. Der Sturz dauert viel länger als zehn Minuten.

Sollte ich genau jetzt sterben, hier unter der kochend heißen Dusche, und sollten ein paar neugierige Forscher später meinen Schädel aufbrechen, um einen Blick auf die ordentlich katalogisierten Bestände meiner Gehirnregale zu werfen, wird einer von ihnen irgendwo zwischen Bowie und Stiefeln auf Parkett, in einer Lücke zwischen mit Pfeilen gespickten Schaubildern und kurzen Abrissen meiner selbst, vielleicht ganz tief mit der Pinzette graben und mit einem freudigen »Erwischt!« einen Schmetterling hervorpulen.

Leicht benebelt steige ich aus der Dusche. Abtrocknen, in die Boxershorts schlüpfen, dann in die Sporthose, Zähne putzen. Ein Flattern in meinen Hirnwindungen. Eine Art Muster, das ich wochenlang übersehen habe, wird erkennbar.

Neben dem Waschbecken steht Onkel Orvilles Kulturbeutel: eine Zahnbürste, ein Elektrorasierer, ein Deo, ein ...

Von allem nur ein Exemplar.

Der Schmetterling flattert von einem Synapsenast zum anderen.

Leise durchquere ich den Flur und bleibe vor dem Gästezimmer stehen. Die Tür ist geschlossen, durch den Spalt am

Boden schimmert blaues Fernseherlicht. Ich stelle mir vor, wie Onkel Orville oben ohne auf dem Bett sitzt und mit müden, glasigen Augen einem Late-Night-Moderator bei seinen lahmen Sprüchlein zusieht – ein und derselbe Witz in Endlosschleife –, nur dass mein Onkel seit Jahren nicht mehr darüber lacht. Ich denke daran, wie er bei Onkel Jacks Beerdigung vor der puppenartigen Leiche seines Zwillingsbruders stand, und frage mich, wie das wohl ist – den einzigen Menschen zu verlieren, der je wirklich kapiert hat, wie man tickt. Das eigene Ebenbild im Sarg liegen zu sehen.

Ich husche in mein Zimmer und schließe lautlos die Tür.

Wahrscheinlich ist es nicht fair, so zu denken. Es gibt haufenweise Singles, die ihr Leben lang allein bleiben und dabei glücklich sind. Aber das Entscheidende ist ja nicht, dass Onkel Orville Single ist. Oder dass er seine erbärmlichen Werbespots auf VHS an die ganze Familie schickt. Auch nicht sein Hang zu nervigen Spitznamen oder sein dick aufgetragenes Selbstbewusstsein.

Ich stehe unbewegt im Dunkeln und starre auf den Umriss meiner nackten Matratze. Eine nächtliche Dusche wirkt wie ein Beruhigungsmittel, das bis in die Knochen dringt und eine erfrischende Trägheit hervorruft, wie sie sonst eher nach einem Mittagsschlaf aufkommt.

Das ist die beste Zeit zum Nachdenken.

Und im Augenblick denke ich: *Onkel Orville hat sich nicht verändert.*

Für mich ist Geschichte im Grunde eine Abfolge von Mustern, sind Historiker Musteranalytiker und Hellseher Musterpropheten ... während wir anderen uns nur redlich bemühen können, die Muster, die unseres Weges kommen, auch zu erkennen.

Parish, Henry, Mr Elam, das Verblassende Mädchen, Penny, nun auch noch Onkel Orville – das sind meine Konstanten. Auf Alans Anregung hin bin ich ihnen allen nachgegangen, doch Muster lassen sich nicht durch Betrachtung Einzelner entziffern, sie erfordern die Betrachtung der Gesamtheit. Und wenn ich meine Sonderbaren Faszinationen, samt Penny und Onkel Orville, nicht als lauter Bäume, sondern als sprichwörtlichen Wald betrachte, zeigt sich das Muster.

Orville. *Vom Absprung bis zu dem Moment, wenn die Füße den Boden berühren, ist man der einzige Mensch auf Erden.*

Penny. *Was schon? Schnapp dir ein Paddel, Schätzchen.*

Parish. *Abe, mein Gott, du kannst mich hier doch nicht alleinlassen.*

Henry (Cletus in den Mund gelegt). *Typen wie wir werden immer allein sein & das ist schon in Ordnung so. Man muss nur den Unterschied zwischen Alleinsein & Einsamkeit kennen. Das ist der Trick.*

Das Verblassende Mädchen. *Ein Gesicht, vierzig Jahre.*

Mr Elam. *Eins plus eins plus eins ist gleich eins.*

Die einzigen Menschen in meinem Leben, die sich nicht verändert haben, sind nicht nur allein. Sie sind einsam.

## 68 ⇨ #gesegnet

Sobald sich der Staub der Thanksgiving-Feierlichkeiten gelegt hat, weichen mir meine Eltern keine Sekunde mehr von der Seite. Sie sind wie ausgehungerte Dementoren, die auf eine Teletubbies-Convention losgelassen wurden.

In Führung liegt die University of Milwaukee, sie wäre die logische Wahl, ebenfalls im Rennen ist die Manhattan State – aber ich schätze, mittlerweile würden sich meine Eltern schon vor Freude in die Hose machen, wenn ich sagen würde: *Hey, gucken wir uns doch mal die University of Alaska Anchorage an, die soll ein spitzenmäßiges Bobprogramm haben.* Ich weiß, welche Optionen auf dem Tisch liegen und was ich tun sollte. Zwischen Sollen und Wollen klafft nur leider immer noch ein gigantischer Abgrund.

**Ich:** **Hey.**

Sara: Noah, Noah, Noah.

**Ich:** **Sara, Sara, Sara.**

Sara: Was ist?

**Ich:** **Ich muss mal raus aus dem Haus. Lust auf Kino?**

Sara: *rotwerd* … er will ein zweites Date

**Ich:** **Zählt das letzte Mal denn als Date?**

Sara: Für die ganzen anderen Typen, mit denen ich zu einem alten Mann bin, um ihm unser Haustier zu schenken, war es jedenfalls ein Date, daher …

**Ich:** **Wenn das so ist: Ja, ich will ein zweites Date.**

Sara: Okay gut. Aber hmm. Ich kann nicht.

**Ich:** **Oh. Okay.**

Sara: Also ich kann ehrlich nicht. Sitze bis Sonntag in Elgin fest. T-Giving mit Familie. #gesegnet

**Ich: Haha verstehe. Verstehe vollkommen.**

**Ich: Hey**

Alan: WASGEEEHHHT, NO??????????

**Ich: Sorry, bist du high?**

Alan: Nein. Val hat mir neulich erst vorgeworfen »im Zustand der Abgestumpftheit« zu texten

**Ich: Aha**

Alan: Versuche also wieder in die Spur zu finden

**Ich: Na, da wünsche ich viel Glück.**

Alan: Was ist?

**Ich: Bock, den (nicht mehr ganz) neuen Spider-Man im Discount anzusehen? Kenne nur die Zeichentrickserie. Und versuche, endlich in die Spur zu finden.**

Alan: Na dann VIEL GLÜCK. Wirst es brauchen. Das ist nämlich KEIN SPIDEY-FILM

**Ich: Oh**

Alan: Es ist der (nicht mehr ganz) neue Superman, und der soll Kryptonit in Kackfilmform sein

**Ich: Egal. Irgendwie muss ich mir das Hirn wegballern, also warum nicht mit Kackfilmkryptonit. Bist du dabei?**

Alan: Kann nicht

**Ich: WTF nicht?**

Alan: What the fuck nicht? Hä?

**Ich: WHY. WHY the fuck nicht?**

Alan: Hmm also ob das einfach so geht … HMMMNEIN. Historisch betrachtet steht das W in WTF für »What«

**Ich: OMG**

Alan: Ich kann nicht weil Hausaufgaben

**Ich: HAHA!**

Alan: HerzAllerliebsterHammerArsch?

**Ich: Vergiss nicht, mit wem du es zu tun hast. Ich weiß genau, dass du keine Hausaufgaben machst. Warum? Weil du du bist. #fidelejungfrauen**

Alan: Na gut. Keine Hausaufgaben. Ich bin krank. Magen kaputt.

**Ich: Du bist nicht krank.**

Alan: Hä? Hast du jetzt telepathische Daumen oder was? ICH BIN KRANK. ICH KOTZE MIR HIER DIE EINGEWEIDE RAUS

**Ich: Dann wäre deine erste Nachricht gewesen: OMG YO ÜBERALL KOTZE AAARRRGHH**

Alan: Stimmt auch wieder. Shit

**Ich: Komm schon. Raus damit.**

Alan: OMG YO ÜBERALL KOTZE AAARRRGHH

**Ich: Zu spät!**

Alan: Okay, aber du darfst mir nicht böse sein. Ich bin bei den Longmires

**Ich: Willst du mich verarschen?**

Alan: Sorry. Jungsabend

**Ich: Jungsabend bei den Longmires**

Alan: Ja

**Ich: Worunter man sich vorstellen kann …**

Alan: Videospiele, Wodka und Will fragt mich in allen Details nach meiner »Schwulheit« aus

**Ich: O Gott!**

Alan: Und Jake kloppt Will ständig auf die Schulter und will trotzdem wissen, was ich zu sagen habe

**Ich: OK**

Alan: Seit mir nicht böse, Eure Hoheit

**Ich: Seid. Seid. Seid. Seid. Seid.**

Alan: BITTE UM ENTSCHULDIGUNG ABER BIST DU MIR JETZT BÖSE ODER NICHT?

**Ich: Nein.**

Alan: Aber irgendwas ist doch?

**Ich: Alles gut. Ich schaue mir jetzt an, wie Spider-Man Lex Luthor killt**

Alan: #nichtzuretten

**Ich: #nichtzurettenabergesegnet**

Ich schreibe Val. Keine Reaktion.

Spontan beschließe ich, vor dem Gehen noch mal das Verblassende Mädchen anzuhauen. Bisher hat sie nicht geantwortet (weder über YouTube noch über Gmail), weshalb ich mir noch mal bewusst mache, dass sie mir nichts schuldig ist, dass ich keinen Anspruch auf rein gar nichts habe und dass mein Recht, auf *Kommentieren* zu klicken, keinesfalls schwerer wiegt als ihr Recht, meinen Kommentar zu ignorieren. Heute spare ich mir sogar den Entwurf und tippe einfach in das Textfeld mit *Öffentlich kommentieren als …:* Hi. Ich bin's wieder. Du bist mir nichts schuldig und falls dir meine Kommentare auf die Nerven gehen, tut's mir leid. Das bringt jetzt wahrscheinlich auch nicht viel, aber ein letztes Mal probiere ich es noch: Ich würde mich wirklich gerne mit dir unterhalten. Wenn du kurz Zeit hast, schreib mir doch unter oaktreehouse@gmail.com. Danke.

Diesmal verzichte ich auf Ausrufezeichen.

## 69 ⇨ *ein Kommen und Gehen der Attraktionen*

Das Discount ist der bösartige Leberfleck auf Ivertons Oberlippe und dafür muss man es einfach lieben. Um etwas mehr ins Detail zu gehen: Irgendein Geldsack hat sich mal eben ein Multiplexkino hingestellt, ohne sich vorher über die vorgeschriebene Nutzung des Grundstücks schlauzumachen, und bedauerlicherweise durfte es nicht für ein richtiges Kino genutzt werden. Aber das Ding stand nun mal komplett fertig da. Also dachte sich ein anderer (deutlich kleinerer) Geldsack: *Hey, wieso zeigen wir nicht trotzdem Filme, nur ein paar Monate nach Kinostart. Alles klaaaaar?,* und alle anderen so: *Na, dann ist das wohl kein Problem, äh, glaube ich,* und seitdem laufen dort ungefähr zur selben Zeit, wie sie auf Netflix auftauchen, lauter alte Filme. Aber egal, wir können sie uns im Stockdunkeln auf einer Riesenleinwand und in unmittelbarer Nähe wildfremder Menschen reinziehen, deshalb finde ich das voll okay.

»Einmal der neue Superman, bitte.«

»Nur einmal?«, fragt der junge Kerl hinter der Glasscheibe. Wie kann man nur so jung und aufgekratzt sein? Ob er wohl direkt von der Probe seiner Mittelstufen-Big-Band rübergefahren ist?

»Ja, junger Mann. Nur einmal.«

»Macht zwei Dollar«, sagt er.

»Oh.«

»Ist irgendwas?«

»Früher waren's immer 1,50 Dollar.« Ich deute auf das Schild am Eingang: *Die Premium-Kinoerfahrung für nur $1,50.* »Da steht's auch.«

»Preiserhöhung, Bruder«, erwidert er nur.

Ich gebe ihm also zwei Dollar, auch wenn ich davon ausgehen muss, dass ich mich hier gerade von einem Siebtklassklarinettisten abziehen lasse, und laufe zur Snacktheke. Die fünfzig Cent gönne ich ihm.

Allein ins Kino zu gehen, könnte eigentlich ganz nett sein. Man genießt den Film, lacht, wenn man etwas lustig findet, weint, wann man will, und macht sich dabei nicht dauernd Gedanken, ob die Begleitung nun an denselben Stellen lacht und weint.

*Nur einmal?*

Der Hosenscheißer kennt mich doch nicht mal.

Ich hole mir ein kleines Popcorn und eine Coke, bestätige dem Typen an der Kasse gerne noch einmal, dass ich tatsächlich das S-Popcorn will, sonst hätte ich es ja nicht verlangt, und ja, ich weiß, vom Preis-Leistungs-Verhältnis her ist die XL-Version besser, aber das wäre mir zu viel und ich hasse Verschwendung. Endlich rückt er Popcorn und Coke raus, und ich begebe mich zum Ticketabreißer. Der sitzt drüben auf einem Hocker.

Das Kino ist ein Sinnbild unserer Gesellschaft.

Eine Frage übrigens: Seit wann sind Kinobesuche eigentlich ein gesellschaftliches Ereignis? Okay, das mit den Autokinos früher sehe ich ein. In den Fiftys war es sicher cool, mit runtergeklapptem Verdeck einen Film zu gucken, Kaugummi zu kauen, Bier zu saufen, rumzuknutschen ... so bringt der ganze Aufstand wenigstens was. Aber heute?

»Noah!« Aus dem Nichts fällt mir Val um den Hals.

»Hey.«

»Bist du allein da?«

Als sie mich das fragt, fällt mir auf, dass sie jedenfalls nicht allein hier ist. Neben ihr steht Jake Longmires Freundin Taylor ... So-und-So.

»Ja«, sage ich. »Ich glaube, allein ins Kino zu gehen, wird mein neues Ding.« Ich nehme einen tiefen Schluck aus dem Colabecher, soll heißen: Ich stehe hundertpro dazu.

»Das ist so typisch Noah«, stellt Val fest, allerdings mit einem Lächeln. Sie meint es nicht böse – oder? Als sich Taylor So-und-So räuspert, bekomme ich ein schlechtes Gewissen. Wird Zeit, dass ich sie ins Gespräch einbeziehe.

»Und, was schaut ihr euch an?«, frage ich sie.

»Wir sind schon fertig«, meint Tyler. Damit wäre auch geklärt, wieso Val nicht auf meine Nachricht reagiert hat. Im Kino checkt sie ihr Handy aus Prinzip nicht.

»Und, was habt ihr euch angeschaut?«

»Den neuen Superman«, sagt Val, steckt sich den Finger in den Mund und würgt. »Es ist, als hätte das gesamte DC-Universum nichts Besseres zu tun, als träge im Abfluss der Beschissenheit zu kreiseln, bis es endlich von der Kanalisation verschlungen wird und alle aufatmen.«

»Ah.«

»Und du?«, fragt Val. »Auch schon fertig?«

»Nein.«

»Welcher Film?«

»Der neue Superman.«

Und Taylor So-und-So mit einem Kichern: »Bis gleich im Wagen, V.« Offensichtlich würde sie es keine zehn Sekunden mehr in meiner Gegenwart aushalten, und überhaupt, was erlaubt sich die Tussi eigentlich, Val *V* zu nennen? Val heißt Val und manchmal Valeria, aber nicht *V.* Und wenn doch, dürften nur Alan und ich sie *V* nennen, und Taylor So-und-So ist eindeutig weder Alan noch ich, daher noch mal die Frage: Was erlaubt sich die Tussi?

Am Ende entscheide ich mich für die freundlichere Variante. »Seit wann seid ihr zwei befreundet?«

Val blickt zu Boden. Plötzlich ist die Luft schwer zu atmen. »Wir hängen erst seit Kurzem miteinander ab.«

»Ach so.« In meinem Gehirn zündet irgendetwas, als hätte jemand einen Schalter umgelegt.

»Ich muss dann langsam los.« Und mit einem schiefen Lächeln schiebt Val hinterher: »Viel Spaß beim Film.«

»Haha. Danke auch.« Eine kurze Umarmung noch, dann wendet sie sich zum Gehen. »Val?«

»Ja?«

»Bist du jetzt mit Will Longmire zusammen?«

Ihr Gesicht rötet sich. Vorerst kommt keine Antwort.

»Nur weil Alan gerade zum Jungsabend bei denen ist. Und du mit Jakes Freundin unterwegs bist.«

»Ja.« Val nickt, blickt zu Boden, sieht mir schließlich ins Gesicht. »Also ... ja, bin ich.«

»Ah. Okay. Wusste ich eben nicht. Weil ich euch in der Schule nie zusammen gesehen habe und so.«

»Ja, das geht noch nicht so lange. Aber wir wollten es beide mal ausprobieren. Außerdem denkt Will auch über die USC nach, also wenn es funktioniert, wäre es vielleicht keine Fernbeziehung.«

»Klingt gut«, sage ich. »Freut mich für dich.«

»Danke.«

»Okay, ich will die Trailer nicht verpassen, also ge–«

Mit einer Umarmung, unserer dritten binnen fünf Minuten, schneidet Val mir das Wort ab. Wenn man so viel Zeit mit einem Menschen verbracht hat wie ich mit Val, erscheint einem das gemeinsame Leben irgendwann als Abfolge von Sätzen, man spürt den metrischen Fluss ihrer Gezeiten, das Pulsieren von Punkt und Komma. Dass Val neuerdings einen Freund hat, regt mich nicht auf, nicht mal, dass es ausgerechnet ein Longmire-Bruder sein muss, und es regt mich auch nicht auf, wenn sie bald mit dem Typen in ihr neues Leben im sonnigen L. A. aufbricht. Und wenn Alan sich unbedingt mit derselben Bande anfreunden will, na, soll er doch. Nur irgendwie werde ich das Gefühl nicht los, dass sich die beiden hinter meinem Rücken ein neues Paddelboot gezimmert haben, mit dem sie nun in See stechen, und ich bleibe am Ufer zurück und kann nur noch zum Abschied winken.

»Mach's gut, Noah«, verabschiedet Val sich.

»Mach's gut, Val«, verabschiede ich mich.

Dann geht sie und damit endet dann auch dieser Satz.

Gibt es etwas Schlimmeres als einen Film, von dem man im Vorhinein weiß, dass er beschissen ist? Ja: Eine Riesenladung nachweislich beschissener kommender Attraktionen. Da sich die Trailer an den zeitlichen Rhythmus des Discountfilmpalasts halten, sind all die Filme, die mit *Demnächst im Kino* angekündigt werden, tatsächlich längst wieder daraus verschwunden. Endlich wird das Licht gedimmt – und pünktlich zum Vorspann, als ich gerade mein Handy ausschalten will, ploppt eine Gmail-Benachrichtigung auf.

Eine neue E-Mail von chewie.elephant57@gmail.com.

Kein Betreff.

Die Elefantenherde im Bildhintergrund, die Chewbacca-Figur – keine Frage, diese Mail kommt vom Verblassenden Mädchen. Und trotzdem kann ich sie zunächst nicht öffnen. Sie hockt dick und fett in meiner Inbox, als wäre sie schon immer dort gewesen, als wäre sie in meinem Handy zu Hause und ich hier der Störenfried. Vom Display aus starrt sie mich fragend an: *Und du bist noch mal …?*

Tief durchatmen, drauftippen, lesen: Also, was willst du mich fragen?

Auf der Flucht aus dem Kinosaal verschütte ich mein halbes Popcorn.

## 70 ⇨ *(kein Betreff)*

Im Auto, aber noch auf dem Discountparkplatz, öffne ich die Notiz-App, um meine Antwort zu entwerfen, und nachdem der Text verschiedene Schleimigkeitsextreme durchlaufen hat, steht da:

> Ich weiß, das hört sich jetzt sehr komisch an (glaub mir, ich habe alles probiert, aber keine Chance, es hört sich einfach immer komisch an), deshalb kann ich nur hoffen, es kommt rüber, was ich sagen will: Ich brauche deine Hilfe. Hier ist etwas im Gange, und okay, wir kennen uns nicht, aber ich glaube, du kannst mir vielleicht weiterhelfen. Ich würde mich

gerne mit dir unterhalten. Mir reicht es nämlich langsam auch.
Noah Oakman

Ich lese den Text ein paarmal durch und denke mir schließlich, wenn ich überhaupt eine Chance habe, dann so, mit bedingungsloser Ehrlichkeit. Also kopiere ich ihn in Gmail, schicke die Mail ab und starre volle zehn Minuten lang auf meine Inbox.

(kein Betreff)

(kein Betreff)

(kein Betreff)

Ich starre so lange auf diese beiden Wörter, dass sie mir irgendwann nur noch albern vorkommen. Es sind totale Quatschwörter: *Kein. Betreff.* Eigentlich ist das ganz schön fies. Eigentlich steht da: *So, viel Spaß mit dieser supersinnlosen E-Mail.* Doch dann verwandelt sich (kein Betreff) in ...

**(kein Betreff)**

Das schlichte Umschalten von normaler auf fette Schrift löst einen schmerzhaften Adrenalinstoß aus. Die allmächtige UNGELESENE NACHRICHT lässt die Muskeln spielen.

Die Antwort des Verblassenden Mädchens lautet:

Haughty Coffee, Inc.
149 Concourse Ave.
New York, NY 10029

Das ist in East Harlem zwischen E 116th und E 117th Street.

Wenn du vorbeikommen willst, schick mir einfach einen Tag davor eine Mail mit der Uhrzeit. Ich bin flexibel. Solltest du ein Stalker sein, steche ich dich ab. Das meine ich ernst.

## 71 ⇨ *es gibt solche und solche Pläne*

Manche Pläne entfalten sich über Jahre hinweg, können erst nach einer intensiven Planungsphase, in der alles Mögliche bedacht wird, allmählich in die Tat umgesetzt werden und müssen oft trotzdem noch eine Weile in der Erde reifen, auskeimen, Sonne und Wasser tanken, bis sie endlich Früchte tragen.

»Okay«, sagt Mom und richtet sich im Bett auf. »Okay.«

Dad pausiert *Seinfeld.* »Okay.«

Monatelang feuern sie verstohlene Blicke auf mich ab und rücken mir penetrant auf die Pelle, und jetzt kommt dabei bloß ein »Okay« herum? Ich hätte mir mehr erwartet.

»Ja«, sage ich. »Okay.«

»Und du hast gründlich darüber nachgedacht?«

»Ja.« Ich lasse die Heimfahrt vom Discount Revue passieren – wegen des etwas dichteren Verkehrs auf der North Mill sollte ich auf volle zwölf Minuten Nachdenkzeit gekommen sein. »Nur damit das klar ist, ich habe mich noch nicht *für* die Manhattan State entschieden«, sage ich, räuspere mich und trage die Sätze vor, die ich mir unterwegs zurechtgelegt habe. »Aber ich habe mich ein bisschen informiert und wie's aussieht, hat die Uni viel zu bieten. Und ich habe den Eindruck, dass Coach Taos Ansatz für das Schwimmteam genau richtig ist. Aber bevor ich mich festlege, würde ich's mir gerne selber anschauen.«

Die übertrieben zurückhaltende Reaktion meiner Eltern, ihr Dauernicken, ihre gespielte Coolness, die nicht mal den größten Idioten überzeugen würde, bringen mich beinahe zum Lachen. In diesem Zustand lasse ich sie allein, gerade weil sie sicher die ganze Nacht durchquatschen werden, um alles ruckzuck geregelt zu bekommen. Meine Eltern sind und waren schon immer energische Anhänger der anderen Art von Plänen, bei denen nicht getrödelt wird, bei denen man den Arsch hochkriegt und verdammt noch mal in die Puschen kommt.

Morgen ist Samstag.

Dad und ich frühstücken am Flughafen.

## 72 ⇨ *was ich denke, wenn ich auf die Wolken hinabschaue*

Ich denke, ich bin ein kleiner Fisch.

Ich denke, kleine Fische schmecken auch nicht schlechter als große.

Ich denke, ich sollte mehr Jazz hören.

Es gibt viele Orte, an denen ich gerne leben würde, und viele Zeiten, in denen ich gerne leben würde, und ich denke, wenn ich diese Wünsche annähernd wahr werden lassen kann, dann indem ich Musik höre, die an Orten oder in Zeiten komponiert wurde, die mir fremd sind.

Und ich denke, Geschichten können dasselbe. Sie können einem ein neues Zuhause geben.

Sollte mich jemand fragen: *Noah, was ist das Wichtigste an einer guten Geschichte?,* würde ich sehr wahrscheinlich antworten: *Die Figuren,* dabei bin ich mir da nicht so sicher, denn meine Lieblingsbücher beherbergen vor allem meine Lieblingsorte. Statt *Ich liebe Harry Potter* oder *Ich liebe Frodo Beutlin* sage ich *Ich liebe Hogwarts* und *Ich liebe Mittelerde.* Und an *Walden* fasziniert mich weniger der Text an sich als der See. Der Wald.

Deshalb denke ich, die große Geheimwaffe des Geschichtenerzählers ist das richtige Setting.

Ich habe immer Lust, neue Leute kennenzulernen, bis ich sie dann kennengelernt habe.

Ich denke, wenn ich so viel Zeit mit einem Menschen verbringe, dass wir uns so richtig ineinander verweben, denken wir irgendwann in den gleichen Mustern. Irgendwann quillt unsere gemeinsame Vergangenheit dann über den Rand wie lauter Äpfel und Orangen aus einem alten Einkaufskorb. Und ich denke, eine derartige Vermengung von Vergangenheiten ist nicht ungefährlich.

Ich denke, es ist okay, solche Gefahren zu erkennen und das große Ganze dahinter trotzdem toll zu finden. Denn ein von Äpfeln und Orangen überquellender Einkaufskorb ist doch auch was Schönes.

Ich denke, ich gehöre dem Persönlichkeitstyp an, der Persönlichkeitstests verabscheut.

Ich denke, Nostalgie ist, wenn die Seele etwas vermisst, und wie bei einer Fernbeziehung die Liebe wachsen kann, so vertieft sich auch Nostalgie mit der Zeit, bis das reale Etwas in der Erinnerung verschwimmt und man eher die Vorstellung davon vermisst als das Etwas selbst.

Ich stelle mir lieber vor, einen heißen Kakao zu trinken, als es wirklich zu tun.

Ich stelle mir lieber vor, einen Horrorfilm zu schauen, als mich wirklich zu fürchten.

Ich stelle mir lieber vor, etwas Spontanes zu tun, als wirklich spontan zu sein, und ich stelle mir lieber vor, in der Natur zu leben, als zum Naturburschen zu mutieren.

Ich stelle mir gerne vor, ich könnte als Vorstellungsexperte groß herauskommen.

Die Stirn gegen die kühle Doppelscheibe des Kabinenfensters gelehnt, lasse ich mich vom Jazz umspülen, während sich meine Gedanken ungebremst vervielfachen – bis sie innehalten und zu einem einzigen kondensieren, als hätte man einhundert durch einhundert geteilt.

Ich denke: Da muss ich also erst 10.000 Meter über dem Erdboden dahinrauschen, um endlich die Wurzel meiner Probleme freizulegen.

Ich verkläre meine Vergangenheit und ich verkläre meine Zukunft – und mache so das Hier und Jetzt zur trostlosesten Zeit meines Lebens.

## 73 ⇨ *Flüge, Züge, Glockenspiele*

»Alles okay?«, fragt Dad.

»Was? Ach so. Ja.«

Zu zweit halten wir uns in der Mitte der knallvollen U-Bahn an der Stahlstange fest. Ich klammere mich ein bisschen fester daran als Dad. Denke ich.

Das letzte Mal war ich mit sechs Jahren in New York City, damals hatte Dad uns alle zu irgendeinem Cateringauftrag mitgenommen, doch da Penny noch ein Baby war, blieb Mom immer auf unserem Hotelzimmer. Ich erinnere mich vage an ein, zwei Ausflüge ins Getümmel mit Dad, aber viel zu sehen bekam ich dabei nicht, erst recht nicht die Subway.

Keine Überraschung: NYC hat die Sauberkeitsschaltkreise in meinem Hirn ratzfatz durchbrennen lassen.

Der Zug schlingert ratternd die Gleise entlang und, ehrlich gesagt, sind der Dreck und die diversen Körperausdünstungen nicht mal das Unangenehmste an dieser U-Bahn-Fahrt. Am schlimmsten ist, dass mir kein Mensch in die Augen sieht, nicht mal die Leute unmittelbar neben mir, die ich ständig anrempele. Als wollten wir die Situation alle nicht wahrhaben.

Davon abgesehen schreit ein Typ in der Ecke die ganze Zeit aus vollem Hals Gedichte.

Dad lächelt zu mir herab und zwinkert mir kurz zu und schon kommt mir alles halb so wild vor. Und im nächsten Moment komme ich mir albern vor, weil ich offensichtlich wieder sechs Jahre alt bin und ein kurzes Augenzwinkern von meinem Daddy den sicheren Weltuntergang abwenden kann.

Trotzdem, ich bin verdammt froh, dass er bei mir ist.

Nachdem ich ihm und Mom gestern Abend meinen Plan eröffnet hatte, mir die Manhattan State anzusehen, bin ich direkt rüber in mein Zimmer zum Packen: Waschzeug, Klamotten, das Übliche, außerdem das gesparte Taschengeld der letzten Monate. Ich müsste mich durch die Stadt schlagen können, ohne dass irgendwer etwas davon mitkriegt, also ohne Kreditkarte. Die Kettenreaktion, die ich nebenan ausgelöst hatte, war leicht zu berechnen: Mom, die beruflich deutlich eingespannter ist als Dad, würde Coach Tao telefonisch über meinen New-York-Trip an diesem Wochenende unterrichten, Dad würde derweil schon mal seine Siebensachen zusammensuchen und den frühesten Flug von Chicago nach New York buchen, der am nächsten Tag zu kriegen war. Und ziemlich genau so ist es gelaufen. Noch vor Sonnenaufgang saßen Dad und ich im Auto und gingen auf dem Weg zum O'Hare Airport den Reiseplan, den er in einer Nachtsitzung erstellt hatte, in allen Details durch. Nach der Landung am JFK Airport am Vormittag nahmen wir ein Taxi nach SoHo zu einer piekfeinen Pension im Besitz eines auf kleine, exklusive Luxushotels spezialisierten Jungunternehmers, für den Dad erst neulich bei einem ebenso piekfeinen Event das Catering übernommen hatte. »Mein Gott«, sagte Dad, knutschte alle fünf Fingerspitzen seiner Rechten ab und spreizte die Hand mit der Leidenschaft eines waschechten Italieners, was den Taxifahrer zu einem zweifelnden Blick in den Rückspiegel verleitete, »mein gedünstetes Daikon-Shiitake-Gemüse war an dem Abend aber auch wirklich *auf den Punkt«,* und fügte dann leiser hinzu: »Wundert mich nicht, dass wir die Zimmer gratis kriegen.«

Beim Auspacken musste ich mich schwer zusammenreißen, sonst hätte ich angesichts der unzähligen rechten Winkel, der symmetrisch drapierten Vorhänge und Kissen, der konsequenten Aufgeräumtheit und maßlosen Eleganz des ganzen Zimmers einen kleinen Ordnungsorgasmus bekommen. »In einer halben Stunde müssen wir los, erst was essen und dann zur Subway«, meinte Dad, und wie auf Kommando zog ich meinen Laptop hervor und machte mich an die Arbeit. Punkt 1: Finde irgendwann an diesem Wochenende eine Lücke im Programm, ein paar Stunden, in denen Dad mich nicht davon abhalten kann, mich zu verkrümeln. Laut heutigem Zeitplan standen nach dem Mittagessen ein Treffen mit Coach Tao und eine gemeinsame Tour durch die Schwimmanlage der Fighting Gophers an. Den nächsten Wettkampf hatte das Team zwar erst im Dezember, aber es war bereits aus dem Thanksgiving-Urlaub zurück und wieder voll im Training, und das durften Dad und ich uns ansehen. Morgen sollten wir dann um 13:30 Uhr zu einer Führung über den eigentlichen Campus antreten. (Sind Collegeführungen am

Sonntagnachmittag eigentlich normal? Oder kommen wir nur in den Genuss, weil meine Mutter bei Bedarf jederzeit ihre Anwältinnenstimme anknipsen und so ihren Willen durchsetzen kann? Gute Frage.) Danach würde es zurück zum JFK und mit dem Abendflug nach Hause gehen. Folglich war nur morgen Vormittag ein bisschen Luft im Zeitplan. So wie ich Dad kannte, hatte er bestimmt ein Frühstück in irgendeinem abwegigen Bistro geplant, aber da sollte ich mit Leichtigkeit drum herumkommen. Ich checkte den Veranstaltungskalender der Fighting Gophers. Wegen Thanksgiving war nicht viel los, ich verlor schon den Mut, als ich doch noch in einem Forum fündig wurde. Da stand was von einem *Back to School Sunday Brunch* um zehn Uhr. Leute, die noch gar nicht an der MSU studierten, waren zwar sicher gar nicht eingeladen, aber was Dad nicht weiß …

Bevor ich ihn darauf ansprach, musste ich mich vergewissern, dass die Uhrzeit dem Verblassenden Mädchen in den Kram passte. Ich loggte mich also in meinen Gmail-Account ein, klickte auf unseren E-Mail-Wechsel und tippte: Bin in New York. Morgen Vormittag um 10 im Haughty Coffee? Ich bin der im Bowie-Shirt.

Minuten später kam die Antwort: In Ordnung, bis dann. (Noch mal zur Erinnerung: Ich bin bewaffnet. Solltest du ein Stalker sein, kannst du schon mal dein Testament machen.)

Der Gedichtschreier in der Ecke ist dazu übergegangen, einen der Cabinet Battles aus *Hamilton* aufzuführen. Er macht das sogar ziemlich gut, doch als ich Dad gerade darauf aufmerksam machen will, öffnen sich die Türen und Dad steigt aus. Ich folge ihm inmitten einer langsam vorwärts- und aufwärtswalzenden Welle von Fußgängern.

Vor der schmalen Betontreppe hockt ein Mann ohne Schuhe und Socken, aber mit viel zu langem Haar und Bart und einem Glockenspiel auf dem Schoß. Statt darauf zu klimpern, hält er das Instrument bloß in den Armen und starrt in stiller Verzweiflung geradeaus – man fragt sich, wie lange es schon her ist, dass er aufgegeben hat. Als wir näher kommen, stelle ich mir vor, sein Bart und sein Haar würden sich langsam wieder in ihn zurückziehen, er würde wie das Verblassende Mädchen im Zeitraffer, aber umgekehrt, also rückwärts altern, seine Augen würden sich aufhellen, seine Verzweiflung würde der Offenheit eines kleinen Jungen mit rosigen Wangen weichen, dem die große, weite Welt zu Füßen liegt. Jetzt, wo wir ihm noch näher sind, überlege ich, wie es wohl dazu gekommen ist, ob es ganz plötzlich passierte, ob es an einem Personalabbau in der Firma lag, an Drogen oder Pech oder vielleicht ist die Welt auch einfach unter seinen Füßen zusammengeschrumpft wie ein Luftballon mit einem winzigen Loch, allmählich zusammengeschnurrt und verschrumpelt und hat diesen stummen, alten Mann mit diesem stummen, alten Glockenspiel in den Armen zurückgelassen.

Wie Dad auf die Idee kommt, weiß ich nicht, kann sein, dass ihm mein Gesichtsausdruck aufgefallen ist, kann sein, dass er es ohnehin getan hätte, auf jeden Fall wirft er im Vorbeigehen einen Zwanziger in den Pappbecher am Boden. Dann steigen wir gemeinsam die Treppe hinauf, und als Dad fragt: »Bereit?«, führe ich mir die Kluft zwischen der Welt, die uns als Kind versprochen wird, und dem kaputten Instrument, mit dem wir stattdessen klarkommen müssen, vor Augen und frage mich, wie man da noch »bereit« sein soll.

»Ja«, sage ich, »bin bereit«, tatsächlich überschlage ich aber gerade, wie viele Paar Socken man sich für zwanzig Dollar leisten kann.

## 74 ⇨ *Weder liegt die Manhattan State University in Manhattan, noch ist Manhattan ein Bundesstaat*

The Fighting Gophers. Die kämpfenden Taschenratten. Darauf muss man erst mal kommen. Überhaupt fragt man sich, ob die Gründungsväter der MSU bewusst auf eine Lernatmosphäre der größtmöglichen existenziellen Verunsicherung abgezielt haben. Wenn ja, kann ich nur sagen: *Mission accomplished.*

»Und wo ist sie dann?«

»In der Bronx«, antwortet Dad und erklärt mir, die MSU sei tatsächlich mal in Manhattan gewesen, dann aber umgezogen und habe ihren alten Namen behalten. Da fragt man sich doch, was wäre, wenn zum Beispiel die University of Illinois nach Michigan umziehen und ihren Namen behalten würde, was das für ein Chaos gäbe – solcher Schwachsinn rauscht einem durch den Kopf, wenn man eine Uni besichtigt, auf die man sowieso nicht gehen will, unter dem Vorwand, eines ihrer Sportprogramme auschecken zu wollen, obwohl man in der betreffenden Sportart jeglichen Ehrgeiz verloren hat, begleitet von einem Vater, der keinen Schimmer hat, dass man die Reise nur unternommen hat, um am nächsten Tag schnellstmöglich nach East Harlem aufzubrechen, zu einem Date mit einer wildfremden Person, die vielleicht, vielleicht aber auch nicht das letzte Teil des faszinierenden Puzzles ist, das sich seit nun schon mehreren übelst sonderbaren Monaten dein Leben nennt.

Aber egal.

Coach Tao ist nett. Sie erkundigt sich nach meinem Rücken, ob ich meiner Einschätzung nach wieder richtig in Form kommen könne (»Beim Schwimmen«, sagt sie mit einem lachenden Augenzwinkern, »können ein paar Twinkies über Sieg oder letzten Platz entscheiden.«), ob ich denn überhaupt in Wettkämpfen werde antreten können, und ich antworte, »Ja, viel besser«, und erkläre ihr, »Ja, Dr. Kirby glaubt, es kann bald wieder losgehen«, generell sage ich einfach, was sie mit Sicherheit hören will, was alle in meinem Leben hören wollen, nämlich dass ich das Leben leben werde, das sie sich für mich ausgedacht haben, dass ich mich an die Flugbahn halten werde, die sie für mich vorberechnet haben, dass ich schön im Roboter bleiben, ein braver Junge sein, allen Wünschen nachkommen werde. Das ist zwar gelogen, aber ich kann es auch nicht nicht sagen.

Warum? Weil ich Socken anhabe und weil, was weiß ich – weil ich mich eben nicht an ein Glockenspiel klammere wie an mein gottverdammtes Ein und Alles. Deshalb »Ja, das wird schon« und »Ja, ich fühle mich gut« und »Ja« und »Ja«.

Nein.

»Und«, sagt Dad, »wie fandest du's?« Wir warten wieder im Tunnel auf die U-Bahn. Glockenspiel diesmal Fehlanzeige.

»Gut«, antworte ich. »Coach Tao macht einen netten Eindruck. Und die Jungs waren auch, na ja ...«

»Nett?«

»Ja.«

Als Dad sich räuspert, sehe ich es schon kommen. »Hör mal, du hast diesem ... wie hieß der Kerl noch mal?«

»Paul.«

»Du hast Paul doch nicht meinetwegen gesagt, dass du nicht mitkommen kannst? Ich kann mich auch sehr gut allein beschäftigen.«

Als Neuling in Sachen Collegebesichtigungen war mir nicht bewusst, dass dazu standardmäßig eine Kneipentour mit dem Team gehört – was in Milwaukee sicherlich auf ein anderes Abendvergnügen hinausläuft als in Manhattan (oder meinetwegen in der Bronx). Nach dem Training kam jedenfalls so ein Typ auf mich zu, stellte sich als »Paul, dein offizieller Buddy« vor, entschuldigte sich dafür, dass er aus Zeitgründen nichts habe planen können, aber wenn ich Bock hätte, würden die Jungs mit mir um die Häuser ziehen?

»Nein, Dad, ich habe ihm nicht nur deinetwegen gesagt, dass ich nicht mitkommen kann.«

Dabei belasse ich es, ich kann ihm ja schlecht die Wahrheit enthüllen: dass ich ganz sicher nicht auf die Manhattan State gehen werde, dass der ganze Trip ein Trick ist und dass ich alles will, aber bitte nicht mit einem Haufen x-beliebiger Collegevisagen »um die Häuser ziehen«.

Dad sieht aus, als wollte er irgendetwas erwidern, doch da rumpelt aus der Tiefe des Tunnels der Zug heran, zischt in einem kalten Windhauch an uns vorbei und kommt kreischend zum Stillstand. Wir steigen ein. Jetzt, etwas später am Tag, gibt es reichlich Sitzplätze, und auf der Rückfahrt nach SoHo sitzt Dad nur schweigend neben mir.

Von der Subway ist es nicht weit bis zu einem kleinen koreanischen Restaurant, eigentlich eher ein etwas ranziger Imbiss, und Dad bestellt sich ein Bier und Rinderbulgogi mit Eichblattsalat und irgendetwas Unaussprechlichem.

»Was hast du da bestellt?«, frage ich, sobald der Kellner wieder verschwunden ist.

»Bulgogi. Koreanisches Grillfleisch. Sehr lecker ...«

Dad erklärt mir im Detail, wie Bulgogi korrekt zubereitet werden muss, doch seine Worte zerfallen zu Luft und meine Gedanken schweben durch sie hindurch in einen nächtlichen Vorgarten, wo ich, eine Plastiktüte mit Essen vor Augen, das Gefühl hatte, dass ich lieber umkehren sollte, dass ich umkehren musste – inzwischen weiß ich, ich lag richtig. Aber ich weiß auch: Dad würde niemals einen Berg mariniertes rotes Fleisch verspeisen. Die meisten Teenager achten wahrscheinlich nicht groß auf die Ernährungsgewohnheiten ihrer Eltern, allerdings haben die wenigsten Teenager einen gefeierten veganen Koch als Dad.

Irgendwann bringt der Kellner mit viel Tamtam unsere Teller und Dad haut rein. »Glaubst du, hier an der MSU könnte es dir gefallen?«, fragt er zwischen zwei Bissen.

»Schon«, antworte ich. »Ich muss einfach eine Weile drüber nachdenken, verstehst du?«

Dad nickt und nippt am Bier. »Hey, wie nennt man ein Rind mit Sonnenbrand?«

»Hä?«, sage ich, meine damit eher so etwas wie *Moment, was geht denn mit dir ab?* als *Nein, bitte klär mich doch darüber auf.*

»Medium«, sagt Dad.

»Dad ...«

»Was denn? Nicht lustig?«

Nicht dass Dad sich generell zu schade wäre, schlechte Witze zu reißen, wie es sich für einen echten Dad nun einmal gehört. Aber er ist sich zu schade für Rinderwitze. Schulterzuckend nimmt er einen weiteren Schluck Bier und klemmt mit seinen Metallessstäbchen ein großes Stück Kuh ein. »Und wie nennt man ein braun gebranntes Rind?«

»Dad, ich bitte dich.«

»Gut durch.«

Beim Aufstehen merkt Dad an, ich hätte ja kaum etwas gegessen. Ich erwidere, ich hätte keinen großen Hunger gehabt. »Die Nervosität«, schiebe ich hinterher, was er bestimmt so auffassen wird, dass ich noch dabei wäre, meine Begegnung mit Coach Tao zu verarbeiten und mir über deren mögliche

Auswirkungen auf die vielversprechende Flugbahn des Noah Oakman klar zu werden. Als wir kurz darauf in das kalt pulsierende Nervensystem der Stadt hinaustreten, werde ich allerdings wirklich nervös, denn was meine weitere Flugbahn anbelangt, verspricht der morgige Tag viel interessanter zu werden als der heutige.

## 75 ⇨ *Mädchen, verblasst*

»Wenn ich mal hier wohnen soll, brauche ich ein bisschen Übung darin, mich allein mit der Subway zurechtzufinden«, sage ich, was ja nicht *nur* gelogen ist. Dad gibt sein Okay, jedoch unter Bedingungen: Sobald ich angekommen bin, muss ich ihm auf der Stelle schreiben und wir treffen uns um spätestens 13:15 Uhr am Studentenbüro der MSU. (Der *Back to School Brunch* steigt in einem Restaurant unweit des Campus und unsere Führung ist für 13:30 Uhr angesetzt.) Ich willige ein, und obwohl ich ihm versichere, dass ich den Weg kenne, besteht er darauf, mich zur U-Bahn zu begleiten.

Dabei kommen wir an dem Koreaner von gestern vorbei – was war das bitte für ein merkwürdiges Abendessen? Und quasi als Sahnehäubchen wurde ich später, als ich in eine exklusive Luxusdecke eingemummelt im Bett lag, von einer besonders plastischen Variante meines wiederkehrenden Traums heimgesucht: Die Person in der Ecke drehte sich endlich um, ich sah beinahe ihr Gesicht, doch als hätte jemand einen Regler hochgeschoben, steigerten sich die grellen Farben auf einmal zu einem blendenden Strahlen.

Beim Aufwachen brannte meine Netzhaut noch immer.

Dad und ich laufen die Betontreppe hinunter, suchen uns einen Subwayplan an der Wand und sprechen die Route zu einer Haltestelle in der Nähe des Restaurants durch. Schon der erste Blick auf die Karte, auf dieses ins absolute Chaos ausufernde Spinnennetz aus Buchstaben und Farben, lässt mein Herz rasen. Aber immerhin weiß ich jetzt, dass der Plan auf meinem Handy nicht gelogen hat, dass East Harlem also tatsächlich zwischen SoHo und der Bronx liegt und ich es daher problemlos bis um 13:15 Uhr zur MSU schaffen müsste, selbst wenn meine Unterhaltung mit dem Verblassenden Mädchen länger dauern sollte.

Dad überreicht mir eine MetroCard, sagt, ich solle auf mich aufpassen, und das war's. Weg ist er.

Meine U-Bahn rollt an, ich steige ein und halte mich streng an alle Regeln: *Kopf runter und jeden Blickkontakt meiden. Das hast du doch schon tausendmal gemacht. Du bist doch besser als Macaulay Culkin in dem verkackten Sequel.* Am ersten Halt springe ich aus dem Wagen, schnell die Treppe rauf ans Tageslicht, und weil ich nun mal ein krasser Checker bin, schwenke ich einfach so die Hand in der Luft. Ich komme schließlich aus Chicago, da kennt man sich mit Taxis aus, andererseits sind wir bei unseren Vorstößen in die große Stadt meistens selbst gefahren, deswegen wage ich mich hier auf Neuland. Ich stehe mit dem Arm in der Luft herum, bewirke dadurch rein gar nichts und fühle mich wie der kleine Macaulay höchstpersönlich. Müsste jetzt nicht ganz New York City in seinem Alltag innehalten? Müssten jetzt nicht Reifen quietschen, Hubschrauber auf der Stelle rattern und in jedem Fenster jedes Wolkenkratzers neugierige Gesichter erscheinen, während irgendwo im Himmel der Allmächtige für einen Moment die Nadel vom Plattenteller nimmt? Müssten sie jetzt nicht alle lachend mit dem Finger zeigen:

*Seht ihr, wie der Kleine da mit der Hand wedelt? Glaubt der etwa, so winkt man ein Taxi heran? Bwaaaahahahahahaha-hahaha!!!!!*

Ein Taxi fährt rechts ran. Als ich die hintere Tür öffne, befürchte ich immer noch, die ganze Stadt könnte sich zu einem üblen Streich verschworen haben. Aber nein.

»Steigst du dann auch mal ein, Kleiner?«

Ich springe rein und schlage die Tür zu, als hätte ich das schon eine Million mal gemacht, als würde ich das jeden Tag den ganzen Tag lang machen, *Gott, das wievielte Taxi ist das heute wieder, ich armer dynamischer Jetsetter.*

»Kleiner?«

»Was?«

Der Fahrer verdreht die Augen. »Wohin soll's gehen?«

»149 Concourse Avenue. In East Harlem.«

*Bwaaaahahahahaha,* schallt es mir in den Ohren, rattern die Hubschrauber und quietschen die Reifen, *habt ihr gehört, wie der Kleine »in East Harlem« gesagt hat?? Mein Gott, der Knabe ist echt der Abschuss.*

Im Zuge meiner Überlegungen, wie ich am besten zum Haughty Coffee komme, habe ich auch eine Sekunde lang über die U-Bahn nachgedacht. Dann habe ich wieder Vernunft angenommen. Nicht wegen Glockenspielen und Poetry Slams in knallvollen Waggons. Vielmehr wegen des ausgedünnten Wochenendfahrplans und wegen der Gewissheit, dass ich mir unter den verschiedenen Linien, die an meiner Haltestelle vorbeikommen, ausgerechnet eine aussuchen würde, die diese Station an jedem zweiten Sonntag zwischen 9:00 und 11:45 Uhr auslässt, oder eine, die gerade wegen Bauarbeiten ausfällt, oder eine, die letzten Monat stillgelegt wurde. Mich auf meine U-Bahn-Navigationskünste zu verlassen, wäre einfach zu riskant gewesen. Als Nächstes habe ich überlegt, ein Uber zu nehmen. Meine Eltern haben die

Uber-App letztes Jahr auf meinem Handy installiert, aber nur »für Notfälle«, Elternsprech für »falls du mal auf die Irrsinnsidee kommen solltest, dich besoffen ans Steuer zu setzen«. An sich wäre das ein kluger Schachzug gewesen, wäre in der App nicht ihre Bankverbindung gespeichert. Ich kann sie also nicht benutzen, ohne dass sie sofort Bescheid wissen.

Also doch ein Taxi. Und so mache ich die Erfahrung, dass es ein ganz spezielles, entrücktes Gefühl ist, die Stadt durch das Fenster eines Taxis zu betrachten – es ist wie der Blick aus einem Flugzeugfester unter umgekehrten Vorzeichen: Anstatt den ganzen Himmel zu sehen, unter dem Tausende Strukturen erblüht sind, sieht man je ein Stück Erde, auf dem jeweils nur eine einzelne gepflanzt wurde.

Das gefällt mir.

Bis ...

Ich berühre die Scheibe, im Vordergrund meine Finger, dahinter die verschwommene Straße, in der noch das Leben tobt, aber ... »Eines Tages wird all das am Meeresgrund liegen.«

Manchmal macht einem erst das ohrenbetäubende Schweigen danach bewusst, dass man gerade etwas gesagt hat.

»Scheiße, Kleiner, was bist du denn für einer?« Der Fahrer fixiert mich misstrauisch im Rückspiegel.

Ich entschuldige mich und mit jeder Straßenecke, die an mir vorbeizieht, wächst meine Anspannung, das Gefühl der Leere in meinem Magen, als würde ich mich einem Abgrund nähern. Ich zücke mein Handy, öffne YouTube und schaue mir auf dem Weg zu meinem Treffen mit dem Verblassenden Mädchen das Verblassende Mädchen an, was mich aber nicht beruhigt, sondern alles nur noch schlimmer macht. Da kommt eine Nachricht.

Alan: Yo, viel Glück dieses Wochenende

Alan: NYC geht voll ab. Hau rein!

**Ich: Danke, Mann. So weit, so gut.**

Alan: Zeig dich von deiner besten Seite, dann bist du bald ein Fighting Skunk. Noah, das Kampfstinktier!

**Ich: Gopher. Sie nennen sich Fighting Gophers.**

Alan: OMG LMAO

**Ich: Wem sagst du das.**

Alan: Wie soll so eine süße kleine Ratte bitte einen Gegner vor Furcht erstarren lassen?

**Ich: Wem sagst du das.**

Alan: Können die überhaupt kämpfen? WTF? Oder strecken die ihre Feinde mit Niedlichkeitsattacken nieder?

**Ich: Immer noch besser als Stinktiere.**

Alan: So ein Quatsch. Stinktiere sind die heftigsten Motherfucker der Welt. Die haben ihren eigenen Urin ZUR WAFFE GEMACHT. Stinktier > Erdhörnchen, aber so was von.

Das Taxi wird langsamer und hält an. »Da wären wir«, sagt der Fahrer, ich zahle bar, bleibe draußen noch stehen und schreibe Alan eine Abschiedsnachricht. Eigentlich will ich mich dafür bedanken, dass er mich so gut beruhigt hat, aber weil ich ihn schlecht darüber aufklären kann, wieso ich nervös bin, bleibt es bei: **Ich muss. Kuss!**

Dann schicke ich Dad die übliche Bin-da-alles-gut-Meldung und verdränge dabei meine Gewissensbisse wegen des Wörtchens »da«. Darunter stellt er sich sicher etwas anderes vor als hier.

Dad: Super! Viel Spaß. ☺

Noch mal tief durchatmen, das schlechte Gewissen, die Anspannung und Angst beiseiteschieben – und die Tür öffnen.

Das Café ist ziemlich klein, die Stühle und Tische stehen dicht an dicht, und den vielen MacBooks und arroganten Mienen nach zu urteilen, würde ich sagen, die Besitzer des Haughty Coffee hatten schon bei der Wahl des Namens eine ziemlich genaue Vorstellung von ihrer Kundschaft. Noch ein Hinweis: Alle Getränke werden in Einmachgläsern serviert.

Ich öffne den Reißverschluss meiner Jacke, um Bowie freizulegen, bestelle mir einen Eiskaffee (im Einmachglas), suche mir einen Platz hinten in der Ecke und warte.

Fünf Minuten vergehen.

Zehn.

Fünfzehn. Ich mache mir gerade Sorgen, dass sie gar nicht mehr auftaucht – da kommt sie einfach herein. Das Verblassende Mädchen, wie es leibt und lebt.

Bis jetzt hat in meinem Bauch eine nervöse Neugier rumort: Was soll ich sie fragen, was wird sie sagen, wohin wird das Gespräch führen? Damit ist es aus. Mein Magen schlägt einen Salto, mein Atem bleibt stehen, meine Zehen sterben ab. Ich bin noch nie in Ohnmacht gefallen, doch genau so muss sich die letzte Sekunde davor anfühlen, eine Mischung aus aufkeimender Panik und Kontrollverlust, was allerdings weniger an meiner Anspannung liegt. Es liegt daran, dass das Verblassende Mädchen nicht besonders alt ist. Also überhaupt nicht alt. Sie hat sich nicht nur sehr gut gehalten. Sie ist jünger als zu Beginn des Videos.

*Sie ist hinter das Geheimnis gekommen,* denke ich, *wie man rückwärts altert, wie man den dunklen Mühlteich wieder in einen jugendlich schimmernden Wasserfall verwandelt.*

Als hätte sie die passende Fernbedienung gefunden und ihren Lebensfilm zurückgespult.

Das Verblassende Mädchen sieht sich um, erspäht mein T-Shirt, läuft schnurstracks zu meinem Tisch und setzt sich. Ohne etwas zu sagen, die Augen leicht zusammengekniffen, starrt sie mich an wie ein weit entferntes, schwer zu entzifferndes Straßenschild.

Und ich so: »Äh, hi.«

Sie sagt immer noch nichts. Versucht immer noch, in meinem Gesicht zu lesen. Doch bevor ich sie fragen kann, ob sie einen Kaffee möchte, legt sie ihre Rechte im Handschuh auf die Tischplatte und zeigt auf mich. »Ich will wissen, wer du bist. Und ich will wissen, was du von mir willst.«

Okay, jetzt bekomme ich richtig Panik. »Das ist beides … nicht so leicht zu beantworten.«

Sie lehnt sich mit verschränkten Armen zurück. »Ich habe alle Zeit der Welt.«

»Sorry, aber wie … wie bist du …« *Wieder so jung gewor-*

*den? Rückwärts gealtert?* Es übersteigt meine Kräfte, diesen Satz zu beenden. »Wie hast du das hingekriegt?«

»Was soll ich hingekriegt haben?«

Verdammt. Sie zwingt mich, es auszusprechen. »Ich habe zugeschaut, wie du älter geworden bist. Ungefähr eine Million Mal. Ich habe es mit eigenen Augen gesehen und jetzt sitzt du vor mir und bist erst fünfundzwanzig. Höchstens.«

»Wusste ich's doch.« Sie schüttelt den Kopf. »Du bist ein Perversling.«

»Bin ich nicht.«

»Wie oft hast du dir das Video meiner Mom angeschaut? Eine Million Mal? Wenn das nicht pervers ist.«

Endlich kristallisiert sich des Rätsels Lösung heraus: die unscharfen Polaroidscans, der unverwechselbare Siebzigerfarbstich ... »Sie ist deine Mom.«

»Hör mal, ich gehe nicht besonders gerne ...«, mit einer Handbewegung umfasst sie die gesamte Umgebung, »... aus. So was hier. Deshalb stelle ich dir jetzt ein paar Fragen, und wenn du mir irgendeine Scheiße erzählst, schreie ich.«

»Du wirst schreien.«

»Ich kann übrigens sehr laut schreien.«

»Okay.«

»Wie heißt du?«

»Noah Oakman.«

»Wie alt bist du, Noah Oakman?«

»Sechzehn.«

»Woher kommst du, Noah Oakman?«

»Nenn mich doch bitte einfach –«

*»Woher kommst du, Noah Oakman?«*

»Aus der Nähe von Chicago.«

»Woher genau?«

»Iverton.«

Das muss sie anscheinend kurz verdauen, lange lässt sie sich aber nicht aufhalten.

»Wren Phoenix.«

Nach einer Frage klingt das nicht. Eigentlich klingt es nach gar nichts, weshalb ich auch nichts sage.

»Wren Phoenix«, wiederholt sie.

»Ich weiß nicht, was das heißen soll.«

»Wren. Phoenix. Sagt dir der Name etwas?«

»Ich wusste nicht mal, dass das ein Name ist.«

»Keine Scheiße erzählen, Noah Oakman ...«

»Nein, der Name sagt mir nichts.«

Sie ist sichtlich enttäuscht, was mich sogar irgendwie freut. In diesem absurden Gespräch hatte bisher immer sie die Oberhand und verglichen mit meiner Verwirrung ist ihre wie auch immer geartete Ernüchterung echt keine große Sache.

»Wren Phoenix«, sage ich. »Ist das ... deine Mom?«

Wieder dieses Starren – ich befürchte schon, sie bricht jeden Moment wirklich in Geschrei aus, doch da erwidert sie: »Bin gleich zurück.« Sie geht zur Kasse, bestellt etwas und wartet an der Theke. Ich versuche währenddessen, mich lockerzumachen, und als sie zurückkehrt, fragt sie: »Also, was treibt ein Sechzehnjähriger aus Iverton, Illinois, ganz allein in Manhattan?«

»Ich bin nicht alleine hier.«

»Das musst du mir erklären.«

»Ich bin mit meinem Dad hier. Ich schaue mir die Manhattan State an.«

Sie steckt ihre Nase fast ins Einmachglas hinein und schnieft einmal hörbar. Ich habe langsam so eine Ahnung, warum diese junge Dame »nicht besonders gerne ausgeht«.

»Ich bin Ava«, verkündet sie, schaut von ihrem Latte auf und streckt mir ihre Rechte im Handschuh entgegen.

Ich schüttele ihr die Hand und versuche, sie nicht zu sehr anzustarren, doch selbst für Mutter und Tochter ist die Ähnlichkeit einfach unheimlich. Das Verblassende Mädchen – also Wren Phoenix, schätze ich – kenne ich zwar nur von Fotos, aber Ava blickt einen genauso an wie ihre Mom, sie blickt genauso in einen *hinein.* »Okay«, sage ich, »wenn die Frau in dem Video deine Mom ist –«

»Warum bin ich dann hier und nicht sie?«, fragt Ava.

»Ja.«

»Ich behalte die Kommentare unter dem Video im Auge.«

Ich nicke, als würde mir das total einleuchten. »Ah.«

»Was soll das blöde ›Ah‹? Du musst nicht so tun, als wäre das völlig normal. Meine Mom ist nicht mehr da. Deswegen checke ich immer mal die Kommentare.«

»Oh, das tut mir leid. Wann ist sie gestorben?«

Ava hebt ihr Einmachglas über den Kopf und beäugt seine Unterseite. Was sucht sie dort nur? »Noah Oakman. Du bist kein besonders guter Zuhörer, oder?«

»Was machst du da?«

Ava lässt das Glas sinken und verlegt sich wieder aufs Starren. »Mir ist wichtig, woher die Sachen um mich herum kommen. Dieses Glas kommt aus China. Wie erwartet. Tut nichts zur Sache, aber jetzt wissen wir's.«

»Verstehe.«

»Ich habe nie behauptet, Mom wäre gestorben. Nur dass sie nicht mehr da ist. Und deswegen checke ich die Kommentare, weil es ja sein könnte, dass jemand weiß, wo sie hin ist. Ihre E-Mails und ihren Facebook-Account habe ich auch schon gehackt. Und mach jetzt bitte nicht wieder ›Ah‹, als wäre das völlig normal. Das ist beleidigend.«

Durch den Wind. Das trifft es am besten. Ava Phoenix ist durch den Wind.

»Das heißt, deine Mom ist …«

»Sie ist verschwunden. Vor zwei Jahren.«

Keine Ahnung, was ich erwartet habe, aber sicher nicht das. »Ich weiß nicht, was ich sagen soll«, erwidere ich und das ist die reinste Wahrheit. »Hast du, na ja –«

»Ob ich die Polizei verständigt habe? Na sicher. Sie gilt offiziell als ›vermisst‹ oder wie das heißt.« Ava trinkt einen Schluck Latte. »Willst du mal eine richtig traurige Geschichte hören, Noah Oakman?« Ich antworte mit Ja – und würde es bald am liebsten zurücknehmen, als die Tochter des Verblassenden Mädchens die Geschichte ihrer Mutter vor mir ausbreitet.

## 76 ⇨ *Ava Phoenix: ein Gespräch*

»Als ich zwölf war, sind wir von Vancouver hierhergezogen. Ich wollte nicht. Wollte nicht ans andere Ende des Kontinents ziehen, weg von meinen Freundinnen, meinem ganzen Leben. Ich hatte einen Anfall, aber Mom blieb hart.«

»Seid ihr wegen einem Job umgezogen?«

»Ha! Wegen einem Job! Wegen so etwas ziehen normale erwachsene Menschen um, oder? Nein, ob du's glaubst oder nicht: Wir sind mit Sack und Pack nach New York City, weil meine Mom, eine alleinerziehende Mutter Mitte dreißig, *ihren großen Traum wahr werden lassen wollte.* Ist das zu fassen? Klar, sie hatte immer schon gemalt. In meinen frühesten Erinnerungen sehe ich sie, wie sie eins ihrer Bilder an die Wand hängt, einen Schritt zurücktritt und es voller Glückseligkeit bewundert, als hätte sie diesmal wirklich alles richtig gemacht. Das blieb meistens einen oder höchstens zwei Tage lang so, dann hat sie es wieder runtergerissen und weggeschmissen. Frag mich nicht, wie sie auf die Idee gekommen ist, dass sie in New York klarkommt.«

»Vielleicht wollte sie einfach wissen, ob sie das Zeug dazu hat.«

»Na, Ehrgeiz hatte sie auf jeden Fall genug. Gott, vielleicht hätte sie sogar das Talent gehabt. Aber sie war nicht zäh genug. Kaum waren wir hier, ist sie quasi in sich zusammengefallen.«

»Und zu der Zeit hat sie schon diese Fotos gemacht? Die für das Video?«

»Ja, damit hat sie vor meiner Geburt angefangen. Soweit ich weiß, hat sie nur sehr wenige Tage ausgelassen – ein paarmal wegen Urlaub und einmal wegen einer Gallenblasen-OP, glaube ich, und dann die Tage, die wir für den Umzug hierher gebraucht haben. Ach, und wahrscheinlich den, wo ich gekommen bin? Normalerweise konnte man aber die Uhr danach stellen.«

»Aber du tauchst auf keinem davon auf.«

»In Vancouver hat sie ihre Fotos immer im Keller geschossen. Allein. Aber stimmt schon, hier haben wir dann in einer winzigen Zweizimmerwohnung gewohnt, da habe ich ihr meistens dabei zugeschaut. Mit drauf durfte ich aber nie. Sie hat gesagt, es muss immer im selben Zimmer und mit denselben Sachen im Hintergrund sein, damit das Sujet des Werks – also sie selbst – als einzige Variable hervortritt. Wenn sich auch alles andere mit der Zeit verändert hätte, wäre ihre eigene Veränderung weniger bedeutsam erschienen.«

»Das Sujet des Werks, hast du gesagt.«

»Ja.«

»Für sie war es also ein Kunstwerk.«

»Ja, ganz klar. Ich weiß nicht, wie ihr ursprüngliches Konzept dafür aussah, was sie eigentlich mit den ganzen Fotos anstellen wollte und so weiter, aber ja, sicher. Sie dachte: *Ein Gesicht, vierzig Jahre* wird ein … ein Meisterwerk der Multimediakunst. Auf jeden Fall war sie happy, dass das nur ihr Ding war. Dass sie die Einzige war, verstehst du? Ist dir das auch schon mal passiert?«

»Was?«

»Hattest du schon mal eine Idee, irgendetwas sehr Persönliches, wo du dir sicher warst, darauf kommst nur du – und später findest du heraus, dass ein Haufen anderer Armleuchter genau den gleichen Einfall hatte? Als Mom damit angefangen hat, konnte sie natürlich weder den Siegeszug von YouTube voraussehen noch dass Dutzende andere gerade an der gleichen Sache werkelten. Und plötzlich stand sie da mit ihrem Werk, an dem sie ihr Leben lang gearbeitet hatte, das nur ihr Ding war, sie hat es in den Händen gehalten wie einen seltenen Vogel – und durch den Fortschritt der Welt war es plötzlich nur noch banal. Ich glaube, daran ist sie zerbrochen. Und ab dem Punkt ist sie abgedreht.«

»Inwiefern abgedreht?«

»Na ja, sie hat nicht mehr auf sich geachtet. Hat nicht mehr geduscht, nicht mehr Zähne geputzt. Und irgendwann – ich weiß, das hört sich komisch an, aber irgendwann ist mir aufgefallen, dass sie immer und immer wieder dieselben Sachen gesagt hat.«

»Was zum Beispiel?«

»So kleine Sätze, die sie andauernd gebracht hat, aber jeden Tag von Neuem, als hätte sie sie sich gerade erst ausgedacht. Den hier werde ich nie vergessen: ›Ich will einfach nur etwas erschaffen‹, hat sie ständig gesagt, ›einfach nur etwas erschaffen‹. Immer wieder, verstehst du? Oder ein anderer ging so: ›Es ist nicht damit getan, sich in seine Kunst einzubringen – man muss darin –‹«

»Darin sterben.«
»Ja, genau.«
»Das ist von Mila Henry.«
»Von wem?«
»Von der Schriftstellerin Mila Henry.«
»Ach die.«
»Was hat sie noch so gesagt?«
»Lauter komisches Zeug. Über manches davon rätsele ich bis heute. Irgendwas mit einem alten Pulli.«
»Wie bitte?«
»Dass ihr Leben ein alter Pulli wäre, aus dem sie rausgewachsen ist. Und dass sie deswegen einen neuen braucht. Immer und immer wieder. Wie gesagt, das war echt ... hey, alles okay? Du musst doch nicht kotzen oder so?«
»Mir geht's gut.«
»Moment, ich hole dir ein Glas Wasser.«

## 77 ⇨ *der Fortschritt der Welt*

Während Ava mir ein Glas Wasser holt, gehe ich, verlasse einfach das Café und denke dabei über ihre Worte nach, darüber, wie es sein muss, einen seltenen Vogel in der Hand zu halten, der mit einem Mal vom Fortschritt der Welt zermalmt wird. Ohne Ziel spaziere ich los, um mich herum das Rauschen des Verkehrs, die Schuhe von Fremden, und erwarte fast, dass Ava mich verfolgt, tut sie aber nicht.

Vermutlich inspiziert sie gerade die Unterseite meines Einmachglases oder so.

Immer weiter spazieren, immer mehr Rauschen, immer mehr Schuhe. *Wenn sich auch alles andere mit der Zeit verändert hätte,* hat Ava gesagt, *wäre ihre eigene Veränderung weni-*

*ger bedeutsam erschienen.* Nehme ich dann noch das mit dem neuen Pullover hinzu, komme ich mir endgültig vor, als hätte ich ein Grundschularbeitsblatt vor mir, so eins mit zwei Spalten voller scheinbar wahllos ausgewählter Gegenstände, wo man immer eine Linie von einem Objekt in Spalte A zu einem anderen, irgendwie damit zusammenhängenden Objekt in Spalte B ziehen soll: Das Bügeleisen gehört zum Hemd, der Speck zur Bratpfanne, der Vogel zum Nest, das Verblassende Mädchen zu Noah Hypnotik.

Ich wedele mit der Hand, ein Taxi hält, auf der Fahrt hinauf in die Bronx schaue ich aus dem Fenster und grübele über Avas seltsamen Tick. Ihr sei wichtig zu wissen, woher die Sachen in ihrer Umgebung kommen, hat sie gesagt, aber ich glaube, das ist nicht die ganze Wahrheit. Ich glaube, wenn man einen Verlust erlebt, nimmt man, was man kriegen kann. Ava, die von ihrer Mom verlassen wurde, wird nie erfahren, wo all das landet, was man verloren hat, und will deshalb zumindest wissen, woher es kommt. Sie nimmt, was sie kriegen kann.

Eigentlich tun wir das doch alle.

# *JA, ES IST ZEIT FÜR*
# → TEIL 7

»Wissen Sie, wie oft ich schon aufgehört habe? Tausende Male. Einfach aus Angst um meinen Seelenfrieden. Ich beende einen Satz und erkläre ihn zu meinem letzten. Für mich sieht es so aus: Wenn es sich lohnen soll, etwas zu schreiben, dann muss ich mich dafür entleeren, den Roboter verlassen. Soll heißen, wenn es sich lohnen soll, dann muss es beschissen wehtun. Aber ... ich kann machen, was ich will, irgendwann schreibe ich doch noch weitere Sätze. Also was weiß ich. Vielleicht hat es auch etwas Schönes an sich.«

Mila Henry,
im Interview mit dem *Portland Press Herald,* 1959

Einen Ständer vor seinem eigenen Dad zu verstecken, ist in etwa so aussichtsreich, wie ein Goldenes Ticket vor Willy Wonka zu verheimlichen: Er weiß, was dir da die Hose ausbeult, er weiß, wie du dazu gekommen bist, und er hat generell mehr Erfahrung mit den Teilen.

Das Problem ist nur, dass unsere Flugbegleiterin haargenau so aussieht wie Jyn Erso aus *Rogue One* und außerdem nach einem Amaretto-Oreo riecht, für mich geht hier also sozusagen ein Traum in Erfüllung. Sie reicht Dad und mir je ein Ginger Ale und spaziert den Gang hinunter und im nächsten Moment spüre ich Dads Blick. Wie lange ich wohl so weit vornübergebeugt auf dem Sitz kauern kann, bevor er Fragen stellt?

»Alles okay mit dir?«

Nicht sehr lange anscheinend. »Mir geht's gut.«

Eine Handbewegung zu meinem Rücken. »Ich weiß, die Sitze sind nicht gerade bequem. Was macht der Rücken?«

»Alles ... alles kein Problem. Macht keine Probleme.«

Als Dad den Mund öffnet, glaube ich zu ahnen, was kommt – irgendein Bullshit über die Manhattan State und dass ich mich glücklich schätzen könne, diese Chance zu erhalten, wie stolz er auf mich sei ... da sagt er: »Du kannst mir immer alles erzählen. Das weißt du doch?«

Okay, damit hatte ich nicht gerechnet.

Und auf einmal berichtet er von den Jahren nach meiner Geburt, als er den Hausmann-Daddy machte und wir »die ärmsten Schlucker waren, aber ich sag's dir, Noah, das war die beste Zeit meines Lebens«, und er spricht weiter, über die eigenartige Situation damals, als Mom für ihre Anwaltsprüfung lernte und er sich tagsüber nur um mich kümmerte,

➡ 345

abends aber immer irgendein kreatives Gericht zauberte. Er kann selbst nicht sagen, wie es dazu kam, aber irgendwann fügte sich eines zum anderen, und jetzt, ja, »Jetzt sind wir zwei plötzlich auf Collegetour.«

Wenn Dad solche Vorträge hält, weiß ich nie, wie ich reagieren soll. Ich komme mir vor, als hätte ich an irgendeinem weltbewegenden Ereignis teilgehabt, an das ich mich aber leider null erinnern kann.

»Aber egal«, meint er. »Auf jeden Fall kannst du mir wirklich immer alles erzählen.«

Tatsächlich öffne ich den Mund und will ihm gestehen, dass ich die Rückenverletzung nur vorgetäuscht habe, um den Druck loszuwerden, und dass ich mir nicht sicher bin, ob ich aufs College gehen, geschweige denn, ob ich dort auch noch schwimmen will. Über meine Lippen kommt aber etwas anderes: »Dad, wie ist das mit Moms Gesicht passiert?«

»Was?«

Das Dröhnen der Triebwerke scheint sich zu steigern.

»Diese Narbe.« Ich lege mir die Hand auf die Wange. »Sie will nicht darüber sprechen.«

Und Dad nur so: »Oh.« Ein Laut, ein Ausatmen, in dem die ganze Komplexität des Phänomens Familie mitschwingt. »Das ... das weißt du nicht mehr?«

*Ich habe es nie gewusst,* erwidere ich beinahe, doch angesichts der vielen Veränderungen der letzten Monate, der vielen vertrauten Dinge, die mir fremd geworden sind, verschwimmt die Grenze zwischen echtem Nichtwissen und Sachen, die ich eigentlich wissen sollte. »Nein«, antworte ich.

Dad räuspert sich. »Wir haben immer ganz offen und ehrlich mit dir darüber gesprochen, auch als du noch jünger warst. Wir dachten, das wäre am besten für dich, aber ... jetzt bin ich mir da nicht mehr so sicher.«

»Dad.«

»Wenn wir zu Hause sind, müssen wir uns wohl ernsthaft darüber unterhalten, ob du nicht eine Therapie machen solltest.«

»Dad, was ist passiert?«

»Weißt du das wirklich nicht mehr?«

»Nein, wirklich nicht. Sollte ich?«

Als Jyn Erso vorbeikommt, bestellt sich Dad einen Scotch. Dann fängt er an zu erzählen.

Zu Hause brauche ich zum Auspacken nur drei Minuten, danach lasse ich mich auf meine nackte Matratze fallen und verdränge krampfhaft alle Gedanken an das Gespräch, das sich gerade in der Küche abspielt. Auf der Rückfahrt vom O'Hare Airport wurde angestrengt geschwiegen, hier habe ich Mom nur kurz umarmt und bin sofort nach oben geflohen. Schnell rein, schnell weg, sollen sie erst mal reden.

Ich presse mir das Kissen auf den Kopf und schreie.

## 79 ⇨ *und das Eis*

In diesem November habe es besonders stark geschneit, »du warst zehn«, erzählt Dad, also war es vor Iverton, als wir noch in Ohio wohnten, und »deine Mutter hatte ja schon immer einen sehr anstrengenden Job«, Dad macht eine Pause, trinkt, in dem kleinen Plastikbecher klirrt das Eis, und »damals, zu Anfang, konnte sie damit noch nicht so gut umgehen, also mit dem ganzen Stress«, für eine Sekunde ruckelt das Flugzeug, was einen spontanen telepathischen Gedankenaustausch zwischen den Passagieren auslöst, jede und jeder fragt sich,

*Himmel Herrgott noch mal, was haben wir hier oben eigentlich zu suchen?,* doch die Lage beruhigt sich wieder und Dad fährt fort, »sie hat angefangen zu trinken, viel zu trinken«, und er wusste nicht, was tun, er probierte es mit Reden, wollte sie durch Reden beruhigen, durch Reden davon abbringen, sie zu den Anonymen Alkoholikern überreden, aber »sie wollte es nicht hören«, und nachdem sie eines Tages von einem Mittagessen mit einem Klienten besoffen ins Büro zurückgekehrt war, wurde sie zwangsbeurlaubt und strengstens verwarnt, trotzdem passierte es wieder, und »da haben sie sie auf der Stelle gefeuert, mitten am Tag, und Gott, wenn sie mich doch nur ... wenn sie mich doch nur angerufen hätte«, Dad wiederholt es ein drittes Mal, wenn sie ihn doch nur angerufen hätte, aber stattdessen »hat sie sich gedacht, wenn ich schon den Nachmittag freihabe, kann ich doch mal die Kinder abholen«, wieder ruckeln wir sekundenlang durch den Himmel, wieder panische Telepathie, aber alles gut, und Dad spricht weiter, »sie holt also erst dich von der Schule ab, und auf dem Weg zu Penny gerät sie auf eine vereiste Stelle«, und Dad betont noch einmal, »es hat so stark geschneit diesen November«, und »sie hat das Steuer verrissen und ist gegen einen Telefonmast gekracht«, ihr Promillewert ging anscheinend durch die Decke, »und mit dir war Gott sei Dank alles in Ordnung, aber sie hatte ziemlich schlimme Prellungen und Schnittwunden an den Händen und Armen und im Gesicht«, und das war er endlich, das war der Weckruf, den es schon lange gebraucht hatte, sie brachte sich wieder auf Kurs, ging zu AA-Treffen und alles, »aber sie konnte sich nie verzeihen, dass sie dich in solche Gefahr gebracht hatte«, Dad leert seinen Scotch, betrachtet das Eis im Becher, und »deswegen macht sie sich so große Sorgen wegen deines Rückens«, er zwinkert Tränen weg, »weil du dir bei dem Unfall ja vielleicht einen Wirbel gequetscht haben könntest oder so was in der Art, das lässt ihr keine Ruhe«, er schüttelt den Becher, in dem nur noch Eisreste schwimmen, und blickt auf, sieht mich mit feuchten Augen an, »weißt du das alles wirklich gar nicht mehr?«

Die nächste Turbulenz rüttelt das Flugzeug durch, das Flugzeug und das Eis.

## 80 ⇨ *Penelope Oakman und wie sie der Welt entgegentritt*

Mom und Dads gedämpfte Stimmen unten in der Küche. Sie sprechen über mich, immer noch.

Keine Ahnung.

Kann sein, dass ich wirklich Hilfe brauche. Ja, wahrscheinlich. Im Augenblick ist mir aber sehr stark danach, mich an dem festzuhalten, was mir vertraut ist, und etwas für einen Menschen zu tun, der mir wichtig ist.

Ich klopfe leise bei Penny. Keine Reaktion. Ganz langsam drehe ich den Knauf herum und öffne die Tür einen Spaltbreit. Drinnen ist es dunkel, nur die Nachttischlampe spendet etwas Licht. Penny schläft tief und fest, mit jedem Atemzug hebt und senkt sich das aufgeschlagene Buch auf ihrem Bauch. Am Fußende reckt Mark Wahlberg den Kopf und sieht mich an, woraufhin ich mir einen Finger auf die Lippen lege – er scheint die Geste zu verstehen, natürlich versteht er sie. Er bettet den Kopf wieder auf die Vorderpfoten und macht keinen Mucks.

Zurück in meinem Zimmer krame ich den alten Brief mit Pennys *Tiffany*-Pro-und-Kontra-Liste hervor und ganz unten, unter *Willst du dir mit deiner liebreizenden Schwester den Film »Frühstück bei Tiffany« ansehen? Bitte ankreuzen:* male ich ein Kreuz in das Kästchen neben *Ja, selbstverständlich.*

➡ 349

Dann wieder in den Flur und rein in ihr Zimmer. Ich lege die Liste mit meiner Antwort auf ihren Nachttisch, lasse mich in der Ecke in Pennys geliebten Leopardenmustersitzsack sinken und sehe zu, wie sich das Buch auf ihrem Bauch hebt und senkt, ein rhythmisches Auf, ein rhythmisches Ab, auf und ab und immer weiter.

*Und, wer sitzt mit dir im Paddelboot, Penn?*

*Es ist ganz nützlich, wenn man überall für verrückt gehalten wird.*

*Was soll das jetzt wieder heißen?*

*Was schon? Schnapp dir ein Paddel, Schätzchen.*

Bis tief in die Nacht hinein sitze ich so da, kann mein Gehirn nicht mal für ein paar Sekunden abschalten und einschlafen, habe aber auch nicht die Kraft, aufzustehen und zu gehen. Ich hänge bloß im Sitzsack meiner Schwester und frage mich, wie lange sie mir das Paddel wohl noch hinhalten wird und wann sie es ins Wasser gleiten lässt.

Ich sollte es nicht darauf ankommen lassen.

## 81 ⇨ *Herkules' letzte Verbeugung*

»Meinst du das ernst?!« Nach und nach stellen meine Augen Penny scharf. »Das da«, sagt das verschwommene Gesicht, »das.« Während sie auf die drei Kästchen unter den Pro und Kontras zeigt, richte ich mich vorsichtig auf und massiere die brutale Verspannung aus meinem Nacken. »Das Kreuz. Meinst du das ernst?«

»Mein Gott, Penny. Eine Sekunde, ja?«

Erst nach mehrmaligem Durchatmen weiß ich wieder, wo ich bin. Schwer zu sagen, wann ich schließlich eingeschlafen bin, mein Tipp wäre: gegen drei Uhr nachts.

»Okay, das waren jetzt mindestens ... zehn Sekunden«, sagt Penny. »Meinst du das ernst? Willst du dir wirklich mit mir *Frühstück bei Tiffany* ansehen?«

So fertig ich auch bin, die übersprudelnde Energie meiner Schwester kann man nur bewundern. Ihre Augen strahlen vor Freude, leuchten wie ein Vulkan, der bei der endgültigen Bestätigung, dass ich in der Tat gewillt bin, mir diesen Film mit ihr anzusehen, prompt ausbrechen wird.

Ich räuspere mich und lehne mich zurück, um Schwung fürs Aufstehen zu holen. »Ja.«

»Wie, ja?«, sagt Penny und die beiden Worte gehen in einen schrillen Quietschlaut über, der sich wirklich nur bei meiner Schwester noch einigermaßen niedlich anhört.

»Ich habe Ja gesagt. Übertreib's nicht, klar?«

Ich weiß nicht, wie man die Moves nennt, die Penny nun aufs Parkett legt. Wahrscheinlich gibt es dafür gar keinen Ausdruck. Es ist, als hätte sich ein Hundewelpe auf einer Fünfzigerjahretanzfete einen angesoffen und würde deswegen pausenlos kreischen: *O ja, ja! Oooooo ja!*

Im Augenblick gehe es mir nicht so gut, erkläre ich ihr, aber wir würden uns den Film nach der Schule im Keller ansehen, und Penny guckt mich an, als hätte ich ihr einen Blankoscheck ausgestellt und sie aufgefordert, in der Shoppingmall mal so richtig die Sau rauszulassen.

Aber hey, was soll ich sagen? Es ist ein verdammt gutes Gefühl.

Die Erkenntnis des Tages: Wenn deine Eltern in deiner Gegenwart sowieso immer einen Eiertanz aufführen, ist es sehr viel leichter, krankzumachen und Schule zu schwänzen.

»Mir geht's nicht so gut«, verkünde ich in der Küche. »Ich glaube, ich hab mir irgendwas eingefangen.«

»Okay«, sagen die beiden und eine Stunde später ist das Haus leer. Ich stelle mein Handy stumm, werfe es auf meine nackte Matratze und klappe meinen Laptop auf. Manche Gedanken bilden sich unendlich langsam heraus und bewegen sich nur im Schneckentempo vorwärts, andere platzen dagegen herein wie eine Supernova, wie die krönende Abschlussvorstellung eines Sterns, der sich ein letztes Mal in seiner wahren Größe, in seiner entsetzlichen, herkulesgleichen Pracht vor der Ewigkeit verneigt. Zugegeben, ich kann kaum die Augen offen halten, aber diese Supernova muss ich jetzt erst mal aus dem Schädel kriegen.

## 82 ⇨ *ein kurzer Abriss meiner selbst, Teil 40*

Im Jahr 2003 stellt der Oxford-Professor Nick Bostrom in einem wissenschaftlichen Artikel seine »Simulationshypothese« vor, die drei grundsätzliche Varianten der Zukunft der Menschheit beziehungsweise eines »nachmenschlichen« Zeitalters voneinander unterscheidet: a) Wir sterben noch vor dem Eintritt ins nachmenschliche Zeitalter aus. b) Nach dem Eintritt ins nachmenschliche Zeitalter werden wir eher keine Simulationen der Realität betreiben. c) Wir leben bereits in einer Simulation.

Die Überlegung dahinter sieht so aus: In Anbetracht des rasanten technischen Fortschritts und unter der Voraussetzung, dass dieser weiter anhält, sollten simulierte Realitäten ab einem gewissen Zeitpunkt in den Bereich des Möglichen rücken. Nimmt man außerdem an, dass den Bewohnern einer solchen Realität nicht bewusst sein wird, dass sie lediglich als Simulation existieren, ergibt sich für unsere gegenwärtige Zivilisation folgender Schluss: Sollten wir tatsächlich in einer Simulation leben, hätten wir a) sicher keine Ahnung davon und würden b) jederzeit beschwören, dass das alles real sei. Man denke nur an die tanzenden Schatten an der Höhlenwand oder an Neo zu Beginn von *Matrix* – wir würden alles so hinnehmen, wie es uns geboten wird, wir würden brav im Roboter bleiben und dabei auch noch froh und glücklich sein. Aber was, wenn

## 83 ⇨ *blinkender Cursor*

*Aber was, wenn …*

*Aber was, wenn …*

*Aber was, wenn …*

Ich schließe das Dokument, gehe auf Google, gebe »Elam« und »Ambrosia« sowie »Phoenix«, »Ava« und »Wren« ein und grübele über die Bedeutung von Namen, von Philip Parish zu Pontius Pilotus, von Nathan in Jonathan, über die Bedeutung meines eigenen Namens und seine Verbindung zu Abraham und Elam, seine Verbindung zu Neo, zu NOAA, über die Bedeutung meines eigenen Namens. Eine Minute oder eine Stunde lang starre ich auf den Bildschirm, und obwohl ich tatsächlich nur eine einzige Nacht schlecht geschlafen habe, fühle ich mich wie nach etlichen durchwachten Monaten. Den Computer zugeklappt, ins Bett gestolpert, Augen zu. Den rauen Stoff der nackten Matratze unter der Wange und den Händen, lasse ich den schaurigen Gedanken in mir reifen.

*Aber was, wenn …*

➥ 353

Zähflüssige Nebelschwaden wie über einer Geisterstadt und während ich durch sie hindurchschreite, frage ich mich, ob Iverton am Ende heimlich auf einen Berggipfel verlegt wurde. *Aber das ist doch lächerlich, man kann doch keine ganze Stadt umsiedeln.* Plötzlich laufe ich durch eine Straße, die ich nie wieder betreten wollte, plötzlich stehe ich vor dem Haus, in dem er wohnt, über mir ein großer heller Mond. Sieht aus wie das Schwarz-Weiß-Foto einer Wassermelone.

»Der Mond sieht aus wie eine Wassermelone«, sage ich, aber sie hören mir nicht zu.

»Weißt du, wen ich in der Höhle getroffen habe?«, fragt Kurt, der zigarrenrauchend in seinem Stuhl schaukelt.

Abraham Parish erwidert etwas, das ich nicht verstehe.

»Wo ist Ihr Hund hin, Kurt?«, frage ich. »Ist er Ihnen davongelaufen?«

Der Alte blickt mich an und deutet auf das Haus neben dem der Lovelocks. »Ist wieder reingegangen. Die gute, alte Wassermelone war ihm zu hell.«

Jetzt stehe ich auf der Veranda der Lovelocks, doch als ich gerade die Tür öffnen will, spüre ich eine Hand auf der Schulter. »Vorsicht«, sagt Abraham Parish. »Ist ganz schön dunkel dadrinnen.«

Ich umarme ihn, dann trete ich ein. Die Fackel fest in der Hand, lasse ich mich von Bowies Stimme in die Höhle führen. An den krummen Wänden, an der gewölbten Decke sammelt sich Feuchtigkeit und tropft im Gleichtakt mit dem widerhallenden Song auf den Felsboden: Bowie zählt herunter zum Raketenstart. Das Licht der Fackel flackert, erlischt für eine Sekunde und erstrahlt umso heller, inzwischen rinnen Buchstaben die Steinwände hinab wie Harz über Baumrinde, sammeln sich in Pfützen und fließen ineinander, um etwas vollkommen Neues entstehen zu lassen: WUNDERSAME WEISE.

»Mach dir keine Sorgen wegen der Vase.«

Ich bin nicht allein hier. Ich bemerke den anderen erst jetzt, aber dort drüben steht er, ganz in der Ecke. Ich sehe ihn nur von hinten, sein Gesicht muss beinahe die Höhlenwand berühren. Er ist von Kopf bis Fuß durchnässt, Wasser rinnt aus seinen Haaren, von seiner Kleidung und seinen Händen auf den Boden, wo sich die Tropfen vereinigen und vermehren, vereinigen und vermehren.

»Alan.«

Mein bester Freund dreht sich um, zum ersten Mal sieht er mir ins Gesicht. Statt etwas zu sagen, bewegt er stumm die Lippen zu »Space Oddity«. Den Song mochte er schon immer am liebsten.

Ich gehe ins Bett, verkrieche mich in frisch gewaschenen Laken und flauschigen Kissen, ich könnte ewig schlafen. Am Boden neben mir bellt Labrador-Abraham stumm vor sich hin und als ich die Augen schließe, finde ich das alles doch extrem seltsam. Denn nun endet es genau so, wie es vor 26.000 Jahren angefangen hat: mit einem Jungen und einem Hund in einer fackelbeleuchteten Höhle.

## 85 ⇨ *das Orakel*

»Shit«, sagt eine Stimme, »Nein, nein« und noch mal »Shit«, irgendetwas drückt sich in mein Gesicht, quetscht meinen Kopf wie eine Orange in einem Schraubstock, eine quälende Trockenheit in meiner Kehle und Schmerzen im ganzen Körper wie nach einem tagelangen Dauerlauf, »Shit«, sagt die

Stimme erneut, ich höre, wie jemand tippt und tippt. Dann hebe ich die Hand, um meinen Kopf aus dem Klammergriff zu befreien, keine Ahnung, was mich da fixiert, aber es fühlt sich warm an, und noch während ich daran zerre, rollt neben mir etwas über den Boden, und die Stimme kommt mir sehr nahe: »Warte kurz«, sagt sie, bevor zwei Hände seitlich um mich herumgreifen, ein leises Klicken und die Last hebt sich von meinem Schädel. Im ersten Moment blendet mich das Licht im Zimmer, langsam gewöhnen sich meine Augen jedoch daran und ich begreife, dass es hier gar nicht besonders hell ist. Da, wo ich herkomme, war es nur ziemlich dunkel.

Das Erste, was ich sehe: die Decke.

Dann: ein Gesicht über mir. »Hey.« Circuit blickt mich aus roten, verquollenen Augen an, eine leichte Anspannung in der Stimme, als hätte er sich nur gerade so noch im Griff.

Ich will etwas sagen, bringe aber nur ein Keuchen heraus.

»Lass es langsam angehen. Bin gleich zurück.« Damit verschwindet er, wieder dieses Rollgeräusch, ich höre, wie er das Zimmer verlässt. Auf meinen Händen und Füßen lastet ein Gewicht, doch ich kann nicht nachsehen, was es ist, kann nicht mal den Kopf heben. Irgendwo läuft Musik, die letzten Takte von Bowies »Space Oddity«.

*Scheiße, was ist hier los?*

»Ich würde schätzen, dass du im Augenblick unter ziemlich intensiven Kopfschmerzen leidest.« Abermals dieses Rollgeräusch und endlich kapiere ich, woher es kommt – es sind die Räder eines Bürostuhls auf Holzboden. Wieder Circuits Gesicht über mir. »Außerdem kann die Apparatur vorübergehende Lähmungserscheinungen auslösen, aber keine Sorge, das ist nichts Ernstes. Ich habe dir Aspirin mitgebracht. Und was zum Trinken.« Circuit packt mich unter den Armen und hievt mich hoch, lehnt mich ans Kopfende des Betts und flößt mir Tabletten und Wasser ein.

Zum ersten Mal seit der Nacht der Longmire-Party kann ich einen genaueren Blick auf sein Zimmer werfen.

Auf seinem Schreibtisch liegen noch immer bergeweise Fachbücher und Papierstapel, dazwischen verstreut eine Schachtel Pop-Tarts mit Zimt und braunem Zucker, leere Cheetos-Tüten und mindestens ein Dutzend zerdrückte Dosen Mountain Dew. Auf dem Bildschirm eines summenden Laptops blitzen in rhythmischer Folge verschiedene Fenster auf, ein Wechselspiel aus Tabellen und langen Kolonnen unentzifferbarer Zahlen. Und neben dem Computer ruht die Riesenbrille, wie hat Circuit sie noch mal genannt?

»Schön langsam«, sagt er, lehnt sich nach vorne und entfernt etwas von meinen Füßen – es sieht nach Skistiefeln aus. Er stellt sie ab und löst die Schnallen des Handschuhs an meiner linken Hand, dann an meiner rechten. »Da du dich momentan nur eingeschränkt äußern und bewegen kannst, würde ich sagen, ich fange einfach an zu erzählen? Eine Warnung aber …« Ganz dicht ans Bett gerollt, beugt sich Circuit zu mir. »Wahrscheinlich wirst du den Drang verspüren, mir wehzutun. Sehr weh. Deshalb will ich eines gleich vorweg klarstellen: Ich werde mich nicht bei dir entschuldigen. Weder jetzt noch später. Klar?«

Ich weine. Ich weiß nicht, seit wann, aber ich weiß, warum: Weil ich ihm jedes Wort glaube.

Circuit rollt zu seinem Computer zurück, minimiert alle Fenster und geht auf YouTube. »Fangen wir damit an.«

Das Video beginnt mit einer Titelkarte, auf der in Großbuchstaben steht: UMWELTMODIFIKATION, VERSUCH F.

Schnitt. Man sieht eine Ratte im Käfig – einem recht eigenwillig ausgestatteten Käfig. In einer Ecke steht eine Miniaturausgabe der Freiheitsstatue, gekleidet in eine Tunika und mit blauem Barett auf dem Kopf; in einer anderen ein Glaskasten mit einem gewöhnlichen weißen Baseball darin; der Boden ist von grünen Holzspänen bedeckt. Über einen kleinen Fernseher unmittelbar vor dem Käfig flimmert eine Folge von *Tom und Jerry*. Während die Ratte in ihrem Laufrad rennt, sagt eine Stimme mit australischem Akzent: *»Das ist Herman. Herman ist zwei Jahre alt und hat sein ganzes Leben in diesem Käfig verbracht. Seit dem Tag seiner Geburt wurde sein Zuhause stets sorgfältig gepflegt. Dabei wurde darauf geachtet, immer dieselben Gegenstände am selben Ort zu belassen.«* Dann erläutert der Sprecher, dass Hermans Laufrad mit einem Apparat verbunden sei, der bei jeder zehnten Umdrehung einen Sprühstoß eines bestimmten Kokosnussduftes abgebe, und dass seit zwei Jahren diese eine Folge von *Tom und Jerry* in Endlosschleife laufe. In mehreren kurzen Filmschnipseln wird gezeigt, wie Herman frisst, aus einem am Gitter angebrachten Fläschchen trinkt und friedlich schläft. *»Das ist Käfig A«*, sagt die Stimme aus dem Off. *»In Käfig A ist Herman zu Hause. Er kennt kein anderes Zuhause.«* Das Bild springt zu einem anderen, ähnlich ausgestatteten Käfig, allerdings mit einigen feinen Unterschieden: Hier trägt die Freiheitsstatue eine Toga und eine grüne Baskenmütze, in der gegenüberliegenden Ecke steht ein Glaskasten mit einem Tennisball darin und die Holzspäne sind dunkelblau. *»Das ist Käfig B«*, sagt die Stimme, um danach auf die Abweichungen zwischen den Gehegen hinzuweisen, auch auf den Kieferndui, den jede fünfte Umdrehung des Laufrads freisetzt, und auf die Road-Runner-vs.-Coyote-Folge, die auf dem Fernseher wiederholt wird. *»Nun wollen wir uns anse-*

*hen, wie Herman reagiert, wenn man ihn in sein neues Zuhause setzt«*, verkündet der Sprecher. Von oben schwebt eine Hand im Handschuh ins Bild und platziert den zappelnden Herman in Käfig B. Kaum freigelassen, rennt er los, flitzt von einer Ecke in die andere, dass die Holzspäne nur so spritzen, und versucht, die Wände hinaufzurasen. Man habe Herman drei Stunden lang in Käfig B gelassen, erklärt der Sprecher, aber *»zur Ruhe gekommen ist er nie«.*

Das Bild verdunkelt sich und bleibt für ein paar Sekunden schwarz.

Dann erscheinen die Worte EINEN MONAT SPÄTER und das Bild blendet wieder auf: Man sieht Herman in Käfig A, seinem ursprünglichen Zuhause. Wieder taucht die Hand im Handschuh auf, jetzt hält sie jedoch eine Spritze. Wie die Stimme aus dem Off erklärt, wird Herman vor seiner Umsiedlung in Käfig B diesmal eine geringe Dosis Telazol verabreicht.

Das Bild verdunkelt sich.

EINE STUNDE SPÄTER. Herman erwacht in Käfig B. Er schnuppert am Togasaum der Freiheitsstatue und am Glaskasten mit dem Tennisball. Er guckt ein paar Sekunden lang Road Runner vs. Coyote. Dann klettert er seelenruhig ins Laufrad – und rennt los. *»Das Ergebnis dieses Versuchs lässt zwei Interpretationen zu«*, erläutert der Sprecher. *»Erstens, dass Hermans Gehirn sich schlicht weniger stark gegen Modifikationen der Umwelt sträubt, wenn diese erfolgen, während er bewusstlos ist. Der zweiten, weit überzeugenderen Deutung nach ist er bei einer Umsiedlung im Zustand der Bewusstlosigkeit schlicht nicht in der Lage, den Unterschied zwischen den Umgebungen zu erkennen.«*

Im Verlauf des Videos kriecht allmählich wieder ein bisschen Gefühl in meinen Körper und so setze ich mich im Bett auf. Noch tut mir alles weh, aber ich kann mich bewegen.

»In der Frühzeit der PCs, hat Dad mir mal erzählt, waren die Leute vollkommen hin und weg von dem Programm ›Paintbrush‹. Dreimal darfst du raten, was man damit machen konnte.« Circuit kichert. »Unsere Gesellschaft und die Computer, das ist wie ein Baby mit seiner Rassel. Aber Dad war anders. Er hat sich jahrelang mit Software beschäftigt, die parallel zu und in Verbindung mit dem menschlichen Gehirn läuft und dem Benutzer erlaubt, innerhalb einer Simulation zu leben, zu wachsen und zu gedeihen. Ich war oft mit dabei. Es hat seine Vorteile, zu Hause unterrichtet zu werden – nach einer Stunde war ich immer mit meinem Pensum fertig und den restlichen Tag lang habe ich Dad geholfen.«

Ich weiß nicht, warum, aber ich kann Circuit während seines Vortrags nicht in die Augen schauen, ich würde es nicht ertragen, die unbedingte Entschlossenheit seiner Stimme in seinem Gesicht widergespiegelt zu sehen.

»Er hat das Orakel entwickelt.« Circuit dreht und wendet die Fernglasschutzbrille in der Hand. »Zunächst das Headset, dann die Sensorstiefel und -handschuhe. Den Namen hatte er von dem Orakel aus *Matrix*. Kennst du den Film? Ist ganz lustig, wenn auch veraltet. Aber egal. Im Gegensatz zu Oculus, Google Cardboard, dem Samsung-VR-Scheißteil und den ganzen anderen besseren Videospielzeugen klinkt sich das Orakel automatisch in alle relevanten Suchmaschinen ein und ermöglicht es dem Benutzer so tatsächlich, Erfahrungen zu machen und Dinge kennenzulernen, die er noch nie gemacht beziehungsweise kennengelernt hat. Was da alles drinsteckt: Orte, Ideen, Fakten, Gerüche, Geschmäcker ... Doch das i-Tüpfelchen ist das Zusammenspiel des Orakels

mit dem, was es bereits im Gehirn vorfindet. Ein Beispiel …«
Er schwenkt auf seinem Stuhl zum Computer und vergrößert eines der minimierten Fenster. »Wer ist Fred Merkle?«

Der Boden kippt unter mir weg und meine Augen schließen sich, als würde der letzte Vorhang fallen.

»Bitte schön.«

Ich öffne die Augen und richte mich keuchend auf.

»Langsam«, sagt Circuit. »Du warst eine Minute lang bewusstlos – eine typische Nachwirkung. Hier.« Er hält mir einen Müsliriegel hin. »Das bringt dich auf die Beine.«

Das Wasser läuft mir so rasend schnell im Mund zusammen, dass ich nicht mal mehr *Fick dich* sagen kann. Ich packe den Riegel aus und rein damit.

»Mein Dad stand auf Scotch«, sagt Circuit. »Ich will nicht behaupten, ich würde mich mit der Whiskyherstellung auskennen, aber die Grundlagen kriege ich ungefähr zusammen: Man brennt einen Schnaps und lässt ihn in einem Holzfass reifen. Oder in einem *cask,* wie die Schotten sagen. Dad hat mir beigebracht, dass es solche und solche *casks* gibt. Es gibt Ex-Sherry-*casks,* Ex-Bourbon-*casks,* Ex-Chardonnay-*casks,* alle haben sie unterschiedliche Qualitäten und jeder Scotch reift darin unterschiedlich lang, was sich jeweils entscheidend auf das Endprodukt auswirkt.«

»Worauf willst du hinaus?« Meine ersten Worte sind mehr ein Krächzen. Trotzdem ist es ein gutes Gefühl, etwas zu sagen.

»Dein Gehirn ist der rohe Alkohol, Noah, der Rohstoff, und das Orakel das *cask.* Das, was es vorfindet – dein Wissen, deine Lebenserfahrung, deine Meinungen und Gedanken –, wird darin verdichtet. Der Geschmack intensiviert. Keine

Frage, das war Dads Meisterstück.« Circuit tippt die Brille an. »Es gab aber ein Problem damit. Weißt du, welches?«

»Fick dich?«

»Ha. Nein, das Problem an der virtuellen Realität war schon immer so simpel wie unlösbar: *Der Benutzer ist sich der Situation bewusst.* Er ist während der Simulation geistig in der Lage, zwischen Realität und Nichtrealität zu unterscheiden – und so verkommt die ganze Erfahrung zur bloßen Traumtänzerei. Zum reinen Rumgewichse. Zu Paintbrush fucking 2.0. Stell dir vor, du konstruierst ein voll funktionsfähiges Automobil von den Rädern bis zum Motor, und dann hast du blöderweise den Anlasser vergessen. Dieses Problem des Bewusstseins für die Situation war der Anlasser, den Dad verplant hatte. Als er gestorben ist, hat er mir ein Notizbuch mit lauter Bauplänen und theoretischen Überlegungen hinterlassen, mit Experimenten, die funktioniert haben, und welchen, die fehlgeschlagen sind. Er wollte, dass ich weitermache, dass ich seinen Weg weitergehe. Ich sollte für ihn den Anlasser finden. Und ich habe ihn gefunden. Entscheidend war, dass ich irgendwann auf Versuch F dieser Studie zur Umweltmodifikation gestoßen bin: Ist der Benutzer zu Beginn der Simulation nicht bei Bewusstsein, könnte er theoretisch ewig innerhalb der simulierten Realität leben, ohne je etwas davon zu ahnen.«

»Hypnose«, sage ich.

»Dich einfach nur schlafen zu schicken, hätte es nicht getan und ich hätte mir sowieso nicht zugetraut, jemanden k. o. zu schlagen. Natürlich hat es nicht geschadet, dass du ein bisschen was getrunken hattest.«

»Mann, du bist doch einfach nur wahnsinnig.«

Circuit zuckt mit den Schultern. »Ich hätte das Orakel nie konstruieren können. Das konnte nur Dad. Aber als ich auf dieses Video gestoßen bin, wusste ich: Das ist der Anlasser. Das ist mein Beitrag zu einer neuen Welt.«

Wenn man Circuit so zuhört, kommt man sich vor, als würde man ein Kind im Flugzeugcockpit beobachten: Ich glaube gern, dass er glaubt, er wüsste, was er da tut, aber er hat die Maschine nicht gebaut. Er ist nur auf die Schultern ihres Erfinders geklettert und hat auf Start gedrückt. Was weiß er schon über ihre Macken und Fehler? Oder wie sie mit einem Benutzer umspringt, der sich von vornherein in einem so stark von der Norm abweichenden Zustand befindet? Ich war auf ein paar Partys, ich habe mitgekriegt, dass betrunkene Menschen nicht mehr wirklich sie selbst sind, und ich habe in die Augen einer Hypnotisierten geblickt – und gleich beides auf einmal?

»Warum ich?«

Circuit verzieht das Gesicht und verfällt in einen übertriebenen Jammerton. »Ich will eine neue Flugbahn einschlagen. Jeder in meinem Leben tritt auf der Stelle. Mein Leben ist sozusagen ein alter Pulli und aus dem bin ich jetzt eben rausgewachsen.« Ein leises Lachen, ein Kopfschütteln. »Mal ehrlich, du warst doch die perfekte Versuchsperson. Ich hätte mir keine schönere malen können.«

Ich blicke auf die Laken, auf das ordentlich gemachte Bett und den Abdruck meines Körpers darin. »Also hast du mich einfach ... was? Hier in die Falle gelockt?«

»Na ja, ganz allein hätte ich das nicht hingekriegt.«

»Du verarschst mich doch.«

Er zuckt die Achseln. Schweigen.

»Wer?«, frage ich.

»Es steht mir nicht zu, dir das zu verraten.« Circuit rollt zum Computer, scrollt durch eine Playlist und lässt »Life on Mars?« laufen. »Früher konnte ich mit Bowie ja nicht viel anfangen, aber für unsere Session habe ich extra eine Playlist zusammengestellt und ich muss sagen, er hat was.«

»Du hast mich manipuliert.«

»So einfach ist das nicht. Das ist kein Videospiel. Ich hatte keine Kontrolle über deine Entscheidungen, ich konnte dir nicht vorschreiben, wohin du gehst und was du tust. Das Orakel nimmt, was es dadrin vorfindet ...«, Circuit zeigt auf meinen Kopf, »... und verknüpft es mit dem, was es *da*drin findet.« Er zeigt auf seinen Laptop. »Alles, was du googeln kannst, kannst du auch erleben.«

»Aber manche äußeren Merkmale oder wie sich die Leute verhalten und geredet haben ... manches war anders. Und das hast du so eingerichtet.«

»Habe ich nicht.«

Ich nicke zu seinem Computer. »Doch. Es war wie mit dem zweiten, abweichenden Käfig. Du hast den ganzen Kram in meinem Kopf umgeräumt.«

»Das ist keine exakte Wissenschaft, Noah. In einer Simulation lebt es sich so ähnlich wie in einem Roman. In einer fiktiven Welt muss man immer mit Schönheitsfehlern und Abweichungen rechnen. Dass du an deinen Mitmenschen gewisse Veränderungen wahrgenommen hast, überrascht mich kein bisschen.«

»Und das Muster?«

Erstmals stutzt Circuit. »Ein Muster ... hinsichtlich der Veränderungen?«

Mir ist es von Anfang an leichtgefallen, mich an Cletus' und Nathans Tisch im Schnellrestaurant zu versetzen. *Typen wie wir werden immer allein sein, Noah, & das ist schon in Ordnung so. Man muss nur den Unterschied zwischen Alleinsein & Einsamkeit kennen. Das ist der Trick.*

»Oha.« Circuit öffnet ein Dokument auf dem Monitor und

tippt. »Interessant.« Vor meinem geistigen Auge sehe ich, wie ich ein Laken zusammenrolle und ihm in die Kehle stopfe oder wie ich ihm eines der Kissen aufs Gesicht drücke, bis seine Glieder ein letztes Mal zucken. »Faszinierend«, murmelt er.

»Was ist faszinierend?«

»Dad hat an die hundert Freiwillige in Simulationen geschickt. Alle haben von Abweichungen innerhalb des Orakels berichtet, aber nie davon, dass diesen ein Muster zugrunde gelegen hätte. Um ehrlich zu sein, Noah, bin ich gerade leicht erregt. Also wenn ich fragen darf – um was für ein Muster handelte es sich?«

Ich spüre meine Beine wieder. Kampf oder Flucht? Über Ersteres fantasiere ich schon länger, jetzt wäre auch Letzteres eine Option.

»Ist auch egal«, meint Circuit, der wohl an meinem Blick erkannt hat, dass er mir keine Antwort entlocken wird. Seufzend lehnt er sich zurück. Er ist der Prototyp des selbstzufriedenen Irren. »Denk doch mal nach. Wenn wir es schon so weit geschafft haben, kann buchstäblich alles anders werden. Du wurdest gefeuert? Hast eine hässliche Scheidung hinter dir? Hast Krebs, hast ein Familienmitglied verloren? Hast ein totales Fickscheißleben? Wenn du genügend Kohle rüberwachsen lässt, kriegst du ein neues. Oder man legt einfach einen Kurzurlaub ein, so wie du.«

Ein Kribbeln in meinen Beinen. Mein Blut fließt wieder und bald wird mich der Strom mitreißen. »Einen Kurzurlaub?«

In Circuits Augen ändert sich etwas. Er lächelt, wie wenn man einen alten Freund wiedererkennt, und ich male mir aus, wie seine Zähne zu Splittern zerspringen, wie sein Blut spritzt und die Wände dunkelrot färbt.

»Welchen Monat haben wir?«, fragt er.

Es ist eine so einfache Frage, mir kommt augenblicklich die Galle hoch. »November.«

Circuit lacht auf und klatscht in die Hände. »Scheiße, ist das gut.«

»Was?«

»Das Verhältnis von realer zu simulierter Zeit liegt bei rund einer Stunde zu zwei Wochen. Es sind gerade mal sechs Stunden vergangen.«

»Seit wann?«

Dann begräbt mich die Lawine, und während Circuit sich zum Computer dreht – selbst ihm ist es anscheinend zu viel, mir das mitteilen zu müssen –, zerfallen all die Worte von heute Abend zu in der Luft schwebenden Buchstaben und im Zimmer ballen sich sämtliche grellen Farbtöne dieser Welt.

»Es sind gerade mal sechs Stunden vergangen, seit wir von der Longmire-Party abgehauen sind.«

## 86 ⇨ *tu einfach so, als würdest du hier wohnen*

Vor meiner Navy-Bowie-Zeit sind Mom und ich immer gegen Ende der Sommerferien zur Mall gefahren, neue Klamotten kaufen. Und wenn wir so durch die weiß gefliesten Gänge liefen und ich mal wieder meckerte, wie furchtbar ich die Mall fand, die aufdringlichen Verkäufer, den Gestank im Food Court, die ganzen plastikhaften Annehmlichkeiten, zuckte Mom jedes Mal mit den Schultern, als sehe sie das ja genauso, aber was soll sie bitte daran ändern? »Tu einfach so, als würdest du hier wohnen«, sagte sie einmal.

Ich weiß noch, wie ich mich damals umsah und mir die ganzen Geschäfte nach Ladenschluss vorstellte, im Dunkeln, wenn die Mall menschenleer ist – und da entdeckte ich eines meiner erstaunlicheren Talente: Ich kann selbst den bedrohlichsten Szenarien etwas Romantisches abgewinnen. Ich muss mir bloß vorstellen, ich wäre dort zu Hause.

*Tu einfach so, als würdest du hier wohnen.*

In Gedanken schritt ich durch verwaiste Gänge, über weiße Fliesen, die im Mondlicht hinter den Fenstern bläulich schimmerten, kein Mensch weit und breit, alle Mall-Bots im Bett, ich lief durch einen leeren, dunklen, leicht verschobenen Raum und fühlte mich dort zu Hause.

Man stelle sich vor, an einem solchen Ort zu leben.

Ich habe es getan.

»Noah«, sagt Circuit, doch meine Beine sind wieder voll da und ich will nur noch weg hier. Zur Treppe, die Stufen runter, kurz vor der Haustür höre ich ein Rascheln aus dem Wohnzimmer. In der Ecke brennt eine Lampe, auf dem Sofa wacht gerade Sara auf. Sie reckt sich gähnend und sagt: »Wenn man lieber auf der Couch pennt, statt die Treppe rauf ins eigene Zimmer zu gehen, dann muss man wirklich fertig sein.« Mit einem Lächeln neigt sie leicht den Kopf. »Wenn das nicht Noah-mit-H ist.« Und als auch noch Nike, die Katze, auf ihren Schoß springt, droht die in meinem Bauch brodelnde Panik ernsthaft überzukochen.

»Bitte, Noah«, schallt Circuits Stimme in einem so neutralen Ton von der Treppe herüber, dass es einem eiskalt den Rücken runterläuft. »Komm wieder her. Lass uns reden.«

Noch ein letzter Blick auf Sara, und ich bin raus aus dem Haus, renne durch den Garten und auf dem Piedmont Drive einfach weiter. Die ersten Sonnenstrahlen zeigen sich, nebenan hebt Kurt einen dampfenden Kaffeebecher und ruft

»Morgen!«, als wäre alles, wirklich alles, wie es sein soll. Zu seinen Füßen stößt Langhaarcollie-Abraham ein einziges Bellen aus und es kommt mir vor, als wollte er damit einen Punkt unter einen Satz setzen, den ich die ganze Nacht gelesen habe:

Die letzten drei Monate meines Lebens wurden ausgelöscht.

## 87 ⇨ *das Wort, das ihm am nächsten kommt*

Ich öffne die Tür so behutsam, wie man ein Pflaster abzieht, trotzdem geht der Alarm los; also sollten Mom und Dad noch nicht auf den Beinen gewesen sein, sind sie es spätestens jetzt, aber was soll's, denn: Ich muss in mein Zimmer. Mit gesenktem Kopf vorbei an der Küche, die Treppe hoch, die Tür hinter mir abschließen, ins Bett fallen, endlich kann ich mich von der Welle erfassen lassen. Es ist ein Gefühl irgendwo zwischen Trauer und Reue und jäher Wut. Alles auf einmal. Alles durcheinander und leider gibt es keinen Fahrplan für den Fall, dass man einen Teil seines Lebens ein zweites Mal leben muss. Es gibt keine Landkarte, keine Marschrichtung, keinen Menschen, der so etwas bereits hinter sich hätte und einem sagen könnte: *Das wird schon,* und so stehe ich mit einem Gefühl da, das keinen Namen hat.

Es klopft an meiner Tür. »Noah!« Statt auf meine Antwort zu warten, versucht Dad es einfach mal. Abgesperrt. »Noah, mach auf!«

»Alles okay, Dad. Bin nur müde.«

»Noah, du lässt mich jetzt sofort rein.«

Es bringt mich jedes Mal aus dem Konzept, wenn Dad wütend wird, hauptsächlich, weil es so selten vorkommt. Doch als ich die Tür öffne und sein Gesicht sehe, erkenne ich auf den ersten Blick: Er ist alles, aber nicht wütend.

»Wo warst du?«, fragt er.

»Sorry. Die Party hat sich ein bisschen hingezogen. Habe bei Alan und Val gepennt. Ich weiß, ich hätte euch 'ne Nachricht schicken sollen, aber –«

Sein Gesichtsausdruck ist nicht zu durchschauen, doch irgendwie herrscht im ganzen Haus plötzlich tiefe Stille.

»Dad?«

Er schluckt, betrachtet mich mit leerem Blick, und während seiner Worte nimmt das namenlose Gefühl in mir allmählich Gestalt an: *Letzte Nacht hat Alan sich bei den Longmires im Pool den Kopf angeschlagen,* werden erste Umrisse erkennbar: *Die Sauerstoffzufuhr war eine Weile unterbrochen,* schälen sich Details heraus, *und jetzt liegt er im Chicago Grace.*

»Wie geht es ihm?«, stoße ich hervor. Es klingt nicht nach meiner Stimme.

»Er liegt auf der Intensivstation. Er ist stabil, viel mehr weiß man nicht. Deine Mom ist gerade dort.«

»Ich muss dahin. Ich muss zu ihm.«

Dad nickt. »Sollen wir dann los?«

Auf der Fahrt erzählt Dad, kurz nach ein Uhr nachts habe Val angerufen und sich nach mir erkundigt. Nachdem sie meinen Eltern berichtet hatte, was passiert war, deponierten sie Penny bei den Nachbarn, damit Dad mich suchen gehen konnte, während Mom zu Alans Familie ins Krankenhaus eilte. »Sie war die ganze Nacht da«, sagt Dad und fügt nach einer kurzen Pause hinzu: »Ich war bei den Longmires. Weil ich dachte, du bist vielleicht noch dort. Warst du nicht und deshalb bin ich die Straßen abgefahren, hätte ja sein können, dass du spazieren gehst. Ich habe dich immer wieder angerufen, um ein Haar hätte ich die Polizei verständigt.«

Ich bekomme nur am Rande mit, was er da redet, dass er wissen will, wo ich war, ohne mich direkt zu fragen.

Ich bekomme nur am Rande mit, dass ich hier im Auto sitze.

*Ich hätte bei ihm sein müssen.*

Ich ziehe das Handy aus der Tasche, will Val anrufen – da dreht sich mein Magen um: fünf neue Nachrichten auf der Mailbox, ein Dutzend entgangener Anrufe, eine Flut von Textnachrichten von Mom und Dad, eine ganze Reihe von Val, die erste davon ein einziges Wort, Uhrzeit: 1:01.

Val: Noah

Val: Wo bist du??

Val: Alan hat sich den Kopf angeschlagen

Die nächste Nachricht stammt von 3:22 Uhr.

Val: Wir sind im Chicago Grace. Er wacht einfach nicht auf

Val: Scheiße wo bist du

*Ich hätte bei ihm sein müssen, hätte bei ihm sein müssen, hätte bei ihm sein müssen,* hätte am Pool stehen und reinspringen und ihn rausziehen müssen, hätte auf der Party bleiben und ihn davon abhalten müssen, überhaupt zugedröhnt schwimmen zu gehen, müsste wenigstens jetzt im Krankenhaus sein, das wäre verdammt noch mal das Mindeste.

»Das wird schon«, sagt Dad und wir beide wissen, wie viel dieser Satz bewirkt, nämlich nichts.

*Taubheit.* Das Wort kommt dem Gefühl noch am nächsten.

## 88 ⇨ *Spiegelleben*

Mit zwölf war ich das erste Mal bei einem Cubs-Spiel im Wrigley Field. Nach Hunderten Partien im Fernsehen war ich mörderheiß darauf, mir das Stadion endlich aus der Nähe anzuschauen: das King-Kong-große Leuchtschild über dem Eingang, die efeuüberwucherten Backsteinmauern, die Sonne am Himmel, unter dem die Cubbies einen strahlenden Sieg davontragen. Doch als wir ankamen, war es bewölkt, auf dem höchstens mittelgroßen Leuchtschild wurde genauso begeistert für Budweiser-Bier geworben wie für die Cubs und Efeu wuchs nur auf den Mauern des Outfield, die ich ganze zwanzig Minuten lang erkennen konnte, dann fing es an zu schütten.

Das war nie im Leben das echte Wrigley Field.

Alan liegt im Bett, auf dem Rücken, aber nicht flach, sondern leicht hochgelagert. Seine Augen sind geschlossen, in seinem Mund steckt ein Schlauch, in seiner Nase auch, er trägt eine Halskrause und hängt am Tropf, und als ich eintrete, denke ich zuerst: *Upps, im Zimmer geirrt.*

Das ist nie im Leben der echte Alan.

Ich umarme Mom, dann Mr und Mrs Rosa-Haas und zuletzt Val – aber dafür länger. »Es tut mir so leid«, sage ich zu ihr, »ich hätte bei euch sein müssen. Es tut mir so leid.« An meinem Nacken schüttelt sie den Kopf, ich spüre die Feuchtigkeit ihrer Tränen und ihrer Triefnase und über ihre Schulter hinweg sehe ich Alan mit seiner Halskrause, die Schläuche in seinem Kopf, und kann es einfach nicht fassen. Mr Rosa-Haas murmelt etwas, sie würden Kaffee holen oder so, dann gehen die Erwachsenen, wir drei sind allein.

»Ich habe ihm gesagt, er soll es lassen«, meint Val. »Dass er kein Idiot sein soll, dass er Jake ignorieren soll«, und sie erzählt mir die ganze Geschichte, dass zuerst kein Mensch gecheckt habe, was passiert war, und als endlich jemandem aufgefallen sei, dass Alan abgesoffen war, habe es noch eine Weile gedauert, ihn aufs Trockene zu hieven, und da habe er schon nicht mehr reagiert. »Wir sind mit ihm zu meinem Auto und hierher. Ich bin mindestens 160 gefahren, von der Villa bis vor die Tür vom Krankenhaus.«

»Wissen sie schon was Genaueres?«

Val schüttelt den Kopf. »Glaube, sie haben eine CT gemacht. Oder eine MRT? Weiß nicht. Aber dass er sich den Kopf angehauen hat, das ist anscheinend sicher.«

Ich sehe es vor mir. Alles. Wie Alan in den Pool springt, weil er Jake zeigen will, wo der Hammer hängt, wie er mit Tempo auf die Wand zuschwimmt und sich verschätzt.

Val fängt an zu weinen. »Ich habe mitbekommen, was sie zu Mom und Dad gesagt haben. Dass sie ihn erst aufwecken wollen, wenn er selbstständig Luft kriegt. Bis dahin ...«, sie zeigt auf eines der Geräte neben dem Bett, »... atmet das Ding für ihn.«

Es wird still. Arm in Arm wachen wir über Alan und ob ich will oder nicht, vor meinen Augen läuft immer wieder derselbe Film ab, was für ein Anblick es gewesen sein muss und wie es gelaufen wäre, wäre ich bei ihm gewesen. Doch ich war nicht bei ihm und jetzt liegt Alan in diesem Bett und hängt an diesen Apparaturen und wer weiß, ob er jemals wieder aufwacht.

»Schau ihn dir nur an«, sagt Val und nimmt die schlaffe Hand ihres Bruders und wir warten ineinander verschränkt ab, das denkbar delikateste Dreieck.

Ich bleibe den ganzen Tag im Krankenhaus. Irgendwann – keine Ahnung, wann, in diesem Zimmer stößt der Fluss der Zeit an seine Grenzen – irgendwann also fährt Dad Penny abholen. Er soll sie nach Hause bringen, Mom besorgt derweil für uns andere etwas zu Mittag und wartet dann hier mit mir, so sieht der Plan aus, während ich mich frage, wie man an diesem Punkt noch die Kraft aufbringen kann, Pläne zu schmieden, oder warum man überhaupt welche schmieden sollte, wo doch sowieso alles den Bach runtergeht.

Zweimal insgesamt, einmal liest Mom eine Zeitschrift und einmal ist sie eingeschlafen, stelle ich fest, dass ich sie unwillkürlich von der Seite anstarre, die glatte Haut ihrer Wange, nicht die Spur einer Narbe.

Ganz am Rande nehme ich irgendein Abendessen zur Kenntnis.

Ganz am Rande nehme ich zur Kenntnis, dass ich noch keine Träne vergossen habe.

Ganz am Rande nehme ich zur Kenntnis, dass Val und ich seit meiner Ankunft kein Wort mehr gewechselt haben. Andererseits wird sowieso nicht viel geredet.

Ein paarmal glaube ich, ich hätte Alans Finger zucken gesehen, aber sicher bin ich mir nicht.

Und als es am Abend heißt, es seien nur noch Familienmitglieder erlaubt, sage ich Mom, ich werde auf einem Stuhl im allgemeinen Wartebereich schlafen.

Sie schläft auf dem Stuhl daneben.

Drei Tage schon. Ich besuche Alan morgens und abends.

Würden sie mich lassen, würde ich immer bei ihm bleiben. Sie lassen mich nicht.

Wenn ich nicht gerade auf der Intensivstation bin, schließe ich mich mit meiner Taubheit im Zimmer ein. Sie ist mein neuer Schatten. Zum Zeitvertreib schlafe ich stundenlang, fertige gemeine Schaubilder von katastrophalen Fallschirmsprüngen und geplatzten Kröpfen an oder auch vom Gesicht einer alten Frau, deren gesamtes Dasein durch den Fortschritt der Welt zur Banalität verdammt wurde. Ich spüre, wie die Augenblicke an mir vorüberziehen, mir entgleiten, als säße ich in einem Bus ohne Endstation und hätte meinen Halt verpasst, weshalb es mein Schicksal ist, allen anderen dabei zuzusehen, wie sie ihr Ziel erreichen, selbst aber immer weiterzufahren. Den Roboter zu verlassen, war für mich nie gleichbedeutend mit dem Tod, aber wenn man seinen Halt verpasst hat, läuft es vielleicht doch darauf hinaus. Vielleicht hängt man für immer und ewig in einer Art existenziellem Fegefeuer fest, an einem Ort zwischen allen Stühlen, also wenn man ehrlich ist: im Nirgendwo.

Abends setzt sich Mom zu mir ans Bett und erzählt mir Geschichten wie früher, als ich klein war. Ich höre im Liegen zu und am Ende gibt sie mir immer einen Kuss auf die Stirn – das sind die Momente, in denen ich mich meinen finstersten Abgründen stellen muss, der Tatsache, dass meine liebe Mutter in dem Theaterstück, das mein benebelter Geist aus dem Off inszeniert hat, in die Rolle einer Alkoholikerin gedrängt wurde, die mit dem kleinen Noah auf der Rückbank gegen einen Telefonmast gerauscht ist. Und wenn mir das leise Klicken der Tür verrät, dass sie gegangen ist, bleibt mir in der Dunkelheit nichts anderes übrig, als immer weiter und weiter darüber nachzudenken. Als mich immer weiter zu demontieren.

Würden sie mich lassen, würde ich bei Alan einziehen.

Sie lassen mich nicht.

## 90 ⇨ *neu leben*

»Willst du wirklich vom Start weg hinterherhinken?«, fragt Mom. Ich starre wie unter Zwang auf ihr makelloses Gesicht, antworte: »Ich gehe nicht hin«, und drehe mich im Bett auf die andere Seite, ziehe das saubere weiße Laken zum Kinn. Durch die Tür höre ich danach noch ihr gedämpftes Streitgespräch.

Zwei Tage lang durfte ich blaumachen, ehe meine Eltern beschlossen, dass ich so langsam am Unterricht teilnehmen sollte. Aber sie können machen, was sie wollen, mein bester Freund liegt im Koma, nur weil ich es nicht verhindert habe. Hätte ich mich nicht vor lauter Besoffenheit von einem Irren für drei Monate (oder sechs Stunden, ist doch egal) in einen Rattenkäfig sperren lassen ... also wenn sie glauben, ich stehe jetzt einfach auf, schlüpfe in meine Klamotten und trete noch mal zu einem Schuljahr an, das ich bereits halb hinter mir habe, dann irren sie sich gewaltig.

Ich schnappe mir meinen Laptop, steige wieder ins Bett und starre auf mein Manuskript. Ich hatte das Fenster offen gelassen und darin prangt mein letzter Text, ein kurzer Abriss meiner selbst, Teil 22, es geht um einen Jungen mit Hund in der Chauvet-Höhle. Darunter: nichts. Achtzehn kurze Abrisse, Tausende Wörter, alles weg. Als wären sie nie da gewesen.

Waren sie wohl auch nicht.

Kann man ein Trommelfell mit dem Zeigefinger zerstechen oder braucht man dazu etwas Spitzes, etwa einen Bleistift? Kann man eine Kniescheibe mit einem Hammer zertrümmern? Wie lange braucht man, um sich mit einem Feuerzeug durch Haut und Muskeln zu brennen und den Knochen freizulegen? Wie viele Stockwerke kann man hinunterstürzen und trotzdem überleben? Und welche Körperpartie des Menschen ist eigentlich am fleischigsten, wo kann man also richtig hinlangen, ohne den anderen gleich ins Jenseits zu befördern?

Heute besuche ich Alan nicht. Stattdessen versinke ich in Tiefen, die schwerer wiegen als alle anderen, in Decken und Kissen, und male mir immer neue, kreative Varianten aus, Circuit leiden zu lassen. Von außen betrachtet könnte man eventuell meinen: *Es waren doch nur drei Monate, du wirst es überleben,* aber es geht mir nicht wirklich um die Zeit. Es geht mir um meine Trips zur Manhattan State und ins Wurmloch. Um die ganzen Geschichten, die Mr Elam und Philip Parish mir erzählt haben, um die Tausenden Wörter, die ich geschrieben habe und die nun ausradiert sind. Darum, dass Sara Lovelock gar keine andere Wahl hatte, als meine Interessen zu teilen, mit engelsgleicher Stimme zu singen, eine glühende Verehrerin Mila Henrys zu sein, überhaupt mein Idealbild der perfekten Freundin zu verkörpern – kein Wunder, sie war ja buchstäblich meine Traumfrau.

Es geht mir darum, dass mein bester Freund vielleicht nie wieder aufwacht.

Was man tut und denkt und mit wem man was tut – das ist das Leben. Schon klar, es waren nur drei Monate, aber es geht mir nicht um die Zeit. Es geht ums Leben.

»Val weigert sich zu gehen.« Mom sieht aus, als hätte sie geweint. Sie trägt dieselben Klamotten wie gestern. Hinter ihr schleicht Dad ins Zimmer. »Sie sagt, du warst heute nicht bei ihm, und sie geht erst, wenn sie dich gesehen hat.«

Noch bin ich nicht mal aufgestanden, und nur wenn … »Gibt es was Neues? Von Alan?«

»Nein«, antwortet Dad.

So ein kleines Wort, so eine riesige Katastrophe. Erstaunlich eigentlich.

Ich drehe mich auf die andere Seite und ziehe die Decke über den Kopf. »Bin müde. Sagt ihr, wir sehen uns morgen.«

Durch den Stoff ist zu hören, wie Dad einmal im Kreis läuft und vor mir stehen bleibt. »Glaubst du, wir anderen stecken das so leicht weg? Noah, für mich ist Alan wie ein zweiter Sohn. Und wenn er jetzt aufwacht und feststellt, dass sein bester Freund nur so in den Seilen hängt? Was soll er da denken, hmm? Außerdem wird Val sich keinen Zentimeter aus der Küche bewegen, und zwar weil du ihr wichtig bist. Weißt du, wie man so was nennt? Freundschaft.«

Ich hätte Lust zu heulen, kann aber nicht. Noch einmal tief durchatmen, dann schlage ich die Decke zurück. »Ich muss aber erst mal duschen.«

Auf Dads Gesicht breitet sich pure Erleichterung aus. »Wir sind bei Val. Komm runter, wenn du so weit bist.«

Sobald sie weg sind, stehe ich auf, schnappe mir einen frischen Navy-Bowie und will ins Bad – da kommt Penny herein.

»Hey, Penn. Hab grad leider keine Zeit zum Plaudern.«

Sie marschiert zum Schreibtisch und legt ein Blatt Papier neben meinen Laptop. »Für dich.«

➡ 377

»Oh. Danke.«

»Du fehlst mir, Noah.« Aus dem Nichts taucht auch noch Fluff auch. »Ach, stimmt. Du fehlst uns beiden.«

Dann verschwinden sie wieder und ich nehme das gefaltete Blatt Papier in die Hand. Auf die Oberseite hat Penny mit Filzer meinen Namen gemalt, das O von NOAH als knallgelbe Sonne, das A als kopfstehendes Herz. Ich klappe das Blatt auseinander und heule zum ersten Mal seit Tagen.

*Lieber Noah,*

*»Selbst die dunkelste Nacht wird enden und die Sonne wird aufgehen.«*
*Hast du mal »Die Elenden« gelesen, Schätzchen? Wenn du mich fragst, war Victor Hugo ein gottverdammtes Genie. Aber wie auch immer, du steckst gerade offensichtlich mitten in einer sehr dunklen Nacht und da wollte ich dich an den Sonnenaufgang erinnern. Die Sonne wird nämlich wieder aufgehen. Versprochen, okay?*

*Liebste Grüße*
*Penelope*

*PS: Und nach dem Sonnenaufgang können wir uns vielleicht »Frühstück bei Tiffany« ansehen? Denk mal darüber nach, Schätzelchen.*

Val hat fettige Haare, trägt dieselbe durchlöcherte Jeans wie im Krankenhaus und die Anspannung in ihrer Stimme ist mit Händen zu greifen: »Wo warst du heute?«

»Weiß nicht, Val. Wie geht's ihm?«

»Weiß nicht. Wie immer.«

»Aber er kann immer noch nicht selbstständig atmen?«

Ein Schulterzucken. »Bald. Hoffen sie jedenfalls.«

»Hoffen sie«, wiederhole ich.

Val stemmt sich auf die Küchentheke. »Noah, ich brauche dich jetzt. Meine Eltern kann ich vergessen, die stehen total neben sich. Du kannst dich jetzt nicht wieder so aus der Affäre ziehen.«

»Wie, wieder?«

»Das weißt du doch.«

»Ehrlich gesagt, nicht.«

»Du bist seit Wochen nicht mehr der Alte. Du bist so ... so abwesend.«

Ich weiß, Dad hat gesagt, dass ich Val wichtig sei, deshalb sei sie hier, doch der, der einem wichtig ist, muss dabei auch mitspielen. Ungefähr das will ich eigentlich rüberbringen, stattdessen frage ich aber: »Val, auf welches College willst du nächstes Jahr?«

»Was?«

»Auf welches College du nächstes Jahr willst.«

Langsam lässt sie sich von der Theke rutschen, es ist ihr anzusehen, dass ihr gleich die Tränen kommen. »Mann, ist das jetzt nicht scheißegal? Alan ist kurz vorm Abkratzen und von allen, die er hat, bist ausgerechnet du gerade so was von weg. Fuck, es ist echt nicht zu glauben.«

»Hör mal, Val, ich bin nicht ... ich bin nicht weg. Mir ist was passiert.«

»Was soll das heißen?«

»Auf der Party. Oder danach. Ich bin jemandem über den

Weg gelaufen, ich hatte zu viel getrunken und ja, ich hätte vorsichtiger sein müssen, aber du hast ja recht, ich war schon seit einer Weile neben der Spur und er meinte, er kann mir helfen. Also bin ich mit ihm nach Hause. Und der Typ, er ... er hat mir das Hirn zerschossen. Ich bin nicht mehr ganz richtig im Kopf.«

Für eine Sekunde macht sich unheimliche Stille breit. »Circuit?«, sagt Val dann.

Ich glaube, tief im Menschen – so tief, dass man es häufig vergisst – lebt etwas, das keinen Namen hat. Doch hin und wieder lässt irgendein Impuls das Namenlose aufflackern. »Was?«

Val macht einen Schritt auf mich zu. »Circuit Lovelock.«

»Moment mal ...«

»Ich habe dir was zu gestehen, Noah.« Das Flackern wird zur Flamme. »Weißt du noch, letzte Woche am Pool, als ich euch erzählt habe, dass die Lovelocks neulich zum Abendessen da waren? Sie hatten uns diese Riesenbüchse Karamellpopcorn mitgebracht, an der Alan immer rumgemäkelt hat. Er hatte an dem Abend Training. Na ja, nach dem Essen hat sich Circuit nach meinen Fotos erkundigt, also habe ich ihm meine Ausrüstung gezeigt, und keine Ahnung, irgendwie haben wir uns dann so über Hobbys unterhalten. Er hat erwähnt, dass er sich für Hypnose interessiert, und –«

»Warte.« Ich packe Val an der Hand und zerre sie hinunter in die Abgeschiedenheit des Kellers. Dort setzt sie ihren Bericht fort.

»Circuit erzählt mir also von irgendeinem Kumpel, der sich beim Basketball das Knie kaputt gemacht hatte, aber den ganzen Ärzten zufolge war damit alles in Ordnung. Der Kerl hat nicht geschwindelt oder so, es war mehr eine Psychosache. Circuit nimmt ihn also mit zu sich und hypnotisiert ihn mit allem Drum und Dran und danach sind die Schmerzen weg. Einfach so. Und hey, da musste ich natürlich gleich an dich und deinen Rücken denken, dass dir auch keiner sagen kann, wo eigentlich das Problem liegt. Daher habe ich ihm von dir erzählt.«

»Was genau hast du ihm erzählt?«

»Dass sich ein Freund von mir beim Schwimmen den Rücken demoliert hat und dass es seitdem irgendwie ist, als … als wärst du in dichtem Nebel gefangen.«

»In Nebel?«

»Circuit meinte, er kann dir helfen, aber es muss sich ganz natürlich ergeben, nicht wie bei einem Blind Date oder einem arrangierten Treffen. Weil wenn es sich zu geplant anfühlt, könntest du dich nicht entspannen.«

»Und was musstest du machen?«

»Nicht viel. Ich musste nur dafür sorgen, dass du auf der Party auftauchst. Und dann in der Bibliothek.«

Jetzt: weiß ich, von wem die Rede war, als Circuit gesagt hat, ganz allein hätte er es nicht hingekriegt. Und jetzt: fällt mir wieder ein, wer mir bei den Longmires den Tipp mit der Bibliothek gegeben hat – es war Val. Und jetzt, hier unten in unserem Keller: denke ich an zwei Freunde, die sich vor langer Zeit den Film *Across the Universe* angesehen haben, und daran, wie einfach damals alles war und wie viel sich seitdem verändert hat.

»Ich weiß nicht, wohin er dich gebracht oder was er mit dir angestellt hat. Er kriegt eine Stunde mit dir in der Bibliothek, so war's abgemacht. Das reicht, meinte er.«

»Er hat dich reingelegt, Val.«

»Was soll das heißen?«

»Circuits Plan war nie, mir zu helfen. Ich schätze, er hatte irgendwo von meinem Rücken gehört und sich dann die Geschichte von dem Basketballer mit dem kaputten Knie ausgedacht, weil er wusste, dass du anbeißen würdest.«

»Aber warum?«, fragt Val.

Ich muss es endlich aussprechen: »Circuit hat mich nicht nur hypnotisiert.«

Zum ersten Mal, seit ich in Circuits Zimmer aufgewacht bin, kehrt in dieser Nacht der Traum zurück: Das Zimmer, das Bett sind anders, aber die grelle Helligkeit ist geblieben genau wie die Buchstaben, die durch die Luft schweben und sich zu WUNDERSAME WEISE aufreihen, und in der Ecke steht wieder Alan, wie immer triefnass, dreht sich zu mir und bewegt stumm die Lippen zu »Space Oddity«, während neben dem Bett ein Hund zu bellen versucht, aber nicht kann.

## 92 ⇨ *wundersame Weise*

Am nächsten Morgen stürmt Mom in aller Frühe und ohne zu klopfen ins Zimmer. »Raus aus den Federn! Wir müssen los.«

Ich bin schon wach. Ich starre seit einer ganzen Weile an die Decke. »Ich gehe nicht in die Schule«, antworte ich.

»Wer hat was von Schule gesagt?«

Da richte ich mich auf. »Alan?«

»Bei Alan ist alles wie immer. Es ist wegen was anderem. Wir fahren in einer halben Stunde.«

»Mom.«

Sie bleibt stehen, dreht sich aber nicht zu mir.

»Kommen wir beim Chicago Grace vorbei?«, frage ich.

»Wenn wir es so einrichten, ja.«

Eine halbe Stunde später schiebe ich Pennys pinken Totenschädelkoffer vorsichtig auf die Rückbank von Moms Landrover.

»Was willst du damit?«, erkundigt sie sich.

»Nicht so wichtig«, erwidere ich. »Sind nur ein paar Comics drin, die Alan bei mir gelassen hatte. Ich dachte, wenn er aufwacht, freut er sich vielleicht darüber.«

Vor dem Chicago Grace biegt Mom in einen Besucherparkplatz ein und meint, sie werde hier auf mich warten. Den Koffer im Schlepptau, gehe ich rein und marschiere zielstrebigen Schrittes durch die Gänge wie einer, der genau weiß, wohin er will, der sich auskennt.

Sich auszukennen, ist an und für sich nicht schlecht, aber im Krankenhaus ist es kein gutes Zeichen.

Bald komme ich also in Alans Zimmer an – doch es ist leer. An der nächsten Information frage ich eine Schwester, ob er verlegt wurde. Vielleicht könnte das sogar auf eine Verbesserung seines Zustands hindeuten? »Mal sehen …«, sie tippt auf ihrem Computer, »dein Freund ist unter achtzehn, oder? Damit gehört er auf die Kinder-Intensiv. Bis gestern Abend hatten wir dort nicht genügend Betten frei.«

Anhand ihrer Beschreibung finde ich den Weg zu Alans neuem Zimmer, das weitgehend aussieht wie eine Nachbildung des alten, die gleichen Geräte, die gleichen Gerüche, die gleiche Galgenstimmung, mit einem einzigen Unterschied: die Tapete. Es ist eine Regenbogentapete mit dem ABC drauf.

Drinnen sitzen Val und ihr Dad schweigend am Bett.

»Noah, wie steht's bei dir?«, sagt Mr Rosa-Haas und umarmt mich. Auch er hält sich an den neuesten Modetrend, hat also seit Tagen nicht mehr die Klamotten gewechselt und Monsterringe unter den Augen.

»Geht einigermaßen. Und bei Ihnen?« Er zuckt die Achseln, scheint keine Worte zu finden, daher versuche ich es mit einem Themenwechsel. »Wo steckt Ihre Frau?«

»Am Flughafen, ihre Schwester abholen. Ich habe ihr gesagt, sie soll hinterher nach Hause fahren. Duschen, sich etwas ausruhen. Aber mal sehen.« Er blickt auf den pinken Totenschädelkoffer hinab. »Willst du hier einziehen?«

»Da sind nur ein paar von Alans Comics drin. Ich dachte, ich lese ihm später vielleicht ein bisschen vor.«

Mr Rosa-Haas macht eine Handbewegung zum Regenbogenalphabet an den Wänden. »Wie passend. Ein Kinderkoffer fürs Kinderzimmer.«

Sollte das ein Scherz sein oder geht ihm Alans Verlegung in diesen Raum ernsthaft gegen den Strich? Ich weiß es nicht, aber er wirkt definitiv etwas durch den Wind. Ist ja auch verständlich. »Könnte ich vielleicht für ein paar Minuten mit Alan allein sein? Wäre das okay?«

Bisher hat Val kein Wort zu mir gesagt, geschweige denn mir in die Augen geblickt, woran ich übrigens rein gar nichts auszusetzen habe, aber jetzt schaltet sie sich ein. »Wir wollten sowieso was frühstücken gehen, oder, Dad?«

Mr Rosa-Haas lächelt. »Perfektes Timing.«

Sobald sie weg sind, schiebe ich einen Stuhl an Alans Bett, fische mein Handy aus der Tasche und lasse »Space Oddity« auf Repeat laufen, öffne dann Pennys Koffer und ziehe Fluffyschlaffi, den Volllappen, heraus. Vor der Fahrt hatte ich etwas Bammel, wie er auf seine Unterbringung reagieren würde, aber so durch und durch vertrottelt, wie der Kerl ist, geht ihm wirklich alles am Hintern vorbei. Und ich muss schon sagen, irgendwie freue ich mich über das Wiedersehen mit dem alten Griesgram. Als ich ihn auf meinen Schoß hieve, lässt er sich hängen, als würde er sich totstellen.

»Äh … hi«, sage ich. Den Blick gesenkt, kraule ich Fluff

sanft am Nacken und schaue endlich Alan an. »Hi. Ja, ja, ich weiß, wenn das nicht unsere bescheuertste Dean-und-Carlo-Sitzung aller Zeiten ist. Aber es gibt gute Neuigkeiten. Ich habe einen Deal mit der Kantine gemacht, dass sie die Pizza für dich in rechteckige Stücke schneiden. Glaub mir, das wird super. Ah, und noch was. Wenn du aufwachst, machen wir einen Korbflechtkurs und essen danach am Lagerfeuer aus gusseisernen Pfannen zu Abend, und weißt du, warum? Weil ich keinen Bock mehr habe, immer nur über den ganzen Kram zu reden. Ich finde, es ist höchste Zeit, dass wir unsere Träume selbst in die Hand nehmen.« Eigentlich mache ich mich hier lächerlich, denn von all dem kriegt Alan mit ziemlicher Sicherheit nichts mit. Trotzdem, heute hatte ich beim Aufwachen diese Idee im Kopf, eine absurde Idee, die aber einfach nicht verschwinden wollte. »Apropos Träume.« Ich beuge mich vor und spreche leise weiter. »Ich habe dich gesehen. Also im Traum. Du hast pitschnass in der Ecke gestanden. Und ein Hund war auch dabei.« Ich blicke auf Fluff hinab. »Es war immer das Gleiche – ein Hund, der bellen wollte, aber nicht konnte.« Einmal tief durchatmen wie vorm Hechtsprung, dann Augen geradeaus, nach vorne lehnen, los. »Ich weiß nicht, wo du gerade bist und ob du mich hören kannst, aber wenn du nichts dagegen hast, würde ich dir gerne eine Geschichte erzählen.« Und ich mache, was Mom früher so oft getan hat, sitze am Bett und flüstere eine Geschichte über einen Jungen und seine Angst vor dem Alleinsein, einen Jungen, der dachte, es würde sich nie etwas ändern, einen Jungen, der seine Freunde schlecht behandelte. »Eines Abends geht der Typ auf eine Party«, sage ich, lasse einen kurzen Abriss meiner Zeit im Off folgen und gebe Alan am Ende einen Kuss auf seine reglose Hand, natürlich war es immer Alan, den ich im Traum gesehen habe, wer sonst?

Während ich im Off war, war er es auch. »Es tut mir so leid«, sage ich, plötzlich klatschen meine Tränen nur so auf ihn drauf, »es tut mir so leid, dass ich nicht für dich da war«, und ganz langsam weicht die Taubheit von mir, aber Pech gehabt: Das, was mich danach erwartet, ist sogar noch schlimmer.

»Hör mal, Alan. Das ist doch dein Song.« Als ich die Lautstärke höherdrehe, singt Bowie gerade davon, auf wundersame Weise zu schweben. »Ich bin zu dem Lied aufgewacht. Vielleicht schaffst du das ja auch«, sage ich, denn alles, was war, der Traum von letzter Nacht und die vielen zuvor, könnten doch auf diesen Augenblick hingelaufen sein, könnten mehr Vorahnung als Halluzination gewesen sein, daran muss ich mich festhalten, »Bitte, komm einfach raus aus der Höhle«, ich muss mich am Glauben an diesen einen Moment festhalten, in dem man einen Schritt zurücktritt und endlich den Sinn und die Logik hinter dem scheinbaren Zufallschaos erkennt.

»Jetzt ist alles genau richtig, Alan. Es ist genau wie im Traum. Hör hin«, sage ich, als der letzte Teil des Songs einsetzt. *»Can you hear me?«,* spreche ich Bowies Worte nach, während um uns der Raum zum Leben erwacht, das ABC von den Regenbogen tropft, die leuchtenden Buchstaben zu einem farbensprühenden Strudel zusammenfließen und sich die vielen Bruchstücke meiner Zeit im Off direkt vor meinen Augen zu einem Ganzen vereinen. »Du bist nicht allein, Alan.«

Fluff versucht zu bellen, kriegt es aber nicht hin.

## 93 ⇨ *der Irrgarten*

»Ich glaub's nicht«, sagt Mom. »Du hast ihn einfach im Koffer ins Krankenhaus gerollt.«

Schwer zu beurteilen, ob Fluff nur auf der Rückbank eingepennt oder in Ohnmacht gefallen ist. Normalerweise würde ich mit dem Schlimmsten rechnen, würde sein röchelnder Atem nicht sogar den prähistorischen Dieselmotor des Landrovers übertönen.

»Also ich finde, er hat sich super geschlagen.«

»Und was war noch mal der Sinn daran?«, fragt Mom.

»Ist eine lange Geschichte.«

»Ist auch eine weite Fahrt.«

»Wie weit?«

»Wirst schon sehen.« Mom tut geheimnisvoll, doch beim Einbiegen auf den Highway verkündet ihr Handy: *»Beginn der Route nach ... Jasper, Indiana«,* um dann darauf hinzuweisen, dass sie in ein paar Hundert Meilen links abfahren müsse. Mom starrt das Smartphone an wie ein lebendiges und noch dazu absolut unausstehliches Wesen.

»Indiana?«, sage ich.

»Wieso Indiana?«

»Aber wenn Alan aufwacht? Oder wenn ... keine Ahnung, wenn irgendwas schiefläuft? Und ich bin endlos weit weg?«

»Erstens wird nichts schieflaufen. Und zweitens, wenn er aufwacht – und er wird aufwachen –, darfst du sowieso nicht gleich zu ihm.«

»Mom ...«

»Wir ziehen das jetzt durch, Noah. Für dich. Wir ziehen das durch. Keine Sorge, wir sind schon rechtzeitig zurück.«

Ich drehe mich zur Seite. Bäume rauschen an mir vorbei. »Und was ist so toll an Jasper, Indiana?«

»Da gibt's eine Menge Holz.«

»Hä?«

»Wusstest du, dass Jasper als globale Holzhauptstadt gilt?«

»Brauchen wir Holz?«

»Nicht dass ich wüsste.«

»Also ... was sollen wir dann in Jasper, Indiana?«

»Wieso Jasper?«

»Okay. Hab's kapiert. Mom, das große Mysterium. Ich gönn dir den Spaß.«

Zwei Stunden später legen wir eine Tank- und Pinkelpause ein, dann geht es zurück auf den Highway. Ich versuche, mit Stift und Papier einen kurzen Abriss der Evolution der Textüberarbeitung zu verfassen, darüber, dass Größen früherer Zeiten wie Tolstoi und Thoreau und die Geschwister Brontë alles von Hand niederschreiben mussten, was jedem Wort zu einem eigenen Wert verhalf, wohingegen die Nichtskönner von heute im reinsten Luxus leben: dürfen sie doch einfach irgendetwas ausprobieren, scheitern, es wieder löschen, was anderes ausprobieren, erneut scheitern und es wieder löschen, bis nach tausend Korrekturen doch ein Endprodukt dasteht. Die alten Schriftstellerinnen und Schriftsteller dagegen mussten vom Start weg voll bei der Sache sein und wissen, wohin sie wollten und wieso.

Ich dachte, dadurch, dass ich das Ganze mit Stift und Papier verfasse, könnte ich mir die Vergangenheit irgendwie metamäßig vergegenwärtigen, aber denkste, es kommt nur Müll dabei heraus, denn ich bin ein Nichtskönner von heute.

Mittags halten wir bei einem Wendy's und Mom gleich so: »Aber nicht deinem Dad verraten, ja?« Wir bestellen zweimal Pommes, Frosty-Softeis und Bacon-Cheeseburger mit extra Bacon, und als der Typ an der Theke glaubt, fragen zu müssen, ob wir das warme Essen früher haben wollen, entgegnet Mom: »Nein. Für einen Bacon-Cheeseburger braucht man genau so lange, wie es dauert, bis ein Frosty so richtig schön angematscht ist.« Da kommt man doch ins Grübeln, wie oft Mom schon heimlich bei Wendy's war.

Ja, ab und zu komme ich sogar ins Grübeln, wie gut ich meine Eltern eigentlich kenne.

Nachdem wir Fluff einen Hamburger auf die Rückbank gereicht und die Fenster einen Spaltbreit geöffnet haben, suchen Mom und ich uns drinnen einen Tisch. Burger und Pommes sind ratzfatz verputzt und übrigens behält Mom recht – die Frostys sind nun optimal angematscht.

»Und, wie war dein Gespräch mit Val gestern?«, fragt Mom.

»Nicht gut.«

Mom nickt und schaufelt einen gewaltigen Eisklumpen aus ihrem Becher. »Inwiefern nicht gut?«

»Sie hat mich angelogen? Mich manipuliert?« Ich schiebe meinen noch halb vollen Frosty zur Seite und lehne mich zurück. »Aber das ist jetzt auch alles egal.«

»Wieso das?«

»Was denkst du denn, wieso?«

Moms Löffel erstarrt auf dem Weg zum Mund. Ein halbes Nicken, ein kleiner Bissen, ein Blick auf mich, noch ein Bissen, noch ein Blick, so glotzt sie mich kauend an.

»Was ist, Mom?«

»Was soll sein?«

»Du siehst mich an wie einen deiner Klienten.«

»Tue ich nicht.«

»Tust du wohl.«

»Auch gut. Du weißt natürlich alles und ich nichts.«

»Bitte, Mom. Das ist mir jetzt zu krass.«

Mom versenkt ihren Löffel im leeren Becher und seufzt lautstark. »Siehst du, das ist das Problem. Ich dachte immer, krass zu sein, wäre was Gutes.«

»Das Wort kann man so und so verwenden.«

»So wie ›Arsch‹, meinst du?«

»Wieso wie ›Arsch‹?«

»Na ja, wenn man ein Arsch ist, heißt das nichts Gutes. Aber wenn jetzt zum Beispiel eine Corvette mit solchen glitzerigen Felgen vorbeirollen würde, dann –«

»Dein Ernst?«

»Dann würdest du das ›arschgeil‹ finden. ›Arschgeil‹ heißt also so viel wie ›sehr cool‹. Und nicht ›Ich bin geil auf Arsch‹. Könnte ja auch sein.«

Das ältere Ehepaar in der benachbarten Sitznische steht auf und geht.

»Ich bin geil auf Arsch. Das hat meine Mom gerade wirklich gesagt«, murmele ich.

»Und wie ist das eigentlich mit ›af‹?«, fragt Mom. »Was steckt dahinter?«

Ganz langsam lasse ich den Kopf auf die Tischplatte sinken. »Mom. Ich flehe dich an.«

»Wenn zum Beispiel jemand sagt, etwas sei ›krass af‹, was bedeutet das?«

»Müssen wir ausgerechnet in einem Wendy's darüber sprechen?«

»Wir können ja umziehen. Nebenan ist eine Tankstelle.«

Ich antworte, ohne den Kopf zu heben. »Das ›af‹ steht für ›as fuck‹. Also ›krass as fuck‹. Das bedeutet es.«

»Ahhh. Man könnte also sagen, ich sei als Mom krass af.«

»Bist du jetzt langsam fertig?«

»Mit dem Krass-af-Sein? Nein. Deine Mom doch nicht.«

»Na gut.«

»Was soll ich machen, das ist nun mal mein Leben. Krass af, volle Checkung, party like it's 1999.«

Ich versuche, mein Lächeln zu unterdrücken, schätze aber,

ich kriege es nicht hin, denn nun grinst Mom mich mit Verschwörerblick an. »Schatz«, sagt sie plötzlich, »ich weiß, Alan liegt im Krankenhaus und es kommt dir wahrscheinlich vor, als wäre alles andere egal. Lass mich dir eines sagen – es ist nicht egal. Wenn schon, dann ist alles andere umso wichtiger. Ich weiß nicht, wie schlimm Vals Lüge war, aber ich weiß, wie sie tickt. Und dass eure Freundschaft nie so wertvoll war wie jetzt.«

»Es ist kompliziert.«

Mom wischt unseren Tisch mit einer Serviette ab und räumt unseren Müll auf ein Tablett. »Meine Mitbewohnerin am College hat immer ins Bett gemacht.«

Kurz verschlägt es mir die Sprache. »Okay.«

»Habe ich dir die Geschichte schon mal erzählt?«

»Glaube nicht.«

Schulterzuckend fährt sie fort. »Carrie hat gern ordentlich gebechert, hatte aber leider nur eine winzige Blase. Den Morgen nach einer Party haben wir meistens im Waschraum verbracht. Carrie war ein Partytier, eine Datingqueen, sie war hübscher als ich und cooler und hatte größere –«

»Muss das sein, Mom?«

»Ehrlich, ihre Möpse waren so.« Mom hält ihre Hände einen halben Meter vor die Brust.

»Mom!«

»Na, und jedenfalls war ich gerade mit einem Typen zusammen, der hieß Dalton. Oder war es Gordon?«

»Kennen wir uns eigentlich?«

»Mit dem Typen lief es nur ein paar Wochen lang, höchstens, und eigentlich geht es in der Geschichte gar nicht um ihn, also sagen wir mal, es war Dalton. Carrie war gerade mit einem Turner zusammen, der hatte solche Muskeln. Okay, eines Nachts sind wir zu viert in einer Bar und mir wird schlecht. Richtig, richtig schlecht. Ich muss weg, sage ich zu Dalton, aber wenn er will, kann er ja noch bleiben. Insgeheim hoffe ich natürlich, dass er mich zum Wohnheim kutschiert und liebevoll umsorgt, aber er sagt, wenn es für mich wirklich in Ordnung ist, bleibt er gerne noch und zum College zurück fährt er später mit Carrie und Dingens.«

»Dem Muskelmann.«

Mom nickt. »Ich verabschiede mich also, fahre nach Hause, gehe nach ein paar unschönen ... Vorfällen ... direkt in die Heia und schon schlafe ich tief und fest.« Selbst wahre Storys erzählt Mom im selben Tonfall und Rhythmus wie ihre Gute-Nacht-Geschichten von früher und da ich mich mit denen sehr gut auskenne, weiß ich, wann sie Fahrt aufnimmt. »Irgendwann mitten in der Nacht wache ich von Carries Stöhnen auf. Leider kam es öfter vor, dass sie in unserem Zimmer Sex hatte, und normalerweise habe ich mich einfach schlafend gestellt, aber diesmal ist mir so hundeelend, dass ich mir denke, es reicht, ich mache da nicht mehr mit. Ich knipse also das Licht an und will ihr die Meinung sagen ... da sehe ich Dalton. In ihrem Bett.«

»Nein.«

»O doch.«

»Deinen Typen.«

»O ja.«

»Im Bett mit deiner Mitbewohnerin. Während du im selben Zimmer warst.«

»Dalton hat mich nur mit glasigen Augen angeglotzt. Man hat gleich gesehen, okay, der ist so richtig blau.«

»Ja, den Blick kenne ich.«

Mom zieht eine Augenbraue hoch.

»Natürlich nicht aus eigener Erfahrung, bloß aus ... Filmen und so. Okay, und wie hast du reagiert?«

»Na ja, ich habe rumgeschrien. Sehr laut. Ich habe mit Dalton Schluss gemacht, ist ja klar, und kein Wort mehr mit Carrie gesprochen. Für sie war das furchtbar schlimm, sie hat tausendmal versucht, sich zu entschuldigen, aber ich ... wollte es nicht hören. Und zwei Wochen später war sie tot.«

Mom und ich sitzen uns in einer merkwürdigen Fast-Food-Stille gegenüber. Sie lässt ihren letzten Satz wirken.

»Was ist passiert?«, frage ich schließlich.

»Sie hat ihren Wagen um einen Telefonmast gewickelt. Ihr Promillewert ging durch die Decke. Außerdem gab es in dem November tonnenweise Eis und Schnee. Dalton saß mit im Auto. Er wurde ziemlich schlimm verletzt und muss seitdem mit einer grausigen Narbe im Gesicht herumlaufen, aber –«

»Oh.«

»Was ist?«

»Nichts, es ist nur ...« Ziemlich deprimierend? Alles sehr anstrengend? Eine Riesenerleichterung? »Ich glaube, du hast mir doch schon mal von Carrie erzählt.«

»Ah, dachte ich's mir doch.«

Ja, etwas Erleichterung ist dabei. Ich habe meiner Mutter also doch nicht ohne jeden Grund ein schrecklich leichtfertiges Verhalten angedichtet und zu der Narbe gibt es also doch eine passende Hintergrundgeschichte. Andererseits muss ich einsehen, dass ich in einem entscheidenden Punkt danebenlag: Ich dachte, im schlimmsten Fall wäre meine Zeit im Off von Circuit inszeniert worden – aber es geht noch schlimmer. Nämlich wenn diese Zeit, wie Circuit angedeutet hat, von mir selbst inszeniert wurde. Wenn Geschichten, die ich als Kind gehört habe, wenn seit Langem im Unterbewusstsein vergrabene Ereignisse und Gespräche hervorgeholt und wie Samen überall in meinem Geist ausgebracht wurden. Wer weiß, welche verborgenen Gedanken und Ängste ich in den kommenden Tagen und Wochen, Monaten und Jahren noch aufstöbern werde? Und in welchen Situationen? Eben ist es bei einem Wendy's-Besuch mit meiner Mom passiert. Das kann nur heißen, ich muss immer und überall und in jeder Gesellschaft darauf gefasst sein.

»Ich wollte dir das aus einem bestimmten Grund erzählen.«

Ich starre auf meine Serviette. »Mom.«

»Nicht verzeihen zu können, ist wie ein Geschwür. Es fängt ganz klein und harmlos an, aber es gräbt sich in dich hinein, und wenn du nicht aufpasst, frisst es dich von innen auf.«

»Ich soll Val verzeihen, meinst du.«

»Nein, Noah – dir selbst. Ich weiß nicht, warum, aber ich glaube, du gibst dir die Schuld an der Sache mit Alan. Irgendwer muss dir sagen, dass es nicht deine Schuld ist. Also: Es ist nicht deine Schuld.«

»Das kannst du nicht wissen.«

Mom legt ihre Hand auf meine. »Stell dir einen großen Irrgarten vor«, fängt sie mit neuer Entschlossenheit an. »An jeder Ecke lauert ein Feuer spuckender Drache oder eine Tretmine oder eine trügerische Luftspiegelung. Er erstreckt sich über Hunderte Kilometer, und immer, wenn du denkst, du hast endlich den Ausgang gefunden, gerätst du in eine Sackgasse. Jahrelang biegst du falsch ab und machst Fehler und ringst mit Drachen und trägst tausend blaue Flecken und Wunden und Verbrennungen davon, aber irgendwann … hast du es geschafft. Du findest den Ausgang. Du bist etwas ramponiert, aber immerhin noch in einem Stück. Und wer weiß, vielleicht triffst du dann auf jemanden, der, ohne dass du es wusstest, zur selben Zeit in diesem Irrgarten war. Ihr tauscht euch aus, vergleicht eure Notizen zur Struktur des Labyrinths, du hörst dir an, mit welchen Tricks, auf die du nie gekommen wärst, der andere den richtigen Weg gefunden hat, und du erzählst ihm von deinen Tricks, auf die er nie gekommen wäre, und aus diesen gemeinsamen Erfahrungen entsteht Liebe. Eine Liebe, die mit der Zeit immer tiefer wird. Und vielleicht bekommt ihr beide irgendwann ein Kind.« Als Mom zu weinen anfängt, heule ich mit. »Ein perfektes, wundervolles, kleines Kind und ihr schwört euch, ihr werdet alles tun, was in eurer Macht steht, um eurem Kind die Feuer spuckenden Drachen und die Tretminen und die Luftspiegelungen zu ersparen. *Ich male ihm eine Karte,* denkst du dir, einen detaillierten Plan, auf dem die schnellsten Wege durch den Irrgarten eingezeichnet sind, die Fallgruben, denen man ausweichen muss, die Abkürzungen, die du erst nach Jahren entdeckt hast, und du denkst dir, vielleicht kommt dein Kind dadurch mit weniger Wunden und blauen Flecken davon.«

Ich drücke Moms Hand und lasse die Tränen fließen. »Mom.«

Sie schenkt mir ein verheultes Lächeln. »Und du glaubst, du hast mehr als genug Zeit, einen Spitzenplan zu zeichnen … bis du eines Tages aufwachst und feststellst, na so was, dein perfektes, wundervolles Kind steckt schon mittendrin im Irrgarten. Du hast so gut aufgepasst, du hast jede Nacht Wache gehalten, du weißt nicht, wie das passieren konnte und wann es passiert ist, aber jetzt ist es, wie es ist: Dein Kind steht ganz ohne Landkarte im Labyrinth und du kannst nur noch hilflos zusehen.«

»Ich hab dich lieb, Mom«, sage ich und erinnere mich an ein komplett fiktives Gespräch mit Penny inmitten einer Achtzigerjahreexplosion, als ich ihr von meiner Überlebenstheorie erzählte, also dass man sich vor allem die richtigen Freunde suchen müsse. Mir dämmert, dass ich ihr damals von einer Erkenntnis aus dem Dschungel des Irrgartens berichtet habe – wenn man so will, war ich für meine Schwester da. Das könnte ich eigentlich öfter sein.

Mom schnäuzt sich in eine Serviette. »Es muss kein Wunder geschehen, damit man verzeihen kann. Es ist keine Magie. Ja, klar, du solltest Val verzeihen. Und wenn du schon dabei bist, auch noch gleich dir selbst.«

»Und wenn ich das nicht schaffe?«

Moms Lächeln lässt mich an einen Regenbogen nach einem Unwetter denken. »Ja, das ist so eine typische Luftspiegelung. Daran erinnere ich mich gut.«

## 94 ⇨ *anhängliche Wurzeln*

In Jasper biegt Mom in die Schottereinfahrt eines kleinen Friedhofs ein. Sie steuert langsam durch Reihen rissiger, von Unkraut und trockenem Gras überwucherter Grabsteine, stellt schließlich den Motor ab, öffnet das Fenster einen Spaltbreit, damit Fluff Luft bekommt, und stößt die Tür auf.

»Mir nach.« Ohne auf mich zu warten, steigt sie aus und marschiert los, und als ich sie endlich eingeholt habe, ist sie bereits zwischen zwei Grabsteinen stehen geblieben.

»Mom, was wollen wir hier?«

Sie deutet auf die Erde.

# *UND ZU GUTER LETZT*
# → TEIL 8

## JAHRE IN NEW YORK

Herbst 1946. Im Alter von achtzehn Jahren ließ Henry ihre wilde Kindheit auf einer Farm außerhalb Bostons zugunsten einer anderen Wildnis hinter sich: New York City. Es heißt, diese Entscheidung habe seitdem für Missstimmung zwischen ihr und ihrem Vater Hank gesorgt, dieser habe ihr nicht verzeihen können, dass sie ihn ebenso im Stich gelassen hatte wie ihre Mutter so viele Jahre zuvor (s. *»FAMILIE UND JUNGE JAHRE«*). Nach Hank Henrys tödlichem Sturz vom Scheunendach im folgenden Jahr machten Mutmaßungen die Runde, es habe sich mitnichten um einen Unfall gehandelt, Hank Henry sei vielmehr mit Absicht gesprungen. Für diesen Mann, der zunächst bei der Geburt seines Kindes seine Ehefrau, dann jenes Kind an dessen Ehrgeiz und Fernweh verloren hatte, sei die Aussicht darauf, in Einsamkeit alt zu werden, schlicht nicht zu ertragen gewesen.

Wie sich Hanks Tod auch immer zugetragen haben mag, Mila Henrys schriftstellerische Karriere erhielt dadurch keinen Dämpfer. Im Jahr 1949 heimste sie für *Babys auf Bomben* einigen Beifall ein, allerdings schieden sich die Geister an der ungeschönten Darstellung der Schrecken des Krieges und insbesondere an einer Nebenhandlung, in der geschildert wird, wie eine Witwe ihr einziges Kind zurücklässt – kommerzieller Erfolg war dem Roman daher nicht vergönnt. Etwa zu dieser Zeit machte Henry die Bekanntschaft des

Schriftstellers Thomas Huston, den sie bald heiratete und mit dem sie einen Sohn bekam. Sie nannten ihn Jonathan. Über die Erfahrung, Mutter zu werden, sagte Henry später: »Man kann es sich ungefähr so vorstellen, wie wenn man mit dem schönsten Hammer der Welt eins über die Rübe gezogen kriegt.«

Mila Henry und Thomas Huston lebten und schrieben in ihrem Haus in Chelsea; die tägliche Sorge für den gemeinsamen Sohn war allerdings Henrys Aufgabe, bezeichnete Huston die Kindeserziehung doch gerne als »Frauensache«.

Während Henry also dieser Pflicht nachkam, brachte sie nebenbei einen Roman zu Papier, der von einem Großteil der Kritik als ihr Bravourstück gefeiert wird: *1. Juni, 2. Juli, Augustus III.* Die *New York Times* rühmte ihn zur Veröffentlichung als »papiergewordene Revolution, ein Werk, dessen Atem noch lange nach dem letzten Atemzug seiner Schöpferin zu spüren sein wird«. Eine geradezu prophetische Aussage – *1. Juni* sollte zu einem der erfolgreichsten und meistgelesenen Romane seiner Zeit werden. Praktisch über Nacht war Mila Henry in aller Munde.

Von Thomas Huston wurde nie ein Text veröffentlicht.

Auszug aus dem Bonusmaterial zu ***Mila Henry: Dies ist keine Autobiografie: eine Autobiografie (Sammlerausgabe)***

## 95 ⇨ *mein unsterblicher Baum*

Mila Henrys Grabstein ist ein ganzes Stück kleiner als seine Nachbarn, als wäre er im Laufe der Jahre langsam, aber unbeirrbar im Boden versinken.

Mein erster Gedanke: Das ist ein Scherz. Moms Blick lässt mich allerdings daran zweifeln. Mein zweiter Gedanke: Wir haben die falsche Mila Henry erwischt. Diese Theorie kann sich sogar für eine Sekunde halten. Es gibt sicher noch andere Mila Henrys, inklusive der verstorbenen Mila Henrys vielleicht sogar Dutzende, und dass *die* Mila Henry, dass *meine* Mila Henry in einem Pampadorf in Indiana begraben liegt, ohne dass ich davon wusste, das ist ausgeschlossen.

Da sehe ich die Inschrift unter ihrem Geburts- und Sterbedatum: *Auf die Stille dazwischen.*

»Das war Dads Idee«, meint Mom. »Dass wir hierherfahren sollten. Er ist furchtbar frustriert, dass er ausgerechnet heute arbeiten muss.«

»Ich kapier's nicht«, sage ich, und das ist noch weit untertrieben.

Mom deutet auf den Grabstein direkt neben dem von Mila Henry. »Sie hat nie hier gelebt«, stellt sie fest. »Mila, meine ich. Aber das wusstest du wahrscheinlich schon.«

➡ 399

Wie viele Stunden habe ich damit verbracht, das Internet nach Informationen über ihre Vergangenheit, ihre schriftstellerischen Vorbilder und Musen, ihre tragischen und glorreichen Momente, ihre Beziehungen zu durchforsten? Würde ich aus all dem eine Landkarte ihres Lebens zusammensetzen, würde der Mittlere Westen darauf kaum bis gar nicht vorkommen und Jasper, Indiana, würde man ganz bestimmt vergeblich suchen.

»Milas Großeltern mütterlicherseits stammten aus Jasper.« Mom zeigt auf ein paar Grabsteine mit anderen Nachnamen weiter hinten in der Reihe. Es sind Menschen, von denen ich nie gehört habe, so viele Namen durch so viele Jahre hindurch, keiner von ihnen ist in Erinnerung geblieben, doch alle haben sie dazu beigetragen, einen Namen hervorzubringen, der niemals in Vergessenheit geraten wird. Sie sind wie die anhänglichen Wurzeln eines unsterblichen Baumes. »Nachdem Milas Mutter bei Milas Geburt gestorben war, hat Milas Großmutter darauf bestanden, dass ihre Tochter hier begraben wird.«

Wie unter Zwang starre ich auf den Stein mit Mila Henrys Namen. Seltsam, ihr auf einmal körperlich so nahe zu sein. Jahrelang habe ich mich ihr nur nahe gefühlt, jetzt bin ich es wirklich.

»Warum hast du mich hierhergebracht?«, frage ich. Es klingt vorwurfsvoll, ist aber nicht so gemeint.

»Dein Dad und ich wollten dich mal aus allem rausholen, wenigstens für ein paar Stunden. Wir fanden, du solltest endlich deiner Heldin einen Besuch abstatten. Und außerdem ...«, Mom hebt den Blick zu der weiten Landschaft, die sich in alle Richtungen erstreckt, hinter symmetrischen Reihen aus Grabsteinen und Flaggen sieht man Felder und Zäune, hier und da eine Eiche und schließlich den Horizont, die gewaltige, wunderschöne Leere Amerikas, »... gefällt es mir irgendwie, dass sie gerade hier liegt. Jasper, Indiana, war ihr sicher ziemlich egal. Aber ich glaube, sie wollte bei ihrer Familie sein.«

Was Mom vorhin gesagt hat, dass man verzeihen können müsse, entfaltet eine neue Wucht, wenn man am Grab einer Frau steht, die die vier Worte *Es tut mir leid* nie wirklich zu fassen bekam beziehungsweise nur dort, wo sie sich wohlfühlte: auf dem Papier, in einer Geschichte.

*Es tut mir leid, Nathan. Verzeih mir.*

Dass Milas Eltern Martha und Hank hießen, wusste ich; dass Hank eine Kurzform von Nathaniel ist, ist mir aber neu. Jetzt, vor dem gemeinsamen Grabstein ihrer Eltern, frage ich mich natürlich: Fühlte Mila Henry sich schuldig, weil sie ihren Vater zurückgelassen hatte? Wünschte sie später, sie wäre bei ihm geblieben? Machte sie sich wegen seines Schicksals ihr Leben lang Vorwürfe?

»Es ist nicht deine Schuld«, sage ich laut.

Ich stehe vor den Gebeinen meiner Lieblingsautorin, meines unsterblichen Baumes und spüre seine Wurzeln unter den Füßen, das Leben, das noch immer darin pulsiert und das ihren etwas zu kurz geratenen, von Rissen durchzogenen Grabstein aus der Erde in die Höhe hebt, wo im hellen Blau des Himmels tausend vergessene Namen in den einen unendlichen Refrain einstimmen, der da lautet: Mila Henry.

»Irgendwer muss dir sagen, dass es nicht deine Schuld ist. Also: Es ist nicht deine Schuld.«

Auf der Heimfahrt wird kaum gesprochen. Ich schaue aus dem Fenster und überlege, wie schade es doch ist, dass wir nur wissen, was die Hüter der Geschichte uns anvertrauen wollten. Und die kümmert es offenbar einen Dreck, was aus unseren Helden wird, sobald sie tot und verbraucht sind – schon ziemlich bitter. Andererseits, wäre Henrys letzte Ruhestätte als Sehenswürdigkeit in irgendeiner Broschüre verzeichnet oder wären dort auch nur ein paar mehr Leute unterwegs gewesen, hätte ich mich ihr nie so nahe gefühlt.

Wenn man sie lässt, machen die Menschen alles kaputt.

Die Augen geschlossen, den Kopf ans Fenster gelehnt, denke ich an die Inschrift auf Mila Henrys Grabstein – *Auf die Stille dazwischen* – und frage mich, ob nicht auch andere Leerstellen ihren eigenen Wert haben könnten. Was, wenn alles, was ich im Off gemacht habe, die Taten und Gespräche, das Leben, das mir scheinbar geraubt wurde, wenn all das die Worte sind und jetzt bin ich auf die Stille gestoßen? Könnte ich meine Phantommonate dann nicht auf meinem Schreibtisch stapeln wie einen *Ersten Entwurf,* der zwar wirklich kein Meisterwerk ist, aber was soll's. Ich kann ihn jederzeit überarbeiten.

Ein Klingeln reißt mich aus dem Schlaf. Moms Handy. Sie wirft einen Blick auf das Display. »Dein Dad.« Dann drückt sie auf Annehmen. »Hey. Ja, wir kommen gut voran. Sollten gegen Mitternacht zu Hause sein.«

Wenn man am helllichten Tag einschläft und im Dunkeln aufwacht, kennt man sich wirklich gar nicht mehr aus.

»Okay«, sagt Mom ins Telefon.

In meiner Tasche summt mein Handy.

»Okay, und weiter?«

Zwei entgangene Anrufe von Val, eine Textnachricht.

Val: Er ist aufgewacht

Es wäre zu viel erwartet gewesen, Alan noch in der Nacht nach unserer Rückkehr aus Jasper besuchen zu können (nicht dass ich es nicht versucht hätte), aber Freitag früh wollte ich definitiv zu ihm. Es kam anders. Die Ärzte hatten sich zwar vergewissert, dass keine nennenswerten Schädigungen des Gehirns oder der Wirbelsäule vorlagen, sie hatten die Medikamente erfolgreich abgesetzt und ihn so weit aufgepäppelt, dass er ohne Beatmungsgerät oder sonstige Unterstützung Luft bekam, sie hatten ihn *wach gekriegt,* und trotzdem durfte ich nicht tun, was ich aus ganzem Herzen und ganzer Seele wollte, durfte also nicht mit Kuchen und Blumen sein Zimmer stürmen, ihn durch die Luft wirbeln und dabei lachen und weinen und die Top-3-Songs aus *Hamilton* schmettern.

»Also wann kann ich endlich zu ihm?«

»Morgen wahrscheinlich«, antwortet Mom. »Dann sind die Tests durch und er sollte verhältnismäßig klar sein. Eine Nebenwirkung der Medikamente, die sie ihm geben mussten, sind allerdings Gedächtnisstörungen – niemand weiß, woran er sich noch erinnert. Er könnte ein bisschen gaga sein.«

»Worum ging's in *Hamilton* noch mal?«, fragt Dad.

Mom nickt in seine Richtung. »So in der Art.«

Kaum trete ich am nächsten Tag in Alans Zimmer, reißt mich Val beinahe zu Boden. Es ist eine Umarmung wie ein Tackling und als sie mir ins Ohr flüstert: »Es tut mir so leid«, denke ich an das Geschwür des Grolls, das bereits angefangen hatte, sich in mich einzugraben – kaum auszudenken, was geschehen wäre, hätte ich ihm seinen Lauf gelassen. »Schon gut«, sage ich und erwidere die Umarmung, »du wolltest nur helfen«, und Mom hatte recht, es ist weder ein Wunder noch Magie. Es ist einfach ein gutes Gefühl.

»Soso. Ihr habt also nur drauf gewartet, dass ich ins Koma falle, damit ihr wieder miteinander rummachen könnt.« Vom Bett aus lächelt Alan uns müde und mit rotem Gesicht an, kurz gesagt: Er wirkt nicht topfit. Jetzt schüttelt er den Kopf. »Uncool. Sehr uncool.« Dieses Krächzen ist der vielleicht klarste und schönste Ton, den ich je gehört habe.

Als ich zu ihm gehe, muss ich grinsen – keine lebenserhaltenden Apparaturen in Sicht. »Geht's uns also wieder besser? Haben wir uns schön ausgeruht?« Ich schaue auf eine imaginäre Armbanduhr. »War aber ein langes Nickerchen.«

Und Alan so: »Du weißt schon, dass ich unter der Bettdecke splitterfasernackt bin?«

Und ich so: »Du weißt schon, dass ich in der Hose hundertpro hetero bin?« Ich gebe mir einen Kuss auf den Bizeps. »Aber wer weiß. Wenn du dich von deiner besten Seite zeigst ...«

Im nächsten Moment liegt meine Hand nicht mehr auf der Bettkante, sondern in seiner Hand und Alan sagt: »Hab dich vermisst.« Da fange ich an zu weinen.

»Ich dich auch«, erwidere ich.

Auf einmal steht Val hinter uns und was bei mir zu Hause geht, klappt in diesem sterilen Zimmer auf der Kinder-Intensivstation genauso gut: Wir legen uns zu ihm ins Bett, Val auf Alans eine Seite, ich auf seine andere, so bilden wir zu dritt unser Dreieck – *eins plus eins plus eins ist gleich eins* – und genießen eine Zeit lang die vollkommene Übereinstimmung von Innerem und Äußerem.

Während Alan zwischen uns immer wieder wegdämmert, gucken Val und ich auf ihrem Handy *Gilmore Girls*. Seit meinem letzten Besuch wurde in diesem Raum offenbar ein Experiment angestellt: Wie viele Blumen passen in ein einziges Zimmer?

»Titi Rosie«, sagt Val, als sie meinen erstaunten Rundumblick bemerkt. »Sie bringt keine Blumen mit, sondern gleich den ganzen Laden.«

»Also ist sie gut angekommen?«

»Ja, sie hält gerade zu Hause die Stellung. Womit ich sagen will, sie kocht so viel, dass es für ganz Chicago und Umland reichen würde.«

Alan regt sich. Fast denke ich, er wacht auf, dann pennt er doch weiter.

»Und deine Eltern?«, frage ich leise. »Auch zu Hause?«

»Ja. Als es hieß, du kommst vorbei, sind sie gefahren.«

»Oh. Warum das?«

»Schau uns doch an.«

»Stimmt auch wieder.«

»Noch was.« Val zeigt auf einen der vielen Sträuße auf dem Beistelltisch. »Rat mal, von wem der hier ist.«

»Von wem?«

»Von Tyler.«

»Von Tyler ... Walker.«

»Nee.«

»Doch nicht von Tyler Massey?«

Val nickt und erzählt, dass Tyler über die Ferien mit seiner Familie nach England geflogen sei und dort offenbar ein Erweckungserlebnis gehabt habe. »Gerüchten zufolge läuft er durch die ganze Schule und entschuldigt sich bei allen dafür, dass er so ein Wichser war. Und als er das mit Alan gehört hat, hat er die hier rübergeschickt.«

»Nett von ihm.«

»Mehr als nett, finde ich. Lies mal, was er geschrieben hat.«

Ich ziehe die kleine weiße Karte aus dem Strauß und entziffere Masseys Sauklaue:

Tut mir superleid, wie ich zu dir war. Wenn du mir verzeihen kannst, würde ich dich sehr gerne mal ins Kino einladen. XOXO, TM

»Heilige Scheiße«, sage ich. »Er hat ihn gexoxot.«

»Der Wahnsinn, oder?«

»Reinster Irrsinn, wenn du mich fragst.«

Es fehlt nicht viel und mir wäre ein Witz über Tylers junge Regisseurkarriere und die möglichen Auswirkungen dieser Wandlung auf sein neuestes Projekt *Die Vagina-Dialoge* herausgerutscht – da fällt mir ein, dass die *Vagina-Dialoge* bloß ein Produkt meiner Fantasie waren.

»Was ist so lustig?«, will Val wissen.

Ich muss wohl laut gelacht haben. »Nichts, nichts. Ich freue mich einfach.«

»Wo wir schon beim Thema reinster Irrsinn sind …« Vals Blick wandert zu meinem Shirt, zu meiner Hose. »Was ist aus deinem Navy-Bowie geworden?«

Diesen Morgen habe ich mir beim Griff nach einem frischen Bowie-Shirt zum ersten Mal seit Langem gesagt: *Heute nicht.* Ganz im Sinne meines Vorhabens, mich selbst einer Generalüberarbeitung zu unterziehen, habe ich tief im Schrank gegraben und meine einzigen noch passenden Nicht-Navy-Bowie-Kleidungsstücke zutage gefördert, ein altes graues Shirt mit V-Ausschnitt, eine schwarze Hose mit hellbraunen Längsstreifen und ein Paar weiße High-Top-Chucks.

»Ja, keine Ahnung«, antworte ich. »Ich dachte mir einfach, es muss sich mal was ändern. Wie findest du's?«

»Willst du's wirklich wissen?«, entgegnet Val. »Sieht nach Beerdigung aus.«

Und aus dem Nichts meint Alan: »Nach Safari, hätte ich gesagt. Aber Beerdigung passt noch besser.«

»Du bist ja wach«, sagt Val. »Wusste ich gar nicht.«

»Ich bin eben gewieft. Gewieft wie ein Feldhase.«

»Du bist auf Drogen.«

»Yo, gewieft wie ein Feldhase auf Drogen. Aber auf guten. Noah, ich mache später mit der Schwester klar, dass sie dir was von dem geilen Zeug für deinen Rücken gibt.«

Schwer zu sagen, ob Alan richtig anwesend ist oder nicht. Auf der anderen Seite könnte er jeden Moment wieder einschlafen, also wer weiß, ob ich heute noch mal die Chance bekomme, mit ihm zu reden, und warum nicht jetzt gleich? »Wegen meinem Rücken ...«

»Ah.« Val friert die *Gilmore*-Folge auf ihrem Handy ein und richtet sich auf. »Ist es jetzt so weit?«

»Wie, so weit?«

»Na, für deine Entschuldigung«, erwidert Alan. »Aber häng dich gefälligst rein.«

»Wartet.« Jetzt richte ich mich ebenfalls auf, während die beiden versuchen, auf harter Hund zu machen, sich dabei aber ein leichtes Lächeln nicht verkneifen können. »Wie lange wisst ihr schon Bescheid?«

»Im Ernst jetzt?«, erwidert Val. »Von Anfang an, Mann.«

Und Alan: »No, ich kenne echt niemanden, der so schlecht lügen kann wie du.«

»Jepp«, sagt Val. »Seit es verlogene Lügner gibt, war keiner schlechter als du. Kein einziger.«

»Äh ... okay«, murmele ich.

Val verschränkt die Arme und hebt die Augenbrauen. »Also?«

»Was?«

»Yo, No ...«, fängt Alan an. »Nur weil wir die Lüge nicht geschluckt haben, war es trotzdem nicht okay, jeden Tag fröhlich dieselbe Scheiße zu labern.«

»Stimmt. Okay.« Ich räuspere mich. »Es tut mir aufrichtig leid, dass ich euch wegen meinem Rücken angelogen habe.«

Alan nickt Val zu und Val: »Entschuldigung angenommen.« Damit lässt sie sich wieder auf die Matratze sinken und will auf Play drücken.

Ich halte sie davon ab. »Warte mal. Ihr zwei seid meine besten Freunde. Für mich seid ihr nicht wie alle anderen. Für mich seid ihr einfach nur ihr und es tut mir leid, dass ich mich nicht danach verhalten habe. Und Alan, bevor du wieder einpennst ...«

»Feldhasen brauchen keinen Schlaf.«

»Es tut mir leid, dass ich nicht für dich da war. Es tut mir leid, dass ich von der Party abgehauen bin, dass ich mich auf der Party arschlochmäßig verhalten habe und dass ich zu dumm war zu kapieren, was ich an dir habe. An euch beiden. Es tut mir wirklich leid. Ich hoffe, ihr könnt mir noch mal verzeihen.«

Alan legt seine Hand auf meine. »Yo, schon vergessen.«

»Danke.«

»Nee, ich meine, ich hab das echt vergessen. Kann mich an null Komma nix mehr erinnern.«

»Oh.«

»Davor hatten sie uns doch gewarnt«, meint Val. »Wegen der Medikamente und dem ganzen anderen Scheiß.«

»Ja, stimmt.«

Als es still wird, starre ich auf Vals Handy und hoffe, sie drückt ganz schnell auf Play. Mag sein, dass Alan sich an nichts mehr erinnert, auch und ganz besonders nicht an seinen Gesichtsausdruck, als ich ihn aufgefordert habe, sich in der Küche mit seinen neuen Freunden zuzudröhnen. Aber ich werde das nie vergessen.

»Ich hätte da nur eine Frage«, sagt Alan.

»Raus damit.«

»Landen Luke und Lorelai jemals in der Kiste?«

Alan ist wieder eingeschlafen, diesmal anscheinend auf längere Sicht. Wir liegen weiter im Bett, Val auf seiner einen Seite, ich auf der anderen, und sehen zu, wie Rory Gilmore ihr Wohnheimszimmer in Yale bezieht, obwohl sie jahrelang von Harvard geträumt hat – ich check's immer noch nicht.

»Wieso die SAIC?«, frage ich.

»Warum?«

Gute Frage. Ich weiß es nicht. Keine Ahnung, wie ich jetzt darauf komme. »Du willst schon immer auf die SAIC. Wieso?«

Val redet leise, will Alan nicht wecken. »Die SAIC gehört zu den Topadressen für Fotografie. Bis rauf zum Master, falls mir danach ist. Und sie liegt um die Ecke. Also warum fragst du?«

Jetzt weiß ich, warum. »Ach, nichts«, würde ich gerne antworten, doch aus mindestens drei Gründen kann ich das nicht: Auf Vals Instagram ist alles wie früher, es dreht sich wieder um ihre erste und einzig wahre Liebe, den Film. Auf dieser Welt gibt es nur eine Stadt, in der sich die Magie von Film und Fotografie aufs Schönste verbinden. Und nur eines wäre schlimmer, als Val gehen zu lassen – wenn sie sich mit dem Zweitbesten begnügen und dabei bleiben würde.

»Du musst nach L. A.«, sage ich.

Val stemmt sich hoch und drückt auf Pause. »Was?«

Es ist richtig so, das weiß ich, es ist eine Chance, meine Geschichte zu korrigieren, und trotzdem kämpfe ich mit den Tränen. »Ich habe mal gelesen, an der UCLA werde mehr Wert auf die erzählerischen Aspekte des Fotografierens gelegt als auf die technischen. Das passt doch zu dir, Val. Es passt perfekt.« Ich muss schlucken. Weiter. »Ich kenne niemanden, der so viel Talent hat wie du. Und niemanden, mit dem man so gut Filme gucken kann wie mit dir. Und ich finde, du solltest sie nicht nur gucken.«

Vals Gesichtsausdruck ist schwer zu deuten. Wütend wirkt sie nicht, aber ... was weiß ich. Sie legt den Kopf auf Alans Brust, drückt Play und sagt erst nach einer vollen Minute: »Würdest du mich mal besuchen kommen?«

Als ich über Alan hinweggreife, nimmt sie meine Hand, gemeinsam fühlen wir das Auf und Ab seiner Brust und hören das rhythmische Pochen seines Herzens, lassen uns davon umspülen. Jede Welle ist ein spürbarer Beweis dafür, dass er noch bei uns ist, jede Welle macht uns aufs Neue bewusst, dass wir gerade das Beste aus unserem Leben herausholen.

»Andauernd«, antworte ich.

## 97 ⇨ *Tiere*

Am Dienstag nach der Schule klopfe ich bei meiner Schwester.

»Herein!«

Drinnen sitzt Penn über ihr iPad und vier aufgeschlagene Schulbücher gebeugt am Schreibtisch. Fluffyschlaffi, der Volllappen, hinkt auf mich zu, ich denke schon, er setzt zur Kuschelattacke an – da macht er eine Finte nach rechts und haut links herum in den Flur ab.

Ich bin wirklich froh, dass er wieder der Alte ist. Mark Wahlberg fand sich einfach zu geil für diese Welt.

»Wurde wohl Zeit für was anderes?«

Ich drehe mich wieder zu Penny. »Was?«

»Deine Klamotten«, antwortet sie mit einem Wink.

»Ach das. Ja, wurde Zeit, dass sich was ändert.«

»Ich bin ganz deiner Meinung. Gut so.«

»Na, da bin ich aber erleichtert.«

»Wie geht's Alan?«, fragt Penny.

»Dem geht's gut. Darf wahrscheinlich in ein paar Tagen nach Hause.«

»Gut zu hören. Ist ein sympathischer Junge.«

Penny, wie sie leibt und lebt. »Ja, bei Alan ist alles okay. Was anderes: Ich dachte, wir könnten uns mal diesen einen Film zusammen ansehen, wie hieß er noch ... *Frühstück bei Tiffany?* Soll ganz gut sein, habe ich gehört, und vielleicht hast du ja Lust.«

Ich hatte mir verschiedenste Reaktionen ausgemalt, doch Penny ist immer für eine Überraschung gut. Sie rutscht auf ihrem Stuhl herum. »Das ist lieb von dir. Aber nein danke.«

»Echt jetzt?«

»Ja, der Film ... Ich will nichts mehr davon wissen.«

»Penn, bist du krank?«

Über ihre Hausaufgabenflut hinweg sieht sie mich an. »Ich hatte Karen Yi empfohlen, sich *Frühstück bei Tiffany* anzuschauen, einer Klassenkameradin von mir. Gestern hat Karen mich in der Schule angesprochen, sie wollte wissen, was ich an diesem rassistischen Film finde. Ich habe gefragt, was sie meint, und sie hat gesagt, sie musste heulen, weil Mr Yunioshi so eine boshafte Karikatur ist. Und jetzt bin ich für sie gestorben, so verletzt ist sie.«

Wann habe ich Penny das letzte Mal so erlebt? In stiller,

tiefer Erschütterung erklärt sie mir, von *Frühstück bei Tiffany* wolle sie ab sofort nichts mehr wissen. Sie werde sich nie verzeihen können, dass ihr dieser Film jemals so gut gefallen hat. Und wie ich feststelle, stimmt mich ihre Verzweiflung traurig, denn offensichtlich ist ihr Herz gebrochen, aber auch glücklich darüber, dass sie ein solches Herz hat.

»Penny«, sage ich.

»Der Film hat sie wirklich tief verletzt, Noah. Und ich habe ihr gesagt, sie soll ihn anschauen.«

In einem kurzen Moment der Stille überlege ich, wie ich ihr Herz vor weiterem Schaden bewahren könnte, ob das möglich ist. »Penn, du bist ein einzigartiger Mensch und ich habe dich lieb. Und ich glaube, ich hätte da eine Idee.«

Wir gucken also *Frühstück bei Tiffany* und Penny, die sich in Wirklichkeit nie aufgeschrieben hat, in welchen Minuten Mr Yunioshi auftaucht, notiert sich mit mir jede einzelne Szene. Einmal wendet sie sogar das Gesicht ab, sowohl vom Fernseher als auch von mir, und ich ahne, sie denkt an ihre Schulfreundin und begreift ganz allmählich, dass dieser wundervolle Schatz, der ihr so lieb und teuer war, mit wirklich schwerwiegenden Fehlern behaftet ist – ihr Anblick kann einem das Herz brechen. Zugleich weiß ich aber: Manchmal, also nicht immer, aber im besten Fall, geht ein Verlust an Unschuld mit einem Gewinn an Wissen einher. Und ich glaube, hier ist es so. Und wenn man den Tatsachen ins Auge schaut, ist der Schmerz, den diese Szene bei Penn auslöst, sicher nichts gegen den, den Karen empfunden haben muss.

Ich würde Penny gerne in den Arm nehmen, deshalb tue ich es und erkläre ihr, sie könne ihren Schatz trotz seiner Fehler weiterhin lieben. Es werde eine andere Art von Liebe sein, eine etwas traurigere vielleicht, aber auch eine klügere. Denn wenn wir nicht in der Lage wären, etwas trotz seiner Fehler zu lieben, würden wir wahrscheinlich gar nichts mehr lieben. Das leuchte ihr ein, antwortet sie, sie habe ja auch mich lieb, obwohl ich sie meistens ignoriere, und spätestens jetzt bricht es mir endgültig das Herz.

Gegen Ende schläft Penny ein, sodass ich allein zusehe, wie Holly Golightly ihren Kater an irgendeiner miefigen Gasse davonscheucht. Ein merkwürdiger Moment, wie er in manchen Filmen vorkommt: Man hat das Gefühl, der Streifen will einem irgendwas sagen, man weiß aber nicht, was, und gerade das lässt einen aufhorchen und aufpassen.

Ich horche auf. Ich passe auf.

Eine Weile zuvor hat Holly Golightly einen streunenden Kater bei sich aufgenommen und auf den Namen Kater getauft, und nun taucht Kater in etlichen Szenen auf, hängt aber immer nur so katzenmäßig herum, ohne groß etwas zur Story beizutragen – gegen Ende setzt Holly ihn dann aber an dieser Gasse aus, natürlich *bei strömendem Regen,* und als Zuschauer denkt man sich, *O shit, Kater macht's nicht mehr lange,* aber ungefähr fünf Minuten später legt plötzlich Hollys Angebeteter los – ein Schriftsteller, der eigentlich Paul heißt, den sie aber abwechselnd Fred, Schätzchen und Schätzelchen nennt –, gibt ihr wegen ihres kindischen Verhaltens ordentlich eins auf den Deckel und macht sich auf, Kater zu retten. Prompt erkennt Holly ihren Fehler und schließt sich der Suchaktion an, rennt also im strömenden Regen durch die Gasse und kreischt »Kater! Kater!«, als hätte sie sie nicht mehr alle. In einem Versteck zwischen Holzkisten spürt sie Kater schließlich auf, hebt ihn hoch, dreht sich zu ihrem Schätz(el)chen, das seit Längerem stumm glotzend hinter ihr steht, warum auch immer, und beide stolpern irgendwie in einen ziemlich unbeholfenen Kuss hinein, aber uppsi, Holly hat immer noch Kater auf dem Arm, und als er zwischen den beiden eingequetscht wird, blickt er einmal kurz in die Kamera, als wollte er sagen: *Scheiße, Mann, was ich heute erlebt habe, das glaubt mir echt kein Mensch.*

Und das war's. Das Ende. Ganz ehrlich, zuerst fand ich den Film einfach nur schlecht.

Bis ich drauf gekommen bin, was er mir sagen wollte.

## 98 ⇨ *die Sonne wird aufgehen*

Es hätte mich nicht gewundert, wenn oaktreehouse@gmail.com bereits vergeben gewesen wäre. Ist es aber nicht, also her damit. Eine Minute später scrolle ich auf YouTube zu den Kommentaren unter dem Video des Verblassenden Mädchens und tippe: Hi, ich fand dein Video sehr interessant und ich würde dir gerne eine kurze Frage stellen. Wenn du dazu kommst, wäre es nett, wenn du mir unter oaktreehouse@gmail.com schreiben könntest. Danke schon mal. Kein einziges Ausrufezeichen. Auch wenn ich *Die Elenden* nie gelesen habe, keine Film- oder sonstige Version davon kenne und Pennys Ratschlag daher nicht wirklich einordnen kann, bin ich doch nicht blind für die Wahrheit – ich habe eine sehr dunkle Nacht durchlebt. Und ich weiß, wie man sich wieder aufrappelt. Also verlinke ich meine Gmail-App mit meiner neuen E-Mail-Adresse und weil es manchmal ein gutes Gefühl ist, etwas laut auszusprechen, sage ich: »Nummer 1 erledigt.«

Fünf Minuten später habe ich Datum und Location des nächsten Auftritts von Pontius Pilotus in meinen Handykalender eingetragen. »Das wäre Nummer 2.«

Meinetwegen liegen die Gebeine Mila Henrys in der globalen Holzhauptstadt begraben – na, wenn schon. Ich weiß jetzt, was es mit ihren Knochen auf sich hat. Ich habe selbst gesehen, wie tief sich ihre Wurzeln in die Erde graben, ich habe das pulsierende Leben darin gespürt und sollte noch jemand behaupten, sie sei mausetot, weiß ich es besser: Sie ist bei ihrer Familie. Ihr wurde verziehen. »Und Nummer 3.«

Ich blicke mich in meinem Zimmer um, genieße die Sauberkeit und Ordnung. Ich höre »Changes« von Bowie, danach »Space Oddity« und trotz der späten Stunde und der Stille im Haus sage ich laut: »Selbst die dunkelste Nacht wird enden«, während ich über die eine gemeinsame Wurzel meiner Sonderbaren Faszinationen nachdenke, über die Angst vor dem Alleinsein.

Die Sache ist die: Ich war noch nie älter als sechzehn. Ich kann nicht wissen, wie es ist, sein ganzes Leben hinter sich zu haben und im Rückblick nichts als Einsamkeit zu sehen. Dafür kenne ich die andere Seite der Medaille: Ich weiß, wie es ist, das ganze Leben vor sich ausgebreitet zu sehen, Hunderte Wege, die man beschreiten könnte – und was, wenn ich mich für den falschen entscheide? Oder noch schlimmer: Was, wenn ich andere für mich entscheiden lasse, irgendwann am Ende ankomme und feststelle, dass mich dort niemand erwartet? Diese Angst kenne ich nur zu gut. Und manchmal glaube ich, die Ungewissheit, ob einen die Einsamkeit kriegen wird oder nicht, ist Furcht einflößender als die Einsamkeit selbst.

Ich greife zum Handy. Jetzt ist der richtige Moment, sich ein bisschen Gesellschaft zu suchen.

»Nummer 1 bis 3 erledigt«, sage ich zum leeren Zimmer. »Fehlt noch Nummer 4.«

**Ich: Bist du wach?**

Alan: Wenn du es bist – immer

**Ich: Du schreibst mit Tyler, oder?**

Alan: ¯_(ツ)_/¯

**Ich: Du hast aber schon mitgekriegt, dass es dafür inzwischen ein Emoji gibt?**

Alan: Hab davon gehört. Die jungen Leute heutzutage

**Ich: Ja, ganz schlechte Arbeitsauffassung.**

**Ich: Und, wie geht es dir?**

Alan: Gut. Bisschen besser. Ist aber noch Luft nach oben, also mal sehen

**Ich: Genauer, bitte.**

Alan: Alles okay. Laut Doc geht es in die richtige Richtung

**Ich: MACHST DU JETZT EINEN AUF NOAH?**

Alan: Alles ein bisschen verspannt, aber wird schon

**Ich: Du hast ja recht.**

Alan: Das wollte ich machen, seit ich aufgewacht bin

**Ich: Wenn du dann langsam fertig bist – ich bräuchte deine Unterstützung bei einem großen Abenteuer.**

Alan: Sorry, verlesen. Ich dachte fast, da steht, du brauchst meine Unterstützung bei einem großen Abenteuer

**Ich: Ganz genau.**

Alan: Sorry, schon wieder verlesen. Ich dachte fast, da steht »Ganz genau«?

**Ich: Das ist mein voller Ernst.**

Alan: Was für ein »Abenteuer« denn bitte? So was wie die Unendliche Geschichte?

**Ich: Dass du immer noch mit diesem Film ankommst.**

Alan: Dein Dad war aber auch SCHEISSE GEIL drauf, uns den zu zeigen

**Ich: Ich weiß noch, wie er andauernd gesagt hat, der Film sei »doch ziemlich abgefahren«. Ha ha ha**

Alan: OMG Ja

Alan: »DER FILM IST DOCH EIN BISSCHEN ABGEFAHRENER, ALS ICH IHN IN ERINNERUNG HATTE«

**Ich:** **Sieht aus, als wären die ganzen Koksnasen der 80er im Kinderkino untergekommen …**

Alan: Da bist du an was dran, Mann. Ich sage nur: Die Reise ins Labyrinth??!

**Ich:** **Ja, aber der ist immerhin mit Bowie.**

Alan: Und das reißt es jetzt raus, oder was?

**Ich:** **Also gut, Atréju. Kommen wir zur Sache. Ich will einem alten Knacker eine Katze schenken.**

Alan: Sorry, stehe auf dem Schlauch

**Ich:** **Wie, du stehst auf dem Schlauch? Ich will einem alten Knacker eine Katze schenken.**

Alan: Moment, ich muss das schnell googeln

**Ich:** **Junge, das ist kein Insiderding.**

**Ich:** **Es handelt sich um eine echte Miezekatze.**

**Ich:** **Für einen echten alten Mann, der es eventuell nicht mehr lange macht. In echt.**

Alan: Was hat er denn?

**Ich:** **Nichts. Er ist alt. Soll vorkommen.**

Alan: Okay, aber dann bin ich, glaube ich, raus?

Nichts für ungut, aber das hört sich echt dumm an. Außerdem texten Tyler und ich gerade über ulkige Ausdrücke für Sex

Ich: **Shit, ich meine doch nicht jetzt sofort.**

Ich: **Und noch was. Was für Ausdrücke zum Beispiel?**

Alan: Liebe machen

Ich: **Was ist daran so ulkig?**

Alan: Komm schon. Das klingt doch, als wäre Liebe eine Speziallasagne

Ich: **Aaahh. Ach so. Na ja.**

Alan: O Liebling, heute hast du wirklich eine sehr schmackhafte Liebe gemacht

Ich: **Ja, schon kapiert …**

Alan: Könntest du mir das Rezept für deine Liebe von gestern Abend mailen? Die war KÖSTLICH

Ich: **Also, Atréju, kann ich jetzt auf dich zählen oder nicht? Das ABENTEUER DEINES LEBENS erwartet dich!**

Alan: Bin schon unterwegs

Ich: **Schön wär's!!!**

Alan: Ja, oder?

**Ich: Wann kommst du raus?**

Alan: Donnerstag wahrscheinlich. Haben sie gesagt

**Ich: Okay, dann Donnerstag. Ich hole dich nach der Schule ab.**

Alan: Die Un-end-li-hi-hiiiche Ge-schiiiiiiich-teeeee!

**Ich: Atréju out.**

Alan: Yo, ich bin doch Atreju!

**Ich: Auch gut. Aber nicht die ganze Nacht lang sexten, klar?**

Alan: ¯_(ツ)_/¯

Am Donnerstag fahre ich direkt von der Schule zur Rosa-Haas-Villa. Dort riecht es nicht nur so, es sieht neuerdings auch so aus wie in der Kellerküche in der einen britischen Serie, nach der meine Eltern süchtig sind und wo ständig irgendwelche vornehm gekleideten Menschen durchs Bild rennen und jede Mahlzeit sieben Gänge hat und bei der man sich andauernd denkt, hey, im Grunde können die ganzen »Ladyschaften« und »Lordschaften« einpacken, denn die echte Peilung hat sowieso nur die Köchin mit dem Mehlgesicht.

»Acht Uhr, Nene«, sagt Titi Rosie, während sie ein köstlich duftendes Gemisch aus Zwiebeln, Oregano, Knoblauch und irgendwelchen anderen geheimnisvollen Ingredienzien in den Mixer lädt. »Spätestens, verstanden?«

*Aber selbstverständlich,* will ich ihr gerade versichern, da betritt Mrs Rosa-Haas die Küche und lässt mich ungelogen mit erhobener Hand schwören, dass ich Alan um spätestens acht Uhr abends zu Hause abliefern werde.

Die beiden ticken nicht nur gleich, in den beiden tickt ein und dasselbe Uhrwerk.

»Versprochen«, gelobe ich so feierlich wie möglich. »Wir sind um acht zurück. Ganz sicher.«

Val kommt herein, beugt sich über den frisch pürierten Brei im Mixer und sagt: »Dein Sofrito duftet himmlisch, Titi Rosi«, was ihre Tante mit einem Schulterzucken und einem Nicken quittiert, nach dem Motto: *Was erwartest du?*

Nicht zum ersten Mal schärft Mrs Rosa-Haas mir ein, dass Alan sich auf gar keinen Fall und in keinster Weise überanstrengen dürfe. Hinter ihrem Rücken macht Alan eine Wichsbewegung, was mich zum Kichern bringt, woraufhin Mrs Rosa-Haas glaubt, ich nehme sie nicht ernst.

»Hältst du das für einen Witz?«

Ich schüttele den Kopf. »Nein, Mrs Rosa-Haas. Aber Alan hat hinter Ihrem Rücken eine sehr unanständige Geste gemacht.«

Alan versucht es mit einem unschuldigen Welpenblick; Mrs Rosa-Haas antwortet mit einem Lächeln, das ich von meiner Mom kenne und das aussieht, als würde sie hinterm Rücken die Finger kreuzen. »Hab dich lieb, *Mijo.* Aber wenn du um acht nicht zurück bist, sind deine Tage gezählt.«

»Wohin wollt ihr?«, fragt Val und holt sich eine Wasserflasche aus dem Kühlschrank.

»Wir wollen einem alten Knacker eine Katze schenken«, erwidert Alan.

»Sorry, ich stehe auf dem Schlauch.«

Alan lächelt mich an. »Sag ich doch.«

»Das ist kein Insiderding«, stelle ich klar. »Wir wollen einem echten alten Knacker eine echte Katze schenken. Komm doch mit.«

Val nimmt einen tiefen Schluck. »Was für ein verlockendes Angebot. Und du bist echt noch Single, Noah?«

»Es ist eines der großen Mysterien des Universums.«

Ein paar Minuten später sitzen wir zu dritt in meinem Wagen und studieren die Katze-zu-verschenken-Anzeigen auf Craigslist. »Ist das ein Leben!«, ruft Alan. »Gibt doch nichts Cooleres, als eine Craigslist-Katze klarzumachen.«

Und Val: »Weckt mich, wenn sie da ist.«

Alan hält sich ein unsichtbares Telefon ans Ohr. »Yo, hi, eine große Pizza mit dünner Kruste, eine Tigerkatze und eine Dose Katzenfutter mit 99 % Fleischrestanteil, bitte.«

»Du bist ein hoffnungsloser Fall.«

Schließlich entscheiden wir uns für eine Craigslist-Katze, die nur ein paar Meilen entfernt zu Hause ist. Alan tätschelt das Armaturenbrett. »Frisch voran, edler Jungei-Verführer!«

Ob ich mich jemals wieder fühlen werde wie ein normaler Mensch? Eher nicht. Jedenfalls nicht im herkömmlichen Sinne. Doch es hat etwas für sich zu wissen, dass es am Ende trotz allem einigermaßen gut ausgehen wird. »Übrigens«, sage ich, »neulich habe ich eine Werbung gesehen und in Wirklichkeit wird es *Hjun-däi* ausgesprochen.«

Zwanzig Minuten später hat Val eine Katze namens Bonkers auf dem Schoß, während wir auf OMGs Route zur Tankstelle fahren, ohne dass Alan und sie sich auch nur beiläufig danach erkundigt hätten, wie ich auf diese Idee gekommen bin, oder sich zumindest darüber lustig machen würden. Seit Val und ich uns im Keller ausgetauscht haben, also seit sie mir gestanden hat, unabsichtlich zu Circuits Komplizin geworden zu sein, und ich ihr grob zusammengefasst habe, was er mit mir angestellt hat, hält sie mir bedingungslos den Rücken frei. Alan habe ich alles im Detail erklärt, als er noch auf Intensiv lag und sich damit in seinem eigenen Off befand. Keine Ahnung also, was er davon mitbekommen und ob meine Aktion an diesem Tag dazu beigetragen hat, ihn da rauszuholen. Und ich frage mich natürlich, wie sich nächstes Jahr alles entwickeln wird, welche neuen Gestalten und Formen unsere Freundschaft annehmen könnte – ich bin aber optimistisch, ich denke, eines Tages werde ich vielleicht wieder aus dem Rosa-Haas-Pool auftauchen, die Wasseroberfläche durchbrechen, einatmen, die heiße Sonne auf meinem nassen Haar spüren …

*Krank,* wird Alan vielleicht sagen.

Und Val vielleicht so: *Wenn das kein Rekord war. Alles okay mit dir?*

Und ich werde ein paarmal tief durchatmen und froh sein, dass ich nicht allein bin. *Ich muss euch etwas erzählen,* werde ich vielleicht sagen – und ihnen einfach alles erzählen. Eine gemeinsame Geschichte zu haben, heißt doch nichts anderes, als einander Geschichten zu erzählen.

## 99 ⇨ *fast zu perfekt*

Drei Tage sind vergangen, als ich in meiner oaktreehouse@gmail.com-Inbox eine Mail mit dem Absender singedenleibdenelektrischen@yahoo.com entdecke. Es ist eine kurze

Mail, vier Wörter nur. Ich lese sie zweimal, lege mein Handy auf den Schreibtisch und starre aus dem Fenster.

*»Hi«, sagte ich, weil ich nicht wusste, wie anfangen.*

*»Wer bist du?«, fragte er, und das fand ich sehr nachvollziehbar.*

*»Ich bin Noah.« Ich hielt die Katze hoch. »Das ist Bonkers.«*

*Er wirkte ungeduldig, wollte seinen Spaziergang zügig fortsetzen. Ich gab mir derweil Mühe, in dem alten Mann nicht Mr Elam zu sehen und nicht daran zu denken, dass ich einmal geglaubt hatte, so vieles über ihn zu wissen. »Okay«, redete ich weiter, »ich weiß, das ist ziemlich seltsam, wir kennen uns ja gar nicht. Aber ich dachte, Sie freuen sich vielleicht über diese Katze.«*

*»Ich kann die Katze nicht tragen«, erwiderte er, als wäre das jetzt der große Knackpunkt.*

*»Dann trage ich sie für Sie.«*

*Mit einem knappen Nicken spazierte der alte Mann weiter und ich folgte ihm. Wir kamen an Alan und Val vorbei, die zwei saßen an der Tankstelle auf der Motorhaube meines Wagens und lächelten so halb und schüttelten so halb den Kopf, während ich so halb mit den Schultern zuckte. Die Situation war einfach zu abwegig für eindeutigere Gesten. Niemand wollte sich festlegen. Ich begleitete den alten Mann zu einem kleinen Haus ein paar Straßen weiter, das eindeutig kein gemütliches Bed and Breakfast war, und verdrängte dabei die Traurigkeit, die sich jedes Mal in mir regte, wenn wieder eine Abweichung von meiner Zeit im Off sichtbar wurde. Der alte Mann grub in der Jackentasche nach dem Schlüssel und entriegelte die Tür und nachdem er seinen Gehstock an die Wand gehängt hatte, streckte er die Hände nach der Katze aus.*

*»Danke«, sagte er.*

*»Gern geschehen«, erwiderte ich. »Und ... wenn es Ihnen recht ist, würde ich Sie gerne mal besuchen kommen.«*

*Eine Minute lang starrte er mich bloß an, ehe er auf seinen Kropf deutete. »Darüber wird nicht gesprochen.«*

*»In Ordnung.«*

*Er streichelte Bonkers vorsichtig. »Ich verstehe das nicht.«*

*»Na ja, ich ... ich sehe Sie jeden Tag. Auf dem Weg zur Schule und auf dem Heimweg. Sie gehen jeden Tag spazieren. Und Sie sind immer allein. Nicht dass das was Schlechtes wäre. Vielleicht sind Sie ja gerne allein. Auf der anderen Seite dachte ich mir, es könnte doch sein, dass Sie glauben, kein Mensch auf dieser Welt würde Sie richtig wahrnehmen. Weil ich nämlich manchmal selbst das Gefühl habe, niemand würde mich richtig wahrnehmen. Deshalb wollte ich Ihnen sagen, dass das nicht stimmt. Dass es auf dieser Welt schon jemanden gibt, der Sie wahrnimmt. Und falls Sie Lust haben, mir Ihre Geschichte zu erzählen oder einfach nur zu reden oder irgendwas ... dann können wir das machen.«*

*Als Bonkers schnurrte, antwortete der alte Mann: »In Ordnung«, und versuchte dabei offensichtlich immer noch, aus mir schlau zu werden, war aber genauso offensichtlich den Tränen nahe, deshalb lächelte ich ihn einfach an und kraulte Bonkers am Kopf.*

*»Willst du morgen vorbeikommen?«, fragte er.*

*»Klar, gerne.«*

*Am nächsten Tag klopfte ich nach der Schule bei ihm, er öffnete mir und fragte zur Begrüßung: »Was möchtest du wissen?«*

Ich ziehe meinen Whitman-Gedichtband aus dem Regal, blättere zu *Ich singe den Leib, den elektrischen* und staune darüber, dass sich das Verblassende Mädchen ausgerechnet diese E-Mail-Adresse ausgesucht hat – es ist fast zu perfekt. Mich hat ihr Video immer an den schleichenden Verfall des Körpers denken lassen, dabei wollte sie ihn, den elektrischen, vielleicht nur besingen. »O mein Leib! Ich wage es nicht, deine Art gering zu schätzen«, schrieb Whitman und allmählich keimt in mir der Verdacht auf, meine Sonderbaren Faszinationen könnten sich dazu verschworen haben, mich daran zu erinnern, was diese Welt ausmacht: dass sie sehr real ist und zugleich voller realer Magie.

Noch einmal lese ich die Mail von singedenleibdenelektrischen@yahoo.com: Was möchtest du wissen?

## 100 ⇨ *ein schönes Stück Land*

»Ich weiß es nicht«, sage ich, und das ist die Wahrheit. Mom und Dad erwidern nichts, sehen mich nur an und da ich ihnen sowieso nicht in die Augen schauen kann, rede ich schnell weiter. »Ich weiß nicht, was ich will. Weder was ich nächstes Jahr will noch in zehn Jahren«, es ist ein gutes Gefühl, ihnen endlich mein Herz und meinen Kopf auszuschütten, »mit meinem Rücken ist alles in Ordnung, ich habe keine Verletzung, das war gelogen und es tut mir leid. Wenn ich es rückgängig machen könnte, würde ich das tun«, und meine Eltern schweigen immer noch. »Ich bin mir nicht sicher, ob ich das Schwimmen überhaupt jemals so toll fand, wie alle dachten. Das ist wie ... wie mit deinen Süßkartoffeln, Dad. Nur weil ich sie als Kind einmal gegessen habe, ohne groß darüber nachzudenken, hast du sie mir seitdem immer auf den Teller geschaufelt – ach, Noah isst doch für sein Leben gern Süßkartoffeln; aber das war eben nicht so, nicht wirklich. Kann also sein, dass ich aufs College gehe. Vielleicht sogar als Schwimmer. Oder auch nicht. Ich weiß es nicht. Aber eins kann ich euch versprechen: Wenn ihr mich zwingen wollt, dann ... dann haue ich nach Europa ab. Eines Abends geht ihr schlafen und wenn ihr am nächsten Morgen aufwacht, bin ich weg.« Immer noch kein Wort von Mom und Dad, was mich schon ein wenig verunsichert. Aber immerhin versuchen sie nicht, mich körperlich davon abzuhalten, hier in der Küche einen mittelschweren Ausraster hinzulegen. »Ihr sagt mir dauernd, dass ich euch alles sagen kann. Also bitte. Das war's. Gern geschehen. Ich habe euch alles gesagt. Oder 99,9 Prozent.«

Dad fängt an zu weinen. Was sonst?

»Ich werde sicher Fehler machen«, füge ich hinzu. »Aber ich habe ein Recht darauf. Oder?«

Jetzt nicken sie beide und im nächsten Moment liegen wir drei uns in den Armen. Es ist fast wie früher, als ich klein war, in den Zeiten vor Penny. Heute ist Penny aus unserer Familie natürlich nicht mehr wegzudenken, aber unser Dreiergrüppchen damals war auch etwas Besonderes, es hatte seinen eigenen, schwer greifbaren Zauber. Ich kann es nicht beschreiben, aber jetzt ist er wieder zu spüren. Irgendwann geht die Umarmung zu Ende und als ich mich auf dem Weg aus der Küche noch einmal umdrehe, strahlen meine Eltern einander an, sie heulen immer noch, lächeln zugleich aber noch heftiger und mir dämmert etwas: Vor dem kaum zu definierenden Zauberding, das wir zu dritt hatten, also bevor ich um die Ecke kam, hatten Mom und Dad bereits ihr eigenes, wieder ganz anderes Leben.

Ich stelle es mir vor wie ein schönes, leeres Stück Land. Auf diesem Stück Land errichtet jemand ein Bauwerk, eine Scheune vielleicht, in der daraufhin eine Menge Tiere leben, und jahrelang trotzt die Scheune Wind und Wetter, bis eines Tages der Sohn oder die Tochter darin Hochzeit feiert, und all die alten Leute, die die Scheune einst errichtet haben, bestaunen das Ding mit feuchten Augen. Sie erinnern sich nämlich noch an das leere Stück Land von früher, das auf seine Art ebenfalls sehr schön war, aber wenn sie an die vielen Tiere denken, die in der Scheune zu Hause waren, und an ihr Kind, das nie vergessen wird, wie es hier Hochzeit gefeiert hat, dann sind sie einfach nur froh, heilfroh, dass sie sie damals gebaut haben.

Im Grunde genommen ist Mom und Dads Lächeln nichts anderes als ein schönes Stück Land.

Blinkender Cursor.

Ich schreibe ein bisschen was. Das meiste davon ist echt beschissen. Aber jetzt steht es nun mal da, auf dem Bildschirm direkt vor meiner Nase, voll real und so.

Wie anstrengend.

Ich schreibe noch ein bisschen was und die Beschissenheit steigert sich sogar. So viele Wörter, es ist eine Zurschaustellung exponentiell ansteigender Beschissenheit. Beschissen, beschissener, beschissenst.

Mila Henry meinte, die Zeit-vergeht-Kapitel seien ihr immer am schwersten gefallen, die Details seien ihr »am liebsten« gewesen und »welches Detail sollte ich weglassen?«. Ich fand es schon immer bemerkenswert, wie sie es hinbekommen hat, einerseits wirklich jede Einzelheit zu erwähnen, bis hin zu den Socken, die an bestimmten Tagen von bestimmten Figuren getragen werden (siehe *Babys auf Bomben),* andererseits aber die Ansicht zu vertreten, dass es beim Schreiben weniger auf die Worte als auf die Stille dazwischen ankomme. Aber ich würde sagen, so ist das Leben nun mal. Es steckt voller Komplexität und Feinheiten und für Schwarz und Weiß ist darin ganz sicher kein Platz.

Blinkender Cursor.

Als ich den Laptop zuklappe, setzt der Bildschirm mit einem leisen *Fwopp* auf der Tastatur auf. Wenn es mit dem Schreiben so richtig bescheiden läuft, klingt das *Fwopp* mehr nach *Stopp,* was man wohl so verstehen muss: Der Computer will mich auffordern, es endlich aufzugeben.

Draußen türmen sich graue Wolken, man könnte meinen, jeden Moment würden sich die Schleusen des Himmels öffnen und alle Quellen der gewaltigen Urflut aufbrechen. Ich weiß auch nicht, warum, aber irgendwie muss ich an gerade eben denken, an Moms und Dads Lächeln in der Küche.

Ich öffne den Laptop wieder.

»Aufgeben?«, sage ich. »Wohl kaum.«

## epilog ⇨ *und wer hätte das gedacht! Die Welt entpuppt sich als sonderbarer, als faszinierender Ort*

Es ist der 8. Januar. Mein Geburtstag, der ultimative Einmerker im Lauf der Zeit.

»Noah«, sagt Mom, »es ist eiskalt«, doch mein Blick verrät ihr bereits, dass ich trotzdem rausgehen werde und dass mein Entschluss, von nun an »Abendspaziergänge« zu unternehmen, nicht mit dem unausgesprochenen Zusatz *aber nicht bei Schlechtwetter* versehen war. Ich mummele mich mit Hoodie, Handschuhen, Jacke, Winterstiefeln und Kopfhörern unter zwei Mützen ein und trete auf die Straße. Einfach so.

Das ist jetzt mein Ding.

Heute Abend haben wir im Keller Hähnchen-Cordon-bleu

gegessen und zusammen *Warte, bis es dunkel ist* geguckt, Pennys neuesten Lieblingsfilm aller Zeiten. Diese Familienfernsehabende sind sozusagen zur Dauereinrichtung geworden, und keine Ahnung, ich finde das toll – es macht mich aber auch traurig, weil es mir vorkommt, als wollten wir alle unbedingt den letzten Rest unserer Zeit zu viert aufsaugen. Penny tut so, als wäre sie wegen meines nahenden Abschieds untröstlich, aber ich glaube, tief drinnen findet sie es aufregend, bald ohne Copilot fliegen zu dürfen.

Die Kälte in den Knochen und Bowie in den Ohren, streife ich durch die Straßen Ivertons, »Happy Birthday, Kumpel«, sage ich und Bowie erwidert, *Cheers, mate,* und womit soll man dieses Gefühl vergleichen? Wenn man den Atem vor sich sieht wie einen konkreten Beweis der eigenen Existenz und den Rhythmus des Laufens spürt, immer einen Fuß vor den anderen, jeder Schritt erneuert den alten Vertrag zwischen dem Geist und seiner Roboterhülle: Ihr beide müsst da buchstäblich gemeinsam durch.

Auf einmal, ohne dass ich es so beabsichtigt hätte, lande ich im Piedmont Drive. Unter der Mütze ziehe ich die Stöpsel aus den Ohren und lasse die unnachahmliche, unsterbliche Stimme in den winterschwarzen Himmel steigen.

Die Veranda nebenan ist leer. Kurt und Abraham haben sich für heute Abend zurückgezogen.

Vom Bürgersteig aus betrachte ich das Lovelock-Haus wie ein Diorama in einem Museumsschaukasten nach Feierabend. Mit leichter Ehrfurcht, vor allem aber mit Ekel und Angst und einem seltsamen Gefühl der Verbundenheit. Ich begreife, dass ich diese Straße auf meinen nächtlichen Streifzügen bisher bewusst gemieden habe – was aber bedeutet, dass es mich jetzt nicht aus Zufall hierher verschlagen hat.

Ich durchquere den Vorgarten, steige die paar Stufen hinauf und als ich tatsächlich anklopfe, flammt in mir kurz Wut auf. Sie hat mich aber nicht hierhergeführt, hat mich nicht anklopfen, hat mich jetzt nicht läuten lassen.

*Warum also läute ich?*

Die Tür schwingt auf.

Seit den Ferien habe ich Circuit nur einmal gesehen, und zwar als er mit seinem Wagen neben mir an einer roten Ampel gehalten hat. Ich hätte fast aufs Lenkrad gekotzt.

»Hey«, sagt er und von hinten sind Stimmen zu hören, Gelächter – es klingt fast nach einem ganz normalen Haus. »Noah«, sagt er, aber noch kann ich nichts erwidern. Ich schüttele nur einmal den Kopf und finde, das muss reichen.

Dann fokussiere ich mich bewusst auf Circuit, auf das, was hinter ihm liegt – auf die Hölle auf Erden, die er nach dem Tod seines Vaters durchgemacht haben muss, darauf, wie sein Vater gestorben ist, die ganz große Tragödie. Ich habe gehört, das eigene Mitgefühl werde mit jedem Akt des Mitfühlens gestärkt, und deshalb gebe ich mir Mühe mitzufühlen. Wäre all das nie passiert, würde nun zweifellos ein anderer Typ vor mir stehen. Es war sicherlich nicht seine Schuld. Nicht wirklich.

*Ich verzeihe dir.*

Ist nicht leicht, das zu denken. Und noch schwerer, es auszusprechen.

Also stehe ich schweigend vor der Haustür und Circuit wartet ab und gerade sage ich mir: *Das bringt doch nichts, jetzt schlag ihm doch endlich die Zähne ein,* da beginnt es zu schneien. Es fällt kein zarter Puder vom Himmel, nein, es sind dicke, schwere Flocken. »Komm doch rein, Mann«, meint Circuit, aber ich bleibe, wo ich bin. Soll der Schnee doch auf mir landen, wie er will, ich staune unterdessen über seinen weiten Weg hierher, seine lange Geschichte: Seen,

Meere und Tümpel; unterirdische Flüsse; versunkene Zivilisationen. *Denn jedes Atom, das mir gehört, gehört ebenso gut auch dir,* und so stellt sich mir die Frage, wie viele elektrische Leiber dieser Schnee schon besungen hat, ehe er nun auf meinem aufsetzt. »Die Geschichte ist eine lange Zeit«, sage ich und weiß, ich werde Circuit verzeihen.

Aber erst, wenn ich es auch so meine.

»Okay«, antwortet er, doch er ist schon nicht mehr da, weder er noch der Piedmont Drive noch der Rest von Iverton, die ganze Erde verschwindet im Schlund und von weit, weit oben sehe ich, wie sich die kaum wahrnehmbaren Bindeglieder auf wundersame Weise durch Raum und Zeit erstrecken und von Schneeflocke zu Schneeflocke springen wie flache Steine über einen Teich.

*Du kennst doch diese Filme, wo der Kerl plötzlich bei dem Mädchen vor der Tür steht und irgendeine wahnsinnsromantische Nummer abzieht?*

Ob sich in einem Gespräch, das nie stattgefunden hat, nicht trotzdem ein Fünkchen Wahrheit verbergen könnte?

*Ich vergöttere Schnee. Meine Hingabe zum edlen Weiß kennt keine Grenzen.*

»Noah«, sagt Circuit. »Alles okay?«

*Aber wenn der Typ Schnee mitbringt, ist es entweder Schicksal oder Zauberei.*

»Mir geht's gut«, antworte ich und keine Ahnung, ob einer dieser Steine jemals zweimal am selben Ort aufsetzt. Aber ich glaube, ich lasse es darauf ankommen. »Ist deine Schwester zu Hause?«

# Danksagung

Mein Dank richtet sich ⇨ die Familien Arnold und Wingate, weil sie unseren Familienvertrag unterschrieben haben. Ich habe euch alle lieb, die ganze Bande.

Außerdem ⇨ Ken Wright und Alex Ulyett von Viking – langsam gehen mir die Ideen aus, wie ich eure Genialität noch auf kreative Weise preisen soll. Also: Ihr seid genial. Das Gleiche gilt für meine ganze Penguin-Familie, für Elyse Marshall, Jen Loja, Theresa Evangelista, Kate Renner, Dana Leydig, Kaitlin Severini & Janet Pascal (Redakteurinnen der Extraklasse), Carmela Iaria, Venessa Carson, Erin Berger, Emily Romero, Felicia Frazier, Rachel Cone-Gorham, Mariam Quraishi, John, Allan, Jill, Colleen, Sheila, Doni Kay und die ganze Supertruppe aus dem Verkauf und Marketing.

Und natürlich ⇨ Dan Lazar (der King der Agenten), Torie Doherty-Munro, James Munro, Cecilia de la Campa, Natalie Medina und alle von Writers House sowie Josie Freeman von ICM.

Ein herzliches »Yo, danke« ⇨ Adam Silvera – eine bessere Muse als dich kann man sich nicht ausdenken. Ist echt zum Heulen, wie sehr du mich liebst.

Noah und ich stehen tief in der Schuld ⇨ Courtney Stevens, Becky Albertalli, Jasmine Warga, Nic Stone, Yamile Mendez, Melanie Barbosa, Ellen Oh, Kelly Loy Gilbert, Jeff Zentner, Brendan Kiely, Bill Konigsberg, Blair Setnor (für alles, was mit dem Schwimmen zu tun hat), Brian Armentrout & Jared Gallaher & Kelly Meyers (für Antworten auf sämtliche medizinischen Fragen), Nicola Yoon, Victoria Schwab, Michelle Arnold, Gary Egan, Rebecca Langley, Abby Hendren, Teddy

Ray, Michael Waters, Stephanie Appell & den wundervollen Leuten von Parnassus Books, Amanda Connor & den wundervollen Leuten von Joseph-Beth Booksellers und all den umwerfend schlauen Mitarbeiterinnen und Mitarbeitern von Bibliotheken und Buchhandlungen, denn sie sind es, die Tag für Tag die wahren Heldentaten vollbringen.

Und vor allen anderen ⇨ Stephanie und Wingate – danke, dass ihr mit mir durch den Raum schwebt, auch wenn es manchmal wirklich ganz schön wundersam wird.

June Perry

## White Maze

### Du bist längst mittendrin

Mit einem Schlag endet Vivians sorgenfreies Leben: Ihre Mutter Sofia wurde ermordet! Die erfolgreiche Game-Entwicklerin stand kurz vor dem Release eines bahnbrechenden Computerspiels. „White Maze" wird mit neuartigen Lucent-Kontaktlinsen gespielt – dank ihnen erleben die Spieler virtuelle Game-Welten mit allen Sinnen. Aber warum zerstörte Vivians Mutter kurz vor ihrem Tod die Prototypen der Linsen? Zusammen mit dem schulbekannten Hacker Tom will Viv den Mord an Sofia aufklären. Dazu muss Viv selbst Lucent-Linsen einsetzen und tief in die virtuelle Welt eintauchen. Doch dort ist es für den Mörder ein Leichtes, die falsche Realität nach seinen Spielregeln zu manipulieren.